MYTHOLOGY

1200年希腊罗马神话

[美] 伊迪丝·汉密尔顿（EDITH HAMILTON）——— 著　吴婷婷———译

目录 CONTENTS

前言 1

古典神话概述 3

第一篇·诸神、创世和最早的英雄

第一章
诸神云起
\ 002 /

第二章
大地上的两位伟大神祇
\ 053 /

第三章
世界和人类如何创生
\ 079 /

第四章
最早的英雄
\ 102 /

第二篇·爱情故事和历险故事

第五章
丘比特和普绪克
\ 136 /

第六章
爱情短篇八则
\ 148 /

第七章
寻找金羊毛
\ 174 /

第八章
四大冒险故事
\ 194 /

目录
CONTENTS

第三篇·特洛伊战争之前的大英雄

第九章
珀耳修斯
\ 216 /

第十章
忒修斯
\ 230 /

第十一章
赫拉克勒斯
\ 243 /

第十二章
阿塔兰忒
\ 261 /

第四篇·特洛伊战争中的英雄

第十三章
特洛伊战争
\ 270 /

第十四章
特洛伊沦陷
\ 291 /

第十五章
奥德修斯历险记
\ 303 /

第十六章
埃涅阿斯历险记
\ 326 /

目录 CONTENTS

第五篇·神话中的重要家族

第十七章
阿特柔斯家族
\ 348 /

第十八章
忒拜王族
\ 372 /

第十九章
雅典王族
\ 394 /

第六篇·次要的神话

第二十章
弥达斯及其他
\ 408 /

第二十一章
其他短篇神话故事
\ 418 /

第七篇·北欧神话

北欧神话概述
\ 438 /

第二十二章
西格妮和西古尔德的故事
\ 442 /

第二十三章
北欧诸神
\ 448 /

附录

希腊神话人物关系图
\ 464 /

专有名词对照表
\ 472 /

前言

  一本神话书必须广泛地从不同材料中汲取资源。今日所见的材料中，这些故事创作的时间前后甚至相差1200年之久。其写作风格就像《灰姑娘》和《李尔王》之间的差异一样大。要想把这些神话材料统合在一本书中，就像把全部英国文学整理到一本书中一样困难——从乔叟和民谣开始，到莎士比亚、马洛、斯威夫特、笛福、德莱顿和蒲柏，再到丁尼生和布朗宁，甚至还要包括吉卜林和高尔斯华绥。从数量上来看，英国文学作品的总量多于神话，但论及素材的繁复多样，却远不如神话。事实上，乔叟与高尔斯华绥、民谣与吉卜林之间的相似之处要比荷马之于卢奇安、埃斯库罗斯之于奥维德的相似之处更多。

  面对此种情况，我从一开始就决定放弃将其统合为一的想法。因为此举要么意味着要用《灰姑娘》的笔法重述《李尔王》或以后者的层次来转写前者（这显然不可能），要么意味着我要用自己的方式来讲述这些完全不是我创作的、业已被伟大作家以"他们认为最合适"的方式创作的故事。当然，这样说并不意味着我能够复制那些伟大作家的写作风格，我并未有此奢想。我的目标仅仅是，为读者把那些风格迥异的作品（我们所知道的神话故事）清晰地区分开来。例如：赫西俄德的文风大都天真自然，甚至带点儿孩子气，虽然有时略显粗鲁，但充满虔诚；奥维德的风格细腻、精妙，略显浮夸，且充斥着对故事的彻底怀疑。这本书中的大多数故事取材于赫西俄德的作品，其余部分则取材于奥维德的作品。我努力要做的事是让读者看到那些不同风格的作家之间的差异。毕竟，当人们拿起这本书的时候，他们更关心的是作者所讲述的故事是否更接近故事真实的面目，而不那么在乎这些故事讲述得是否有趣。

我希望那些不了解古典文学的读者在读完这本书后，不仅能对希腊神话有所了解，更重要的是能对讲述这些故事的作家有所了解。毕竟，这些作品流传了两千多年，他们的功绩是不朽的。

古典神话概述

古代的希腊民族和"蛮族"迥然不同,他们的思维更为敏锐,野蛮荒谬的想法也更少。

——希罗多德《历史》
第一卷·第六十章

一般的观点认为,我们可以通过希腊和罗马神话来了解远古人类思考问题和感受事物的方式。据此观点,远离自然的文明人(也就是我们)可以通过神话,回到与自然亲密无间的古人生活的时代。换言之,神话的真正趣味在于,它能引领我们回到过去。那时,世界还很新,人们和大地、树木、海洋、鲜花和山丘有着亲密的联系,人们对事物的感受也与现在不同。我们知道,这些故事最开始被创作的时候,真实和想象之间的界限还十分模糊,人们那栩栩如生的想象力还没被理性所束缚。因此,任何人都有可能看到一位正在逃跑的林中仙女,或者在一个清澈的水池边俯下身喝水时,看到水底浮现出仙女天真美丽的脸。

1200年希腊罗马神话

几乎每一位接触过古典神话的作家都有这种重返人类美好过去的渴望,诗人更是如此。在无限遥远的远古时期,人们可以——

看到海神普罗透斯从海里现身,
听到年老的特里同吹奏海螺号角。

在那一瞬间,我们能从诗人的笔下瞥见一个奇特绚丽的神话世界。

然而,只要想想这个世界上某个时代、某些地方的未开化民族,就足以戳破这些浪漫主义的泡泡了。无论是在今天的新几内亚岛,还是在史前的荒野,那些原始的人们从来不曾以缤纷的幻想和可爱的景物来装点他们的世界。潜藏在原始丛林中的是"恐怖",而不是美丽的林中仙女。"恐怖"的身边站着它最亲密的朋友"巫术",以及它的防御者"活人献祭"。那时的人类最大的愿望就是避免惹怒任何神灵,并尽可能地避开他们,这种愿望往往以在一些神秘而盛大的祭祀仪式中献上某种祭品为代价——尽管这种牺牲是令人痛苦和悲伤的。

希腊神话

这幅黑暗的图景与古典神话中的世界相去甚远。要想研究古代人类看待周围世界的方式,希腊人并没有为此做出很大的贡献。人类学家在提起希腊神话时只有简单的几句,这种现象是值得注意的。

当然,希腊人也曾有过原始的根源,他们也曾过着野蛮、丑陋、残忍的生活。但在我们看到希腊神话故事之前,他们就已经摒弃了那些古老污秽的旧风俗。在他们的故事中,只残存着一点原始世界的遗迹。

现今流传下来的神话是从什么时候开始被讲述的,我们不得而知。无论起于何时，原始的生活都已经成为过去，被希腊人远远地抛在了身后。今日我们看到的神话都出自伟大诗人的作品。希腊最早的文字记录是荷马史诗《伊利亚特》。换言之，希腊神话始于荷马，一般认为不早于公元前1000年。《伊利亚特》是最古老的希腊文学，它辞采华丽，妙语迭出，精彩生动的用词和比喻俯拾皆是。由此可以看出，在这部作品问世之前，人类就已经为清晰地表达自己的美妙思想而奋斗了几个世纪。这是无可争辩的文明证明。希腊神话故事并没有清晰地描写早期人类是什么样子，但为我们认识早期希腊人提供了丰富的线索。这一点似乎更为重要，因为在知识、艺术和政治上来说，我们是他们的后裔，我们从他们身上了解到的一切对我们来说都不陌生。

人们常说"希腊奇迹"，这一短语试图表达的意思是：随着希腊的觉醒，诞生了新的世界。正如诗中所说"旧的事物已消逝，新的事物诞生了"。这样的情形发生在了希腊。这是为什么？什么时候发生的？我们对此一无所知。但我们能从最早的希腊诗人那里获得一种新的观点——在他们之前，世界上从未有过这样的观点；在他们之后，这种观点长盛不衰。随着希腊的发展，人类逐渐成为宇宙的中心，是宇宙中最重要的部分。这是思想上的革命。在此之前，人类都是非常渺小的；在此之后，人类才开始真正认识自己，认识到人究竟有多么重要。

希腊人以自己的形象创造了他们的神祇，这是有史以来人类从未浮现的念头。最早的神并没有写实的外形，他们不同于任何存活的生物。埃及的神像有三类：要么是一座巍峨耸立的庞然大物，不论用多大的力气都不能使之移动，就像固定在石头里的神殿柱子一样。它们虽具人形，但又被刻意雕刻得不像人类；要么是猫头女身神像，寓意是不人道、冷酷、残忍；要么是神秘的狮身人面像，高高凌驾于所有生物之上。美索不达米亚的神像则是各种兽形浮雕，其中有鸟头人身像、狮头牛身像、长着鹰翼的鸟头人身像和狮头牛身像……全都是我们不曾见过的动物形象。这些艺术家意在创作只存在于他们自己的想象中，其他人从未见过的东西——一种非常完美的"虚幻之作"。

这样的形象就是"前希腊时代"备受尊崇的神的形象。人们只需要把它们和任何一个正常而美丽的希腊神像做比较，就知道对于这个世界来说，"希腊奇迹"究竟是怎样的一种"新观点"了。随着这种新观点的产生，宇宙变得更加理性。

圣保罗[①]曾说过，不可见之物要透过可见之物才能让人理解。这并不是希伯来人的观念，而是希腊人的观念。在古代世界，只有希腊人专注于可见的事物。他们发现，他们的欲望在周遭的现实世界中就能得到满足。雕刻家观看赛场上的运动员，他觉得，他想象不出比这些年轻健壮的身体更美的形体了，于是他据此创造了阿波罗神像。作家在他所遇到的路人中发现了神使赫尔墨斯的原型。在他看来，这位神祇就像荷马所说的，"像个正值风华的年轻人"。希腊艺术家和诗人们意识到，一个身材笔直、动作敏捷、体魄强健的人是多么耀眼，这样的人就是他们一直苦苦寻找的"完美"的化身。他们不想把自己头脑中那些稀奇古怪的幻想创造出来。希腊的一切艺术和一切思想的中心都是人。

这些具有人类特性的神像人类一样生活，他们居住在天堂这个极乐之地。希腊人对此感到很亲切。他们知道那些神圣的居民在那里做什么、吃什么、喝什么。他们在何处举行宴会，怎样自娱自乐。当然，这些神圣而强大的居民是可怕的，他们生气的时候尤其如此。不过，只要人类小心谨慎些就不会惹怒他们。人类可以很轻松地和他们相处，甚至嘲笑他们。"万神之主"宙斯总是试图向妻子隐瞒自己的风流韵事，可总能被赫拉抓住小辫子。希腊人嘲笑他，但也因此更喜欢他。天后赫拉是典型的喜剧人物——一位嫉妒心极强的神，她对丈夫的不忠行径所使用的小伎俩并没有让希腊人感到不快。他们乐于见到赫拉，就像今日的我们乐于见到"赫拉式"女性一样。在埃及的狮身人面像前或亚述的鸟头兽身神像面前放声大笑是难以想象的，但在奥林匹斯大笑却完全是自然的，这使得希腊诸神变得和蔼可亲。

大地上的神祇也是充满人性的。他们大都是可爱的少女和英俊的少年。他们居住在森林、河流、大海之中，与美丽的大地和明亮的水域和谐

[①] 圣保罗（Saint Paul）：公元1世纪最有成就的基督教传教人。据说，耶稣亲自向他显灵，选他为使徒。——编者注

共处。

　　这就是希腊神话中的奇迹——一个人性化的世界。人类不用再害怕全知全能的未知的神。其他地方崇拜的那些变幻莫测的可怕神明和挤满大地、空气和海洋的魂灵，在希腊消失了。创造神话的人不喜欢非理性，只喜欢真实，这似乎有些奇怪，但事实就是如此。无论这些故事有多么天马行空，只要细细品读就会发现，即使是最无稽的故事也发生在一个以理性为基准的现实世界里。例如：赫拉克勒斯一生都在和荒谬的怪物做斗争，但据说他曾居住在忒拜；在海洋的泡沫中诞生的爱神阿佛洛狄忒，她的诞生地可能任何古代的游客都参观过，确切地说，它就是库忒拉岛附近的海域；飞马珀伽索斯飞驰过天空，每晚都会回到科林斯一个舒适的马厩中过夜。这些人们耳熟能详的地名给神的存在增添了真实感。如果说这种虚实结合的写法看起来很幼稚，那么和那位在阿拉丁擦拭神灯后突然冒出来、又不知道什么时候会消失的巨神相比，希腊神话的现实背景是多么令人安心啊！这种手法是多么明智啊！

　　令人害怕又非理性的东西在古典神话中是没有立足之地的。巫术——这种在世界上影响极大的东西——在希腊神话中也不存在。希腊神话中没有一个男人有这种可怕的超自然能力，女人中也只有两位有。至于那些经常出现在欧美文学中的丑陋巫婆和鬼魅男巫，也没有在希腊神话中出现。希腊神话中的女巫仅有喀耳刻和美狄亚两位，但她们年轻又貌美，不会令人感到畏惧。从古巴比伦时期一直流行至今的占星术，在希腊神话中连影子都看不到。希腊神话中的确有很多关于星辰的故事，但它们并没有影响人类的生活。天文学是希腊人研究星辰的最终结果。没有一个故事描写拥有巫术的祭司，知道如何取悦或离间神而让人害怕的祭司在故事中出现的次数很少，地位也不怎么重要。《奥德赛》中有一幕：当一个祭司和一个诗人跪倒在奥德修斯的面前，祈求他饶恕他们的性命时，这位伟大的英雄毫不犹豫地杀了祭司，饶恕了诗人。荷马说，奥德修斯这样做是因为他不敢杀死一个被神赋予神圣技艺的人。天堂不害怕没有祭司，但害怕没有诗人。这样说并不是因为诸神害怕诗人，而是因为诗人对天堂的影响力更大。鬼魂经常在其他地方的故事中被视为恐怖的存在，但它们从未在希腊神话中出现过。希腊人并不害怕死人。《奥德赛》中说，死去的人是"可怜的死者"。

希腊神话中的世界并不是人类心中的恐怖之地。即便诸神有时令人费解，且拥有不可估量的强大力量，即便谁也说不清楚宙斯的霹雳下一刻会降至何方。除了极个别的几位神之外，诸神都有着令人陶醉的美貌，与人类的美貌并无二致——有人性的东西是不可怕的。早期的希腊神话作家把充满恐惧的世界变成了充满美的世界。

但这幅明亮的画面中也有暗点。诸神的形象变化得很慢，这种变化并未最终完成。在很长一段时间里，诸神并没有比崇敬他们的人类优秀多少。他们的确比人类更美丽、可爱、强大且不朽，但有时他们的作为却是任何一个正派的男女都不会做的。在《伊利亚特》中，特洛伊勇士赫克托耳比任何天神都高贵，他的妻子安德洛玛刻比雅典娜和阿佛洛狄忒更惹人喜爱。天后赫拉一直都是素质不高的人性化女神。几乎每一个光芒四射的神都会做出残忍卑鄙的事情。在荷马所描绘的天堂里，盛行着一种极为有限的对错观念。在荷马之后的作家笔下，情况依然如此。

还有其他突出的暗点。在某一段时期内，神话中留存着野兽神的痕迹。例如，半人半羊的萨堤耳，半人半马的肯陶耳。天后赫拉经常被称为"牛脸"。"牛脸"这个词自她从一头神牛变成众神殿的女主人起就一直如影随形。神话中也残存着活人祭祀的痕迹。但令人惊讶的是那些野蛮的

古典神话概述

信仰痕迹竟然如此之少。

当然，神话中还有各式各样的怪物：

蛇发女怪戈耳工、九头蛇许德拉，
可怕的狮头羊身蛇尾的喀迈拉……

不过，它们的存在只是为了突显英雄的功绩。要是世界上没有怪物，那么英雄又哪来的征服怪物的光辉事迹呢？怪物们总是被英雄们打败。赫拉克勒斯是古希腊神话中最伟大的英雄，甚至可以说，他就是希腊本身的隐喻。他打败怪物，把大地从怪物的蹂躏下解放出来，就像希腊把世界从非人中心论的观点中解放出来一样。

希腊神话主要是由男神和女神的故事组成的，但这些故事不应该被解读为希腊圣经。最新的观点认为：真正的神话与宗教无关，它只是人对自然界某些现象的解释。例如，宇宙中的万事万物是如何产生的——人类、动物、树木、花朵、太阳、月亮、星星、风暴、地震、火山喷发，等等。雷电是宙斯投掷霹雳造成的；火山爆发是因为一个可怕的怪兽被囚禁在山里，不时地挣扎着想获得自由；大熊星座永远不会坠落到海平面以下，是因为一位女神跟它有仇，命令它永远不准沉入大海。神话是早期的科学，是人类最早试图解释他们所看到的一切的结果。但也有很多神话根本解释不了任何事，它们的存在纯属娱乐。人们会在漫长的冬夜里讲

这些故事，借以消磨时光。"皮格马利翁和伽拉忒亚的故事"就是其中的代表，它与自然界中的任何现象都没有关系。"寻找金羊毛""俄耳甫斯和欧律狄刻"也属于此类，这是被普遍接受的事实。我们不必试图在每一个神话故事的女主人公身上搜寻她们是否与月亮或黎明有关，也没必要在每一位男主人公身上搜寻他们又是否和太阳有关。这些神话既是早期的科学，更是早期的文学。

神话中包含的宗教因素虽然存在于故事的背景中，但也并非隐晦不可见。荷马和悲剧作家们以及后来的神话作家们越来越深刻地认识到，人类需要什么，他们所尊奉的神祇应该具备哪些品质。

宙斯曾经被认作是雨神，他的地位高于太阳神，这一点可以肯定。对于多山的希腊来说，雨水比阳光更宝贵。宙斯作为"众神之王"，理应是能为他的崇拜者们提供生命之水的神。荷马笔下的宙斯并不是自然现象的投射，而是一个生活在文明世界里的人，他自己有着一套评判对错的标准。当然，这种标准不是很高，而且主要适用于除了他自己之外的其他人。他会严厉地惩罚撒谎者和违背誓言者，也会对虐待死者的行为感到愤怒。当老国王普里阿摩斯向阿喀琉斯求情时，宙斯怜悯年迈的普里阿摩斯并帮助了他。在《奥德赛》中，宙斯的"神格"已经达到了一个很高的水准。诗中赶着猪群的人说，穷人和异乡人都是宙斯派来的，谁不肯帮助他们，谁就会受到宙斯的惩罚。稍晚于《奥德赛》的诗人赫西俄德则说：一个人若是欺负乞丐、异乡人，或是虐待孤儿，定会招致宙斯的怒火。

从此，"正义"成了宙斯的伴侣，这是一种崭新的观念。《伊利亚特》中的海盗不喜欢"正义"，他们希望掠夺到自己想要的一切，因为他们很强大。他们想要的是支持强者的神。但赫西俄德是一个在穷人世界里长大的农民，他知道穷人渴望一位充满正义感的神。他写道："鱼类、野兽、飞禽彼此吞噬，但宙斯却把正义赐给了人类。在宙斯的王座旁边，正义女神有着自己的席位。"这些话表明，无助的巨大痛苦和苦苦诉求已经上达天堂，把宙斯从强者的保护神变成了弱者的保护神。

于是，在多情宙斯、懦弱宙斯、可笑宙斯形象之外，宙斯的另一种形象渐渐形成了。这是因为人类不断增长的生活需求使得他们更明晰自己所崇拜的神应该拥有哪些品质。渐渐地,这个宙斯取代了其他面目的宙斯,占据了整个舞台。正如公元2世纪的作家迪奥·刻克亚努斯所说:"我们的宙斯,那个常给人以美好礼物的人类之父,他是救世主,是人类的守护神。"

◀《朱庇特惩罚罪恶》
[意大利]保罗·委罗内塞

布面油画,纵560厘米,横330厘米,创作于约1556年,法国巴黎卢浮宫藏。画面描绘了罗马神话中的"众神之王"朱庇特(希腊神话中的宙斯)正将代表诽谤、淫欲、背叛和贪腐的四大恶神送下地狱的场景。

《奥德赛》中提到了"所有人渴望的神",几百年后的亚里士多德又提到"凡人努力争取的美德"。从最早的神话作家以降,希腊人就有一种对神圣和美德结合的认知。他们渴望一个神圣而完美的神祇。这种强烈的执念令他们锲而不舍,最终把"雷电之神"变成了"宇宙之父"。

希腊和罗马的神话作家

大多数关于古典神话的书主要取材于奥古斯都时代的拉丁诗人奥维德。奥维德创作的神话故事备受推崇,许多作家、艺术家从中汲取创作素材,在这方面,没有一位神话作家可以和他相媲美。几乎所有的神话故事他都写过,而且大都浓墨重彩,篇幅很长。全靠奥维德,这些文学和艺术作品才得以流传下来。我们能在很多作品中读到奥维德的影子,但在这本书中我会尽量避免引用他的作品。当然,毫无疑问,他是一位好诗人,善于讲故事,而且为我们提供了很多优秀的素材。但他的观点是,他与神话的距离比我们现在离神话还要远。在他看来,他所写的那些神话纯属胡编乱造。他写道:

我讲述的是古代诗人的谎言,
那些人类从未亲眼见过的可怕的故事。

这实际上是奥维德在对自己的读者说:"别在意它们的内容有多傻,我会把它们打扮得足够漂亮,而且一定会让你爱上它们。"他确实把故事讲得非常漂亮。他笔下的故事是早期希腊诗人赫西俄德和品达心中的庄严的真理之作,也是希腊悲剧作家传播深刻宗教真理的载体。但在他看来,那些都是荒谬的无稽之谈。他的作品有的诙谐幽默,有的充满感伤,还有的词采华丽。但希腊作家并不是修辞家,特别是没有多愁善感的特质。

使神话故事流传至今的神话作家为数不多。荷马当然是位居榜首的,《伊利亚特》和《奥德赛》可以说是(或含有)最古老的希腊文学。虽然两部作品的写作时间无法确定,且学者们对此意见不一,但无可争辩的一点是,它们的创作时间都早于公元前 1000 年——至少成书较早的《伊利亚特》是如此。

除非另有说明,后面在书中提到的日期均为公元前的日期。

名单上的第二位作家是赫西俄德。他可能生活在公元前 9 世纪,也可能生活在公元前 8 世纪。他是一个贫穷的农民,过着艰苦的生活。他的长诗《工作与时日》试图告诉人们,如何在一个残酷的世界中过上美好的生活。这首诗的风格和《伊利亚特》《奥德赛》的华美风格完全不同。他也写过很多关于诸神的故事,他的第二首长诗《神谱》完全是关于诸神的。这部作品通常被认为出自赫西俄德之手。倘若果真如此,那么,这位居住在远离城市的偏僻农庄里的贫穷农民就是第一位对世界、天空、神灵、人类等万物的起源感到好奇并试图做出解释的希腊人。荷马从不为任何事情感到惊奇。《神谱》系统地描述了宇宙起源和神的谱系,是重要的神话学参考书目。

其次是一组"荷马赞歌",它们的主要内容是歌颂诸神。这些诗的确切写作时间已不可考,但多数学者公认最早的几首创作于公元前 8 世纪末或公元前 7 世纪初,最后一首最重要的诗(共有 33 首)创作于公元前 5 世纪或公元前 4 世纪的雅典。

品达是希腊最伟大的抒情诗人,他在公元前 6 世纪末开始创作。他写了很多诗,歌颂希腊竞赛中的胜利者。他的每一首诗都会提及或征引神话。在神话学中,品达的重要程度相当于赫西俄德。

埃斯库罗斯是三大悲剧作家中最年长的一位。他与品达生活在同一个年代,其余两位悲剧作家是索福克勒斯和欧里庇得斯。最年轻的欧里庇得斯于公元前 5 世纪末去世。除了埃斯库罗斯为庆祝希腊人在萨拉米斯战胜波斯人而作的《波斯人》之外,所有悲剧都以神话为主题。它们与荷马史诗一样，是我们了解古代神话最重要的来源。

喜剧作家阿里斯托芬的作品中常提及神话。他生活在公元前5世纪末至公元前4世纪之间。另外两位伟大的散文作家——希罗多德和柏拉图也是如此。希罗多德是欧洲第一位历史学家，生活年代与欧里庇得斯相同。哲学家柏拉图比他们晚一代。

亚历山大派诗人生活在公元前250年左右，他们之所以得此名号，是因为在那时希腊文学的中心转移到了埃及的亚历山大。罗得岛的阿波罗尼乌斯详细地讲述了《寻找金羊毛》的故事，并结合此故事讲述了许多相关的神话。他和其他三位也写过神话故事的亚历山大派诗人——田园诗人提奥克里图斯、彼翁、莫斯库斯一样，都失去了赫西俄德和品达对神话那种朴素的信念，也不再有悲剧诗人那种深刻严肃的宗教观，但他们的作品还是比奥维德要庄重。

在他们之后，有两位生活在公元2世纪的作家——阿普列乌斯和卢奇安，也为我们了解希腊神话做出了贡献。"丘比特和普绪克的故事"只有阿普列乌斯讲述过。他的风格与奥维德十分相似。而卢奇安的风格却与任何人都不一样——他讽刺诸神。在他生活的时代，诸神已沦为人们茶余饭后的笑柄。尽管如此，他还是为我们提供了大量关于诸神的资料。

希腊作家阿波罗多洛斯是仅次于奥维德的多产的神话作家。他的风格和奥维德不同，大都单调无趣。他出生的年代也不确定，从公元前1世纪到公元9世纪都有可能。英国学者詹姆斯·乔治·弗雷泽认为，他的创作时间可能是在公元1世纪或者2世纪。

帕萨尼亚斯是个热衷于旅行的希腊诗人，他写了第一本旅行指南。每到一个神话故事的发生地，他都会记下相关资料。他最晚生活在公元2世纪。他从不怀疑任何一个神话故事。他的作品全部用严肃的态度写成。

在罗马作家中，维吉尔最为杰出。他与同时代的奥维德一样，不相信神话。但他在神话中发现了人性美，并赋予神话中的人物以生命。这是希腊悲剧作家之后尚无人达到的高度。

其他的一些罗马诗人也写过神话。卡图卢斯讲过的几个故事常常被贺拉斯引用，但他们两个人的文字对神话学来说并不重要。在罗马人的眼中，希腊神话故事无限遥远，仅仅是幻想罢了。希腊作家是了解希腊神话最好的向导，因为他们对笔下的故事深信不疑。

CHAPTER
第一篇

诸神、创世和最早的英雄

第一章
诸神云起

散落在欧洲大陆上的斑驳遗迹
散发着古老而又神秘的气息
千百年前
它们呼吸着奥林匹斯的神灵之气
聆听着来自天堂的虔诚颂歌
因为那里
曾是一切光明与梦想开始的地方

希腊人不相信是众神创造了宇宙。恰恰相反,他们认为是宇宙创造了众神。天地形成于诸神之前,它们是万物最初的父母。提坦神族是天地的儿女,其他诸神则是它们的孙子和孙女。

提坦神族和十二位奥林匹斯神

提坦神族被称为"古神",是宇宙中无数个时代的最高统治者。他们是拥有无穷力量的巨人。虽然提坦神族人数众多,但被载入神话当中的只有寥寥几位。其中最重要的是克洛诺斯,拉丁名字为萨顿。

克洛诺斯一直统领着提坦神族，直到儿子宙斯推翻了他的统治，攫取了王位。罗马人说，当朱庇特（宙斯的拉丁名字）登上王位后，克洛诺斯逃往了意大利，统治那里的城邦。在他的治理下，意大利进入了"黄金时代"。在他统治的整个时期，意大利人一直过着和平幸福的美好生活。

除了克洛诺斯，还有几位被载入神话的提坦神，他们是大洋河流之神俄刻阿诺斯（传说他就是那条环绕地球转动着的水质腰带）、俄刻阿诺斯的妻子忒堤斯、日月黎明之父许珀里翁、记忆女神谟涅摩叙涅、正义女神忒弥斯。另外，还有一位因儿子而备受尊敬的神——伊阿珀托斯，他的两个儿子分别是擎天父阿特拉斯和人类的救世主普罗米修斯。

宙斯坐上王位后，驱散了很多提坦神，只有少数几个年纪较大的神幸运地逃脱了被驱逐的命运。在占据了统治地位的提坦神族的继承人中，有十二位神的地位是至高无上、不可动摇的。因为他们居住在奥林匹斯，所以被称为"十二位奥林匹斯神"。神的住处总是遥不可及的，没有人能说清楚奥林匹斯究竟在哪儿。最初，有人认为那是一座山，即希腊的最高山峰——位于东北部的塞萨利奥林匹斯山。《伊利亚特》的一段诗文中有过这样的记载："宙斯在奥林匹斯山的顶峰与众神对话。"这表示奥林匹斯是一座真实存在的山。但后面的诗文似乎又推翻了这一说法，其中写道："宙斯说，他用坚定的意志力，可以把陆地和海洋都悬挂在奥林匹斯的塔尖上。"这样看来，奥林匹斯又不是一座山。

宙斯管理着天界，他的两个哥哥——哈得斯和波塞冬则分别管理冥界和海洋。他们都住在奥林匹斯。这说明奥林匹斯也不在天界。那么奥林匹斯究竟在哪里呢？如果它不是一座山，那它会不会是一个凌驾于群山之上的、广阔而又隐秘的地方呢？此事至今无人知晓。

不管它是什么、在哪里，希腊人始终相信，奥林匹斯的入口处一定有一扇云雾缭绕的巨门，门的里面就是众神的住处。他们在那里过着幸福的生活。那里没有狂风、没有骤雨，也没有严寒酷暑。苍穹万里无云，太阳的金色光辉倾洒而下，笼罩着宫阙。众神听着阿波罗优美的琴声，享用着美味佳肴和琼浆玉液——那是一片完美的净土。

"奥林匹斯的灵魂永远都不会被动摇。"荷马这样写道。

十二位奥林匹斯神组成了一个神圣的家族，他们分别是：

（1）宙斯，拉丁名字为朱庇特，众神之王；

（2）海神波塞冬，拉丁名字为尼普顿，宙斯的哥哥；

（3）冥王哈得斯，拉丁名字为普路托，宙斯的哥哥；

（4）炉灶女神赫斯提亚，拉丁名字为维斯塔，宙斯的姐妹；

（5）天后赫拉，拉丁名字为朱诺，宙斯的妻子；

（6）战神阿瑞斯，拉丁名字为马尔斯，宙斯和赫拉的儿子；

（7）智慧女神雅典娜，拉丁名字为密涅瓦，宙斯的女儿；

（8）太阳神阿波罗，拉丁名字为阿波罗，宙斯的儿子；

（9）爱神阿佛洛狄忒，拉丁名字为维纳斯，有人说是宙斯的女儿；

（10）神使赫尔墨斯，拉丁名字为墨丘利，宙斯的儿子；

（11）狩猎女神阿耳忒弥斯，拉丁名字为狄安娜，宙斯的女儿；

（12）火焰之神赫菲斯托斯，拉丁名字为伏尔甘，赫拉的儿子，也有人认为他是宙斯与赫拉所生的儿子。

宙斯（朱庇特）

宙斯和他的兄弟们通过抽签的方式来分配宇宙的统治权：波塞冬抽到了大海，成了海神；哈得斯抽到了冥界，成了冥王；而宙斯抽到了天空，成了统治一切的天神。宙斯成为天空之主后，自然也掌管着霹雳和云雨，所以又是雷霆之神和云神。在众神之中，他的法力是最

第 一 章　　诸 神 云 起

▲《朱庇特与朱诺》
［意大利］安尼巴尔·卡拉奇

这是意大利罗马法尔内塞宫内"诸神的爱情"连环湿壁画中的一幅，创作于16世纪末，描绘了朱庇特（宙斯）与朱诺（赫拉）相爱的场景，他们身边分别有代表各自的圣物——雄鹰与孔雀。

1200年希腊罗马神话

强大的。《伊利亚特》中写道，宙斯告诉家人："我是最强大的，我能做到任何你们想得到和想不到的事。假如从天空中抛下一根绳子，把它系在我的身上，就算众神一起拉动绳子，都休想把我从王位上拽下来。相反，如果我想要拉动你们，简直轻而易举。要是我把绳子绑在奥林匹斯山上，拉动它，整个天地都得悬在半空中。"

不过，和其他诸神一样，他也不是全知全能的神。他也会遭受反对和欺骗。在《伊利亚特》中，他的哥哥波塞冬和妻子赫拉都欺骗过他。人们有时相信，"命运"这种神秘的力量比宙斯的力量更加强大。荷马史诗里，赫拉问宙斯，"你是否能救活一个命中注定要死去的人？"宙斯表示自己无能为力。

宙斯曾多次被描绘成与众多女子牵扯不清，甚至不惜用各种诡计来掩饰对妻子不忠的神。一位如此伟大的神明，为什么品行却这样低劣呢？学者解释说：歌谣和故事中的宙斯是很多神祇的综合体。宙斯崇拜一旦传入一个新的城邦，他就慢慢与该城邦的神融为一体，这位城邦之神的妻子就"转嫁"给了宙斯。这样组合而成的结果很令人遗憾，希腊人并不欣赏宙斯这些没完没了的风流韵事。

尽管如此，早期记载中的宙斯也有着高贵庄严的一面。在《伊利亚特》中，阿伽门农有过这样的祷告词："宙斯，最光荣、最伟大的风暴之神，是掌控一切主宰力量的天堂之神！"宙斯还劝诫人类要坚持原则，走正道。曾有人告诫进攻特洛伊的希腊军队说："宙斯永远不会帮助说谎的子民和背弃誓言的人。"关于宙斯高尚和鄙俗的这两种观念并存了很久。

宙斯的胸甲是让人望而生畏的埃癸斯盾，他的圣鸟是雄鹰，圣树是橡树，他的神谕是在橡树之乡多多那发出的。祭司们会通过橡树叶发出的沙沙声将宙斯的旨意解释给人们听。

赫拉（朱诺）

宙斯的妻子（也是他的姐姐）赫拉由远古的提坦神夫妇俄刻阿诺斯和忒堤斯抚养长大，她是婚姻的保护神。她捍卫神圣的婚姻关系，对已婚女性十分关心。虽然她的画像并没有特别吸引人的地方，但在一首早期的诗中是这样描绘她的：

> 众神之后赫拉高坐在黄金王座上，
> 她雍容华贵，美丽非凡，
> 备受奥林匹斯众神尊崇。
> 她的地位堪与宙斯相比。

不过，很多诗人在他们的诗中对赫拉都有这样的描述：赫拉总是急迫地惩罚那些被宙斯爱上的女人，即使她们是因为受到宙斯的强迫或欺骗而和宙斯在一起的。但是，不管这些女子是在多么不情愿的情况下和宙斯相爱的，赫拉都不会放过她们，甚至会迁怒到她们的孩子身上。赫拉从不会忘记别人给她带来的伤痛。如果不是因为她恨那个判定她不如别的女神美的特洛伊王子，希腊和特洛伊也不至于僵持到底，特洛伊战争也许可以以一种不失尊严的方式和平结束。因美貌被蔑视而犯下的错误一直伴随着赫拉，直到特洛伊沦为废墟。

在《寻找金羊毛》这则故事中，她既是英雄的保护者，也是英雄精神的鼓舞者，但在其他故事中却从未有过这样的描写。尽管如此，赫拉仍然受到众神和凡人的尊敬。赫拉是已婚女性的求助对象，她给一对对夫妇送去子女，她的女儿厄勒梯亚是协助生产的生育女神。

母牛和孔雀是赫拉的圣物，阿戈斯是她最喜欢的城市。

波塞冬（尼普顿）

波塞冬是宙斯的哥哥，作为海神，他的地位仅次于宙斯。住在爱琴海两岸的希腊人都以海为生，他们要么是水手，要么是渔民，所以他们非常崇敬海神。波塞冬的妻子是提坦神俄刻阿诺斯的孙女安菲特里忒。在幽深的海底矗立着他们华丽的宫殿，不过，波塞冬大多数时候还是待在奥林匹斯。

波塞冬既是海洋之神，也是最早把马这种动物赐予人类的神，这使他备受人类的尊敬。

海洋的统治之神波塞冬，
你把马和大海赏赐给我们，
你是我们的骄傲。

海面上的风暴和宁静都掌控在他的手中。

▲《海神的凯旋》
[法国]尼古拉斯·普桑

第一章 ○ 诸神云起

布面油画，纵114厘米，横146厘米，创作于1636年，美国费城艺术博物馆藏。画面展现了海神波塞冬从宙斯处分得海域，将地方性海神涅柔斯、俄刻阿诺斯和普罗透斯等排挤到次要地位，得胜而归的情景。

009

他握着三叉戟的手微微一动，海面顿时波涛汹涌。

当他乘坐着神奇的金色战车在海上奔驰的时候，滔天的海浪会纷纷为他让路，直到他的身影渐渐远去，大海才恢复平静。

人们把波塞冬称为"撼动大地的神"，因为他常常用手中的三叉戟撼动和击碎他要毁掉的各种东西。

他和公牛、马这两种动物有一定的关联。不过公牛与许多神都有关联。

哈得斯（普路托）

哈得斯在奥林匹斯众神中排在第三位，当初在抓阄分权时他抽到了冥界，统治死者。哈得斯又名普路托，意为"财神"，专门管理那些深埋在地下的财富。希腊人和罗马人都用这个名字来称呼他，不过罗马人常常叫他"迪斯"，迪斯在拉丁语中是"富有"的意思。他有一顶闻名遐迩的帽子，不管是谁，只要戴上它，就会立即隐身。哈得斯很少离开他那黑暗的冥界，也不怎么去奥林匹斯或者陆地，因为他是一个不太受欢迎的神。他不懂怜悯，冷酷无情，是个让人感到害怕的神，但他并不邪恶。

哈得斯把珀耳塞福涅从大地上掳来，并把她带到悲惨的地下王国，封她为冥后。

哈得斯是死亡之神，但并不是死神。希腊人把塔那托斯称为死神，而罗马人则称奥尔库斯为死神。

帕拉斯·雅典娜（密涅瓦）

雅典娜是宙斯的女儿，她没有母亲。她从宙斯的头颅中跳出来的时候，已经发育完全了，还穿着一身盔甲。《伊利亚特》将雅典娜描写成一个气势汹汹、冷漠无情的女战神，但其他故事则为雅典娜做出了解释，说她好战只是为了保卫国家和城市免遭外敌侵略。她是城市的保护神，文明生活的保护者，手工艺品和农业的保护神。她发明了马笼头，是最早驯服马并教人类使用马的神。

她是宙斯最喜欢的孩子，宙斯十分信任她，把让人望而生畏的埃癸斯盾和宙斯的毁灭性武器雷霆交给她保管。

最常描绘雅典娜外貌的词就是"灰色的眼睛"，有时也用"闪闪发光的眼睛"。她是三位处女神之首，人们尊敬她、崇拜她。在希腊，至今还保留着当时人们为雅典娜建造的帕特农神庙遗迹。在后来描写雅典娜的诗歌中，她一直是智慧、理性、纯洁的化身。

雅典是雅典娜的圣城，橄榄树是她的圣树，猫头鹰是她的圣鸟。

福玻斯·阿波罗

阿波罗是宙斯和勒托之子，他出生在漂浮不定的得罗斯岛上，人们称他为"最具希腊特征的神"。在希腊的诗歌中，阿波罗是一个金发貌美、性格阳光的音乐大师，他常常在奥林匹斯弹奏金竖琴，为众神带去欢乐。他是银弓之神和弓箭之神，能把箭射得又准又远；他还是最早传授人类医术的医药之神。另外，他还是光明和真理之神，是一切黑暗势力最大的威胁。他从不说谎，所有人都知道他是一个光明磊落的神。

1200年希腊罗马神话

啊！福玻斯（阿波罗）呀！
你坐在真理的宝座上，
在世界的中心，对着全世界发声。
宙斯曾下令，这里不许有谎言，不许有阴影来掩盖真理。
宙斯以永恒的权威为阿波罗的荣誉担保，
所以阿波罗的话语完全可以信任。

  阿波罗在高耸的帕耳那索斯山下的德尔斐神殿中宣示神谕，卡斯塔利亚泉是圣泉，刻菲索斯河是圣河。这里被认为是世界的中心，没有哪座神殿能和这里相媲美。数以万计的朝圣者从希腊或其他地方赶来，渴望在此寻求真理。这些人提出的问题，都由一位陷入恍惚状态的女祭司来回答。女祭司坐在三脚凳上，三脚凳下面的那块岩石上有一道深深的裂缝，蒸汽从这道裂缝中升腾而起，据说这导致了女祭司的精神恍惚。
  因为阿波罗出生在得罗斯岛，所以他又被称为"得罗斯之神"；因为他杀了追逐过他母亲的巨蟒皮同，又被称为"皮提亚之神"。巨蟒皮同栖息在帕耳那索斯山的黑暗峡谷中，它是一头凶狠吓人的怪物，阿波罗与巨蟒皮同进行了激烈的鏖战。就在巨蟒试图吞掉阿波罗的那一刹那，阿波罗的箭在空中闪过，箭无虚发，全部命中，决战以阿波罗的胜利而告终。阿波罗的另外一个名字是"吕客亚之神"，人们对这个名字有着不同的解释，有"狼神""光之神"和"吕客亚之神"。在《伊利亚特》中，他被称为"司敏斯"，意思是老鼠的神，但不知道是因为他保护了老鼠，还是毁灭了老鼠而得到此名。他经常被称为

"太阳神",因为他的名字"福玻斯"有"灿烂"和"闪耀"的意思。不过准确地说,太阳神应该是老提坦神许珀里翁的儿子赫利俄斯。

阿波罗的神谕是一种神灵善待人类的表现。他是神与人之间最直接的联系。他的使命在于引导人们了解神的旨意,并教会他们如何向神示好。人们将他敬为能洗刷人类身上血污的阳光之神。然而,也有一些故事将阿波罗描述成无情和残酷的神。其实,就像大多数神一样,他也是善恶并存的神。他和其他神一样,既有原始粗野的一面,也有美丽而富有诗意的一面。不过,在他身上,原始的痕迹只遗留下了一点点。

月桂树是他的圣树。他有很多圣物,最主要的是海豚和乌鸦。

阿耳忒弥斯(狄安娜)

阿耳忒弥斯也叫辛西娅,因出生地在得罗斯岛上的辛特斯山而得此名。

她是宙斯和勒托的女儿,与阿波罗是一对孪生姐弟。她跟雅典娜一样,是奥林匹斯的三位处女神之一。

> 永远光彩照人的女神阿耳忒弥斯,以爱普度众生,
> 但世间有三颗心是她也不能动摇的:
> 永葆处女贞洁的炉灶女神赫斯提亚,
> 灰眸的战争文明女神雅典娜,
> 热爱山林、飞奔在山谷中的狩猎女神阿耳忒弥斯。

1200年希腊罗马神话

▲《狩猎的狄安娜》
法国枫丹白露画派

布面油画，纵191厘米，横132厘米，创作于1550年，法国巴黎卢浮宫藏。画面中的狄安娜（希腊神话中的阿耳忒弥斯）手持弓箭，肩背箭筒，由白犬伴随，在林莽和山野间狩猎。

第一章　诸神云起

　　她是野兽之神，是众神狩猎的统帅。这一职务由一位女神担当，似乎有些奇怪。她像一个优秀的猎人一样，小心地保护着动物的幼崽，她也是"朝露般青春的守护神"。然而，神话中总有关于她的负面描述，阿耳忒弥斯曾阻挠希腊舰队驶向特洛伊城，除非他们向她献祭一位少女。其他故事也曾把阿耳忒弥斯描写成一位凶狠残忍、嫉妒心和报复心很强的女神。当一些女人突然毫无征兆地痛苦死去时，人们都认为她是被阿耳忒弥斯用银色的箭射死的。

　　阿耳忒弥斯是月亮女神，人们也叫她福柏或塞勒涅，拉丁文称露娜。但这两个名字本都不属于她。福柏和塞勒涅都是古老提坦神族中的一员，塞勒涅是真正的太阳神赫利俄斯的妹妹，也是月亮女神，与阿波罗无关。正因为阿波罗被许多人误认为太阳神，所以人们才把阿耳忒弥斯和塞勒涅弄混了。

　　后来的诗人又把阿耳忒弥斯和赫卡忒混为一谈。于是，阿耳忒弥斯成了"三体女神"：在空中是月亮女神塞勒涅，在地上是狩猎女神阿耳忒弥斯，在冥界则是地狱女神赫卡忒。赫卡忒本是主管三岔路口的道路女神，人们叫她"岔路女神"。因为岔路总是让人联想到夜晚、鬼魂、地狱等阴暗的词，所以常被认为是黑暗邪恶的诡异之地。赫卡忒也因此被人们当成一位可怕的神。

冥界女神赫卡忒有着巨人一般强大的力量，
强大到足以粉碎一切坚固的东西。
听！听！她的三头猎犬在镇上吠叫。
她站在三岔路口，在月夜中凝视着一切。

阿耳忒弥斯这种身份的差异真是矛盾。她本是在茂密的森林间狩猎的阳光明媚的女神，是用自己的光芒照亮世间一切黑暗的月亮女神，是圣洁的处女神，曾有诗歌这样描写她：

> 只有纯洁的人才可为阿耳忒弥斯采集叶子、果实和花。
> 不纯洁的人永远无此资格。

善恶不定在所有神祇身上都有体现，但在阿耳忒弥斯身上体现得最为明显。

柏树是她的圣树，野兽是她的圣物，尤其是鹿。

阿佛洛狄忒（维纳斯）

阿佛洛狄忒是爱与美的女神。她优雅又迷人，能迷倒世间的一切人和神。她笑容灿烂，常对那些被她的诡计刁弄的人露出既美丽又讽刺的微笑。她拥有绝对的权力，哪怕是最聪明的智者也不可抗拒。

在《伊利亚特》中写道：阿佛洛狄忒是宙斯与狄俄涅之女，但还有种说法，说阿佛洛狄忒是在海浪激起的泡沫中诞生的，所以她的名字意为"海中的泡沫"。在希腊语中，"阿佛洛"就是"泡沫"的意思。阿佛洛狄忒出生在库忒拉岛附近的海中，温和轻柔的海风把她送到塞浦路斯岛的岸边，后来这两个地方都成了阿佛洛狄忒的圣岛，所以她也被叫作"库忒拉女神"或"塞浦路斯女神"。

一首荷马赞歌赞美塞浦路斯女神是"金发碧眼的美丽女神"：

第一章 ○ 诸神云起

◀《春》
［意大利］桑德罗·波提切利

木板蛋彩画，纵203厘米，横314厘米，创作于约1482年，意大利佛罗伦萨乌菲齐美术馆藏。作品取材于著名诗人波利希安的寓言诗——一个早春的清晨，在一片优美雅静的橘林里，美丽端庄的阿佛洛狄忒（维纳斯）位居中央，正以闲散优雅的表情等待着春之降临。

▲《马尔斯，维纳斯与丘比特》
［荷兰］朗贝尔·萨斯特里斯

布面油画，纵132厘米，横184厘米，创作于1560年前后，法国巴黎卢浮宫藏。维纳斯的丈夫、火焰之神、冶炼之神赫菲斯托斯（伏尔甘）长得很丑陋，而且他总是沉迷于工匠活，于是维纳斯常常另寻乐子。她和战神马尔斯（希腊神话中的阿瑞斯）是事实上的夫妻，生下了丘比特。这幅画描绘了维纳斯等待马尔斯的情景。

017

1200年希腊罗马神话

▲《维纳斯的诞生》
[意大利]桑德罗·波提切利

第一章 ○ 诸神云起

布面蛋彩画，纵172.5厘米，横278.5厘米，创作于1485年，意大利佛罗伦萨乌菲齐美术馆藏。画面描绘了希腊神话中代表爱与美的女神维纳斯从大海中诞生的情景。

> 缓缓的西风轻抚着海面，
> 她从细腻的泡沫中涌出，
> 漂浮到被阳光和鲜花环绕的塞浦路斯岛，
> 那是她的国度。
> 在塞浦路斯岛上，
> 美丽优雅的时序女神们围住了她，欢快地迎接她，
> 为她穿上华丽的衣服，梳理金发，
> 戴上金光闪闪的首饰，
> 将她带到众神面前。
> 当众神看到头戴紫罗兰花冠的阿佛洛狄忒时，都惊叹不已。

罗马人也用同样的方式来描写她：她是美丽的代名词，有她在的地方，一切都变得美丽明亮起来。暴风和乌云见了她都会默默飘走，她所到之处百花盛开，香气弥散，海浪笑着追逐她，她泰然自若地在霞光中漫步。没有她的地方，就没有欢乐。诗人们最喜欢用这种画面来描写她。

但她也有另一面。《伊利亚特》本应是一部以英雄和战斗为主题的作品。作为一个女神，她在这部作品中的形象却是软弱无力的，甚至连凡人都可以攻击她。后来的诗歌又说她通常是奸诈和邪恶的，会对人类施加致命和破坏性的力量。

大部分故事说她是瘸腿的冶炼之神赫菲斯托斯的妻子。

桃金娘是她的圣树，鸽子是她的圣鸟（有时也是天鹅和麻雀）。

赫尔墨斯（墨丘利）

赫尔墨斯是宙斯和阿特拉斯的女儿迈亚的儿子。因为他的雕像的形象很讨人喜欢，因而格外引人注意。相比其他神来说，这个年轻的神更令我们感到熟悉。他身姿优美，动作敏捷，脚穿带翼的金色凉鞋，头戴带翅的盔形帽，手持双盘蛇带翼权杖。因为他身手敏捷且头脑聪慧，所以被任命为宙斯的传旨者和信使。在众神中，他的机敏狡诈无人能比。他是个"神偷"，甚至刚出生不久，就做出了偷盗的勾当。曾有诗歌这样描写他：

> 破晓时分，
> 一个婴儿呱呱坠地。
> 当傍晚来临时，
> 他已偷走了阿波罗的牛群。

宙斯命令赫尔墨斯归还了阿波罗的牛群，后来，赫尔墨斯把自己随身携带的用龟壳做成的里拉琴送给阿波罗，作为自己偷牛恶行的补偿，这件事才得以解决。他用里拉琴换取阿波罗的牛体现了早期物物交换的贸易形式，赫尔墨斯也因此成了小偷和商人的保护神。

与上述赫尔墨斯的形象形成鲜明对比的是，他又是亡者庄严的向导。他伴送亡者的灵魂到达哈得斯的冥国，是亡者最后的守护神。

在神话传说中，有关他的故事要多于其他神祇。

阿瑞斯（马尔斯）

狂暴的战神阿瑞斯是宙斯和赫拉的儿子。荷马曾写道：他是宙斯最不喜欢的一个儿子。的确，在《伊利亚特》这部以战斗为主题的作品中，他的形象是最可恨、最凶残的。众英雄在与阿瑞斯对战获得胜利后的欢呼雀跃，更多的是为自己能躲避他无情的杀戮而庆幸。荷马称他嗜杀、血腥，是人类祸灾的化身。奇怪的是，也有人说他是个胆小鬼。当他受伤的时候，他会大叫着逃走。不过，在战场上他也有着一众的追随者，他能给这些追随者以激励。这些追随者中包括他的妹妹"不和女神"厄里斯和她的两个儿子，与他一起在战场上厮杀的还有女战神厄倪俄（拉丁名为贝罗娜）。阿瑞斯用他的利剑不加分辨地左劈右砍，鲜血在地面上流淌成河。在他周围，冰冷的尸体堆积如山。

罗马人比希腊人更喜欢阿瑞斯。在罗马人的心中，他绝不是《伊利亚特》中那个一受伤就落荒而逃的懦夫，而是一个身着闪光铠甲、战无不胜的战神。在伟大的拉丁英雄史诗《埃涅阿斯纪》中，勇士们绝不会因为自己能躲避阿瑞斯无情的杀戮而欣喜若狂，而是以自己能倒在阿瑞斯的战场上而倍感荣光。他们这种奔向光荣的死亡让战争变得很壮烈。

不同于赫尔墨斯，阿瑞斯并没有很频繁地出现在神话故事中。但有一个故事，讲的是他与爱神阿佛洛狄忒偷情，而被她的丈夫、冶炼之神赫菲斯托斯设计抓包的事。两个人的风流韵事使得阿瑞斯成为整个奥林匹斯的笑柄。但大多数时候，在关于他的故事里，他只是以战神或者战争的象征身份出现。不像赫尔墨斯、阿波罗或者赫拉那样，他是一个个性不鲜明的神。

古希腊对他的崇拜并不盛行，几乎没有专门崇奉他的圣城，古希腊人甚至含糊其词地说他是色雷斯人。色雷斯位于希腊东北部，那里的人以粗野凶悍而出名。

第一章 ○ 诸神云起

▲《被维纳斯解除武装的战神马尔斯》
　[法国]雅克-路易·大卫

布面油画，纵308厘米，横262厘米，创作于1824年，比利时皇家美术博物馆藏。画面描绘了战神马尔斯（希腊神话中的阿瑞斯）被爱神维纳斯的魅力吸引，允许自己被解除武装的场景。

秃鹫是他的圣鸟，因为它和阿瑞斯很像。可狗被选为他的圣兽，那就略显冤枉了。

赫菲斯托斯（伏尔甘或穆西柏）

赫菲斯托斯是火神、冶炼之神，他是宙斯和赫拉的儿子。也有人说，他是赫拉为了报复宙斯而生下的私生子。在众多美丽的神祇中，只有他丑且跛足。《伊利亚特》中曾写道：赫菲斯托斯说赫拉是个无耻的母亲，当女神们把他这个身体瘦小、相貌丑陋且有点儿畸形的孩子抱到赫拉面前时，她一把抓起孩子，把他扔出了奥林匹斯。而在另一个段落中又写道：他说这是他的父亲宙斯所做的事，因为他想维护赫拉，所以把宙斯惹怒了。人们更相信是宙斯对赫菲斯托斯做了这样的事，因为在弥尔顿那家喻户晓的诗中这样写道：

被暴怒的朱庇特抛下水晶的城垛，
从早晨到中午，从中午到第二天露水初生，
他像一颗流星一样从天穹坠落，
一直落到了爱琴海的楞诺斯岛上。

不过，这些事大概发生在遥远的过去。在荷马史诗中，他并没有被逐出奥林匹斯，而是在神界备受尊敬。他是奥林匹斯第一能工巧匠，制造了许多著名的武器、工具和艺术品，还为诸神打造了金碧辉煌的宫殿和家具。他的铁匠铺中有几个黄金造的女仆，她们可以移动，能够协助赫菲斯托斯工作。

第一章 ○ 诸神云起

晚期关于赫菲斯托斯的诗中写过:他的锻造炉位于某座火山下面,结果引起了火山爆发。

《伊利亚特》中写道,他的妻子是"美惠三女神"之一的阿格拉伊亚(古希腊诗人赫西俄德对她的称呼),而在《奥德赛》中则写着,他的妻子是天地之间最美丽、最风流的爱神阿佛洛狄忒。

他是一个仁慈的、热爱和平的神,在凡间和神界都很受欢迎。他和城市女神雅典娜一样,是人类城市生活中的重要存在。他们两个都

▲《伏尔甘的铁匠铺》
[西班牙] 迭戈·罗德里格斯·德·席尔瓦·席尔瓦·委拉斯开兹

布面油画,纵223厘米,横290厘米,创作于1630年,西班牙马德里普拉多博物馆藏。画面中火神伏尔甘正在和帮工们锻铁,太阳神阿波罗突然赶来,告知火神,他的妻子维纳斯有不贞行为。听到消息的火神很愤怒,帮工们也表情惊愕。

025

是城市的保护神，文明生活、农业生活的保护者。雅典娜是手工业者的守护神，赫菲斯托斯是铁匠的守护神。当孩子们正式被城市组织接纳时，他们祭拜的神就是赫菲斯托斯。

赫斯提亚（维斯塔）

赫斯提亚是宙斯的姐姐，与雅典娜和阿耳忒弥斯一样是纯洁的处女神。她没有鲜明的个性，在神话故事中也少有关于她的故事。她是炉灶女神，家宅的保护者。一个孩子刚出生的时候，必须先被带到炉灶旁，才能被接纳为这个家庭的新成员。人们在每次吃饭前都会祭拜她，并祷告道：

赫斯提亚呀！
在人类的住所和诸神的神殿中，
你都享有最高的荣誉。
诸神和人都会在席前席后为你献酒，
没有你，谁都无法宴客。

每座城市都有一个神圣的炉灶来供奉赫斯提亚，那里的火从不允许熄灭。如果要建立一个新殖民地，居民们会在母城的炉灶中取出一些燃烧的煤，用它来点燃新殖民地供奉赫斯提亚的炉灶里的圣火。

在罗马，她的灶火由六位女祭司来维护，她们被称为"维斯塔侍女"。

奥林匹斯的次要神祇

除了伟大的十二位奥林匹斯神之外，天界还有一些其他的神。

厄洛斯

这些神中最重要的是爱神厄洛斯，他的拉丁名字是丘比特。荷马的诗中并没有关于厄洛斯的记载，但是另一位诗人赫西俄德曾写道：

> 永生神中数他最美。

在早期的故事中，厄洛斯被描写成一位美丽严肃的青年，他经常送给人类礼物。希腊人对厄洛斯最准确凝练的描写并不是出自诗人笔下，而是来自哲学家柏拉图。他写道："爱神厄洛斯住在人们心中，但并不是每一颗心都能赢得厄洛斯的驻足。当这颗心变得坚硬冷酷时，他便会离去。他从不做坏事，也不允许别人做坏事，暴力等行径永远不会靠近他。所有服侍他的人都是自愿的。被爱神抚摸过的人，不会独自在黑暗中行走。"

在早期的故事中，厄洛斯并不是阿佛洛狄忒的儿子，只是她的使者。在后来的故事中，厄洛斯成了阿佛洛狄忒的儿子，而且被描绘成一个快乐、顽皮、狡猾，甚至有些残酷的男孩。

▼《丘比特的胜利》
[意大利]米开朗琪罗·梅里西·达·卡拉瓦乔

布面油画，纵156厘米，横113厘米，创作于1602年，德国柏林画廊博物馆藏。这是一幅非宗教题材作品，画面中的丘比特是一个调皮捣蛋、天真可爱的孩子。相比世俗生活中的小男孩，画中的丘比特不仅形体逼真，而且表情逼真，整个画面洋溢着贴近生活的亲近感。

第一章 ○ 诸神云起

> 他的心是邪恶的，但却满嘴甜言蜜语。
> 他的嘴里没有真话，甚至有些流氓气息。
> 他要是玩起把戏来，最是冷酷无情的；
> 他的手虽小，但他的箭却意味着死亡；
> 他的箭杆虽细，但能飞得比天还高。
> 别碰他那不忠的礼物，它们全都被火浸过。

在多数故事中，厄洛斯都是蒙着眼睛的，因为爱情往往是盲目的。在他身边陪伴着他的是安忒罗斯——有人说，他有时是那些付出真心却得不到回报的爱的复仇者，有时是爱情的反对者。陪伴厄洛斯的还有渴望之神希墨罗斯和婚礼的守护神许门。

赫柏

赫柏是希腊神话中的青春女神，是宙斯与赫拉的女儿。她也是奥林匹斯诸神的斟酒官。在每次宴会中，都由她替

▶《掠夺伽倪墨得斯》
［意大利］柯勒乔

布面油画，纵163.5厘米，横70.5厘米，创作于约1530年，奥地利维也纳艺术史博物馆藏。画面讲述了宙斯喜欢上了美少年特洛伊王子伽倪墨得斯，遂变成老鹰将其劫掠到奥林匹斯山的故事。

诸神斟酒，她斟的酒会使诸神心花怒放，永葆青春活力，并永无倦意。后来，她嫁给了升上天界的大英雄赫拉克勒斯，而斟酒官一职，由宙斯从人间找来年轻英俊的特洛伊王子伽倪墨得斯接替——有故事说，他是被宙斯的老鹰抓到奥林匹斯的。除此之外，再没有关于赫柏的故事了。

伊里斯

伊里斯是彩虹女神，众神的使者。在《伊利亚特》中，她是唯一的神使。在《奥德赛》中，赫尔墨斯第一次以神使的身份出现，但赫尔墨斯并没有完全取代伊里斯。诸神时而召唤伊里斯，时而召唤赫尔墨斯。

奥林匹斯还有两群可爱的女神——"美惠三女神"和九位缪斯女神。

"美惠三女神"分别是光辉女神阿格拉伊亚、欢乐女神欧佛洛绪涅和喝彩女神塔利亚。她们是宙斯和提坦神俄刻阿诺斯之女欧律诺墨的女儿。除了荷马和赫西俄德的诗中写过，阿格拉伊亚嫁给了火神赫菲斯托斯之外，她们三人并没有独立的人格，而是一直在一起的，是优雅与美丽的三重化身。"美惠三女神"与缪斯九姐妹同为"歌后"，她们常常出现在众神的聚会上，伴随着阿波罗的琴声轻歌曼舞，为聚会带来了不少欢乐。

缪斯女神共有九位，她们是宙斯和记忆女神谟涅摩叙涅的女儿。起初，她们和"美惠三女神"一样，彼此间没有太大区别。赫西俄德这样写道："她们醉心于歌曲，无忧无虑。能被缪斯女神爱上的人是幸福的。即使一个人的灵魂充满悲伤，但只要一听缪斯女神的仆人唱歌，就会立刻忘却烦恼，远离黑暗。这是缪斯女神送给人类最宝贵的礼物。"

第一章　○　诸 神 云 起

▲《赫西俄德与缪斯》
［法国］古斯塔夫·莫罗

木板油画，纵59厘米，横34.5厘米，创作于1891年，法国巴黎奥赛博物馆藏。赫西俄德生活在彼俄提亚，他经常去缪斯的住地赫利孔山。这幅画描绘了缪斯向赫西俄德赠送一把竖琴的情景。

后来的诗歌中说，这九位女神有各自司管的艺术。克利俄司管历史，乌剌尼亚司管天文，墨尔波墨涅司管悲剧，塔利亚司管喜剧，忒耳普西科瑞司管舞蹈，卡利俄珀司管史诗，厄剌托司管爱情诗，波吕许谟尼亚司管颂歌，欧忒耳佩司管抒情诗。

赫西俄德居住在赫利孔山附近。在希腊神话中，赫利孔山是缪斯的圣山之一，其他圣山还包括皮厄罗斯山、帕耳那索斯山，当然还有奥林匹斯山。有一天，九位缪斯女神出现在他的面前，对他说："我们知道如何让假话似真话，如果我们愿意，我们也知道怎么说真话。"她们是真理之神阿波罗的随从，也是"美惠三女神"的伙伴。品达说，阿波罗的竖琴既属于他自己，也属于九位缪斯女神。"引导舞者翩翩起舞的金色竖琴，是阿波罗和头戴紫罗兰花环的缪斯女神所共有的"。被她们激励的人类远比祭司更加神圣。

随着宙斯的地位愈来愈高，两个威严的形象出现在奥林匹斯。她们坐在宙斯的身边，铁面无私，执法如山。一位是忒弥斯，她是"法律"和"神的正义"的象征；另一位是狄刻，她是"人的正义"的象征。但她们从未具象化，成为人格神。在荷马和赫西俄德的诗中，还有两种拟人化的情感也是如此。尽管他们备受尊重，但最终也未能成为人格神。这两种情感分别是涅墨西斯（正义之神）和阿伊多斯。"阿伊多斯"这个词很难翻译，但希腊人却普遍使用，它有着使人不敢做坏事的敬畏之心和羞愧之心的意味，也指一个诸事顺利的人在面对不幸的人时应该怀有的情感——不见得是怜悯，而是不觉得自己和那些可怜人之间存在着很大的差别。

涅墨西斯和阿伊多斯几乎不和任何神住在一起。赫西俄德说，只有当人类变得邪恶时，涅墨西斯和阿伊多斯才会用白色的衣服遮住脸，离开广阔的人间，到天界与诸神做伴。

偶尔会有几个凡人升至天堂,来到奥林匹斯。不过关于他们的描写,从他们一升上天堂就没有了。后文将会讲到关于他们的故事。

水之神

波塞冬

波塞冬(尼普顿)是海洋(地中海)的统治者,也是"友善之海"(现黑海)的统治者。同时,所有地下河流都归他管辖。

俄刻阿诺斯

俄刻阿诺斯是古老的提坦神,统治着环绕地球的大洋河。他的妻子——海洋女神忒堤斯,也是一位古老的提坦神。大洋河中的女神都是他们的女儿,大地上所有的河流之神都是他们的儿子。

蓬托斯

蓬托斯(意为"深海"),是大地之母所生的原始海神。他的儿子是象征友善的"海的老人"涅柔斯,但涅柔斯的地位比蓬托斯重要得多。

涅柔斯

涅柔斯被称为"海的老人"。赫西俄德在作品中称他"值得信赖,和蔼可亲，充满正义感，公正善良，从不说谎，人们称之为长者"。他的妻子是大洋河流之神俄刻阿诺斯的女儿多里斯。涅柔斯与多里斯共孕育了五十个可爱的女儿，她们都是海洋女神。她们的名字来源于父亲，统称涅瑞伊得斯。其中的一位叫忒提斯，她是大英雄阿喀琉斯的母亲。还有一位叫安菲特里忒，是海洋之神波塞冬的妻子。

特里同

特里同是希腊神话中的海之号手，是海神波塞冬和王后安菲特里忒的儿子。他特有的象征物是海螺，用作号角，以扬起海浪。当他用力吹响这只海螺的时候，发出的声音就像一头凶猛的野兽发出的咆哮声，连具有神力的巨人都为之动容。

普罗透斯

有人说他是海神波塞冬的儿子，也有人说他是海神的随从。他有预知未来的能力，能够随意变换外形。

那伊阿得斯

那伊阿得斯是水中的一群仙女。她们居住在溪流和山泉乃至喷泉中。

琉科忒亚、帕莱蒙和格劳科斯

琉科忒亚和她的儿子帕莱蒙本是凡人，后因神的眷顾成为海中的神。格劳科斯原本是一个年轻的凡人渔夫，因误食草药变成了鱼尾人身的海神。不过这三位神祇都不太重要。

冥界

　　死者的王国由十二位奥林匹斯神之一的哈得斯（普路托）和王后珀耳塞福涅共同掌管，人们也用"哈得斯"来借指冥国。《伊利亚特》中写道：冥界位于地下某些秘密的地点。《奥德赛》中写道：冥界在大洋彼岸，世界的尽头。后世的诗人在诗中说，通往冥界有很多条路，但都要穿过深深的洞穴或者湖泊。

　　塔尔塔罗斯和俄瑞波斯是冥界的两个地区。俄瑞波斯是刚死之人最先经过的地方，塔尔塔罗斯则在更深的地方，是"地球之子"的监牢。不过，在通常情况下，两者之间并没有什么差别，都是冥界的别称，尤其是塔尔塔罗斯。

　　在荷马的作品中关于冥界的描写是非常模糊的，他只说那是一个阴森恐怖、一片黑暗的深渊，那里没有什么是真实的，亡魂（如果可以这样称呼）的存在犹如一个个悲惨的梦境。在后世诗人的描写中，冥界才变得越来越清晰，他们说那是恶人受惩罚、善人获得福报的地方。在古罗马诗人维吉尔的作品中，冥界中所有恶人受到折磨和善人得到福报时的细节都描写得非常到位，他对于冥界的叙述比希腊诗人更详尽，他也是唯一清楚地指出冥界具体位置的诗人。要想下到冥界，得一直走到"悲伤之河"阿刻戎河和"哀叹之河"科库托斯河的交汇处，那里有一位叫卡戎的老船夫，他会负责把亡者的灵魂摆渡到对岸。但他只摆渡那些被正式安葬的或者嘴唇上放有过河费的亡者的灵魂。

　　岸上矗立着通往塔尔塔罗斯（维吉尔喜欢这样称呼它）坚固的大门。长着三头龙尾的地狱之犬刻耳柏洛斯把守着冥界的出口，它不会让任何亡魂从这里溜出去。当亡魂进入冥界，会被带到三位法官面前，他们分别是赖达曼托斯、弥诺斯和埃阿科斯。这三位法官会通过死者

▼《睡神与死神》
[英国] 约翰·威廉·沃特豪斯

布面油画，纵69.85厘米，横90.81厘米，创作于1874年，私人收藏。画面中"死神"塔那托斯和"睡神"修普诺斯俩兄弟斜卧在床上，灯光照亮"睡神"，而"死神"则被朦胧的阴影笼罩，即通过对比暗示生与死的不同。

生前所做的事做出判决，把邪恶的人送入永远饱受折磨的深渊，把善良的人送到一个叫"厄律西安乐园"的地方。

除了阿刻戎河和科库托斯河之外，还有三条河把光明的人间和黑暗的冥界分隔开来，这三条河分别是："火之河"佛勒革同河、"神明借以发下重誓的守誓之河"斯堤克斯河以及"遗忘之河"勒忒河。

在广袤寒冷的冥界的某一处，矗立着冥王哈得斯的宫殿。宫殿周围的原野上开满了金穗花——大概是一种古怪的、苍白的、幽灵般的花朵。这座宫殿有很多扇门，每扇门里都挤满了"宾客"。除此之外，我们对它就没什么了解了。因为诗人的笔也不愿意在这个黑暗阴森的地方逗留。

在维吉尔的作品中，他把复仇女神厄里倪厄斯安排在了冥界，让她们在冥界惩罚那些生前作恶的人。但在希腊诗人的作品中，厄里倪厄斯常在人间追捕罪人。她们冷酷但公正。希腊哲学家赫拉克利特说："就连太阳都不会越过自己的轨道，但正义之神厄里倪厄斯却能超越太阳的轨道。"厄里倪厄斯经常被描绘成三个人，她们分别是提西福涅、墨盖拉和阿勒克托。

"睡神"和他的兄弟"死神"也住在冥界。梦是从冥界上升到人间的。梦在进入人的梦乡时可以走两扇门——经过号角门的梦就会成真，经过象牙门的梦就是一场幻梦。

大地上的次要神祇

大地被称为万物之母，但她并不是一位神。她从来都没有脱离土地而化身为人形。谷物女神得墨忒耳是天父克洛诺斯和地母瑞亚之女，她和酒神狄俄尼索斯是大地上两位至高无上的神祇。他们在希腊神话和罗马神话中经常出现，占据非常重要的地位（下一章将会讲到他们的故事）。其他生活在大地上的神相对而言并没有那么重要。

潘

潘是大地上所有神的首领。他是赫尔墨斯的儿子。荷马有首歌颂他的诗，说潘是一位喧闹、快乐的神。他长着山羊的角和蹄子。他是牧羊人的守护神，也是森林仙女们跳舞时的舞伴。所有的荒野都是他的家，如灌木丛、森林或山上，但他最喜欢的还是他的出生地。他是个了不起的音乐家，他用芦笛吹出的旋律像夜莺的歌声一样甜美。仙女们听到潘美妙的笛声，会立即跑到他的身边。可潘爱上的那些仙女，都因为他长相丑陋而拒绝了他。

人们认为，夜晚在旷野中听到的那些令人胆战心惊的声音就是潘制造出来的，所以"恐慌"[①]一词便由他而来。

西勒诺斯

有人说西勒诺斯是潘的儿子，也有人说他是潘的兄弟，同为赫尔墨斯之子。西勒诺斯是个快活的胖老头，他经常骑着一头毛驴，因为总是喝得酩酊大醉以至于不能走路。西勒诺斯曾是酒神狄俄尼索斯年轻时的教导者，可是后来他每天沉醉于美酒中，彻底从酒神的导师变成了酒神的追随者。

卡斯托耳和波吕刻斯

大地上除了这几位神之外，还有一对非常有名且受欢迎的兄弟——卡斯托耳和波吕刻斯。据说，他们一半时间生活在地上，一半时间生活在天堂。他们是勒达的儿子，通常被视为水手的保护神：

[①] 潘的希腊语为Pan，英文中的"panic"，译为恐慌、惊慌，该词是由Pan衍生出来的。——编者注

> 当暴风在无情的海面上肆虐时,他们是那些船只的救星。

卡斯托耳和波吕刻斯在战争中表现得很强大,罗马人非常敬重他们,并尊称他们为:

> 所有罗马人都向他们祈祷的孪生兄弟。

不过,关于神的故事,总有一些是自相矛盾的。有的故事说只有波吕刻斯是神,卡斯托耳只是个凡人,因为卡斯托耳和波吕刻斯俩人兄弟情深,所以在卡斯托耳死后分得了波吕刻斯一半的寿命。

勒达

勒达是斯巴达国王廷达瑞俄斯的妻子。她给国王生了两个凡人孩子:一个是卡斯托耳,一个是克吕泰涅斯特拉(阿伽门农的妻子)。故事中,宙斯幻化成一只天鹅来诱骗勒达,让她为宙斯生下了两个孩子:一个是波吕刻斯,另一个是特洛伊战争的女主角海伦。卡斯托耳和波吕刻斯常常被称为宙斯之子,那是因为他们广为人知的希腊名字"狄俄斯库里"的意思就是"宙斯的年轻人"。卡斯托耳和波吕刻斯也被称为"廷达瑞俄斯之子"。

1200 年希腊罗马神话

▲《勒达与天鹅》（临摹达·芬奇原作）
[意大利]切萨雷·达·赛斯托

布面油画，纵73.7厘米，横69.5厘米，创作于1505年至1520年，英国朗利特庄园藏。作品描绘了爱上勒达的宙斯化为天鹅引诱她的场景。

在故事里，他们生活在特洛伊战争之前，被描绘成和忒修斯、伊阿宋、阿塔兰忒生活在同一时代的人。他们曾一同参加过"卡吕冬野猪"猎捕行动，也曾一同去寻找金羊毛；当忒修斯把海伦抢走时，他们救回了海伦。但在所有的故事中，他们扮演的角色都无足轻重，除了"卡斯托耳之死"。在这个故事中，波吕刻斯表现出了兄弟间的深厚情谊。

▲《勒达与天鹅》
［意大利］柯勒乔

布面油画，纵152厘米，横191厘米，创作于1532年，德国柏林国家博物馆藏。

1200年希腊罗马神话

▲《抢劫琉西波斯的女儿们》
［佛兰德斯］彼得·保罗·鲁本斯

布面油画，纵224厘米，横209厘米，创作于约1618年，德国慕尼黑老绘画陈列馆藏。画面描绘了宙斯与勒达所生的一对孪生子卡斯托耳和波吕刻斯劫夺迈锡尼国王琉西波斯两个女儿的场景。

第一章　诸神云起

我们不知道卡斯托耳和波吕刻斯两兄弟是如何来到养牛人伊达斯和林叩斯的土地上的，但品达写道：伊达斯因为他的牛和卡斯托耳起了争执，并刺死了卡斯托耳。也有作家写道：争执的起因是这个国家的国王琉西波斯的两个女儿。伊达斯刺死卡斯托耳之后，波吕刻斯又刺死了林叩斯。宙斯知道后，用他的霹雳劈死了伊达斯。即便如此，死去的卡斯托耳也不能复活，波吕刻斯悲痛万分，祈求和兄弟一起死去。宙斯很受感动，允许波吕刻斯分一半寿命给卡斯托耳：

你们一半的时间住在冥界，
一半的时间住在天上。

按照这种说法，兄弟二人从此再也没有分开过。但已故的希腊作家卢奇安给出了另外一种说法：他们分别住在天上和人间——波吕刻斯去人间时，卡斯托耳就得去天上；当波吕刻斯去天上的时候，卡斯托耳就得去人间——他们永远不能相聚。在卢奇安的另一篇讽刺诗中写了一个故事：

阿波罗问赫尔墨斯："我说，为什么我们从来没有同时看到过卡斯托耳和波吕刻斯呢？"

赫尔墨斯回答："哦——他们非常喜欢彼此，当命运注定他们中的一个必须死去，而另一个是不朽之身时，他们决定共享永恒的生命。"

阿波罗说："这样做可不是明智之举。如果是那样，他们能从事什么工作呢？我可以预测未来，埃斯科拉庇俄斯可以治愈疾病，而你——赫尔墨斯——则是一个好的信使。而这两个人呢，他们整天都无所事事吗？"

赫尔墨斯说："不，当然不会，他们是海神波塞冬的随从，他们会在海面上救助那些遇难的船只。"

阿波罗说："那真是太好了，我真高兴他们现在有这么好的差事可做。"

据说他们就是双子星座。在关于他们的故事中，他们总是骑着漂亮的白马。荷马说，卡斯托耳的马术要高于波吕刻斯，他称这两个人是：

"驯马师"卡斯托耳和"拳击手"波吕刻斯。

西勒尼

西勒尼是"半人马"，他们的上半部分是人的躯干，下半部分是马身，通常长着马的尾巴和耳朵。没有具体描述他们的故事，但在希腊的花瓶上经常可以看到他们的形象。

萨堤耳

萨堤耳和潘一样，都是半人半羊的神。他也住在荒野中，是丑陋的森林男神。

森林女神

与那些非人类的、丑陋的森林男神相反，森林中的女神都是可爱的少女形象。俄瑞阿得斯是山的女神，德律阿得斯（有时也叫哈马德律阿得斯）是树的女神。树的女神的生命都是与她掌管的树联系在一起的。

风王

风王埃俄罗斯也居住在大地上。埃俄利亚岛是他的故乡。准确地说，他是风神们的管理者，是众风神的总督。四位重要风神分别是：北风之神玻瑞阿斯（拉丁名字是阿库伊罗），西风之神仄费罗斯（拉丁名字是法沃尼乌斯），南风之神诺托斯（拉丁名字是奥斯忒耳），东风之神欧罗斯（希腊和拉丁名字都是欧罗斯）。

还有一些既不是人，也不是真正意义上的神的生物，他们也居住在大地上。

肯陶耳

他们是半人马，生性野蛮。他们不像人，更像野兽。肯陶耳一族中有一位名叫喀戎的贤者，因善良和智慧而闻名于世。

蛇发女怪戈耳工

蛇发女怪共有三位，其中两位拥有不死之身。她们是人头龙身鸟翼的怪物，和她们对视的人都会变成石头。她们的父亲是海神和地母之子福耳库斯。

1200年希腊罗马神话

▲《雅典娜与半人马》
[意大利] 桑德罗·波提切利

布面蛋彩画,纵207厘米,横147.5厘米,创作于约1482年,意大利佛罗伦萨乌菲齐美术馆藏。画面描绘了帕拉斯·雅典娜捉拿半人马的情景。

格赖埃

她是蛇发女怪的姐妹。格赖埃也有三位,她们长着灰色的头发,共用一只眼睛。她们居住在遥远的大洋彼岸。

塞壬

海妖塞壬住在大海中的小岛上。她们拥有迷人的声音,并用这种歌声来吸引水手,让他们丧命。没人知道她们长什么样子,因为见过她们的人都没有生还。

命运女神

她们的希腊名字叫"摩伊赖",拉丁名字叫"帕耳凯"。

▲《命运女神们》
[西班牙] 弗朗西斯科·德·戈雅

布面油画,纵123厘米,横266厘米,创作于1820年至1823年,西班牙马德里普拉多博物馆藏。画面中最左面是克洛托,旁边是拉刻西斯,最右面是阿特罗波斯。处于前方者双手被缚、面无表情,其命运完全被三女神掌控。

她们非常重要，但在天上和地上都没有她们的住所。赫西俄德说："命运女神在人们出生的时候就给他定好了一生的祸福，一切都是命运的安排。"命运女神共有三位："纺纱者"克洛托，负责纺织人生的纱线；"命运处置者"拉刻西斯，负责给每个人分配命运；"可恶的剪刀手"阿特罗波斯，负责在人们将死之时剪断他们的命运之线。

罗马神祇

前面提到的十二位伟大的奥林匹斯神也被转化成了罗马神。希腊艺术和文学深深地影响着罗马，以至于罗马神祇和希腊神祇有些类似，甚至最后合为了一体。不过，这些神在罗马都有他们相应的罗马名字：朱庇特（宙斯）、朱诺（赫拉）、尼普顿（波塞冬）、维斯塔（赫斯提亚）、马尔斯（阿瑞斯）、密涅瓦（雅典娜）、维纳斯（阿佛洛狄忒）、墨丘利（赫尔墨斯）、狄安娜（阿耳忒弥斯）、伏尔甘或穆西柏（赫菲斯托斯）、刻瑞斯（得墨忒耳）。

但也有两位神保留了他们的希腊名字：一位是太阳神阿波罗，一位是冥王普路托。冥王在希腊被称为哈得斯，但在罗马却没有人这样称呼他（普路托也是希腊语）。酒神在罗马被称为巴克斯，而不是我们熟知的狄俄尼索斯，此外酒神还有一个拉丁文名字叫利柏耳。

罗马神话中的神之所以与希腊神话中的神极其相似，是因为罗马人没有自己的神。他们信奉宗教，但没有丰富的想象力，无法自己创造出那么多个性鲜明的神，所以干脆沿用了希腊神祇作为自己的神。在此之前，罗马人对于自己心中信奉的神的概念是模糊的，这些神仅仅是一种特殊的神力而已，这些神力被称为"努米纳"，是"力量"

和"意志"的意思。

也许，直到希腊文学和艺术进入意大利之前，罗马人都觉得不需要美丽而富有诗意的神。他们是务实的民族，并不在意"戴着紫罗兰花冠跳舞的缪斯女神"和"用金色的竖琴弹奏悦耳旋律的阿波罗"，或与之类似的富有诗情画意的描绘。他们需要的是对他们有用的神，例如看守摇篮的神、掌管儿童食品的神。没有故事描写过努米纳，我们甚至不知道他们是男是女。不过，他们却和人类生活密切相关。在日常生活中，人们祭拜或信仰这些神，就会从神那里得到恩惠。希腊神话中的谷物女神得墨忒耳和酒神狄俄尼索斯也是如此。除了这两位，其他的希腊神祇都不管这些日常琐事。

罗马神祇中最著名并最受人尊敬的努米纳是拉莱斯和珀那忒斯。每个罗马人的家中都有一位拉尔（即一位祖先的灵魂）以及几位珀那忒斯（即牧师、灶神和库房的守护者）。他们是每个家族的神，是家族中最重要的组成部分，是家族的守护者。罗马人从不在专门供奉着这些神的神殿里做礼拜，他们会在每顿饭之前将一些食物供奉给这些神。除各家各户专属的拉尔和珀那忒斯外，还有大家共同供奉的拉尔和珀那忒斯，他们对于每个家庭和城市起到的保护作用是一样的。

还有很多努米纳与罗马人的家庭生活息息相关。例如，戍边守国的神忒耳弥努斯、丰收之神普里阿普斯、畜牧女神帕勒斯、农夫和伐木工的守护神希尔瓦努斯等，名单长得无法一一罗列。农田中的一切都由一种仁慈的力量照管着，但这种仁慈的力量没有具体的形象。

起初，农神萨顿也是一位努米纳。他是种子和播种者的守护神，他的妻子欧普斯是协助人们收割的神。后来，有人说萨顿是希腊神话中古老的提坦神克洛诺斯（即宙斯的父亲），就这样，萨顿由努米纳变成了真正的、拥有生动个性的神，也有了很多故事。为了纪念克洛诺斯带领意大利进入黄金时代，每年冬天，意大利都会举办农神节，届时会大摆盛宴，以示庆祝。在此期间不得宣战，奴隶和主人可以同桌吃饭，死刑要延迟执行，大家要互送礼物。在人们的心目中，这个节日象征着和平、平等，这也表达了人们对和平时代的向往。

雅努斯原本也是一位努米纳。他是"良兆之神"，意味着一切定会有好的结局。但他在一定程度上被人格化了。在罗马，他的神庙要呈东西向，因为这两个方向代表着一日之始和一日之终。供奉着他的神庙有两扇门，门间立着他的双面雕像，分别刻着他年轻的面庞和苍老的面庞。神庙的门只有在罗马处于和平时期才会关闭。在罗马建国的 700 年间，神庙的门曾关闭过三次：一次是在国王努马统治期间；一次是在公元前 241 年，罗马人在战争中战胜了迦太基人；还有一次是在奥古斯都统治期间。弥尔顿曾描写这段时期：

世界上没有战争，
也没有战争的声音。

乌努斯

以雅努斯的名字命名的 1 月份[①]意味着新的一年的开始。

乌努斯是萨顿的孙子。他是个农神，相当于罗马神话中的潘。他会预言，经常进到人类的梦中和他们对话。

---

① 1月份英文中的January 源自雅努斯的拉丁文名字James。——编者注

法翁

法翁是罗马神话中的萨堤耳，主管畜牧。

奎里努斯

奎里努斯是罗马创始人罗穆卢斯被神化后的名字。

马涅斯

马涅斯是哈得斯的冥国中善良的亡魂，有时他们会被尊为神。

勒穆瑞斯或拉耳瓦伊

勒穆瑞斯或拉耳瓦伊是邪恶的亡魂，他们虽然也是神，但却非常可怕。

卡墨奈

卡墨奈起初是有实际作用的女神，她们负责看管泉水和水井，治愈疾病，预言未来。但是，当她们作为希腊神传入罗马后，就变成了司管艺术和科学，类似于缪斯女神一样没有什么实际作用的神。据说，罗马国王努马的老师厄革里亚也是这些卡墨奈女神中的一位。

卢奇娜

卢奇娜被尊称为罗马的生育女神。但通常，生育女神指的是朱诺或狄安娜。

波墨娜和威耳廷努斯

波墨娜和威耳廷努斯起初是负责保护花园和果园的努米纳,后来被人格化了,成为具有形象的神。还有不少关于他们如何坠入爱河的故事。

第二章
大地上的两位伟大神祇

大多数情况下，那些高高在上的不朽神明对于人类来说，并不是福气的开端，而是祸患的开始。宙斯是人间少女的危险情人，谁都不知道他会在什么时候降下可怕的霹雳；战神阿瑞斯是战争的制造者，人们对凶悍的他充满了恐惧；赫拉吃起醋来完全不讲道理，毫无公平可言；雅典娜也是战争的制造者，像宙斯一样随意挥舞着手中的闪电长矛；阿佛洛狄忒常用她的魅力去诱惑别人，然后做出背叛之事。他们都拥有美丽的容貌和光芒四射的不朽之躯，他们的经历也为我们创造了大量精彩的故事。他们虽然对人类没多大害处，但却反复无常，不值得信赖。没有他们，人类或许会生活得更好。

但是，也并不是所有的神都是这样的。有两位神照料并呵护着人类，他们是人类的好朋友。一位是谷物女神得墨忒耳，她是克洛诺斯和瑞亚的女儿；另一位是酒神狄俄尼索斯。

　　谷物女神得墨忒耳是两位神中更为古老的那一位。因为人们在种植葡萄用以酿酒之前，就已经开始种植谷物了。第一片玉米田是人类在大地上定居的标志，葡萄园则是后来才出现的。人们把教会他们耕种的神圣力量想象为女神而不是男神，这是因为当时男人负责打猎和战斗，女人则负责照料田地。当女人们耕种、收获的时候，她们觉得只有女神才可以更好地了解和帮助女人。人们祭拜得墨忒耳不像祭拜别的神那样用男人喜欢的血腥祭品，而是通过每一次在农田里收获时谦卑的行动来表达自己最大的敬意。因为得墨忒耳的缘故，谷物田成了神圣的地方，人们在田地上播种"神圣的得墨忒耳的种子"。打谷场也在她的保护之下。谷物田和打谷场都是她的圣地，她随时都可能出现在这两个地方。"在神圣的打谷场，当人们在簸扬谷物时，金黄色头发的得墨忒耳在风中把谷壳和谷粒分开，使谷壳堆越来越白。"收割者祷告着："愿我能在得墨忒耳的圣坛旁，扬起她那伟大的簸扬的扇子，把谷物堆成山，而她却在一旁手捧着麦穗和罂粟花，微笑着。"

　　纪念得墨忒耳的节日当然是在收获的季节。在很早以前，这个节日大概只是收割者的感恩节。大家切开用谷物烘焙的第一块面包，虔诚地念着感恩的祷文，向这位给予人类最好的、也是最必要的礼物的女神表示尊敬。后来，本来简单的祭祀活动变成了一种神秘的祭拜仪式，我们对此所知甚少。这个节日每五年才在九月份举办一次，每次祭祀活动会持续九天。这九天是最神圣的日子，大部分的日常工作都会停止。人们列队游行，载歌载舞，到处都洋溢着欢乐的气氛。这一祭祀活动是众所周知的,很多作家都写过关于庆典的文章,但是庆典中最主要的仪式却没有任何一位作家写过。观看过仪式的人都发誓不会说出关于仪式的任何细节,人们把这一部分保护得很好。

得墨忒耳的神庙坐落在雅典附近一座叫厄琉西斯的小镇上。因此,祭拜得墨忒耳的仪式又被称为"厄琉西斯秘密祭奠"。在整个希腊和罗马,祭拜得墨忒耳的仪式受到特殊的重视。公元前1世纪的作家西塞罗写道:"没有什么比这种神圣的仪式更崇高了,它让我们的性格更加柔软,让我们的风俗更加温和,使我们从野蛮人变成真正文明的人类。它们不仅向我们展示了快乐生活的方式,而且教会了我们如何心怀希望地死去。"

尽管这些仪式带有圣洁的神秘色彩,但它们仍保留着最初的那种质朴的形式。在我们了解到的为数不多的信息中,有一点是:在一个庄严肃穆的时刻,有人向信徒们展示"一根被默默收割的谷穗"。

没有人清楚地知道,酒神狄俄尼索斯晚于得墨忒耳多年,后来到厄琉西斯,如何获得与她同样平等的地位的。曾有这样描写二人平起平坐的诗歌:

当钹的声音响起时,
长发飘逸的狄俄尼索斯坐在了得墨忒耳身旁的宝座上。

他们二人一起受到崇拜,其实也是很自然的事。因为他们都给大地上的人类带来了恩惠,都是人们在日常生活中切面包、饮酒时祭拜的神。人们在收获的时候祭拜得墨忒耳，同时也会把一串串葡萄放入木桶中酿成香甜的美酒。

在果实的聚集中闪耀的纯洁之星——快乐之神狄俄尼索斯。

但狄俄尼索斯并不总是一个快乐的神，得墨忒耳也并非总像夏天时那么快乐。他们都是经历过苦难的神。正因为有着相似的经历，两位神之间才有了密切的联系。

他们都吃过苦，而其他神则没尝过持久的悲伤的滋味。那些神都居住在风吹不到、雨淋不到，甚至没有一片雪花的奥林匹斯。他们享用着山珍海味，听着阿波罗弹奏的竖琴。缪斯女神随着阿波罗的琴声歌唱，"美惠三女神"、青春女神赫柏和爱神阿佛洛狄忒迎着歌声翩翩起舞。金色的光芒在他们身上闪耀，而大地上的这两位神却饱受心碎的悲伤。

当谷物收获、葡萄被采摘之后，天上下起了黑霜，黑霜蔓延着，杀死了田野里再次发芽的谷物的植株和葡萄繁茂的枝蔓，一切绿色的生命全部被扼杀了。这是为什么？人们百思不得其解，便开始用最早的故事来解释这种神秘的现象，解释昼夜更替、季节变化、星辰出没等问题。虽然得墨忒耳和狄俄尼索斯都是快乐的丰收之神，但在冬天，两位神却陷入了悲伤，大地也随之陷入了悲伤。很久以前，人们就想知道为什么会这样，便讲了一些故事来解释原因。

第二章 ○ 大地上的两位伟大神祇

得墨忒耳（刻瑞斯）

这个故事只在一首诗歌中讲过，这首诗歌是荷马史诗中最古老的一首，创作于公元前 8 世纪或公元前 7 世纪初。原作有早期希腊诗歌的特色，即用简单直接的语言来描绘美丽的世界。

谷物女神得墨忒耳曾经有一个年轻美丽的独生女——"春神"珀耳塞福涅（拉丁语称普洛塞耳皮娜），可是后来，得墨忒耳失去了她。得墨忒耳万分悲伤，把她馈赠给大地的恩惠全部收了回来。万物停止生长，地球因此变成了一片冰冷的荒漠。原本肥沃的、长满绿色植物和开满鲜花的大地被冰封了，没有一丝生机，因为春神珀耳塞福涅在大地上消失了。

宙斯将珀耳塞福涅许配给了自己的兄弟——冥王哈得斯。当哈得斯看见珀耳塞福涅在恩纳山谷里和姐妹们开心地嬉戏时，决定将她掳走。他请求地神盖亚在地里长出一株美丽的花，盖亚答应了，山谷里立刻长出了一株异常美丽的花。珀耳塞福涅看见这株花，被它美丽的外表和香气所吸引。为了追随这株美丽的花，她渐渐远离了姐妹们。当她伸手揪住这枝花想要将其摘下时，突然间大地迸裂，哈得斯乘着黑马拉的金色马车从地下来到山谷，一把抓住了珀耳塞福涅的手腕，顷刻间回到了地下。珀耳塞福涅只来得及大喊一声。她那凄惨的叫声传得很远，传到了海底深渊，传到了奥林匹斯，也传到了得墨忒耳的耳中。可是，除了太阳神，谁都没有看到这一幕。

得墨忒耳到处寻找，像鸟儿一样在海上飞掠而过，可是哪儿都没找到女儿的身影。她向女儿的姐妹大洋女神们打听，但没有人告诉她真相，甚至在鸟儿那里也得不到一点儿消息。

得墨忒耳悲伤欲绝，她在大地上奔波了九天，没喝一口水，甚至

057

甜蜜的甘露流过她的唇边她也没喝一口。她到处寻找，没有一个人帮助她。第十天，她去找太阳神，含泪向他求助，太阳神告诉了她事情的全部经过：宙斯把珀耳塞福涅嫁给了冥王哈得斯，哈得斯掳走了她，把她带到了黑暗的地下王国，和亡魂们生活在一起。

听了这席话，得墨忒耳悲痛欲绝。她痛恨宙斯不经过她的同意就把女儿许配给了哈得斯。她撇下众神，离开了光明的奥林匹斯，变成凡人女子的面貌，穿上黑衣服，装成人们认不出来的样子（实际上，凡人察觉不到神的存在）。她在人间长久地奔波，最后来到了厄琉西斯。得墨忒耳坐在路边悲伤地流着眼泪，看起来就像一个看守仓库的老妇人。此时，厄琉西斯国王的四个美丽的女儿看到了得墨忒耳，她们同情地询问她是什么人，在这里做什么。得墨忒耳不愿意透露自己的真实身份，她对她们说，自己被强盗掳走后逃脱了，经过长时间的流浪才到了这里，她无亲无故，在这片陌生的土地上没有人愿意帮助她。四姐妹听了之后说：这镇子上的每一户人家都欢迎她，她们很想带她回自己家去做客。不过在这之前，她们得先回家去征得母亲的同意。得墨忒耳点头同意了。四姐妹把手中那些闪闪发亮的水罐装满水后便急忙跑回家去了。母亲墨塔涅拉吩咐她们立刻去邀请陌生人到家里来做客。四姐妹回到刚才和得墨忒耳相遇的地方，发现女神还坐在那里，她的黑袍子一直垂到地面，盖住了她的脚。得墨忒耳跟随四姐妹回了家，当她进门的时候，墨塔涅拉正抱着年幼的儿子坐在大厅内。得墨忒耳刚跨过门槛，屋内立刻充满了奇异的光辉。墨塔涅拉马上起身迎接，心头顿生敬畏。墨塔涅拉请得墨忒耳坐下，亲自给她斟满甜酒，但女神一口都没喝。她需要的是用薄荷调味的大麦汤，那是收割者收割时的清凉饮品，也是厄琉西斯祭奠时所供奉的圣水。墨塔涅拉立刻准备了大麦汤，得墨忒耳喝了之后恢复了精神。她把墨塔涅拉的孩子抱在怀里，墨塔涅拉非常高兴，得墨忒耳便成了厄琉西斯国王刻勒俄斯和王后墨塔涅拉的儿子的保姆。得墨忒耳打定主意要让这个孩子得到永生。她每天都把孩子放在自己的膝盖上,让这个孩子吸入她永生的气息,还将琥珀色的神粮擦在孩子的身上。夜里,她把孩子裹在襁褓里,放进熊熊燃烧的火炉中。孩子越长越像一位小神祇。

不知道为什么,墨塔涅拉总是感到不安。一天晚上,当她看见自己的儿子躺在火里时,吓得尖叫起来。得墨忒耳很生气,把孩子从火炉中抱出来扔在了地上。得墨忒耳本想赋予这个孩子永生,不让他受任何伤害,却因为孩子母亲而让他失去了这个福分。不过,因为这个孩子曾躺在女神的膝盖上,睡在她的臂弯里,他还是享尽荣华富贵,并处处受人尊敬。

得墨忒耳向刻勒俄斯和墨塔涅拉公开了自己的身份,同时恢复了女神的面貌。瞬间,偌大的屋子里充满了奇异的光辉,芳香四溢。美丽端庄的女神得墨忒耳站在那里,她的金发披在双肩上,双眼炯炯有神。国王夫妇赶忙跪倒在她的面前。得墨忒耳告诉他们,必须在城镇附近建一座神庙,这样才能赢得女神的原谅。

得墨忒耳离开的时候,所有人都吓得瑟瑟发抖。第二天早晨,厄琉西斯国王便把人们召集在了一起,向他们宣布了女神的命令,大家都表示很愿意为女神建造一座庙宇。这座神庙最终在厄琉西斯的卡里科拉泉边建成了。建成那天,得墨忒耳来到这里,独自坐在神庙中,一心渴望女儿的归来。

对于人类来说,那是最可怕的一年。土地上不长半棵禾苗,公牛徒劳地拉着沉重的犁在耕地里转来转去,人类几乎要因饥饿而集体消亡了。宙斯不希望凡人都死掉,想尽快处理这件事情。他派众神去劝得墨忒耳,试图让她息怒,可是她不为所动。得墨忒耳说,只有把她的女儿还给她,她才会让大地上长出果实。宙斯意识到,这次他和哈得斯必须得让步了。宙斯下令,让神使赫尔墨斯去冥界传达自己的旨意，并带回珀耳塞福涅。

　　赫尔墨斯来到端坐于金宝座上的冥王哈得斯面前，他看到夫妇二人正并肩而坐。珀耳塞福涅听到赫尔墨斯的话后开心地跳了起来，她迫不及待地想回到母亲的身边。她知道丈夫必须得服从宙斯的命令。哈得斯虽然不情愿，但他确实不敢违抗宙斯的命令，只好同意让珀耳塞福涅回到母亲身边。不过，他给珀耳塞福涅吃了一粒象征婚姻的石榴籽，这样她迟早还会回到自己的身边来。珀耳塞福涅坐上丈夫的金色马车，和赫尔墨斯一起出发了。神马疾速奔跑，转眼就到了厄琉西斯。得墨忒耳从神殿中跑出来迎接女儿，就像酒神的女祭司迈那得从山坡上奔下来的速度一样快。珀耳塞福涅开心地投入母亲的怀抱，两人紧紧相拥。接下来的一整天，母女二人都在谈论各自的遭遇。当得墨忒耳听说珀耳塞福涅吃了哈得斯给她的石榴籽后，感到非常难过，担心自己不能把女儿留在身边。此时，宙斯又派了另一位神来找得墨忒耳，这位伟大的神就是宙斯的母亲瑞亚。她从奥林匹斯来到光秃秃的大地上，站在神庙前对得墨忒耳说：

来吧，我的女儿！万神之主宙斯在呼唤你。
我的女儿，回到诸神的神殿中去吧！在那里你将享尽荣耀。
每年寒冬将逝之时，你的爱女会站在新一年的大地上。
她每年三分之二的时光会和你一起度过，
剩下三分之一的时间才会回到黑暗的地下去，
以此来抚平你的伤痛。
请你还回你曾给予人类的礼物吧！

第二章 ○ 大地上的两位伟大神祇

▲《珀耳塞福涅的归来》
[英国] 弗雷德里克·莱顿

布面油画，纵203.2厘米，横152.4厘米，创作于1891年，英国利兹美术馆藏。画面描绘了被冥王哈得斯（罗马神话中的普路托）掳走的珀耳塞福涅在归来的瞬间，焦急等待者大喜过望的场景。

得墨忒耳没有拒绝瑞亚的请求,但可怜的她每年仍要与女儿分别四个月,亲眼看着女儿走向没有光明的地下王国。得墨忒耳是个心地善良的神(人们总叫她"好女神"),她为自己给大地和人类带来的伤痛感到愧疚。伟大的得墨忒耳使大地恢复了肥力。很快,肥沃的农田里麦子开始抽穗,果园里瓜果飘香,阳光下的葡萄园泛着绿油油的光,整个世界重新恢复了生机。得墨忒耳接见了建造殿宇的厄琉西斯王子和使臣们,并选出一位叫特里普托勒摩斯的王子作为自己的使臣。她教特里普托勒摩斯耕种,让他传播给人们,她还把祭奠仪式的步骤传授给他和刻琉斯等人。没人讲过关于神秘祭奠仪式的任何内容,深深的敬畏之情使人们深缄其口。但观看过神秘祭奠仪式的人都会得到福气,一生将会有好运相伴。

人们在祭奠的时候会这样祷告:

满身芳香的厄琉西斯女神,
将最好的礼物赐予大地的女神得墨忒耳,
年轻美丽、充满欢乐的春神珀耳塞福涅,
请您赐予我们恩惠吧!
我们将为您奉上动听的颂歌以及我们真诚的心。

得墨忒耳与女儿珀耳塞福涅的故事中充满了悲伤。得墨忒耳是收获之神,更是一位可怜的母亲,她每年都要心碎地看着女儿离去。珀耳塞福涅是春天和夏天的璀璨女神,当她站在干燥、褐色的山坡上时,她的力量唤醒了种子,令万物复苏,生机盎然。女诗人萨福曾这样描写道:

第二章 ○ 大地上的两位伟大神祇

我听到了花开的春天的脚步声……

这脚步声就是珀耳塞福涅的脚步声。但珀耳塞福涅知道，这美丽有多么短暂，大地上所有的果实、花朵、叶子以及一切美丽生物，都会随着她步入黑暗的地下冥国之后，在寒冬中慢慢死去。自从冥王把珀耳塞福涅掳走后，她就再也不是那个每天无忧无虑、飞奔在花丛间的快乐少女了。虽然每年春天，她都会从黑暗的地下冥国中走出来，重新回到大地上，但随她一同回来的还有在冥国那些悲惨的记忆。尽管珀耳塞福涅美丽动人，但她的身上却散发着一种可怕的气息，人们常说她是"不可透露名字的少女"。

奥林匹斯众神都是"快乐的神""拥有不朽之身的神"，与生来就要受苦和死亡的凡人不同。但在人类充满悲伤或者濒临死亡的时刻，他们可以从伤心的女神得墨忒耳和冥界的女神珀耳塞福涅的遭遇中寻求到一点平衡，得到一丝安慰。

狄俄尼索斯（巴克斯）

狄俄尼索斯的故事和得墨忒耳的故事截然不同。狄俄尼索斯是最后一位进入奥林匹斯的神，在荷马的史诗中，甚至都没有把他列入诸神的行列中去。除了公元前8世纪或公元前9世纪，在赫西俄德的作品中有关于狄俄尼索斯的一些简短的叙述外，早期的文献中没有任何关于他的故事。一首创作时间较晚（甚至可能早于公元前4世纪）的荷马赞歌，是唯一记叙了"海盗船事件"的诗歌，而"彭透斯的命运"则出自公元前5世纪的诗人欧里庇得斯最后一部戏剧。欧里庇得斯是最具现代思想的古希腊诗人。

狄俄尼索斯是宙斯和忒拜公主塞墨勒的儿子，他是唯一具有一半凡人血统的神。

只有在忒拜，凡间的女子才能生下不朽的神。

塞墨勒是众神之王宙斯爱上的凡人女子之中最不幸的那一个。这么说当然是因为赫拉。宙斯疯狂地爱上了塞墨勒，并在守誓之河河边发誓会满足她的所有愿望。守誓之河边上发的誓言，即便是神王也不能违背。结果，塞墨勒受到赫拉的蛊惑，提出了要一睹宙斯真神的要求。宙斯知道，凡人在看见他的真神之后不可能再活着，但他也没办法。塞墨勒在见到宙斯真神的那一刻，因为无法承受伴随神出现的雷火而被烧死。宙斯赶忙抢救出还在塞墨勒体内不足月的婴儿狄俄尼索斯，将他缝在自己的大腿中，直到足月后才将他取出。随后，赫尔墨斯把狄俄尼索斯送到了倪萨山谷，请那里的仙女们抚养。倪萨山谷是世界上最美丽的山谷，但从没人去过，也不知道它在什么地方。有人说倪萨山谷中的仙女就是许阿得斯姐妹，后来宙斯把她们变成星星放在天空中。当她们靠近地平线的时候，就会带来雨水。

就这样，酒神从烈火中诞生，由雨水来哺育，这也象征着把葡萄催熟的炙热和哺育葡萄生长的雨水。

第二章 ○ 大地上的两位伟大神祇

◀《宙斯与塞墨勒》
［法国］古斯塔夫·莫罗

布面油画，纵213厘米，横118厘米，创作于1895年，法国巴黎古斯塔夫·莫罗博物馆藏。画面描绘了宙斯出现时雷火将塞墨勒烧死的场景。画中，宙斯威严地坐在宝座上，眼睛瞪得滚圆，右手边是血迹斑斑、濒于死亡的塞墨勒。

065

狄俄尼索斯长大成人之后,便和自己的老师——半人半羊的山林神西勒诺斯,乘坐着他那辆由黑豹拉的车到处游荡。有诗歌这样描写他所到之处:

他踏上过遍地黄金的吕底亚和佛律癸亚的土地,
他走过艳阳高照的波斯平原,
他摸过巴克特里亚王国高大的城墙,
他到过饱受风雨摧残的米堤王国,
以及阿拉伯半岛上那幸福的国度。

凡是狄俄尼索斯所到之处,他都要教授人们如何种植葡萄和酿出甜美的葡萄酒,他向人们传授祭拜酒神的神秘圣礼,人们都把他奉为神祇。最后,狄俄尼索斯漫游到了自己的家乡附近。

有一天,一艘海盗船行驶在希腊附近的海面上。在靠近海岸的一个海岬上,海盗们看到岸上站着一位长得十分英俊的男孩。他那浓密的黑发垂在紫色的披风上,盖住了结实的肩膀。他看上去就像一位王子。海盗们想:如果抓了他,他的父母肯定会拿出大笔赎金来为他赎命。海盗们兴高采烈地跳上岸,七手八脚地把男孩拖上了大船。上船之后,海盗们想用绳子将他捆住,令他们惊讶的是,这根绳子一碰到男孩的手脚便断了。而他睁着大眼睛,含笑望着海盗们。

正在这时,舵手发现船改变了行驶的方向,他顿时恍然大悟,大叫道:"他一定是神!你们快放了他,否则我们都会遭殃的。"船长嘲笑舵手是一个愚蠢的傻瓜,还命令海盗们赶紧起航。船帆鼓满了风,船员们拉紧了船板，手上不停地划桨，可船却一动不动。正在这时，神奇的事情发生了：甲板上出现了一株深绿色的葡萄藤，它缠绕在桅杆上，就像一个花环，上面开满了鲜花，结满了果实。不一会儿，芳香四溢的葡萄酒就从甲板上流淌下来。海盗们惊恐万分，船长命令舵手立刻靠岸，这时，男孩变成了一头大狮子。它咆哮着，对海盗们怒目而视。海盗们吓得跳了起来。他们的身上长出了蓝色的鱼鳞，脊背弯曲起来，双脚变成了尾巴，双臂变成了鱼鳍，纷纷跳入了大海。只有那位善良的舵手例外。善良的狄俄尼索斯宽恕了他，并告诉他不要害怕，自己是酒神狄俄尼索斯，是宙斯和忒拜公主塞墨勒的儿子。

狄俄尼索斯继续在人间游荡。在去往希腊的途中，他经过色雷斯地区，心情不错的他在那里大吃大喝，并快乐地跳起了舞。正在这时，埃多涅人那残暴的国王吕枯耳戈斯突然袭击了狄俄尼索斯，狄俄尼索斯纵身跃入大海，这才摆脱了吕枯耳戈斯的追击。后来，狄俄尼索斯再次返回这里，制服了这位曾欺辱他的国王，不过对他的惩罚并不严厉：

> 吕枯耳戈斯被囚禁在一个岩石洞穴里，
> 他对自己所做的事情感到十分后悔，
> 几乎到了疯狂的地步。
> 他在黑暗的沼泽中越陷越深，
> 在一次又一次忏悔中认识到，
> 他曾嘲讽过的那位神究竟是谁。

狄俄尼索斯并没有过分严厉地惩罚这位国王，但宙斯对曾经欺辱自己儿子的人可没那么手软。他弄瞎了吕枯耳戈斯的双眼，并缩短了他的寿命。没过多久，吕枯耳戈斯就死了。要知道，招惹神灵的人总是活不长的。

狄俄尼索斯在游荡的时候，还曾遇到过克里特岛上的公主——阿里阿德涅。那时，她被雅典王子忒修斯遗弃在那克索斯岛上，尽管她曾救过忒修斯的命。狄俄尼索斯很同情她，把她救了下来，最后还爱上了她。阿里阿德涅死后，狄俄尼索斯把他送给她的王冠放在了群星中间。

狄俄尼索斯虽然没见过自己的母亲，但在心里却日益思念她。后来，他实在难以纾解思念之情，便冲到冥界去寻找她。狄俄尼索斯找到母亲后，竭尽全力与死神抗衡，不让他带走母亲。最后，死神屈服了，让狄俄尼索斯带走了她。狄俄尼索斯并没有把母亲安置在人间，而是带她去了奥林匹斯。众神同意把塞墨勒当成他们中的一员。她虽然是个凡人，但毕竟生下了神，理应和他们住在一起。

酒神狄俄尼索斯有时和蔼善良，有时残忍可怕，他会驱使人们做出可怕的事情。他有很多女随从，在这些女随从中，最没有规矩的要数他的女祭司迈那得斯了。他的这些女随从经常喝得醉醺醺的，跟随狄俄尼索斯从一个国家到另一个国家。她们在狂欢的气氛中如醉如痴，舞之蹈之，在树林里狂奔尖叫，挥舞着长有松果的树枝。当她们疯狂或极度兴奋时，就会使用暴力，残忍地把路上遇到的动物撕碎，吃血淋淋的生肉，她们唱道：

啊！多么美的山野！
我们尽情跳舞，纵声歌唱，
奔跑在山野丛林中，自由自在。
当我们感到疲惫时，就躺在令人惬意的大地上。

第二章 ○ 大地上的两位伟大神祇

▲《酒神巴克斯与阿里阿德涅》
［意大利］提香·韦切利奥

布面油画，纵206厘米，横289厘米，创作于1520年至1523年，英国国家美术馆藏。画面描绘了酒神巴克斯（希腊神话中的狄俄尼索斯）与克里特国王之女阿里阿德涅相遇时的场景。

069

我们捕杀野山羊，饮鲜血，吃生肉，逍遥自在。

　　奥林匹斯的众神都希望他们的祭品和神殿是美丽整洁的，但经常发酒疯的女祭司迈那得斯却没有神殿。她们到旷野里去敬拜，到最荒凉的山岭、最深的森林里去敬拜，仿佛在依从古代的风俗——那时的人们还没想到为他们敬拜的神建造神殿。她们走出尘土飞扬、拥挤不堪的城市，回到无人涉足的丘陵和林间。在那里，狄俄尼索斯赐给她们食物和饮料——香草、浆果和野山羊的奶。她们的床就是柔软的草地——在枝繁叶茂的大树下，松针年复一年地落下来的地方。当她们醒来时，会感到一种宁静和天堂般的清新。她们在清澈的小溪里洗澡。这种露天举行的敬拜仪式以及野性之美非常美妙可爱，充满自由。然而，这种野地崇拜也常常会发生可怕的血腥盛宴。

　　酒神崇拜主要聚焦在两种截然相反的观念上：一种是自由狂欢，一种是野蛮残忍。酒神给他的崇拜者的，可能是二者中的任何一个。他有时是给人类福分的神，有时是给人类毁灭的神。关于他的故事，最糟糕的就是发生在他母亲的家乡忒拜的"彭透斯的命运"。

　　狄俄尼索斯游荡到忒拜，在那里开创他的祭拜仪式。总有一堆妇人围绕在他的身边，就像他那些女随从一样。她们头戴常春藤冠，身披小鹿皮，手拿缠着常春藤、杖顶缀着松果球的酒神杖，敲着手鼓和铙钹，扮成酒神狂女，嘴里唱道：

　　啊！狄俄尼索斯的信徒们，来吧，快来吧！
　　让我们伴随着低沉的手鼓和铙钹声，赞美他吧！

第二章 ○ 大地上的两位伟大神祇

▲《酒神节》
［意大利］提香·韦切利奥

布面油画，纵175厘米，横193厘米，创作于1519年，西班牙马德里普拉多博物馆藏。画面描绘了酒神狄俄尼索斯（罗马神话中的巴克斯）与众神纵酒狂欢的情景。

他是给我们带来欢乐的神灵，
最神圣的圣歌在召唤我们。
快到山上来吧，在群山之间狂欢吧！

那时候，忒拜的国王已经是彭透斯。他是塞墨勒妹妹的儿子。他并不知道这群近乎疯癫、行为诡异的妇人们的首领竟是自己的表兄。他更不知道，在自己姨母死去的时候，宙斯保住了自己的表兄。他觉得这些陌生人疯狂跳舞、大声唱歌和一系列古怪的行为是非常令人反感的，应该加以制止。彭透斯命令卫兵抓住并囚禁这些陌生的来访者，特别是那个喝得满脸通红、来自吕底亚的领头的"巫师"。正当彭透斯下命令时，他听到背后传来一个声音："你要抓捕的是一位神，他是塞墨勒的儿子。是宙斯保住了他的命。他是和得墨忒耳一样受人尊敬的伟大的酒神狄俄尼索斯。"说话的人是年老失明的老先知——忒瑞西阿斯。他是忒拜的圣人，能了解神的旨意。当彭透斯转过身来准备回答时，他发现这个老头和那些疯癫的来访者一样，头上戴着用常青藤编织的花环，肩膀上披着一张鹿皮，颤抖的手中拿着一根奇怪的松枝。彭透斯轻蔑地看着这个老头，然后命令他滚出自己的视线。这下彭透斯可是自取灭亡了，因为当圣人劝告他时，他却不肯听。

第二章 ○ 大地上的两位伟大神祇

狄俄尼索斯被一队士兵带了进来。在士兵们抓捕狄俄尼索斯的时候，他并没有试图逃跑或抵抗，反而极力配合他们，让他们毫不费力地抓到了自己，以至于这些士兵都有些羞愧，解释说自己只是奉命行事，并不是有意抓他。他们还告诉狄俄尼索斯，那些被囚禁起来的妇人全都逃到了山上，因为脚镣和牢门自动打开了。这些士兵说："这个人在忒拜创造了很多奇迹……"

彭透斯目露仇恨地瞪着被抓来的这个人，气急败坏地跟他讲话。但狄俄尼索斯的态度却极其平静温柔，似乎是想用这种方式打动彭透斯的心，让他看清楚此刻站在他面前的是一位神祇。

狄俄尼索斯警告彭透斯说："你不能把我关在牢里，因为神会给我自由的。"

彭透斯嘲讽地说："神？"

狄俄尼索斯说："是的，他就在这里，看着我受苦。"

彭透斯说："但我的眼睛看不到他。"

狄俄尼索斯说："他就在这里，你当然看不见他，因为你心性不纯。"

狄俄尼索斯的劝说激怒了彭透斯，他命令士兵把狄俄尼索斯捆起来，扔到囚牢中去。狄俄尼索斯临走时说："你欺辱我就是在欺辱神。"

囚牢自然是关不住狄俄尼索斯的。他从牢中走出来，走到彭透斯面前，想再一次说服他屈服于已经显示出神迹的神灵，并举行盛大的祭拜仪式。然而，彭透斯还是一味地侮辱狄俄尼索斯，并恐吓他。狄俄尼索斯决定让他自取灭亡。接下来，一场可怕的悲剧发生了。

彭透斯怒不可遏，他命令全副武装的步兵和骑兵去驱散大批信徒。此时，许多忒拜的妇女已经加入到信徒的行列中，就连彭透斯的母亲和姐妹都在其中。这时，狄俄尼索斯露出了可怕的一面，他向所有的信徒们大喊："他就是嘲笑我们神圣教仪的人，惩罚他吧！"他的蛊惑让妇人们发了疯。所有人都认为彭透斯是野兽，是一头美洲狮。酒神让彭透斯的母亲变得癫狂，认不出自己的儿子。她冲在最前面，她的姐妹们蜂拥而上，想杀死这头"狮子"。彭透斯终于知道自己是在和一位神祇作对，不过，他却付出了生命的代价。直到她们把彭透斯撕成碎片后，酒神才恢复了她们的理智。彭透斯的母亲看到了自己所做的一切。此时，那些挥动着松枝又跳又唱的妇人们才清醒过来，看着悲痛万分的彭透斯的母亲说：

诸神以不为人知的方式降临到人的身上，
他们本可以实现许多不可能实现的愿望，
但却总是事与愿违，
我们从未想过要踏上神给我们指引的道路，
但这一切却发生了。

在这些不同的故事中，狄俄尼索斯的思想似乎是相互矛盾的。有的故事中，他是给人们带来欢乐的神：

用金子束发、面颊红润的酒神巴克斯，
酒神狂女们围绕着他，
他们无忧无虑的火炬在熊熊燃烧。

有的故事中，他是无情、残酷、野蛮的神：

> 他面带嘲讽微笑着，追逐着他的猎物，
> 与他的崇拜者们一起生吞活剥，
> 共庆酒神节。

事实上，狄俄尼索斯之所以有这两种形象，正因为他是酒神。酒既有好处也有坏处。酒能使人们从心底感到愉快和温暖，但同时，酒也能让人烂醉，以至于做出很多失态的行为。希腊人是一个目光透彻的民族，他们在喝酒的时候，不仅能看到酒给人带来的愉悦，还能看到酒使人变得丑陋可耻。狄俄尼索斯是葡萄酒神，所以他有时会使人犯下可怕的罪行，没人能保护他们，甚至没人试图去帮助彭透斯躲避悲惨的命运。希腊人常说，当人们疯狂地喝酒时，这种事情确实会发生。但这个事实并没有使他们忽略另一个真理，那就是：酒是"快乐的制造者"，它能使人们的心情变得轻松愉悦。

> 当烦恼萦绕在你的心头时，
> 狄俄尼索斯的酒会让你远离烦恼，
> 带你去你从未到过的地方。
> 它让穷人变富，富者更富。
> 带给我们这些美妙旅程的，
> 只是葡萄树上结出的果实而已。

狄俄尼索斯在不同的时期有不同的形象，因为酒有双重属性，所以作为酒神的狄俄尼索斯自然也有着双重属性。他既是人类的恩人，也是人类的毁灭者。

从他赐给人类恩惠这方面来说，酒不仅带给人快乐，也给人带来生机，疗愈疾病。在他的影响下，人类勇气倍增，恐惧消除——至少暂时是这样。酒提升了他的信徒的胆量，让他们觉得自己可以做到他们本以为做不到的事情。当然，这种幸福和自信会随着他们慢慢清醒或喝得更醉而消失。但在这种幸福和自信的感觉持续的时候，人们就像被一种强大的力量支配着，所以人们觉得狄俄尼索斯是独一无二的神。他不仅存在于人身体的外部，也存在于身体的内部。狄俄尼索斯可以把人变得和他一样。饮酒的快感是一种错觉，让人觉得他们比神知道得更多，甚至自己也可以成为神。

这种想法与过去的旧观念有别。过去的人们认为，礼敬酒神就是多喝几杯，让自己变得快乐、自由或干脆醉倒。不过，也有些信徒是滴酒不沾的。过去的酒神信徒通过醉酒来获得片刻的欢愉和解脱，如今人们则是通过灵感。酒神也变成了赐予人灵感的神。这种转变是什么时候发生的，我们不得而知。但它的影响力是显而易见的——狄俄尼索斯在后世成为希腊最重要的神祇。

祭祀谷物女神得墨忒耳的"厄琉西斯秘密祭奠"对人类的影响确实很重要。几百年来，这些仪式帮助人们快乐地生活，满怀希望地死去。但它的影响力并没有那么持久，这可能和这个神秘的祭奠仪式不允许公开和流传有关。渐渐地，这些仪式在人们心目中只留下一个大概的记忆。而酒神狄俄尼索斯则不然。在他的盛大节日里所做的一切对全世界都是开放的，其影响力巨大。在希腊，没有哪个节日能与酒神节相匹敌。酒神节在春天葡萄树开始长出枝叶的时候举行，一直持续五天。酒神祭祀游行带有狂欢性质，酒神的狂热女信徒们会放下家

第二章 ○ 大地上的两位伟大神祇

庭和手中的活计。节日期间，没有人会被关进监狱，甚至还有可能会释放囚犯，并允许他们加入游行的队伍。人们祭奠酒神的场所不是会发生可怕的野蛮行径和血腥屠杀的荒野，也不是一个有秩序的用来举办祭祀活动的神殿，而是在一个剧院里。祭拜仪式是一场戏剧表演。这场戏剧是希腊最伟大的诗歌，也是世界上最伟大的诗歌之一，它是为狄俄尼索斯而创作的。那些写剧本的诗人，参与其中的演员和歌手，都被认为是狄俄尼索斯的信徒。演出的时候，无论是作者、演员还是观众，都在进行祭拜活动。人们认为，狄俄尼索斯应该也在场，所以牧师们会坐在离他更近的荣誉席位上。很清楚的一点是，神的圣灵能使人充满灵感，使人能写得更好、演得更好，这一点比他先前的思想重要得多。最古老的悲剧是在狄俄尼索斯的剧院里创作的，它是世界上最好的戏剧之一。除了莎士比亚的作品以外，没有能与之相比的戏剧。那里也上演过喜剧，但悲剧的数量远远超过了喜剧，这也是有原因的。

狄俄尼索斯——这个奇怪的神，他既是快乐的狂欢者，也是残酷的猎人；他既是崇高的灵感赐予者，又是一个受苦的人。他和得墨忒耳一样，都曾遭受过苦难。可他不像得墨忒耳那样是为别人而痛苦，他是为自己而痛苦。他是葡萄树，但总是被修剪，就好像没能结出果实的没用的东西一样。他的枝杈总是被砍掉，只剩下光秃秃的树干，每到冬天，就像一株枯死的树，只剩一个古老而粗糙的树桩。狄俄尼索斯和春神珀耳塞福涅一样，寒冬一来就死去了。可是，狄俄尼索斯比珀耳塞福涅更可怜，他死得非常凄惨：他被撕成了碎片，有的故事

077

说他是被提坦神族杀死的，有的故事说他是被天后赫拉下令杀死的。但他总是能在死后重生。人们在他的剧场里快乐地庆祝他的复活，在人们的心目中，他所承受的暴行和人类受他的影响而施行的暴行，都与他关系密切，令人无法忘记。狄俄尼索斯不只是受苦的神，而且是悲剧的神，没有一位神灵像他一样。

但是，狄俄尼索斯也有他的另一面。他相信死亡并不是一切的终点。他的信徒们相信，狄俄尼索斯在死后能复活表明灵魂在肉体死后永远存在，这种信仰是"厄琉西斯秘密祭奠"的一部分。起初，这种信念的中心是春神珀耳塞福涅。每年春天她都会从死亡中醒过来，从黑暗的冥国重回大地。但作为冥后，她即使在光明的世界里，也会让人联想到某种奇怪而可怕的东西，她总是带着死亡的气息，怎么可能代表复活，代表对死亡的蔑视呢？与她相反，狄俄尼索斯从未被认为是冥国中的神，也不曾带有死亡的气息。关于珀耳塞福涅的大多数故事都是她如何在黑暗的地下国度中度过时日的，而狄俄尼索斯的故事中有关冥国的只有他从冥国救母这一个。由于狄俄尼索斯的复活，他被认为是比死亡更强大的生命的化身，因此取代珀耳塞福涅，成为不朽灵魂信仰的核心。

在公元80年左右，伟大的希腊作家普鲁塔克，在离家很远的地方收到了女儿去世的噩耗。那是他最温柔的孩子。他在写给妻子的信中写道："亲爱的，你听人说，灵魂一旦离开肉体，就会消失，没有任何感觉，但我们都知道酒神巴克斯的秘密。我们都是他的信徒，我们都坚信一个毋庸置疑的真理：我们的灵魂是不朽的。我们应当认为，灵魂在死后会进入一个更好的地方，一个更幸福的环境。我们的生活每天都在继续，就让我们好好安排我们的生活，让我们内心更纯洁、更睿智、更坚强地生活下去吧。"

第三章
世界和人类如何创生

普罗米修斯受惩罚的故事,来自公元前5世纪的诗人埃斯库罗斯创作的悲剧。除此之外,本章内容主要取材于赫西俄德的作品,因为赫西俄德生活的时代要比埃斯库罗斯至少早300年。他是关于万物起源神话的主要权威。他写作的特点可以在克洛诺斯、潘多拉的故事中看出来。前者质朴,后者纯真,这都是他的特色。

> 初有混沌,无边无际的深渊,
> 像大海一样狂暴、黑暗、空旷。

这句诗出自英国诗人约翰·弥尔顿笔下,准确地表达了希腊人对于世界起源的看法。在很久很久以前,神还没有出现,天地间只有无尽的黑暗笼罩着"混沌"。这片不成形的虚无中诞生了两个孩子,但从来没有人能解释他们是如何诞生的。他们一个是夜神倪克斯,一个是厄瑞玻斯。倪克斯是幽冥之神,永久黑暗的化身,他也是一片深不可测的黑暗土地，是亡者死后去往冥界时最先经过的地方。整个世界中的一切都是黑暗、空虚、寂静、无尽的。

然后，奇迹出现了。在这种无边无际、令人窒息的黑暗中，奇迹以一种神秘的方式降临了。伟大的剧作家、喜剧诗人阿里斯托芬描述了它的到来，这些诗句经常被引用：

> 长着黑色翅膀的"夜"，
> 在厄瑞玻斯的怀抱里深埋了一个风生的蛋。
> 随着时间流逝，"爱"从蛋中破壳而出，
> 它光芒四射，闪耀着金色的翅膀。

"爱"在黑暗和死亡之中诞生，伴随着它的诞生，秩序和美也诞生了，它们驱散了这片模糊的"混沌"。"爱"和它的伴侣"光明"一起创造了"白昼"。

随后，大地出现了。当然，这个过程也没有人试图去解释，一切就这样发生了。随着"爱"和"光明"的出生，大地的出现就是很自然的了。赫西俄德是第一个试图解释万物起源的希腊诗人，他写道：

> 美丽的大地站起来了，
> 她宽阔的胸膛，是万物坚实的基础。
> 紧接着，她生下了和她紧密相连的星空，
> 它从四面八方把大地遮盖起来。

第三章 ○ 世界和人类如何创生

从此，大地成为永远被神祝福的家园。

在那些关于过去的思想中，"地"和"人"之间并没有什么区别。大地是坚实的地面，但隐隐约约也是一个人。天空是高高在上的蓝色穹顶，但在某些方面却表现出了人的特质。对那些创作故事的人来说，整个宇宙都充满了生命，就像他们自己一样，是个性鲜明的生命。他们是有个性的人，所以一切有生命痕迹的东西都被拟人化了，如随着冬夏变换的大地、闪烁着星星的天空、奔腾不息的大海，等等。这些尚属于程度不深的拟人化：只要是庞大而又模糊不清的东西，在它们运动的时候产生了某些变化，那它们就是有生命的。

早期的关于"爱"和"光明"产生的故事其实是在为人类的出现做准备，因而对于它们的描写更加精确，且更富于人性。这些文学家赋予自然力以不同的清晰的外形。他们把自然力视为人类的祖先，对这些自然力的个性化描写比对天空和大地的描写更清晰。他们写道，那些自然力的行为方式就像人类一样，他们会走路、会吃饭，而天空和大地却不会这样做。即使天空和大地是有生命的，但它们的生命形式显然和其他生命形式不同。

最早出现生命的生物是地母盖亚和天父乌拉诺斯的孩子，它们是怪物。正如我们相信地球上曾经居住过奇怪的巨大生物一样，希腊人也是如此。不过，他们并没有把这些生物想象成巨大的蜥蜴或猛犸象，而是想象为一种巨大的、毁灭性的力量，它们的震慑力足以引起地震、飓风、火山爆发等灾害。在关于这些毁灭性力量的故事中，它们好像并不是活着的，而是属于一个没有生命的世界。在那个世界中，有些不可抗拒的力量把山川大海都掀了起来。希腊人显然有这样的感觉，在他们的故事中，尽管他们把这些生物描写成是有生命的，但这些生命形式却不同于人类所知道的任何生命形式。

在这些故事中，首先出现的是三个巨大无比、各有一百只手和五十个头的强壮的怪物，之后出现的是三个被称为"库克罗普斯"（意为车轮眼）的怪物。他们的额头中间有一只巨大的眼睛，那眼睛又大又圆，像车轮一样。这些独眼巨人身躯庞大，就像巍峨的高山，他们具有巨大的威力。之后出现的是提坦神族，他们数量庞大，在力量和体型上都不逊于其他怪物。但他们并不是纯粹的具有破坏力的怪物，甚至有一些是相当仁慈的。事实上，当人类出现后，提坦神族中的一位还曾把人类从毁灭中拯救出来。

古人把这些可怕的怪物想象成大地之母的孩子是很自然的，因为他们是世界形成初期在大地之母的黑暗深处诞生的；但他们也是天空的孩子，虽然这种观点非常奇怪，但希腊人就是这么说的。希腊人还把天空说成是一位非常卑劣的父亲。天父乌拉诺斯憎恨那些长着一百只手、五十个头的怪物，尽管这些怪物是他的孩子。他惧怕他们的力量，因而把他们囚禁在黑暗的深渊之中。但他放过了独眼巨人和提坦神族。地母盖亚对自己的孩子受到虐待感到十分愤怒，她请求独眼巨人和提坦神族帮助她，只有一位叫克洛诺斯的提坦神足够勇敢，答应了盖亚的请求。克洛诺斯埋伏起来，趁天父不备，

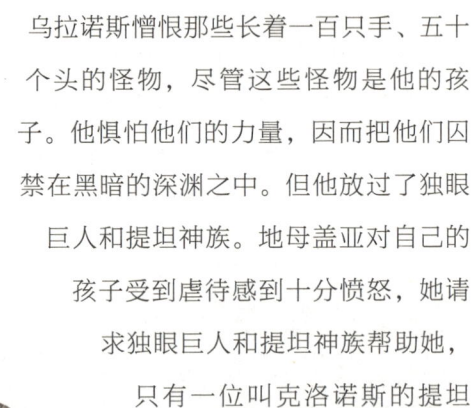

将其打成重伤。于是,第四批怪物——巨人族和复仇三女神厄里倪厄斯从乌拉诺斯的鲜血中冒了出来。复仇三女神的长相十分恐怖,她们的头发是一条条蠕动着的蛇,流出的眼泪是鲜红的血,她们的任务是追捕并惩罚那些犯下严重罪行的人。无论罪人在哪里,她们都会一直跟着他、谴责他,使他的良心备受痛悔的煎熬。所以,就算大地上所有的怪物都被驱赶出去了,只要世上还有罪恶,她们就会存在。

从那以后,克洛诺斯(罗马人称萨顿)成了宇宙之王,他的妹妹瑞亚(罗马人称欧普斯)成了他的王后。后来,克洛诺斯的儿子宙斯又推翻了他的统治,成为未来天地的统治者。宙斯的反叛是有理由的,因为乌拉诺斯受到克洛诺斯的袭击后曾愤怒地诅咒道:"你会为你所做的付出代价。你也将像我一样,被自己的儿子推翻统治。"为了避免诅咒成真,克洛诺斯做出了一个残忍的决定——把他的孩子全部吃掉。

瑞亚为克洛诺斯生了五个孩子,全都在刚出生时就被克洛诺斯一口吞下。瑞亚非常伤心。因此,在她生下第六个孩子后,决心要保全此子,她给这个男婴取名为宙斯。瑞亚将宙斯送到克里特岛抚养,将一块石头包在襁褓里交给了克洛诺斯。克洛诺斯看也不看就将它一口吞了下去。宙斯在克里特岛成长为一个英俊健壮的青年。为了推翻父亲的统治,他在祖母盖亚的帮助下,逼迫克洛诺斯吐出了他曾经吞下去的五个兄弟姐妹和那块石头。后来,那块石头被供奉在德尔斐神殿中。不知过了多少代,一位名叫帕萨尼亚斯的旅行家曾在他的报告中写道,他在公元 180 年左右看到过这块石头,并说:"德尔斐神殿中司管祭祀的人每天都在给一块不太大的石头涂油。"

这些孩子回到了世上,开始了与克洛诺斯及提坦神争夺世界统治权的战争。这场战争残酷而持久,几乎毁灭了整个宇宙:

可怕的巨响惊扰着无边的大海，
整个大地随之发出一声哀鸣，
广阔的天空颤抖着、呻吟着，
奥林匹斯的神基摇摇欲坠，
不朽的众神在攻击，
漆黑的地狱被震得簌簌颤抖。

这场战争最终以提坦神族失败而告终。宙斯胜利的原因，一方面是由于他放出了地下的"百臂巨人"，请他们来助阵，独眼巨人们也赶来帮助他，并为宙斯制造了霹雳和闪电；另一方面是提坦神伊阿珀托斯的儿子——英明睿智的普罗米修斯站在了宙斯这一边。

宙斯狠狠地惩罚了被他征服的敌人：

他们被钉上镣铐，投入地狱最深处——塔尔塔罗斯。
塔尔塔罗斯不可摧毁的铜门由百臂巨人把守，
据说那铜门从天上坠下花了九天九夜，
直到第十天才到达地面，
之后又下坠了九天九夜，才到达塔尔塔罗斯。

普罗米修斯的兄弟阿特拉斯的命运更加悲惨：

第三章 ○ 世界和人类如何创生

> 永远背负着破碎的世界和穹隆，
> 双肩上扛着把天地分开的柱子。

阿特拉斯永远背负着这重担，站在被云雾笼罩着的地方。在那里，"黑夜"与"白昼"彼此靠近，彼此问候。但"黑夜"与"白昼"从未同时在这里逗留，总有一个要离开去拜访大地，另一个在这里等待二者的交替。"白昼"给大地上的人带来光明，而"黑夜"却紧紧地拉着"死神"的兄弟"睡神"的手。

尽管提坦神族已被征服，但战争并未就此结束，宙斯还没有取得完全的胜利。地母盖亚很生宙斯的气，因为宙斯对她那些被打败的儿子们处置得过于严厉。她生下了最后的也是最可怕的后代，一个比她先前所生的怪物都可怕的百首怪物——堤丰。诗歌中这样描写它：

> 一个百首的庞然大物从地下来到地面上反攻诸神，
> 它那撕心裂肺的吼叫声像死神在召唤，
> 它的眼睛闪烁着耀眼的火光。

但是宙斯现在控制了霹雳和闪电，并用这些专属于他的武器击败了堤丰：

> 道道闪电似火箭四下飞射,
> 遍地烈焰,火光冲天。
> 烈火在堤丰的心脏中燃烧,
> 它的力量全部化为灰烬。
> 堤丰轰然倒地,倒在埃特纳的火山旁,
> 火红的岩浆吞噬着硕果累累的西西里平原。
> 那是堤丰的怒火和它燃烧的长矛。

后来,盖亚又怂恿巨人族发动了叛变,试图推翻宙斯的统治,但此时的宙斯非常强大。在大力神赫拉克勒斯的援助下,巨人族失败了,并被打入了地狱。至此,来自天上的神力完全战胜了大地上残酷的力量,宙斯和他的兄弟姐妹们成了不可置疑的万物主宰。

大地上的怪物全部被处置,这为人类的到来做好了准备。人类可以在没有怪物的大地上安心、舒适地生活,不必担心可怕的提坦神或巨人突然出现。地球被视作一个大圆盘,被希腊人所说的"海"(我们称为地中海的地方)和黑海分成了两半。(希腊人起初将黑海称为"阿克西涅",意为不友好的海,后来,随着人们对它越来越熟悉,就称它为"欧克西涅",意为友好的海;也有人认为,人们给它取这个名字是为了让它对人类好一些。)大地的四周环绕着俄刻安河(大洋河),它从未受到过风暴的侵袭。

在遥远的大洋河彼岸上,居住着神秘的辛梅里安人,但很少有人能找到去往那里的路,甚至连那里在哪个方向都说不清楚。不论是太阳从星空爬过的黎明,还是太阳从天空滑向大地的傍晚,太阳的光芒都不会照到那里。那里终年弥漫着大雾，无尽的黑暗笼罩着辛梅里安。但除了这个地区之外，所有居住在大洋河彼岸的人都是非常幸运的。在最遥远的北方，有一片极乐之地，那是许珀柏里安人的国度。那里太阳终日不落，只有少数的几个异乡人到过，他们都是大英雄，而其他的人无论是乘船还是步行都无法到达那个国度。缪斯女神就住在离那不远的地方，顺着前往许珀柏里安的路走就可以找到她们。在许珀柏里安，到处都有妙龄少女随着清脆的笛声和美妙的琴声在翩翩起舞。她们用金桂冠束发，兴高采烈地宴饮取乐，那是一个与疾病和衰老无关的国度。在遥远的南方，那里是埃塞俄比亚人的国度，关于他们我们只知道，众神偏爱他们，会和他们一起在宴会中尽情欢闹。在大洋河的岸边，还有被祝福的死者的住所。在那片土地上，既没有雪，也没有雨。西风从海上吹来，轻柔地歌唱着，以唤醒人们的灵魂。那些纯洁无罪的人死后会来到这里：

> 他们所获得的恩惠就是摆脱劳苦的生活，
> 不必再用强健的手臂去耕种或搅动海水，
> 不必再为了填饱肚子而劳作，
> 和那些受到诸神奖励的人共同生活在没有眼泪的国度。
> 那些被祝福的岛屿周围，温柔的海风轻抚，海面上波光粼粼，
> 树上开满了金色的花朵。

至此一切就绪，只等人类上场。甚至连善者或恶人死后要去的地方都被安排好了。是时候该创造人类了。但关于人类是如何被创造出

来的，有很多种说法：有人说，诸神把这个任务委托给了普罗米修斯和他的兄弟厄庇米修斯。普罗米修斯名字的意思是"先见之明"，他非常聪明，甚至比任何一位神都要聪明；厄庇米修斯名字的意思是"后见之明"，他是一个意气用事的神，总是很冲动，在造人这件事上也不例外。他在创造人类之前，就把那些最好的天赋都给了动物，例如力量、速度、勇气、精明、皮毛、羽毛、翅膀、甲壳等，等到了造人的时候，甚至连一样天赋都没剩下，结果人类既没有能保护自己的外壳，也没有能对抗野兽的智慧。当他发现这个错误的时候，一切都太迟了，他赶忙向哥哥求助。于是，普罗米修斯接过了造人的任务，他想出了一个使人类优于动物的办法——他给人类塑造了比动物更高贵的形象，使人类和神一样拥有笔直的身体；他还前往天堂，到太阳那里，点燃了一支火把，并把它带到人间。火对于人来说是一种比皮毛、羽毛、力量、速度等更好的保护物：

纵使人类生命短暂且十分脆弱，
但却可以利用熊熊燃烧的火学习各种技能来保护自己。

关于人类起源的另一种说法是，诸神创造了人类。诸神首先创造出了第一代人——黄金种族，这个种族的人虽然会像正常人类一样死去，但却像神一样，远离辛劳和痛苦，无忧无虑地生活。他们生活得很富足，玉米地里会自动结出果实，他们不必付出辛苦去耕种田地，他们的牲畜多得数不胜数。他们深得诸神的宠爱，在活了很久之后，死亡才会降临，而这种死亡就像是安静地睡着了。他们死后会变成纯洁的魂灵，守护着人类。

这个故事中，诸神似乎一心要试验各种金属。说来也奇怪，他们是按照由高到低的顺序进行试验的。先是最好的黄金，再是良好的白银，再是差的，以此类推。

之后，诸神创造了第二代人——白银种族。这一代人无论力量还是智慧都比黄金种族的人差了很多。因为智力差得多，他们甚至会互相伤害。他们也会死去，但死后的魂灵不能继续存在。

紧接着，诸神创造了第三代人——青铜种族。这个种族的人不同于白银种族的人，他们非常可怕。因为他们强壮又暴力，酷爱战争，互相残杀，很快就到哈得斯可怕的冥国去报到了。不过，这个种族的灭亡倒是件好事，因为继而产生的第四代——黄铜种族是远远优于第三代的种族。这个种族中都是高尚的、与神祇相仿的英雄。他们参加过光荣的战争，进行过伟大的探险，这些事迹从很久以前就开始被人类传颂和歌唱。他们死后会前往极乐的神岛，在那里过着幸福的、无忧无虑的生活。

最后一代就是现在生活在地球上的人类——黑铁种族。他们生活在邪恶的时代，本性也充满邪恶，所以他们不断遭受忧愁和沉重的劳作的折磨。随着时代的变迁，他们变得越来越坏，儿子永远比父亲更坏，一代比一代差劲。总有一天，这代人会堕落到崇拜权力的地步，把强权当作正义，良善将会离他们而去。最后，等到不再有人为恶行而感到愤怒，也不再有人为他人的不幸而感到羞愧时，宙斯就会把这代人全部毁灭。然而,即便到了那个时候,只要普通百姓愿意联合起来反抗压迫他们的暴君,情况还是有可能逆转的。

这两个关于创世的故事尽管不同,但在一点上是一致的:在整个黄金时代,地球上只有男人,没有女人。直到宙斯看到普罗米修斯这样宠爱人类,才一气之下创造了女人。普罗米修斯不仅为了人类把火种从天上偷偷带到地上,还设法让人类得到最好的祭品,而把较差的部分给了众神。他把一头牛切成块,把美味的、可吃的部分包在牛皮里,再把内脏堆在牛皮上作为掩饰。接着,他在这堆东西旁边放了一堆骨头,巧妙地用闪着油光的肥肉盖住骨头,然后让宙斯在这两堆祭品中挑选。宙斯选了雪白的肥肉,却发现在这些肥肉下面只有一堆骨头。宙斯很生气,但他已经做出了选择,就必须遵守承诺。从那以后,人类在神祇的祭坛上只需焚烧骨头和肥肉,好肉则归人类自己所有。

万物之主宙斯不甘忍受这种待遇,他发誓要报复人类,以及人类的朋友普罗米修斯。宙斯先为人类创造了一件不祥之物——一个外表甜美可爱、貌似腼腆少女的尤物。所有的神都赠送礼物给她,有银色的衣服、绣着美丽图案的面纱、缀满了鲜花的花环以及一顶闪闪发光的金色发冠。因为众神赠送了这么多礼物给她,所以给她取名为"潘多拉",意思是"大家的礼物"。这个美丽的尤物被造出来后,宙斯把她带了出来。无论是诸神还是人类,一见到她都为她惊叹。她就是第一个女人,由她繁衍出了整个女人族类。她们是男人的祸端,天生就会作恶。

关于潘多拉的另一个故事说,所有祸端并不在于她邪恶的天性,而在于她的好奇心。诸神送给潘多拉一个盒子,每位神都在这个盒子里放了一种邪恶的本质,并不许潘多拉打开盒子。然后,他们把潘多拉送到了厄庇米修斯那里,厄庇米修斯很高兴地接受了潘多拉,尽管普罗米修斯曾告诫过他，永远不要接受宙斯的任何礼物。当厄庇米修斯将"女人"这件危险之物占为己有之后才发现，哥哥的忠告是多么正确。因为潘多拉和所有女人一样，拥有强烈的好奇心，她一定要知道盒子里装的是什么。有一天，潘多拉打开了盒子，释放出人世间的所有邪恶——贪婪、虚伪、诽谤、嫉妒、痛苦……潘多拉惊恐地盖上盒子，但为时已晚。最糟糕的是，盒子中还有一样好东西——希望，还没来得及被释放出来，就被永久地锁在了盒子里。它是这个装满祸患的盒子中唯一的好东西，直到今天，它仍是人类在苦难中的唯一慰藉。人类这才明白，想要打败或欺骗宙斯都是不可能的，精明的普罗米修斯也看出了这一点。

宙斯通过把女人送给男人的手段达到惩罚人类的目的后，才把注意力集中到了普罗米修斯身上。尽管宙斯坐到万神之主的位子上少不了普罗米修斯的帮助，可他却早就忘了自己曾欠下的这笔人情债。宙斯派他的仆人"武力"和"暴力"把普罗米修斯抓到了高加索山上，在那里，他们——

用无人能打破的坚硬锁链，
把他锁在了悬崖上。

他们对普罗米修斯说：

令你无法忍受的痛苦从现在起将永远折磨着你。

1200年希腊罗马神话

▶《潘多拉》

[英国] 约翰·威廉·沃特豪斯

布面油画，纵152厘米，横91厘米，创作于1896年，私人收藏。画面描绘了一个耳熟能详的故事：在厄庇米修斯和潘多拉的婚礼上，宙斯赐予潘多拉一个精美的盒子，里面装着众神受宙斯之命放入其中的不祥之兆。

第三章 ○ 世界和人类如何创生

能解救你的人尚未出生，
这就是你为自己溺爱的人类所付出的代价。
你身为神，却不怕触怒众神之主，
赐给凡人本不该有的荣耀。
因此你必须守着无趣的岩石，
永远不能休息，不能睡觉，
只有大海和乌云能听见你痛苦的呻吟。

宙斯对普罗米修斯实施这种酷刑不仅是为了惩罚普罗米修斯，更是为了迫使他吐露一个重要的秘密。宙斯知道，自己被诅咒的命运是无法改变的，他终有一天会生下一个会推翻他的儿子，这个儿子会把众神逐出奥林匹斯，只有普罗米修斯知道他的母亲是谁。普罗米修斯痛苦地靠在岩石上，宙斯派他的神使赫尔墨斯前来打听消息，普罗米修斯对赫尔墨斯说：

想要说服我吐露秘密，
就像说服大海不要兴风作浪一样。

赫尔墨斯警告普罗米修斯，如果他还是这样固执，就会遭受更为可怕的惩罚：

1200年希腊罗马神话

▲《曾是潘多拉的夏娃》
　［法国］让·库赞

第三章 ○ 世界和人类如何创生

木板油画，纵97.5厘米，横150厘米，创作于1550年，法国巴黎卢浮宫藏。这幅画把向来以狼狈而逃形象出现的夏娃（潘多拉）描绘成安详高雅的女神形象。她右手拿着苹果枝，象征偷吃禁果的欲望；左手抚着潘多拉魔瓶，象征给人类带去灾祸的根源。

浸染着鲜血的鹰，
你将成为它的宴席上不请自来的客人。
它每天都要撕裂你的身体，在暴怒中尽情狂欢。

然而，任何力量、任何威胁、任何折磨都不能逼迫普罗米修斯说出这个秘密。他的身体虽然被束缚了，但精神还是自由的。他不肯屈服于酷刑和宙斯的暴政。他曾帮助过宙斯，面对宙斯问心无愧，他也知道他帮助这些无助的人类是正确的。他受的苦难完全是不公平的。无论付出什么代价，他都不会屈服于残暴的权力。他告诉赫尔墨斯：

没有任何力量可以强迫我说出秘密，
就让宙斯用他的闪电、霹雳和地震来搅乱这个世界吧！
但这一切都无法动摇我的意志。

赫尔墨斯大喊道：

只有疯子才会说出这些话。

第三章 ○ 世界和人类如何创生

▲《被缚的普罗米修斯》
［佛兰德斯］彼得·保罗·鲁本斯与弗朗斯·斯奈德斯

布面油画，纵242.7厘米，横209.7厘米，创作于1618年，美国费城艺术博物馆藏。画面描绘了巨鹰啄食普罗米修斯的场景。

之后，普罗米修斯继续接受着惩罚——这是他必须经受的。我们知道，几个世代后，他被释放了，但是这件事的过程却没有被详细记载。只有一个奇怪的传说，说半人半马的不朽之身喀戎，甘愿替普罗米修斯去死，而且得到了批准。在赫尔墨斯劝说普罗米修斯屈服于宙斯时，曾提到过这种方式——这种看起来令人难以置信的牺牲：

想要结束这种无尽的痛苦，
直到有一位神甘愿替你受苦，
代替你下到阳光变为黑暗的死亡深渊。

然而喀戎还是这样做了，宙斯似乎也接受了他作为普罗米修斯的替代品死去。我们还听说，赫拉克勒斯杀了那只啄食普罗米修斯的巨鹰，将普罗米修斯从镣铐中解救了出来，宙斯也允许赫拉克勒斯这样做了。至于为什么宙斯改了主意，以及普罗米修斯在他被释放后是否透露了秘密，我们不得而知。然而，有一件事是肯定的：无论两个神是怎样和解的，让步的那个一定不是普罗米修斯。因此，普罗米修斯作为一个反对强权和不公的伟大叛逆者，他的名字从希腊时代一直流传到今天。

在关于创造人类的"五个时代"的故事中，人类是黑铁种族的后裔。在普罗米修斯的故事中，我们不知道他拯救的人究竟属于黄铜种族还是黑铁种族，但"火"对于这两个种族来说都是非常重要的。不过，关于人类的起源，还有一种说法。在这种说法中，人类是石头种

第三章 ○ 世界和人类如何创生

▲《普罗米修斯》
［法国］古斯塔夫·莫罗

布面油画，纵205厘米，横122厘米，创作于1868年，法国巴黎古斯塔夫·莫罗博物馆藏。

族的后裔，这个故事以"大洪水"开始。

整个世界上的人变得越来越邪恶。最终，宙斯决定毁灭他们。

他要在无边无际的土地上卷起狂风暴雨来毁灭人类。

他让他的哥哥海神波塞冬来帮忙。兄弟俩用来自天上的倾盆大雨和地上的河水把大地淹没了：

滔天的洪水淹没了黑暗的大地。

洪水在大地上泛滥着，吞噬着一切。波涛中，只有巍峨的帕耳那索斯山没有被完全淹没，山顶上的那块土地成了人类最后的避难所。大雨下了九天九夜后，有一个东西漂到了帕耳那索斯山的山顶上。它看上去是一个巨大的木箱，但里面却有一男一女，他们是丢卡利翁和皮拉（厄庇米修斯和潘多拉之女，即他的侄女）。作为宇宙中最聪明的人，普罗米修斯很好地保护了自己的儿子。他知道洪水就要来了，他让儿子造了一个巨大的木箱，在木箱中放足食物，和妻子一起钻进箱子里。

幸运的是，宙斯并没有生气，因为他们两个是虔诚的敬神者。他们随着箱子漂到帕耳那索斯山顶，宙斯的暴雨就停了。他们走出箱子，发现周围没有任何生命的迹象，只有一片荒凉的大水。他们向在波涛中保护他们的宙斯献上祭品，表示感激。洪水渐退，大地从波涛下露出来，但已成为一片荒漠。丢卡利翁和皮拉从山上走下来，他们是这世界上仅剩的圣灵。他们发现了一座长满青苔的古庙，它还没有完全坍塌为一片废墟。他们在那里向帮助自己脱险的神表示敬意，并在这可怕的孤独处境中向神祈求帮助。随后，他们听到了一个声音："蒙上你们的头，把你母亲的骨头抛在身后。"这个命令把他们吓坏了。皮拉说："我们不敢做这样的事。"丢卡利翁认为皮拉说的是对的。不过，在冥思苦想之后，他悟出了这句话背后的含义。他对妻子说："大地是万物之母，她的骨头就是石头，我们可以把石头扔在身后，这样做是不会错的。"他们按照丢卡利翁的分析做了。石头落地时就变成了人，这些人被称为"石头人"。正如他们的名字一样，这是一个吃苦耐劳的种族。实际上，他们也必须如此，才能拯救洪水过后的这片荒原。

第四章
最早的英雄

普罗米修斯和伊俄

　　这个故事取材于希腊诗人埃斯库罗斯和罗马诗人奥维德的作品。他们两人生活的年代相隔450年，两人的天赋和性情相差更大。他们的作品是这个故事最好的来源，但我们很容易就能分辨出哪一部分是文风较为端庄的埃斯库罗斯写的，哪一部分是文风较为轻松有趣的奥维德写的。"对恋人撒谎"以及"绪任克斯的小故事"就带有明显的奥维德特色。

　　普罗米修斯把火种送给人类后，被宙斯惩罚，锁在高加索山峻峭的岩石上。他被锁在那里不久后，突然听到远处隐约传来呻吟声。这

第四章 最早的英雄

声音来自一位奇怪的访客。它疯狂奔跑着，笨拙地爬上了普罗米修斯所在的悬崖。它看起来像一头小母牛，但说起话来却像一个痛苦不堪的女孩。它站在被缚的普罗米修斯面前，呻吟道：

站在我面前的这个饱经风霜的躯体，
是谁把你囚禁在这冰冷的岩石上？
你做错了什么？这是对你的惩罚吗？
我漂泊到这个极限之地，
可并不知道这是什么地方。
我受够了奔波，但我无处可去，
我恳求你告诉我，我的苦难什么时候才能到头？
对你说话的是个女孩，可她的头上却长着牛角。

普罗米修斯认出了她。他知道她的故事，并说出了她的名字：

我认识你，姑娘，你是河神伊那科斯的女儿伊俄。
是你，让万神之主宙斯心中燃起爱火，
可天后赫拉却讨厌你，
是她，让你踏上了这永无止境的逃亡之路。

伊俄从几近癫狂的状态中清醒了过来。她目瞪口呆地站在那里，在这个极限之地，这个被束缚在大石头上的奇怪的人竟然说出了她的名字，她哀求道：

你是谁，受苦的人，竟对我——
和你一样的受苦者说出真话？

普罗米修斯回答道：

你面前的人就是把火种送给人类的普罗米修斯。

伊俄这时也认出了普罗米修斯，她知道他的故事，于是对他说：

你就是那个拯救人类于水火之中的神吗？
你就是那个勇敢的、不朽的普罗米修斯吗？

他们对彼此畅所欲言，他告诉她宙斯是如何迫害他的，而她告诉他，正是宙斯，让她由一个快乐的公主变成了——

第四章　最早的英雄

> 一头野兽，一头饥饿的、四处狂奔的、笨拙的野兽。
> 哦，真的太羞愧了……

赫拉（宙斯的忌妒之妻）是使伊俄遭受苦难的直接元凶，但真正的麻烦制造者是宙斯，是他爱上了伊俄并纠缠她：

> 在我的闺房中，在黑夜中，
> 他曾用梦幻般的声音温柔地说服我："啊，快乐的姑娘，
> 能够拥有你是多么幸福呀！欲望之箭已经穿透了我，
> 对我来说，你就像火一样炙热，快到我的身边来吧！
> 让我俘获你的芳心吧！"
> 每天晚上，我都会做这样的梦。

但是，相比和伊俄的爱情，宙斯更怕妻子赫拉知道自己的不忠行为。不过，他掩饰的手段却不怎么高明，他把伊俄所在的大地掩藏在又黑又厚的乌云里，以至于这里在白天时都是漆黑一片。长期以来，赫拉早已习惯了宙斯对婚姻的不忠。当她站在奥林匹斯看见这一幕时，顿时想起了她那擅长捣鬼的丈夫。她瞪大了眼睛四处张望，却没有找到宙斯。她立刻降临到地面上，命令浓浓的乌云散开。宙斯知道妻子要来了，马上把心爱的姑娘变成了一头雪白的小母牛。当赫拉看见宙

斯及他身边可爱的小母牛时，立刻识穿了宙斯的诡计。宙斯却说，自己从未见过这头小母牛，它是刚刚从地下蹦出来的。奥维德说：这表明恋人之间说谎话是不会激怒神的。然而，事实证明撒谎是没什么用的，因为赫拉根本不相信宙斯。赫拉称赞这头小母牛很漂亮，并希望他把它送给自

◀《朱庇特和伊俄》
　［意大利］柯勒乔

布面油画，纵162厘米，横73.5厘米，创作于1530年，奥地利维也纳艺术史博物馆藏。画面描绘了朱庇特（希腊神话中的宙斯）爱上美女伊俄，于是幻化成乌云亲近她的场景。

第四章　最早的英雄

己做礼物。宙斯左右为难：如果他拒绝赫拉，肯定会立刻露馅；但他又实在找不出借口来拒绝妻子，因为它看起来就是一头微不足道的小母牛而已……宙斯很不情愿地把伊俄交给了赫拉，赫拉装出受宠若惊的样子，但心里却在盘算着怎样让伊俄远离宙斯。

　　赫拉急急忙忙去找阿耳戈斯。这位怪神身上长着一百只眼睛，特别适合做看守人。他即使在睡觉时，也只会闭上一部分眼睛，而另外的眼睛还是炯炯有神地盯着身边的一切。在这样一位看守者面前，宙斯也无能为力。他眼睁睁地看着伊俄痛苦地变成了野兽，还被阿耳戈斯带离了她的家乡，他却不能救她。宙斯不愿看到自己喜欢的姑娘长期遭受折磨，他命令赫尔墨斯运用计谋去杀掉阿耳戈斯，因为没有神比赫尔墨斯更聪明。赫尔墨斯来到大地上，把帽子和翅膀等神使的特征隐藏起来。他手提一根木棍，怀里揣着芦笛，看上去就像一个牧人。他走到阿耳戈斯看守伊俄的地方，掏出芦笛开始演奏。那笛声令人沉醉，阿耳戈斯听后非常喜欢，便叫赫尔墨斯走近一点："吹笛子的朋友，你看这块荫凉下的石头多么凉快，快坐到石头上歇一歇吧！"这正中赫尔墨斯下怀，但他表面上却装得若无其事。他吹了一会儿笛子，然后就和阿耳戈斯天南地北地聊起来。二人越说越晚，赫尔墨斯的故事超级乏味，阿耳戈斯连着打了几个哈欠，犯起困来。尽管他的眼睛已经抵挡不住困意了，但还是强撑着一部分眼睛紧紧地盯着小母牛。这时，赫尔墨斯给阿耳戈斯讲起了山神潘爱上绪任克斯仙女的故事：一天，山神潘在森林里漫游，他看到了美丽的绪任克斯仙女，很想娶她为妻。可绪任克斯仙女却对潘不屑一顾，正当潘要抓住她的时候，她的姐妹把她变成了一根芦苇。潘说："你仍是我的。"于是他摘掉了那根芦苇，把——

107

> 那根芦苇抹上蜂蜡,
> 做成了一支芦笛。

　　这个故事似乎不像其他故事那样沉闷,可是阿耳戈斯还是觉得无聊透顶,他的一百只眼睛全都闭上了。赫尔墨斯看时机已到,立刻杀了阿耳戈斯。后来,赫拉把阿耳戈斯的眼睛取了下来,把它们镶嵌到了她最喜欢的鸟——孔雀的尾巴上。

　　伊俄获得了自由,她仍保持着小母牛的模样,在地上快乐地来回奔跑。当然,这一切都逃脱不了赫拉的眼睛,她又创造出了一种折磨伊俄的新方法——赫拉派一只牛虻去叮咬她,直到把她叮咬到发疯为止。伊俄告诉普罗米修斯:

> 它逼迫我沿着长长的海岸线不停地奔跑,
> 我无法停下来吃东西或者喝水,
> 它甚至都不让我睡觉。

　　普罗米修斯试图安慰伊俄,但他也只能通过为她预言未来来缓解她的忧愁。他告诉伊俄,她还要到很多国家去流浪。但可以确定的是,她狂奔过的那片海域会以她的名字命名,被称为伊俄尼亚海;她经过的浅滩会被称为博斯普鲁斯,意为"牛滩"。她终将到达尼罗河,在

第四章　　最早的英雄

那里，宙斯会让她恢复人形。她会为宙斯生下名叫厄帕福斯的儿子，从那以后，她便会永远生活在幸福和荣耀中了。普罗米修斯说：

> 你要知道，你的儿子，他是一代英雄的始祖。
> 而在这代人中，会有一位带着弓箭的勇敢的英雄，
> 他会把我从桎梏中解救出来。

大英雄赫拉克勒斯就是伊俄的后裔。诸神中没有比他更伟大的人了。就是他解救了普罗米修斯，使他恢复了自由。

欧罗巴

这个故事就像文艺复兴时期的作品一样，富于幻想，辞藻华美，色彩艳丽。它完全取材于亚历山大派诗人莫斯科斯（古希腊诗人，约生活在公元前3世纪）的一首长诗。它是这则故事最为精彩的一个版本。

伊俄并不是唯一因为被宙斯爱上而出名的女孩。还有一位更广为人知的女孩，她就是欧罗巴——西顿城国王的女儿。伊俄为出名所付出的代价是惨烈的，可欧罗巴就幸运多了。除了骑在宙斯变成的公牛背上渡海时受到些惊吓，她没吃过什么苦。这则故事中没有提到赫拉。但她显然毫无准备，以至于宙斯能为所欲为。

就像伊俄曾经做过梦一样，一天，欧罗巴也做了一个奇怪的梦。

109

1200年希腊罗马神话

▲《劫掠欧罗巴》
[意大利]提香·韦切利奥

布面油画,纵178厘米,横205厘米,创作于1559年至1562年,美国波士顿伊莎贝拉·斯图尔特·加德纳博物馆藏。画面描绘了宙斯被西顿城国王的女儿欧罗巴的美貌吸引,化身为公牛将其掠至克里特岛的一幕。

不过她梦到的并不是宙斯爱上了自己，而是梦到亚细亚和与亚细亚隔海相望的另一块大陆变成了两个妇女。亚细亚长得非常像本地人，她温柔地拉着欧罗巴的手，无微不至地照顾着她，可另一个陌生的女人却狠狠地拽着欧罗巴的手，说要带她去见宙斯。两位妇女都想把她占为己有。

欧罗巴醒来后坐在床上，刚才的梦境还浮现在脑海中。清晨明亮的阳光让欧罗巴清醒过来，她决定不再去想那个梦。于是，她召集了许多美丽的姑娘一起去海边玩耍。这些女孩都是贵族少女，她们同欧罗巴一同前往海边，在开满鲜花的草坪上散步休憩。那里是姑娘们最喜欢的聚会场所，她们在那里跳舞、采花、沐浴。

那是花开得最好的时候，每个女孩手里都拿着花篮。欧罗巴提着金花篮，篮子上刻着精美的浮雕，这些浮雕所表述的竟然是伊俄的故事，上面还描绘了阿耳戈斯之死以及宙斯轻抚着伊俄的头把她变回人形的情节。这个花篮一看就是价值不菲的宝物，制造它的人就是奥林匹斯大名鼎鼎的神匠赫菲斯托斯。

花篮很美，草地上的花也很漂亮。姑娘们笑着采摘着自己喜欢的花，有水仙花、风信子、紫罗兰，还有黄色的番红花，欧罗巴则采了一束红色的野玫瑰。姑娘们高兴地在草地上跑来跑去，她们个个美若天仙。但其中最耀眼的还是欧罗巴，她看上去就像比"美惠三女神"更美的女神，当然，这一切都是爱神安排的。此时，宙斯正在天堂中遥望着大地上这幅迷人的图景，唯一能征服宙斯的神祇——爱神的儿子、淘气的丘比特把爱情之箭射进了宙斯的心中。就在那一刻，宙斯被年轻貌美的欧罗巴所打动，疯狂爱上了她。为了避免自己心爱的姑娘再遭赫拉报复，宙斯在出现在欧罗巴面前之前，把自己变成了一头公牛。不过，这头牛可不是在牛棚或田野里看到的那种牛，而是一头美丽无匹的公牛。它有着栗色的泛着红光的皮毛，额头上有一个银环，牛角宛如两弯新月。它来到姑娘们玩耍的草地上，表现得极其温顺。姑娘们对它的到来并不感到害怕，纷纷围在它的周围抚摸它，嗅着这头公牛身上仿佛来自天堂的芳香，那香味甚至比布满鲜花的草地的味道还要香甜。公牛温顺地卧在了欧罗巴的脚边，向她展示着自己宽阔的牛背。欧罗巴轻轻抚摸这头公牛的时候，它发出了欢快的叫声。那叫声就像优美的牧笛声，在空中飘荡回转，令人陶醉。

欧罗巴看着公牛宽阔的牛背，高兴地招呼姐妹们一起坐上去：

> 它一定愿意把我们驮在背上，
> 它看起来是那么的温顺、可爱，
> 我想它大概有灵性，就像人一样，
> 只不过不会说话。

欧罗巴微笑着爬上了公牛的背。正当其他姑娘也想爬上牛背的时候，公牛一骨碌爬起来，甩开轻快的四蹄，姑娘们怎么也赶不上它。它离开草地，纵身一跃便到了海边，可它并没有钻进海里，而是漂浮在了海面上。前方的海面波平浪静，穿戴整齐的海神们都从海底升到了海面上，列成一排陪它前行。这些海神的长相都有些古怪：有骑着海豚的涅瑞伊得斯，有吹着号角的半人半鱼的海神特里同。当然，还有宙斯的兄弟、威力无比的海神波塞冬。

欧罗巴被这场面吓到了。她一只手紧紧地抓住公牛的角，为了避免弄湿衣襟，另一只手提起了紫色的长袍。

第四章 ○ 最早的英雄

▲《劫掠欧罗巴》
［意大利］保罗·委罗内塞

布面油画，纵59.5厘米，横70厘米，创作于1570年，英国国家美术馆藏。

113

空中的风吹涨了她紫色的
像鼓满风的船帆一样的长袍。
海面上的风温柔地吹拂着她的脸颊。

此时,欧罗巴心想:这一定不是一头普通的公牛,它一定是位神。她哀求道:"求求你可怜可怜我吧,千万不要把我一个人扔在孤岛上。"公牛做出了回应,表明了他的身份——万物之主宙斯。他说,他所做的一切都出于对她的爱,他要带她前往自己曾经的藏身之处——克里特岛。当年他的母亲生下他后曾把他藏在那里,以防被他的父亲克洛诺斯吃掉。日后欧罗巴会在这里为他生下——

挥动着权杖,统治万民的
无上荣光的子嗣。

当然,事情的发展就像宙斯所说的那样。他们到达了克里特岛,奥林匹斯的守门人四季之神为他们举办了婚礼。她为宙斯生下了三个儿子,分别是弥诺斯、剌达曼堤斯和萨耳珀冬,他们都是声名显赫的人。弥诺斯和剌达曼堤斯成为冥界的判官,萨耳珀冬成为一位大英雄,当上了小亚细亚吕客亚王国的国王。不过,三个儿子的知名度都不及欧罗巴。

第四章 ○ 最早的英雄

独眼巨人波吕斐摩斯

这个故事的第一部分可以追溯到荷马史诗《奥德赛》，第二部分仅有公元前3世纪的亚历山大派诗人提奥克里图斯提到过，最后一部分，除了讽刺派诗人卢奇安之外，没人能写得出。故事的开头和结尾间隔了大概有1000年。荷马讲述故事的高超能力，提奥克里图斯丰富的想象力，卢奇安玩世不恭的嘲讽，体现了绚烂多彩的希腊文学的发展进程。

在天地间一片混沌之时，最先被创造出来是百臂巨人、独眼巨人、巨人族等。在提坦神族和宙斯之战后，百臂巨人和巨人族都被驱逐出了大地，只有独眼巨人一族被允许留下，而且还得到了宙斯的喜爱。他们都是出色的工匠，为宙斯锻造了雷霆。起初，这一族只有三个人，后来慢慢发展起来，变成了一个庞大的族系。宙斯把他们安置在一个幸福的国度，那里的葡萄和玉米会自动长出来。他们还拥有大量的牲畜，在那个国度里无忧无虑地过着安逸幸福的生活。但是，他们与生俱来的野蛮的天性和暴躁的脾气却并没有因此而有所收敛，这个地方没有限制他们的法律或规矩，每个人都为所欲为。对于别的国度的人来说，这里可不是什么好地方。

普罗米修斯受罚很多年后，当初他帮助过的人类已经发展为文明人，学会了制造远航的船只。一位名叫奥德修斯（也称俄底修斯，拉丁文称尤利西斯）的希腊王子把船停在了这片危险的土地上。在特洛伊沦陷后，他走上了回乡的路途。然而，即便是他与特洛伊人进行最艰难的战斗时，也没有像现在这样更接近死亡。

他的船员们把船拴在岸边，离这不远的地方有一个洞穴，那里面向大海，位置很高。它看起来像有人居住的样子，因为在入口处有一道坚固的栅栏。奥德修斯和他的十二个船员缺少食物,他们打算进入这个洞穴中去拜访。他们带了一个用山羊皮做成的酒囊,希望用这囊酒换得洞穴主人的款待。他们走到洞穴门口,栅栏门没有关严,他们径直走进了洞穴。洞穴里没有人,看上去应该是一位生活非常富足的人居住的地方。洞穴的两侧是整齐的羊圈,里面挤满了小绵羊,旁边的架子上摆放着许多装满牛奶和乳酪的桶,这令这些在海上奔波的船员感到非常开心。他们坐在那里一边大快朵颐,一边等主人回来。

正在这时,主人回来了。他面目狰狞,高大魁梧,就像一座大山。他赶着羊群走进洞穴,用一块大石头堵住了洞口。当他转过身来时,一眼就看到了正在大吃大喝的陌生人。他用一种可怕而响亮的声音问道:"你们是谁?竟敢不请自来,闯入波吕斐摩斯的家!你们到底是商人还是海盗?"一行人被波吕斐摩斯的外貌和声音吓得惊慌失措,奥德修斯故作镇静地回答道:"我们是从特洛伊返乡的战士,在航行的途中遭遇了海难。我们是主神宙斯保护的人。"波吕斐摩斯咆哮道:"我才不怕什么宙斯呢!我比任何神都大,所以谁都不怕!"说着,他伸出有力的手臂,张开两只大手,各抓起一个人,把他们狠狠地摔到地上,摔得他们脑浆都迸出来了。接着,他慢条斯理地把他们吃掉了。吃饱后,他就心满意足地躺在山洞里睡着了。他完全不设防备,不怕任何人攻击他。除了他,没有人能把洞口那块大石头推开。如果剩下的人把勇气和力量加在一起都杀不掉他,他们就会永远被困在这个洞穴里了。

在那个可怕的长夜里,面对着已经失去两位船员,以及随时可能被面前这个大家伙吃掉的处境,如果奥德修斯想不出什么办法逃跑,他们每个人都会重蹈刚刚死去的那两位船员的覆辙。可是,直到黎明初现,聚在洞口的羊群吵醒波吕斐摩斯时,奥德修斯还是没想出办法,因此他不得不眼睁睁地看着另外两位船员死去。因为波吕斐摩斯吃晚饭和早饭的方式一样，都是一次吃掉两个人。吃完人，波吕斐摩斯就推开洞穴口的大石头，赶着羊群出去了。然后，他又把这块大石头塞在了洞口，这个过程就像一个人把箭筒打开又盖上那样轻松。被关在洞穴里的奥德修斯想：他的随从已经有四个人死去了，难道他们也要这样死去吗？慢慢地，一个计划在他的脑海中浮现出来。羊圈周围有一根巨大的木头，这根木头和一艘拥有二十支桨的大船的桅杆一样粗。奥德修斯砍下这根木头的一截，然后和那些船员一起把它磨尖，还把木头的尖端放在火里烧了烧。等波吕斐摩斯回来的时候，他们已经把这根木头藏了起来。接下来，又是一场可怕的食人盛宴，又有两位船员没能逃脱惨死的命运。等波吕斐摩斯吃完后，奥德修斯把随身带着的酒倒在杯子里递给他，他高兴地把酒喝完，又让奥德修斯给他倒满。一杯又一杯，直到波吕斐摩斯喝得酩酊大醉，奥德修斯和船员们才把藏好的大木头拖了出来，把它放到火里烧。就在木头快要燃烧起来时，他们的体内好像注入了神力，他们合力把炙热的木头尖插入了独眼巨人的眼睛。波吕斐摩斯尖叫着跳了起来，一把把木头拔了出来。他在洞穴里胡乱地摸索折磨他的人，可是他的眼睛瞎了，奥德修斯和船员们都趁机从他的手边溜走。

　　抓不到人的波吕斐摩斯想出了一个对策：他把洞口的大石头推开，伸出手臂坐在那里，想趁他们逃走的时候抓住他们。然而，奥德修斯早就料到了波吕斐摩斯会这样做。他吩咐每个人挑选三只粗壮的公羊，用柔软的树皮把这三只羊捆在一起，等天亮后羊群被赶出洞穴时跟着混出去。天终于亮了，在拥挤的羊群走出洞口的时候，波吕斐摩斯摸了摸它们的背，以确保没有人坐在羊背上。可他从没想过要摸羊的肚皮，但那恰恰就是这群人藏身的地方。他们每个人都藏在中间那头羊的肚子上，紧紧地抓住那头羊浓密的毛。他们一逃出这个地方，就一溜烟跑到岸边，把拴着船的绳子解开，跳上了船。但是，奥德修斯不

甘心就这样离开，他站在船上，朝着波吕斐摩斯的洞口大喊："波吕斐摩斯，你还是不够强壮，不能吃掉所有的人。你如此对待到你家里做客的人，活该受到这样的惩罚！"

这些话刺痛了波吕斐摩斯的心。他跳了起来，从山头扯下一块巨石，扔到了他们的船上。这块巨石几乎把船砸得粉碎，船又被逆浪冲回了岸边。船员们使出吃奶的劲儿，拼命划桨，才终于把船划回海里。当奥德修斯看到自己的船脱险之后，又对着波吕斐摩斯大喊道："波吕斐摩斯，戳瞎你眼睛的人是城市的毁灭者奥德修斯。如果有人问你

第四章　最早的英雄

▲《奥德修斯和波吕斐摩斯》
　[瑞士]阿诺德·勃克林

蛋彩油画，纵66厘米，横150厘米，创作于1896年，美国波士顿艺术博物馆藏。作品描绘了独眼巨人波吕斐摩斯的眼睛被奥德修斯戳瞎，愤怒的巨人正搬起巨石投向远处正驾船逃离的奥德修斯和船员们。

你的眼睛是怎么瞎的，请报上我的名字。"那时，他们的船已经划出去很远，虽然波吕斐摩斯暴跳如雷，却什么也做不了，只好瞎着眼睛坐在岸上，"看"着奥德修斯离去。

这是多年来唯一一个关于波吕斐摩斯的故事。几个世纪过去了，他仍然是一个巨大而可怕的独眼怪物。但好在他最终改变了，正如那些丑陋和邪恶的东西随着时间的推移慢慢变得温和。一些讲故事的人

119

◀《伽拉忒亚》
［法国］古斯塔夫·莫罗

布面油画，纵85.5厘米，横66厘米，创作于约1880年，法国巴黎奥赛博物馆藏。伽拉忒亚常在西西里的海滨出现，这使住在西西里岛的独眼巨人波吕斐摩斯为她着迷。这幅画描绘了波吕斐摩斯偷窥伽拉忒亚的情景。

认为，被奥德修斯留在海边的那个独眼怪物波吕斐摩斯值得同情，因为他孤独地在那里受难。无论如何，在接下来关于他的故事中，他一点也不可怕，甚至是个可笑、笨拙的怪物。波吕斐摩斯清楚自己是多么丑陋、粗鲁、令人厌恶，但也恰恰如此，才更显得他可怜，因为他爱上了美丽且喜欢嘲弄人的海中仙女伽拉忒亚。在这个故事中，他是住在西西里岛的牧人，而且他的眼睛也由于某些不明原因恢复了，也许是他的父亲施了魔法，因为在这个故事中，他的父亲是地位很高的海神波塞冬。这位饱受爱情之苦的巨人知道伽拉忒亚不会爱上他，有时他也会铁石心肠般不去理会伽拉忒亚，并对自己说："你只管给母羊挤奶，何必去追逐逃避你的东西呢？"

但伽拉忒亚却悄悄地溜到他身边，丢几颗苹果到他的羊群里，然后骂他是爱情落伍者，她的声音在他耳边徘徊。正当巨人想起身去追时，伽拉忒亚早已跑远，而且边跑边嘲笑他动作迟缓笨拙，怎么能追得上自己。他只能再次可怜无助地坐在岸边，但这一次他没有狂怒地发泄自己的情绪去杀人，而是唱着悲切的情歌，企图感化自己的心上人。

在后来的故事中（波吕斐摩斯的眼睛复原了），伽拉忒亚变得善良起来。当然，这并不是因为波吕斐摩斯在情歌中赞美她是一位"美丽、纤细、精致、皮肤白皙的少女"而打动了她，而是因为她考虑到他是海神波塞冬之子，不能轻视他。伽拉忒亚的姐姐多里斯倒是很想引起波吕斐摩斯的注意，但她却轻蔑地对妹妹说："你找了个好情郎啊——那个西西里牧羊人。人人都在议论这件事。"

于是，伽拉忒亚与姐姐有了这样一番对话：

伽拉忒亚：请你不要再这么说了，他可是波塞冬的儿子。
多里斯：波塞冬的儿子又怎样？就算他是宙斯的儿子，我也不在乎。但有一点可以肯定的是，他是一个丑陋、野蛮的怪物！
伽拉忒亚：让我告诉你，多里斯，他身上有一股男子汉气概。虽然他只有一只眼睛，但他的视力和拥有两只眼睛的人一样好。
多里斯：听起来你好像已经爱上他了。
伽拉忒亚：我爱上了他？怎么可能，爱上他的人可不是我。我猜到了你为什么会这样说，因为他从来没注意过你，他的眼里只有我。
多里斯：只有一只眼睛的羊倌爱上了你让你觉得很骄傲吗？不过这样也好，你不用为他做饭，因为他会把过路的旅行者吃掉。

波吕斐摩斯从未赢得过伽拉忒亚的芳心。她爱上了一位年轻俊俏的王子，名叫阿喀斯，但后来他被充满妒忌的波吕斐摩斯杀死了。不过，阿喀斯死后却变成了河神，所以，这个故事的结局还算不错。除了伽拉忒亚外，我们并没有听说波吕斐摩斯爱上过其他少女。当然，也没听说有哪位少女曾爱上过波吕斐摩斯。

花卉神话：那喀索斯、雅辛托斯和阿多尼斯

关于水仙花诞生的第一个故事，出现在公元前7世纪或公元前8世纪早期的荷马赞歌中，第二个故事则是奥维德的作品。这两位诗人之间有着巨大的差异，他们不仅生活的年代相隔久远，也因一位是罗马人、一位是希腊人而在思维方式上存在着本质上的差异。荷马赞歌写得客观、简单、不做作，他关注的主要是主题。但是奥维德关注的点在读者身上。不过奥维德把这个故事写得很好，"亡魂试图在死亡之河中俯身观看自己的倒影"那一部分写得十分微妙细腻，与任何希腊作家都不一样。欧里庇得斯是写"风信子的故事"最好的作家。除了他之外，阿波罗多洛斯和奥维德也讲过"风信子的故事"。在我接下来叙述的这个故事中，如果有一些比较生动的内容，那要完全归功于奥维德，因为阿波罗多洛斯所写的内容中从未运用过这样生动的辞藻。"银莲花的故事"则取材于公元前3世纪的两位诗人——提奥克里图斯和彼翁的作品。这个故事具有典型的亚历山大式风格，温柔、单薄，但有优雅的韵味。

希腊这片美丽的土地上生长着各种各样可爱的野花。任何地方都不乏绚烂的野花，但希腊并不是个土壤丰饶的国家，那里缺少适宜野

第四章   ○   最早的英雄

花生长的广阔草地和肥沃田野。希腊的道路布满岩石，山丘堆满石头，到处是崎岖的山地。而这里的花：

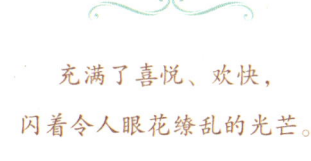

> 充满了喜悦、欢快，
> 闪着令人眼花缭乱的光芒。

这令人惊诧不已。荒原被这些花铺陈上耀眼的色彩，每一道裂缝中都开满了鲜花。这种欢乐华丽的美与四周轮廓分明、朴素无华的气氛形成了鲜明的对比。它们富丽堂皇，引人注目。在其他地方，人们可能很少注意到野花，但在希腊，却没人能忽视它们的存在。

不论是过去还是现在，这都是事实。在远古时期，当希腊神话初具雏形的时候，人们就觉得希腊春天灿烂的花朵近乎一种奇迹。每一朵花都是如此娇嫩，成片的花丛像落在地面上的彩虹斗篷一样覆盖着大地。那些与我们相隔了几千年的人们，虽然我们对他们一无所知，但当我们站在那些可以被称为"奇迹"的美丽花朵面前时，我们的感受是相同的。希腊最早的故事家讲述了一个又一个关于这些美丽花朵的故事，讲述它们是如何被创造出来的，以及它们为什么如此美丽。

把这些美丽的花和神联系在一起是最自然不过的事情了。天地万物都以神圣的力量而有神秘联系，美丽的事物更是如此。通常，某种特别美丽的花是某位神祇为了达到某种目的而直接创造出来的，水仙花就是如此。当时的水仙花和我们现在所认识的并不一样，它是一种紫色和银色相间的花。最初，宙斯创造出水仙花是为了帮助他的弟弟哈得斯掳走谷物女神得墨忒耳的女儿珀耳塞福涅。当时，珀耳塞福涅

123

正在和她的姐妹们在恩纳山谷嬉戏。她们奔跑在长满了柔嫩青草的草地上，采摘着漂亮的蔷薇、番红花、紫罗兰、鸢尾花和风信子。突然，一株比她见过的任何一种花都更美丽的花从大地上长了出来。它散发着奇异的光彩和芳香，无论是神还是凡人见了都会惊叹于它的美丽。这株花从根部向上，开出了大概一百朵。四处弥漫着花香。广阔的天空和大地见到它笑逐颜开，大海见到它也欢腾不已。

在一众仙女中，只有珀耳塞福涅看到了这株水仙花。其他人都在草原的另一端。她虽然害怕一个人过去，但为了把花篮装满，还是跑过去了。宙斯早就料到了她会这样做。她惊叹于这株花的美丽，便伸手去摘这迷人的玩意儿。但是，她还没碰到它，她脚下的大地便突然崩裂，两匹炭黑色的骏马从裂缝中跃了上来。它们拉着一架金色的战车，冥国的统治者哈得斯乘着车从地下来到山谷中。他散发着黑暗之光，庄严又可怕。他一把抓住了珀耳塞福涅，把她拉向身边。下一刻，珀耳塞福涅就从阳光明媚的大地上进入了永远被黑暗笼罩的地下冥国。

这个故事并不是唯一的关于水仙花起源的故事。还有另外一个神奇的故事，但二者迥然不同。故事的主人公是一个名为那喀索斯的美少年。他长得实在是太俊秀了，所有见过他的姑娘都想成为他的爱人，但他一个都不想要。无论这些姑娘怎样展示自己的美貌，想吸引他的注意，他却看都不看一眼。那些被他伤透了心的姑娘在他眼里都微不足道，就连最美的仙女厄科的悲惨遭遇也打动不了他。厄科是森林和野生动物女神阿耳忒弥斯最喜爱的仙女，但她却得罪了天后赫拉。有一次宙斯来到树林里同仙女们游玩，被天后赫拉发现了，她便到树林里来寻找。厄科唯恐赫拉找到她们，便故意缠住赫拉唠叨个没完。这样，仙女们便赢得了时间，一个个从宙斯身边跑掉了，以至于赫拉无法断定宙斯那飘忽不定的爱意究竟落到了谁的身上。于是，一向不分青红皂白的赫拉便把这桩罪过怪到了厄科身上。她对厄科说:"因为你的舌头欺骗了我,你将永远失去讲话的权利。我只给你留下一种本领,就是跟在别人后面不断地重复别人说过的最后一句话。"就这样,厄科成了又一个被赫拉惩罚的不幸姑娘。

这种惩罚非常残酷,尤其当厄科像其他仙女一样爱上那喀索斯时,这种惩罚就显得更加残酷。她跟在那喀索斯身后,却无法开口和他说一句话,她怎么能让从来不看这些少女一眼的那喀索斯注意到自己呢?她真想接近他,向他倾吐软语和甜言!但是她天生不会先开口,本性给了她一种限制。但是在天性所允许的范围之内,她随时都准备等待他先说话,然后再用自己的话回应他。机缘巧合,这个青年和他的猎友走散了,因此他便喊道:"这里有人吗?"厄科回答说:"有人!"他吃了一惊,向四周看,又大声喊道:"来呀!"她也开心地喊道:"来呀!"

她从树林中跑出来,想要用臂膀拥抱她千思万想的人。然而那喀索斯却厌恶地转身就跑,一边跑一边说:"不要用你的手臂拥抱我!我宁可死,也不愿让你占有我。"而她只能用几近哀求的声音回应道:"你占有我!"

遭到拒绝的厄科躲进树林,把羞愧的脸藏在绿叶丛中,从此独自一人生活在山洞里。但是,她的情丝未断,尽管遭到弃绝,感觉悲伤,情意反而深厚起来了。她辗转不寐,以致形容消瘦,皮肉枯槁,皱纹累累,身体全部化入虚空,只剩下声音。

那喀索斯仍旧我行我素,不愿意接受任何姑娘的求爱,甚至蔑视她们的爱意。后来,这些被他拒绝的女子要求复仇女神涅墨西斯惩罚那喀索斯。她们祈求道:"愿任何人都不爱的那喀索斯爱上他自己。"涅墨西斯同意了她们的请求。一次,那喀索斯打猎归来,在清澈的池塘边喝水。在池水中,他第一次看见自己俊美的脸。他大叫道:"现

▼《那喀索斯》
[意大利]米开朗琪罗·梅里西·达·卡拉瓦乔

布面油画,纵113.3厘米,横94厘米,创作于1597年至1599年,意大利国家古代艺术美术馆藏。画中的美少年是那喀索斯,他被自己在水中的倒影所吸引和诱惑。

第四章　最早的英雄

在我知道了，为什么会有那么多的姑娘爱上我，为我受苦，因为就连我自己都会疯狂地爱上我自己！水中的倒影是那么美，我怎么才能触摸到它呢？我离不开它了，只有死亡才能让我们分开。"事情就这样发生了。他无法从池塘边离开，每天都凝视着水中的倒影，变得日益憔悴。厄科就在离他不远的地方看着他，可她却一点儿办法都没有。当他奄奄一息的时候，他对着自己的影子告别："别了，别了。"厄科也重复着"别了"，就像在与他告别。

那喀索斯最后憔悴而死。据说，他的亡魂在渡过环绕着冥国的那条河时，还靠在摆渡船的船边，看了水中的倒影最后一眼。

他死后，那些他曾鄙视过的仙女们却对他很好。她们本想把他的尸体埋葬了，却没找到尸骨。在那喀索斯最后倒下的池塘边，开出了一种非常美丽的花，于是她们就用他的名字"那喀索斯"（水仙花）为这种花命名。

另外一种因美少年之死而产生的花是风信子。它不是我们现在所说的风信子，而是一种形状像百合花的深紫色的花。不过，也有人说它是鲜红色的。拉格尼亚国每年夏天都要举办雅辛托斯节，以纪念这场美少年之死的悲剧。

雅辛托斯节（风信子节）
在宁静的夜晚持续通宵。
他在与阿波罗的较量中，
不幸丧生。
二人同时投掷铁饼，
可神祇出手迅速，

1200 年希腊罗马神话

那铁饼早已超过了他所瞄准的目标。

故事是这样的:一天中午,火热的太阳迎空高照,阿波罗和他最亲密的伙伴雅辛托斯一起练习掷铁饼。阿波罗掷出的铁饼将一朵云劈成两半。过了很久,铁饼才落地。雅辛托斯急忙跳上前去,想抓住铁饼,效法阿波罗的做法,也创造一个奇迹。不料,铁饼在坚硬的泥地上弹跳起来,重重地砸在雅辛托斯的头上。阿波罗看事情不妙,面色苍白地跑过去,一把托住可怜的孩子。他想用自己的体温使孩子僵硬的身体恢复温热,再擦去孩子脸上的血迹,但伤得太严重了。阿波罗急忙抓起一把草药敷在孩子的伤口上。可是一切都太晚了。雅辛托斯的头无力地垂在阿波罗的胸前,就像花茎折断了一样。阿波罗千呼万唤,泪水洒满了孩子的面庞。阿波罗跪在他的面前为他哭泣,惋惜他这么年轻、这么美丽就死去了。雅辛托斯是因阿波罗才死的,但阿波罗并没有做错什么。他大哭道:"为什么我是一位神,不能替孩子死或跟孩子一起死?"就在他大喊的时候,血迹斑斑的草又变得绿了起来,并在那里开出了一朵美丽奇异的花,就是这朵花使雅辛托斯的名字得以在世上流传。阿波罗亲自在花朵上刻下了雅辛托斯名字的首字母。不过也有人说是两个希腊字母,意思是"哀哉"。不管阿波罗到底刻了什么,都是为了纪念他和雅辛托斯的友谊,以及自己极度的悲伤。

还有一个故事说,导致雅辛托斯死亡的并不是阿波罗,而是西风之神仄费罗斯。他也喜欢雅辛托斯。当他看到雅辛托斯喜欢阿波罗超过自己时,出于嫉妒而改变了风的方向,使铁饼砸中了雅辛托斯。

这些关于风华正茂的少年突然夭折,变成春天的美丽花朵的故事,

第四章 ○ 最早的英雄

▲《雅辛托斯之死》
[意大利] 乔凡尼·巴蒂斯塔·提埃坡罗

布面油画，纵28.7厘米，横23.2厘米，创作于1752年，西班牙马德里提森-波尔内米萨收藏美术馆藏。画面描绘了被铁饼砸中的雅辛托斯临死时的场景。

很可能和某种黑暗的背景有关。它们暗示了在遥远的过去，人们做出的一些黑暗的行为。这些故事可能发生在任意一个希腊故事或诗歌传唱下来之前，甚至发生在故事讲述者或诗人出现之前。如果某个地方的田野里没有结出果实，那么这个地方的居民会杀死其中一位居民，并把他的鲜血洒在这片贫瘠的土地上。那时的人们还没有意识到，奥林匹斯那些光芒四射的神祇并不喜欢这种血腥的、近乎野蛮的祭祀行为。他们只有一种模糊的感觉：他们在这片土地上播种、收获，他们认为自己的生命完全依赖于这片土地，他们自己和土地之间必然有一种很深刻的联系。他们的血液由谷物来滋养，反过来，他们的血液也能滋养谷物。如果一位风华正茂的少年被这样杀害了，在他死后，大地上出现了美丽的水仙花或者风信子，那么，把这些花视作这些美少年的化身岂不是再自然不过的事？人们奔走相告，使这种事听起来像一个奇迹，好像这种残酷的牺牲显得没那么残酷。随着时代的变迁，人们不再相信大地需要血液的滋养才能结出果实，于是故事里这种残酷的祭祀仪式便被删除，最终被人们遗忘。没有人会记得曾经发生过这么可怕的事情。人们说，雅辛托斯并不是他的族人为了滋养贫瘠的大地而杀死的，他的死完全是一个令人悲伤的错误。

在这些关于死后变成鲜花复活的人物的故事中，阿多尼斯是最著名的。希腊的姑娘们每年都会为他哀悼。每年的四五月份，当象征着他的花——血色的银莲花开放的时候，姑娘们就会举行庆典，庆

第四章　○　最早的英雄

▲《维纳斯与阿多尼斯》
[佛兰德斯] 彼得·保罗·鲁本斯　布面油画，纵197.5厘米，横242.9厘米，创作于约1630年，美国纽约大都会艺术博物馆藏。画面表现了爱神维纳斯（希腊神话中的阿佛洛狄忒）和美男子阿多尼斯的爱情。

祝他的重生。爱神阿佛洛狄忒深爱着他。她常常用箭射穿众神和凡人的心，让他们备尝伤痛，而她自己也注定要遭受同样的痛苦。

当阿多尼斯刚诞生的时候，阿佛洛狄忒就看到了他。她在那时就爱上了他，并下定决心一定要得到他。阿佛洛狄忒把阿多尼斯带到了冥后珀耳塞福涅那里，请她帮忙照看。阿多尼斯长大后，珀耳塞福涅也爱上了他，舍不得让他离开。甚至当阿佛洛狄忒追到冥界去找他的

1200 年希腊罗马神话

▲《维纳斯与阿多尼斯》
［意大利］提香·韦切利奥

布面油画，纵186厘米，横207厘米，创作于1554年，西班牙马德里普拉多博物馆藏。

时候，珀耳塞福涅也没有让步。两位女神互不相让，最后不得不请求主神宙斯裁决。宙斯决定让阿多尼斯每年的春夏时节和阿佛洛狄忒在一起，秋冬之际和珀耳塞福涅在一起。

当阿多尼斯和阿佛洛狄忒在一起的时候，阿佛洛狄忒总是想尽各种办法来取悦他。阿多尼斯很喜欢打猎，阿佛洛狄忒就抛下她那架由天鹅驾驭的车子，打扮成女猎手的样子，陪着他在崎岖的林间小路上狩猎。但是有一天，碰巧阿佛洛狄忒不在阿多尼斯身边，他带着猎犬

第四章　最早的英雄

追赶一头凶猛的野猪,把野猪逼上了绝路。他把长矛掷向那头野猪,但只是把它扎伤了,还没等他跳开,那头疼得发狂的野猪便向他奔来。野猪用尖利的獠牙顶了他。此时,阿佛洛狄忒正驾着她的车在天空中翱翔,突然听见阿多尼斯的呻吟声。她立刻奔向地面。

可是,阿多尼斯已经奄奄一息,深色的血从他雪白的脸庞上淌了下来。他的眼睛变得沉重无光。她亲吻了他,可是他已经感觉不到。他死了。他的伤口很深,但阿佛洛狄忒心里的伤口更深。尽管知道他听不见,阿佛洛狄忒还是对他说:

你还是离去了,我的爱人。
我们的爱情就像梦一样,化为泡影。
和你一起去的是我美丽的腰带。
作为女神我必须活下去,我无法跟随你去。
再吻我一次吧,最后一个深沉的吻。
直到把你的灵魂吸进我的唇间,
饮下你所有的爱。

群山在哀号,橡树也在应和,
唉,阿多尼斯啊!他已经死去了。
厄科大声地回应道:唉,阿多尼斯啊!
所有爱他的人都为他哀哭,缪斯女神也悲泣不已。

在黑暗的地下世界里,阿多尼斯听不见她们的哭声,也看不见在他倒下的那片土地上,他滴下的每一滴血都化作深红色的银莲花。

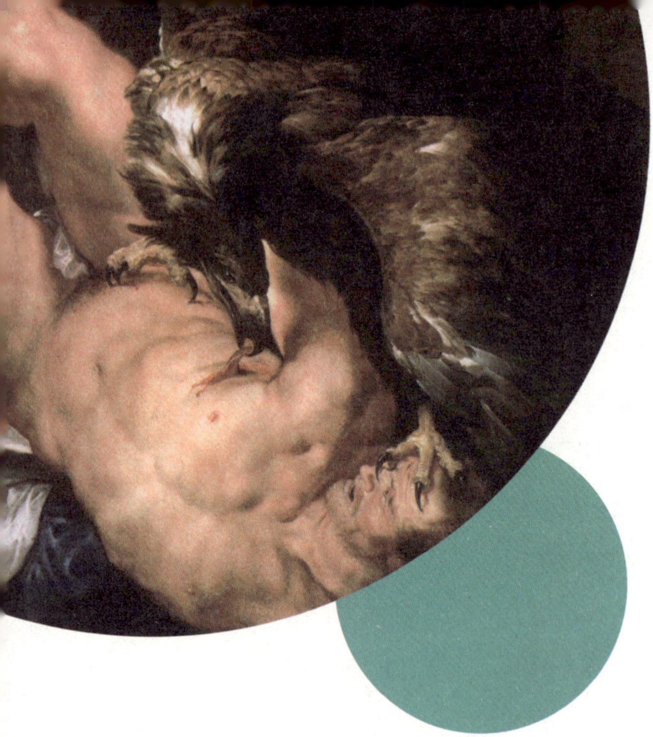

CHAPTER

第 二 篇

爱 情 故 事 和 历 险 故 事

第五章
丘比特和普绪克

> 这个故事只有公元 2 世纪的拉丁作家阿普列乌斯讲过。因此，故事中的人物用的都是拉丁名字。这是一个美丽的故事，它的文风和奥维德的有些相似。作者觉得自己写的故事非常有趣，但他一点儿也不相信这是真的。

从前有一个国王，他有三个美丽的女儿，尤其是小女儿普绪克，她的姿容绝代，比两位姐姐都要美丽。她们三个站在一起的时候，普绪克就像一位女神一样站在凡人中间。她的美丽闻名遐迩，各地的人们慕名而来，争着一睹芳容。他们都用惊奇的目光注视着她，并对她表示敬意。人们在领略过普绪克的风采后甚至会说，就连女神维纳斯都要逊色三分。当越来越多的人聚集在一起欣赏这位人间尤物时，再也没有人想起女神维纳斯了。维纳斯的神殿渐渐被冷落，她的祭坛上满是冰冷的灰烬，就连她最喜欢的城镇也被遗弃，成了一片废墟。曾经属于她的荣耀现在竟然被一个有一天终将死去的凡人女孩抢走了。

像所有妒火中烧的女人一样，维纳斯绝对不会忍受这种待遇。每

第五章 ○ 丘比特和普绪克

当她陷入困境的时候，她都会求助于自己的儿子——那位长着翅膀的美少年丘比特，也有人叫他小爱神。女神向儿子道出了自己的委屈，丘比特准备一如既往地听从母亲的命令。维纳斯对丘比特说："让那个轻佻的女人疯狂地爱上全世界最卑鄙、最可耻的家伙，让她抱恨终身！"维纳斯胸有成竹，胜券在握，因为没有人能抵挡得住丘比特射出的神箭。如果丘比特没有先看到普绪克，这一切将毫无悬念地发生，因为这对他来说只是小事一桩。可事实是，丘比特先看到了普绪克，他对她一见钟情。他已沉迷于她的美貌，不能自拔。于是，他背着母亲，把这一箭射向了自己。丘比特并没有把这件事告诉母亲，因为他已经被普绪克迷得一句话都说不出来了。

维纳斯本以为，丘比特很快就会把普绪克引上毁灭之路，但事实却不是她所希望的那样。普绪克并没有爱上一个可怕的家伙，她甚至没有爱上任何人，更为奇怪的是，也没有人爱上她。男人们只是好奇地来一睹芳容，崇拜赞叹一番后就走了，去和别的女人结婚。她的两个姐姐都风风光光地嫁给了两位国王，可这个绝代佳人却悲伤而孤独地坐在家里。男人们只爱慕她的容颜，却从没有人爱上她，也没有人想娶她。

普绪克的父母为此感到十分不安。他的父亲来到阿波罗的一座神庙询问神谕。他询问如何才能给自己的小女儿找到一个好丈夫。神回答了他，可这回答是极其可怕的。因为丘比特已经把自己爱上普绪克的事告诉了阿波罗，并请求他帮助自己。于是阿波罗回答说："普绪克必须穿上最沉重的丧服，登上满是石头的山顶，独自站在那里。到时会有她命中注定的丈夫——一条可怕的、长着翅膀的、比神还要强大的蛇来到她的身边，娶她为妻。"

当普绪克的父亲把这个悲惨的消息带回家时，所有人都陷入了悲痛。可他们又不得不这样做。他们把普绪克打扮得如同死去的少女一

137

样，穿上最沉重的丧服，把她抬到了山上，这样做简直比把她送进坟墓还要痛苦。可普绪克却格外勇敢。她对随行的人说："你们早就该为我哭泣，因为我的美貌已经被天上的神嫉妒。现在你们走吧，我很高兴，因为我知道这一切都要结束了。"他们伤心欲绝地离开，只留下那可爱、无助、美丽的姑娘独自面对死亡。她的父母和仆人们回到宫殿之后，便每天把自己关在屋子里面为她哭泣哀悼。

普绪克坐在高高的、被黑暗笼罩的山顶上，等待着她那不知道什么时候会降临的丈夫。她一边哭泣，一边颤抖着。正在这时，一股轻柔的风从寂静的空中向她吹来，那是西风之神仄费罗斯呼出的甜美温柔的气息。这股风把普绪克托了起来。她从山顶的岩石上飘了下来，一直飘到一片像床一样柔软的、芳香扑鼻的草地上。那里实在是太安静了，以至于她忘记了一切烦恼，睡着了。等她醒来的时候，发现自己正躺在一条明澈的河边。她坐起身，远远望去，发现岸上有一幢富丽堂皇的宫殿。那好像是某位神的神殿，因为它有着金色的柱子、银色的墙壁和镶嵌着宝石的地板。宫殿里寂静无声，空无一人。普绪克慢慢走近宫殿，看到如此壮观的景象，不禁肃然起敬。当她站在门槛边犹豫的时候，耳边响起了几个人说话的声音，可她却看不见说话的人。她清楚地听到他们说，这座宫殿是给她住的，她可以毫无畏惧地走进去沐浴更衣，恢复精神。然后，会有人为她摆上一桌宴席。那些声音还说，他们是她的仆人，随时准备着为她做事。

她照着他们所说的做了。她享受着从未有过的舒适的沐浴，品尝着从未品尝过的美味食物。当她吃饭的时候，悦耳的音乐在她的周围响起，好像有一个大的唱诗班在伴随着竖琴唱歌。但她只能听到声音，却看不到一个人。一整天，除了那些奇怪的声音之外，整个宫殿中都只有她一个人。但她确信，随着夜晚的降临，她的丈夫就会来到她的身边。一种莫名的幸福感在她的心头油然升起，笑容浮现在了她的脸

第五章 ○ 丘比特和普绪克

上。果然不出她所料，夜晚来临后，她感觉到丈夫就在她身边。当她听到他在耳边低语时，所有的恐惧都消失了。她虽没看见他，但她知道这里没有什么怪物或恐怖的大蛇，只有她所渴望和期待的爱人。

虽然她还是很高兴，但这种似有似无的关系已逐渐不能令她满足。很长一段时间之后，一天晚上，她那从未谋面的丈夫很严肃地跟她说："你那两个姐姐就要来了。她们会到你失踪的山顶上哭泣，但你千万不能让她们看见你，否则你会给我带来极大的麻烦，甚至会毁掉你自己。"普绪克答应他，不会去见自己的姐姐。可是第二天，当她看到姐姐们哭得如此伤心，自己却无法安慰她们，她也伤心地哭了起来，就连丈夫的爱抚也不能阻止她哭泣。最后，他只得无奈地说："如果你非要按照自己的意愿去做，那就去吧，不过，你这是在自取灭亡。"他郑重地警告她，千万不要在任何人的怂恿之下偷看他。如果她这样做了，他会永远和她分开。普绪克大声发誓说，自己永远不会那样做，她宁愿去死，也不愿意与他分离。她对丈夫说："就让我去看看我的姐姐们吧，请给我这个让我快乐的机会。"他一时心软，就答应了她。

第二天早上，西风之神仄费罗斯把她的两个姐姐从山岩上带到了这座坐落在幽静的森林里的宫殿前，普绪克兴奋地站在宫殿门口迎接她们。三姐妹好久没有见面了，她们甚至无法用言语来表达自己的喜悦，只能流着泪紧紧地拥抱在一起。当姐姐们走进宫殿，看到这一片富丽堂皇的景象，品尝着人间极品佳肴，聆听着美妙的音乐时，她们感到又羡慕又嫉妒。好奇心促使她们想知道坐拥这一切的妹夫究竟是谁。但普绪克并没忘记自己对丈夫的承诺。她告诉姐姐们，他只是一个年轻人，现在外出打猎去了。然后，她送给她们很多的金银珠宝，并让西风之神把她们送回去。她们虽然欣然接受了妹妹送给她们的一切，但心里的怒火却燃烧了起来。在她们看来，嫁给国王的风光和财富，与普绪克所拥有的相比，简直不值一提。嫉妒之火越燃越旺，她们终于想出了一个办法，要毁掉普绪克。

就在那天晚上，普绪克的丈夫又一次警告她说，千万不要再让她的两个姐姐来了。可她不肯听。她带着哭腔对他说："你从来都不让我看见你的脸，难道我连我的姐姐都不能见吗？我绝对不会像上一次那样屈服了。"果然，没过多久，那两个女人又来了。当她们问普绪克她的丈夫长什么样子时，普绪克支支吾吾，说了很多自相矛盾的话。这下，姐姐们更确信普绪克没有见过她的丈夫，更不知道他是什么人。她们并没有把这种想法告诉普绪克，只是责备她对亲人隐瞒自己危险的处境。她们吓唬普绪克说："我们听说你的丈夫根本不是人，而是阿波罗的神谕中所说的那条可怕的大蛇！虽然它现在是善良的，还没对你起杀心，但总有一天晚上它会趁你睡着的时候把你吃掉！"普绪克吓坏了，恐惧感淹没了她，冲散了她对丈夫的那点爱。她开始怀疑自己的丈夫为什么不让她看到他的脸，这其中一定有可怕的隐情。如果他不是一条可怕的大蛇，那么向妻子隐瞒自己的容貌实在是太残忍了。她在痛苦中踌躇着，最后结结巴巴地对姐姐们说："我确实无法否认你们所说的话，因为我根本没见过他。每天都是深夜一片漆黑的时候，他才和我在一起。他总是这样躲着我，一定是出于什么可怕的理由，请姐姐们帮帮我吧！"听到普绪克这样说，两个姐姐甚为高兴，因为她们早就想好了要怎么毁掉普绪克所有的一切。她们告诉普绪克："今天晚上，你在床边藏一把尖刀和一盏灯。当你的丈夫睡着的时候，你就悄悄爬下床，点亮灯，拿起那把尖刀，狠狠地刺进他的身体！我们就在附近，看到灯光就会过去救你。等他死掉，我们就带你走。"

听了姐姐们的话，普绪克左右为难。"他是一条可怕的大蛇，我

第五章 ○ 丘比特和普绪克

一定要杀死他；不，他是我心爱的丈夫，我怎么能杀了他呢？我一定要搞清楚这件事……不，我还是选择相信他吧！"整整一天，普绪克的内心都在挣扎着。然而到了晚上，她不再犹豫，她决定要看清楚丈夫的真面目。

当丈夫静静地睡着后，普绪克鼓起全部勇气，点亮了藏在床边的灯。她蹑手蹑脚地走到床边，把灯举得高高的，注视着躺在那里的丈夫。"哦，天哪！"出现在她眼前的并不是什么可怕的大蛇，而是一位俊美的少年。在灯光的照耀下，他的皮肤显得更加通透，整个人都散发着迷人的光辉。普绪克跪倒在床边，为自己的愚蠢和多疑羞愧不已。如果不是那把刀从她颤抖的手中掉下来，她会把它插进自己的胸口。但是，正是那双颤抖的手救了她，同时也害了她。她呆呆地欣赏着这位少年时，油灯灭了。最后一滴灯油刚好落在丘比特的肩头。少年感受到肩膀的灼热，惊醒并起身。他看到眼前的这一切，知道愚蠢的普绪克终究还是怀疑自己对她的爱。他一句话也没说就飞走了。

普绪克跟在他身后冲了出去。但在黑夜中，她看不见他的脸，只有他的声音在耳边响起。他告诉她，他是小爱神丘比特，她的行为让他心寒，他要离开她。他边飞边说："没有信任，爱就无法存续。"普绪克一个人孤零零地站在黑夜中。她想："我的丈夫是小爱神丘比特……可我这个卑鄙的人却不能对他保持信任。他就这样永远地离开我了吗？不，我不会放弃他的！我要用尽我的余生去寻找他，至少要让他知道我有多爱他，即使他已经不再爱我。"于是，她踏上了寻找丘比特的旅途。她虽然不知道要去哪里寻找，但她知道自己永远不会放弃。

丘比特回到母亲的房间里疗愈伤口。当维纳斯了解到自己的儿子是因为爱上普绪克才落得如此狼狈时，顿时火冒三丈。她撇下丘比特去找普绪克。本就妒火中烧的维纳斯更加愤怒，她发誓一定要让普绪

1200年希腊罗马神话

▲《爱神与普绪克》
[意大利] 雅各布·祖奇

布面油画，纵173厘米，横130厘米，创作于1589年，意大利罗马博尔塞美术馆藏。画中美丽的普绪克右手握着短刀，左手高举着油灯，正惊喜地端详着小爱神丘比特的真实面容。

第五章 ○ 丘比特和普绪克

克知道惹恼女神的后果。

　　普绪克此时正在绝望地流浪，她渴望得到诸神的帮助，于是不断地祈祷。可是没有一位神愿意帮助她，因为没人想与维纳斯为敌。最后普绪克明白了，不论是在天堂还是在地上，都没人会帮助她。于是，她决定孤注一掷，直接去找维纳斯，并愿谦卑地做女神的仆人，直到维纳斯气消了为止。她心想：说不定丘比特就在维纳斯的家中呢！于是，她动身去找维纳斯，恰巧维纳斯也在找她。

　　当普绪克来到维纳斯面前的时候，女神哈哈大笑，并轻蔑地问她："你既然嫁给了你的丈夫，为什么又背叛他，甚至还差点儿害他死于那该死的热油？"女神又说："你将会是一个相貌平平、受人冷遇的姑娘，除非你勤勤恳恳地干活，否则你不会找到如意郎君。我要用这样的方法教训你，这已经是我对你发善心了。"说着，女神拿出一大堆颗粒很小的小麦、罂粟、小米等作物的种子，把它们混在一起，"天黑之前，你必须把这些作物的种子分好类。看在你自己的分上，好好干吧！"女神说完就转身走了，只剩下普绪克一个人孤零零地坐在那里。她盯着面前的那堆种子，脑子里一片混乱。这个命令实在是太残酷了，根本就是一项不可能完成的任务。就在这时，这个凡人、诸神都不愿意帮助的姑娘却得到了大地上最微小的生物——蚂蚁的怜悯，它们互相喊着："来吧，帮帮这个不幸的姑娘吧！"蚂蚁们一拨又一拨地赶来，艰难地把混做一团的种子井然有序地分开。维纳斯看到这一幕时非常生气，她对普绪克说："你的工作还没有结束呢！"她丢给普绪克一块面包，叫她睡在地上，自己却躺在柔软芳香的床上。维纳斯心想，如果一直让这个姑娘干苦活，让她挨饿，她那可恶的美貌很快就会消失。在那之前，自己必须找人牢牢地看住还在房间里养伤的儿子。维纳斯对这些安排非常满意。

　　第二天早上，维纳斯又想出一个差事给普绪克做，这是一个非常危险的差事。她告诉普绪克："在河边茂密的灌木丛中，有一群长着金羊毛的绵羊，你去弄一些闪闪发光的金羊毛来。"当疲惫不堪的普绪克来到流水潺潺的河边时，她恨不得跳进去结束这一切。她俯下身来看着河面，忽然听到一个细小的声音从脚边传来。她往下一看，说话的竟然是一根芦苇。那根芦苇说，千万不能自杀，事情还没有她想得那么糟糕。那些绵羊虽然很凶，但只要等到它们走出灌木丛，到河边休息，她就可以走进灌木丛中，取下那些挂在尖尖的荆棘上的金羊毛。普绪克立刻照着善良的芦苇说的去做了。她走进灌木丛中，为维纳斯带回了闪闪发光的金羊毛。维纳斯带着邪恶的微笑接受了这些羊毛，她对普绪克说："一定有人帮过你，不然你自己根本办不到。不过我还是愿意再给你一次机会来证明你自己。看见从那座山上流下来的黑水了吗？那是可怕的斯堤克斯河的源头，你要把这个瓶子里装满黑水。"普绪克走近瀑布，才发现这真是迄今为止最糟糕的任务。瀑布四周的岩石又陡又滑，只有骑着长着翅膀的生物才能到达那里。不过每到这个时候，都会有人出来帮助她，就像现在你我心里想的那样（或许普绪克也感觉到了会有人来帮助她）。尽管每一次维纳斯给普绪克的任务看上去都是不可能完成的，但每次都会有人来帮助她。这次帮助普绪克的是一只老鹰。它展开巨大的翅膀，盘旋在普绪克周围，叼走了她手中的瓶子。它飞到瀑布边，给瓶中灌满了黑水，带回来交给了普绪克。

　　虽然普绪克又一次完成了任务，但维纳斯还是不肯罢休。我们不得不说，维纳斯真的有些蠢。这所有事件的结果竟然使她一试再试。她递给普绪克一个盒子，让她拿着这个盒子到冥界，请求冥后珀耳塞福涅把"美丽"装一点进来。因为维纳斯最近照顾受伤的儿子很辛苦，迫切需要这盒"美丽"来驱走憔悴。普绪克只得踏上去往冥界的路。她在途经高塔时得到一份行路指南，这份指南详细地说明了怎样才能抵达珀耳塞福涅的宫殿：首先要穿过一个巨大的地洞，走到死亡之河边，在那里给船夫卡戎一枚硬币，让他载自己过河。到了河对岸，有一条路通往宫殿。宫殿门前会有一条名叫刻耳柏洛斯的三头犬。那条犬非常凶，但只要给它一块蛋糕，它就会友好地让她通过。

当然，事情的发展就像高塔指南里说的那样。普绪克安全地抵达了冥界。冥后珀耳塞福涅很乐意为维纳斯效劳，毫不犹豫地送给她一盒"美丽"。已经来过一次冥界的普绪克，回去的速度可比来时的速度快多了。可在返程的途中，普绪克对这盒"美丽"动了心。这场对她好奇心和虚荣心的考验，她还是没能通过。她太想看看盒子里的"美丽"了，或许她自己也可以用上一点。如果维纳斯因操劳而损失的部分美丽用这个就能恢复，那么连日来受尽折磨的自己就更需要它了。她甚至想：只有把自己装扮得更加迷人，再次见到小爱神的时候，她才能光彩熠熠，美如往昔。普绪克禁不住诱惑打开了盒子，令她失望的是，盒子里什么都没有。突然，她感到一阵倦怠，不禁昏昏然倒下了。

就在这时，小爱神丘比特走上前来。他的伤口已经愈合。他十分想念普绪克。想要把"爱"禁锢起来，可不是一件容易的事。虽然维纳斯把丘比特锁在了屋子里，可还有窗子，丘比特只要想找他的妻子，随时都可以飞出来。普绪克倒在维纳斯神殿的旁边，丘比特立刻用神力击退了普绪克眼里的睡意，原封不动地把它放回盒内。他又向她射出一支神箭，彻底唤醒了爱妻。他责备普绪克不该好奇心这么重，并嘱咐她把珀耳塞福涅的那盒礼物完整地交给他的母亲。他还向普绪克保证，一切都会好起来的。

普绪克满心欢喜地跑进神殿中，把盒子交给维纳斯。丘比特飞上了奥林匹斯山。为了保证母亲不再给他们添麻烦，他直接找到了众神之王宙斯。宙斯立刻答应了丘比特的一切请求。他对丘比特说："尽管你过去经常找我的麻烦，把我变成公牛、天鹅，严重地损害了我的

1200年希腊罗马神话

▲《打开黄金盒的普绪克》
[英国] 约翰·威廉·沃特豪斯

布面油画，纵117厘米，横74厘米，创作于1903年，私人收藏。画面中普绪克正坐在岩石上，轻踮着脚尖，小心翼翼地打开黄金盒，全然不知厄运即将降临。

名誉，可我还是不能拒绝你。"

宙斯召集众神，向包括维纳斯在内的所有人宣布，丘比特和普绪克正式结婚，他还赋予普绪克不死之身。神使墨丘利带着普绪克走进众神的宫殿，宙斯亲自把神粮赐给了普绪克，使她长生不死。这样一来，局面完全改变了。维纳斯不可能反对一位女神做她的儿媳妇，这门亲事也算是门当户对。另外，她也在想，普绪克在天上忙着照顾丈夫和孩子，就没有时间到大地上去吸引男人的注意了。这样大家就会恢复对自己的崇拜，这也不是什么坏事。

就这样，故事以幸福的结局收场。"爱"和"灵魂"（普绪克的名字意为灵魂）在历尽千辛万苦后终于找到了彼此，他们的婚姻永远不会被破坏。

第六章
爱情短篇八则

皮拉摩斯和提斯柏

这个故事只在奥维德的作品中出现过，这也是他在创作的黄金时期所写的一部作品。这个故事体现了奥维德这一时期的写作特点：叙述精彩绝伦，辞藻华丽，外带简短的关于爱情的评价。

很久以前，桑树的浆果原本像雪一样白，后来变成了深红色。这种颜色变化不仅奇怪，背后的故事更是令人悲伤。那是一对年轻人的悲剧。

皮拉摩斯和提斯柏是这个爱情悲剧的主人公。皮拉摩斯是东方最英俊的青年，提斯柏是东方最美丽的少女。他们居住在塞米勒米斯女王的城市巴比伦，两家是邻居，共用一面墙壁。两人青梅竹马，爱情的种子在他们的心中渐渐萌芽。他们渴望在一起，却遭到了双方父母的反对。可是，爱情来的时候，挡也挡不住。越想去阻止，爱情之火就烧得越旺。要想把这两颗火热的心分开是不可能的。

他们两家共用的墙壁上有一道小裂缝，以前没有人注意，但没什么能逃得过渴望爱情之人的眼睛。他们发现了这条裂缝，两个人通过它甜蜜地低语，把他们分开的那堵可恶的墙成了他们交谈的媒介。他们对这堵墙说："如果不是你，我就可以拥抱亲吻我的爱人了。不过，也正是因为你，给了我们相互表露爱意的机会，我们是不会忘恩负义的。"他们就这样通过这堵墙交谈着。当夜幕降临，他们必须分开的时候，两人都会把各自的吻留在墙壁上，可惜这吻却无法到达心爱的人那里。

每天清晨，当晨光驱走黑暗、太阳晒干了草地上的白霜时，他们就会偷偷地趴在墙壁的裂缝上，站在那里说着炙热的情话，有时也哀叹自己悲惨的命运。但不论说什么，都是低声细语。终于有一天，他们再也无法忍受了，决定就在当天晚上偷偷从城里溜到乡下去，离开这个束缚他们的地方，自由自在地在一起。他们约好在著名的尼诺斯墓地的一棵大树下见面。那是一棵高大的桑树，上面结满了雪白色的浆果。他们内心无比渴望这个计划能顺利实现，那一天似乎变得无比漫长。

太阳终于沉入海中，夜幕降临了。在黑暗中，提斯柏蹑手蹑脚地从家中溜出来，急忙向约好的地点奔过去，可皮拉摩斯还没有来。对皮拉摩斯的爱使她变得勇敢，她在黑暗之中等待着自己的爱人。突然，她在月光中看到了一头母狮子，这头凶猛的野兽刚刚猎杀了猎物，嘴边还残留着血迹，正打算到河边去饮水。不过，幸亏提斯柏离这头狮子比较远，她急忙起身逃命，但在逃跑的过程中身上的斗篷掉了下来。

◀《提斯柏》

[英国]约翰·威廉·沃特豪斯

布面油画，纵98.5厘米，横60.3厘米，创作于1909年，私人收藏。画中的提斯柏正把头贴近有裂缝的墙壁，用心倾听墙外恋人的情话。

母狮子在回窝的路上看见了这件斗篷,把它叼起来撕了个粉碎,然后走向丛林深处。几分钟后,皮拉摩斯来赴约了。他看到地上血迹斑斑的斗篷碎片,还有母狮子留下的足迹。刚才发生了什么是显而易见的,皮拉摩斯毫不怀疑地认为提斯柏已经死了。他让自己的爱人——一个温柔的少女,独自来到这个充满危险的地方,自己却没有先到这里保护她。他仰起头,向着天空大喊:"是我害死了你!"他捡起被母狮子践踏过的泥土中的斗篷碎片,吻了又吻,然后拿着它走到桑树下,对着桑树说:"现在,你也来喝我的血吧!"他拔出剑,一剑刺进了自己的身体里。殷红的鲜血迸溅出来,把树上白色的浆果染成了深红色。

提斯柏虽然害怕母狮子,可她更怕失信于爱人。她壮着胆子回到两人相约的地点——那棵结着闪闪发光的白色果实的桑树下,却没有发现自己的爱人。她望着那棵桑树,发现树枝上的浆果不是白色的。这时,树下有什么东西突然蠕动起来,这团黑乎乎的东西把她吓得瑟瑟发抖。过了一会儿,当她壮着胆凑过去细看时,才发现那是倒在血泊中的皮拉摩斯。她扑到他的身上,用双臂搂住他,吻了吻他冰冷的嘴唇,恸哭道:"是我呀!是我呀!你最爱的人,你的提斯柏。"他听到她的声音,吃力地睁开眼睛,看了她一眼,然后就永远睡过去了。

她看到从他手中滑落的剑,还有自己那被扯碎的沾满血迹的斗篷,便明白了一切。"你是因为爱我才自杀的,我爱你,所以我也可以勇敢。原本,只有死神才能将我们分开。不过,现在就连它也没这种能力了。"说完,她把那把沾着皮拉摩斯鲜血的剑插进了自己的心脏。

众神可怜这对恋人,他们的父母也痛心不已。神把桑树的果实变成了深红色,以示对这对恋人永恒的纪念。他们的骨灰被装在一个骨灰盒中。现在,真的是死神也无法把他们分开了。

俄耳甫斯和欧律狄刻

　　俄耳甫斯在"阿耳戈"号上的故事只在公元前3世纪的希腊诗人阿波罗尼俄斯的作品中出现过。故事的其余部分取自两位罗马诗人——维吉尔和奥维德的作品。他们的文风在讲述这个故事的时候大体上是相同的。这个故事中的诸神大多用的是拉丁名字。阿波罗尼俄斯的作品对维吉尔影响很深。从已知的情况来看,或许这三位作家都曾完整地讲述过这个故事。

　　诸神是最早的音乐家。雅典娜在这方面不怎么出色,即使是她发明了横笛,她也从没演奏过。赫尔墨斯创造了竖琴,并把它送给了阿波罗,阿波罗就用这架竖琴在奥林匹斯演奏着令众神沉醉的美妙乐曲。当他演奏的时候,好像所有的烦恼都被驱散了。赫尔墨斯还给自己制造了一支牧笛,并用它吹出美妙的笛声。潘发明了芦笛,它能在春天的夜里发出像夜莺般甜美的声音。缪斯女神们没有专属于她们的乐器,但是她们的嗓音是无人能比的。

　　诸神之后有几位凡人音乐家诞生了,他们的才能和神相比都毫不逊色。其中有一位伟大的音乐家——俄耳甫斯,他是色雷斯王子与缪斯女神卡利俄珀的儿子。从他母亲那一方来看,他并不是一个凡人。他的音乐天资超凡脱俗。在希腊各民族中,色雷斯是最具音乐天赋的,可不管是在人才遍地的色雷斯还是在其他地方,俄耳甫斯的才华都首屈一指,只有诸神才能匹敌。他演奏的乐曲和演唱的歌曲都拥有特殊的魅力,任何人、任何事物都无法抗拒:

第六章　爱情短篇八则

在色雷斯山脉的丛林深处，
俄耳甫斯用他的歌声引领着树木和野兽。

　　所有有生命和无生命的东西都追随着他。岩石跟着他到了山上，就连河道都跟着他改变了方向。

　　很少有人提到他那段不幸的婚姻之前的故事，这段婚姻甚至比他的音乐才华还要著名。可他凭借着自己的聪明才干，在一次著名的探险中建立了卓越的功绩。他曾和伊阿宋一起航海去取金羊毛，他们正是借助俄耳甫斯的琴声，才制服了守护羊毛的巨龙。在归途中，每当划桨的船员们感到疲惫的时候，俄耳甫斯就会弹起他的竖琴，船员们的热情立刻被重新点燃，他们随着旋律用船桨轻快地拍打着海面；如果遇到什么棘手的事，比如双方起了争执，俄耳甫斯柔缓的琴声会平复正在气头上的人的情绪，让他们忘记愤怒。俄耳甫斯还从女妖的手中解救过英雄们——当他们乘坐的"阿耳戈"号经过海妖塞壬的领地时，海面上传来美妙的旋律和女妖们婉转的歌声。英雄们都被女妖迷惑了，桨摇得越来越慢，"阿耳戈"号渐渐驶向了塞壬。见此情景，俄耳甫斯立刻弹奏起竖琴。一首清脆而响亮的曲子把女妖们的歌声压了下去，英雄们这才恢复了意识。如果不是俄耳甫斯在那条船上，估计英雄们早就变成塞壬岛上的白骨。

　　至于俄耳甫斯是怎样遇到他心爱的欧律狄刻以及如何向她求婚的，我们不得而知；但很明显，这位少女也没能抵挡住他歌声的魅力。他们幸福地结婚了。可这种幸福是十分短暂的。婚礼结束后，新娘欧律狄刻和伴娘们一起在草地上散步，不幸的是，她被一条毒蛇咬伤了脚。

很快，毒液蔓延到全身，欧律狄刻倒在女伴的怀里死去了。俄耳甫斯悲痛欲绝，他决定到冥界把死去的欧律狄刻带回来。他自言自语道：

我要用我的歌声，
魅惑得墨忒耳的女儿，
吸引冥界之主哈得斯，
用我的旋律打动他们的心。
我要把我心爱的欧律狄刻带回来。

为了爱情的人是无所畏惧的，俄耳甫斯带着他的竖琴走上了去冥界的路。他一边走一边弹着他的竖琴，数不清的亡魂被这琴声迷倒，就连看守着地狱之门的三头犬也被这琴声迷住了，放松了警惕。缚在伊克西翁身上的车轮停止了转动，西西弗斯静静地坐在石头上，坦塔罗斯忘记了口渴，可怕的复仇女神第一次泪流满面。俄耳甫斯冲破冥界的重重阻碍，来到冥王和冥后的王座前。俄耳甫斯轻抚琴弦，弦间流淌出如泣如诉的音乐声。他唱道：

黑暗而寂静的世界的统治者哈得斯啊，
世间的一切生灵都会来到你这里，
所有美好的事物都会来到你面前。
你是一个能收回所有债务的人，
我们只是在大地上逗留了一会儿，

第六章 ○ 爱情短篇八则

最终还是属于你。
可是我来寻找的那个人,
她太快来到你身边了,
她这朵花还没来得及绽放。
我曾试图忍受悲伤,可那太难。
爱真的是一种强大的力量。
冥王啊!
如果那个古老的故事是真的,
就请你重新为可爱的欧律狄刻编织命运之网吧!
看,我只有这一个小小的请求,
希望你能把她借给我,而不是把她赐给我,
当她年岁已满时,她终将来到你身边。

没有人能拒绝俄耳甫斯的歌声。他——

使冥王普路托流下了铁灰色的眼泪,
命令狱卒应许爱的请求。

他们唤来了欧律狄刻,把她还给了俄耳甫斯,但有一个条件:"你在前面走,她在后面跟着。在离开冥界之前,你无论如何都不能回头看她,不能同她说话,否则你将永远失去她。"夫妻二人匆匆踏上了回阳间的路。他们穿过巨大的大门,来到了一条漆黑的能把他们带到

1200年希腊罗马神话

▲《从冥界带走欧律狄刻的俄耳甫斯》
［法国］卡米耶·柯罗

布面油画，纵112.7厘米，横137.2厘米，创作于1861年，美国休斯顿艺术博物馆藏。画面描绘了俄耳甫斯和欧律狄刻这对恋人急匆匆地穿过冥界树林的场景。

光明世界的路上，不断向上攀登。他虽然知道她就在身后，可还是想回头看一眼确认一下，就在他们快要到达人间的时候，周围的黑暗已经变成了灰色的。他一步迈出了洞口，然后高兴地回头看她，可是他看得太早了，因为她还没走出洞口。在昏暗的光亮中，他甚至还来不

第六章 ○ 爱情短篇八则

▼《哀悼俄耳甫斯》
[法国] 古斯塔夫·莫罗

布面油画，纵154厘米，横99.5厘米，创作于1865年，法国巴黎奥赛博物馆藏。画面中少女怀抱俄耳甫斯的头颅，俯首垂目，神情忧郁，似乎陷入了沉思。礁石被晚霞映得昏黄，更显得忧伤。

157

及看清妻子的影子，她就再度回到了黑暗中。远远地，飘来一个痛苦的声音："永别了……"

俄耳甫斯拼命向妻子追去，想跟她一起下去，但他没有获得准许，因为众神不同意他第二次活着进入冥界。他只得孤零零地回到人间。

此后，他离群索居，在色雷斯的荒野上流浪。除了弹奏竖琴，没有任何事情能给他安慰。岩石、河流和树木成了他的伙伴和听众。不幸的是，他撞上了一群追随酒神狄俄尼索斯的狂野女祭司。她们就像杀害彭透斯的那些女人一样疯狂。她们杀害了这位温柔的音乐家，把他的身体撕扯得四分五裂。他的头颅被扔到了湍急的海布罗斯河里，顺着河水漂到了勒斯玻斯岛。他的样貌并没有在漫长的漂流中发生任何变化。缪斯女神们发现了他的头颅，把它捞起，埋在岛上的神殿里。她们还把他的四肢收集到一起，埋到了奥林匹斯山脚下的一座坟墓里。直到今天，那里夜莺的歌声都远比任何一个地方的夜莺歌声要甜美。

刻宇克斯和阿尔库俄涅

奥维德的作品通常被认为是这个故事最好的来源。关于暴风雨的夸张描写带有很明显的罗马风格，而对睡神住所细节的精致描写则体现了奥维德细腻的笔触。故事中诸神的名字用的都是拉丁名字。

忒萨利国王刻宇克斯是启明星之神路喀斐耳的儿子。他的脸上映着父亲的灿烂光辉，他的妻子阿尔库俄涅也有着高贵的血统，她是风神埃俄罗斯的女儿。刻宇克斯和阿尔库俄涅十分恩爱，不愿意和对方分开。可是，刻宇克斯因为被各种事情缠身，感到十分苦恼，所以，他还是决定离开她，远渡重洋，到一座神庙去祷告。当阿尔库俄涅知道了刻宇克斯的计划时，悲痛欲绝。她泪眼汪汪地说，她比任何人都知道海风的威力，因为她从小就在她父亲的宫殿里看到过各种暴风雨的聚会，看到过他们召唤出的乌云和狂野的红色闪电。她几乎泣不成声，恳求道："我看到太多破碎的船只在海滩上搁浅了，我求求你不要走。如果我不能说服你，那么至少把我带到你身边吧，我能忍受注定要发生的一切。"

刻宇克斯深受感动，因为阿尔库俄涅深爱着他，就像自己也深爱着妻子一样。但他还是十分坚决地拒绝了妻子，他必须一个人去请教神谕，他不想让妻子分担航行中的危险。阿尔库俄涅没办法，不得不让丈夫一个人前往，当她向他告别的时候，她的心情无比沉重，仿佛她已经预见了即将发生的事情。她一直站在岸边看着丈夫的船，直到船驶出她的视线。

果然，那一夜，一场猛烈的暴风雨席卷了整个大海。狂风汇集成飓风，掀起了像山一样高的巨浪。雨不停地下着，仿佛整个天空都落入了大海中，而大海又似乎跃入天空。人们站在颤抖的船上，几乎被吓疯了，只有刻宇克斯一个人还在庆幸，幸亏妻子留在了家里。当船沉没时，海水淹没了他的身体，可他的嘴里还在念叨着她的名字。

阿尔库俄涅计算着日子。她不停地忙碌着，先是给丈夫织了一件袍子，紧接着又给自己织了一件，准备等丈夫回来的时候穿得漂漂亮亮地迎接他。因为那艘船没有生还者，所以没人知道刻宇克斯的死讯。阿尔库俄涅天天向诸神祷告，让那艘船上的人早日归来，尤其是向朱诺祷告。女神被她所感动，便唤来神使伊里斯，命令她去睡神索姆努斯的宫殿，吩咐睡神给阿尔库俄涅托一个梦，告诉她刻宇克斯死了。

睡神的宫殿在辛梅里安人的黑暗国度附近，那是一个深谷，深到从没有阳光照进其中。在那里，朦胧的暮色笼罩着阴影中的一切，没有公鸡的啼叫，没有看门狗的吠声打破沉寂，没有树叶在微风中沙沙作响，没有人们的嘈杂之声来打扰这片宁静。唯一的声音来自温柔的、缓缓流淌的遗忘之河——勒忒河，那潺潺的水声诱人入睡。睡神的宫殿门前长着罂粟花和能让人昏昏欲睡的草药。睡神躺在殿内一张柔软的黑色躺椅上。神使伊里斯披着她那彩虹般绚丽的斗篷来到这里。她在天空匆匆飞过时会留下一道色彩，形成彩虹。黑漆漆的宫殿被这道彩虹照亮了。可是即便如此，她还是费了很大的功夫才让睡神睁开他那沉重的双眼，并告诉他天后给他的任务。伊里斯确定睡神真的清醒了，并听清了她传达的命令后就急忙飞走了，因为她怕在这个地方待得久了，自己也会永远沉睡过去。

老睡神唤醒了他的儿子摩耳甫斯。他能够在人的梦中化成不同人的形象。睡神向他传达了天后的命令，让他变成刻宇克斯的形象进入阿尔库俄涅的梦中。摩耳甫斯展开翅膀，静静地穿过黑暗，来到阿尔库俄涅的身边。他变作溺水的刻宇克斯的样子，赤裸着身子，浑身淌着水，趴在阿尔库俄涅的床边，说："看，你的丈夫来了，我死后面容没有改变吧？你能认得出我吧？亲爱的阿尔库俄涅呀，我已经死了。当海水淹没我的时候，你的名字还萦绕在我的唇边。我没有生还的希望了，请你为我落泪吧，不要让我成为没有人哀悼的可怜的亡魂。"阿尔库俄涅在睡梦中呻吟着，她伸出双臂抱住他，大声喊道："我会和你一起去！"这叫声太大以至于让她从梦中惊醒了。她醒来后确信丈夫已经死了，她刚才看到的不是梦，而真的是自己的丈夫。她告诉自己："他看上去很憔悴。他死了，我不久也会死去，他的尸骨在海浪中颠簸，我怎么能一个人留在这里呢？我不会离开你，我的丈夫，没有你我也不想活下去了。"

当清晨的第一缕光照到大地上的时候，她走到岸边，站在她曾目送丈夫远航的那个岬角。她凝视着大海，看到远处的海面上漂浮着一个东西。那东西随着潮水越来越近，直到她看清那是一具尸体。她怀着怜悯和恐惧的心情看着那具缓缓向她漂来的尸体，现在它已经靠近岬角了。她看清了那具尸体，竟然是刻宇克斯。她跑过去跳进海里，哭喊着："我的刻宇克斯，我最亲爱的丈夫！"神奇的是，她并没有沉入海水中，而是飞了起来。她浑身长满了羽毛，变成了一只小鸟。好心的神祇向刻宇克斯施加了同样的神力。当她飞向刻宇克斯的尸体时，尸体不见了——他也变成了一只和她一样的鸟，他们比翼齐飞。他们的爱情永远不会改变了。人们总是看到他们在一起，时而飞翔，时而随着海浪漂游。

每年，大海都会有一连七天平静的日子，海面上没有一丝风，那是阿尔库俄涅在海面上筑巢孵蛋的日子。等小鸟一孵出来，这个魔咒就被打破了，海面又开始波涛汹涌。每年冬季的这几天都会风平浪静，人们把这几天称为"阿尔库俄涅日"或"哈尔库恩日"。在此期间——

鸟儿会在平静的海面上筑巢孵蛋。

皮格马利翁和伽拉忒亚

这个故事只在奥维德的作品中出现过，所以故事中的爱神是维纳斯。这个故事也是奥维德的修饰手法在神话故事中最典型的体现（参见"古典神话概述"一节）。

皮格马利翁是塞浦路斯一位极具天赋的雕刻家。他不喜欢女人：

他憎恶自然赋予女性的缺点。

所以决定永不结婚。他告诉自己，艺术对他来说足够了。然而，他用尽他所有才华雕刻出来的却是一尊女人的雕像。这样做要么是因为他不能轻易把不喜欢的女性从脑海中抹去，就像他把她们从他的生活中逐出一样；要么就是他决心要塑造一个完美的女人，向男人们展示他们平时不得不忍受的那些女人究竟有多少缺点。

不管是出于哪种原因，他都花了很长时间来创造这件最精美的艺术品。尽管他把这尊雕像雕刻得非常美丽，可他还是觉得不太满意，不断修改着这尊雕像。在他那双妙手下，雕像一天比一天美丽，没有任何女人或者雕像能比得上它。当雕像完美得无法再增减一分的时候，奇怪的命运降临到了它的创造者身上——他深深地、充满激情地爱上了它。我们必须解释说：这尊雕像看起来并不像一尊雕像，没有人会看出它是象牙或石头雕刻成的，而是会把它当成具有温度的血肉之躯，只是暂时静止不动而已。它出自这个蔑视女性的年轻人巧夺天工的技艺。艺术的最高成就就是隐藏的艺术——看起来没有手工痕迹的艺术。

但也正是从那时起，那些曾被他蔑视的女性似乎已经复仇了。没有人比爱上一具冰冷躯体的皮格马利翁更可怜，更绝望。他吻着那诱人的嘴唇，可那嘴唇却无法亲吻他；他抚摸着它的双手和脸颊，可那双手却没有任何反应；他把它搂在怀里，它依旧冰冷如霜。他假装它是一个活人，就像孩子们把自己的玩具想象成活的一样。他给它穿上

第六章 ○ 爱情短篇八则

▲《皮格马利翁和伽拉忒亚》
[法国] 让-里奥·杰洛姆

布面油画，纵88.9厘米，横 68.6厘米，创作于1890年，美国纽约大都会艺术博物馆藏。画面展现了雕塑被维纳斯赋予生命后，雕塑家皮格马利翁与作品第一次亲吻的瞬间，旁边还有丘比特向他们射出爱情之箭。

各种颜色或者微微发光的长袍，想象着它非常开心地接受自己送它的礼物。他还会把那些真正的少女所喜欢的东西——小鸟和鲜艳的花朵制成琥珀色的"法厄同姐妹们的眼泪"送给它，然后幻想着它亲吻着礼物感谢他。晚上睡觉的时候，他会把它抱上床，并给它盖上柔软的被子，就像小姑娘照顾自己的娃娃一样。但他终究不是孩子，不能一直这样自欺欺人下去，最后他放弃了。他爱上了一个毫无生气的东西，这是多么的绝望和痛苦啊！

这种特殊的爱恋没能逃过爱神维纳斯的眼睛，她对这种新鲜的恋爱方式很感兴趣，决心帮助这个迷茫的年轻人。

爱神维纳斯的节日在塞浦路斯是备受尊崇的。当年她在大海的泡沫中诞生后，最先到达的地方就是塞浦路斯岛。岛民们献给女神很多牛角上镀着金边的雪白色的小母牛，还会点燃岛上祭奠她的圣坛中的熏香，让香气弥漫整座岛屿。人们挤满她的神殿，每一位失意的恋人都会带着礼物来到这里，祈求女神让他爱的人回心转意。皮格马利翁当然也来到了这里，他祈求女神让他找到一个和他的雕像一样的少女。维纳斯知道他真正想要的是什么，于是让他面前的圣火跳了三下，并在祭坛里熊熊燃烧——这正是女神表示应允的迹象。

皮格马利翁一边思索着这个好兆头，一边回到家中，去找他创作的并深深爱着的那尊雕像。它站在他的面前，美得不可方物。突然间，他伸出手去抚摸它，他不知道是自欺欺人，还是他触碰到的雕像真的有温度。他吻它的嘴唇——一个缠绵深长的吻，他突然感觉到，那两片嘴唇变得柔软了；他抚摸着它的双肩和手臂，那种硬邦邦的感觉也消失了，就像蜡烛在阳光下变得柔软了一样；他伸出双臂去拥抱它，感觉到它像有脉搏一样，血液在它的身体里流动。他心想：这一定是女神创造的奇迹。他怀着无法形容的激动和喜悦之情，搂住了他心爱的人。她脸色红润，用闪烁着光芒的眼睛望着他。

第六章 ○ 爱情短篇八则

▲《皮格马利翁和伽拉忒亚》
[法国]安·路易·吉罗代·特里奥松

布面油画，纵253厘米，横202.5厘米，创作于约1819年，法国巴黎卢浮宫藏。

维纳斯亲自参加了他们的婚礼，为他们祝福。后来发生的事我们就不得而知了，只知道皮格马利翁给这尊雕像化身的少女取名为伽拉忒亚，他们儿子的名字——帕福斯成了维纳斯最喜欢的城市的名字。

鲍喀斯和菲勒蒙

奥维德的作品是这个故事的唯一来源。这个故事体现了他对细节的喜爱，同时这些细腻的描写也使得故事惟妙惟肖。诸神用的都是拉丁名字。

在佛律癸亚的丘陵地带曾经有两棵树，这两棵树被远近的农民看作是巨大的奇迹。这也难怪，因为它们一棵是橡树，一棵是菩提树，但两棵树是从一个树干上长出来的。这是如何发生的呢？这既是对诸神不可抗力的证明，也是诸神对谦卑和虔诚的人有所回报的证明。

有时候，当朱庇特厌倦了奥林匹斯的饕餮盛宴和琼浆玉液，甚至有点厌烦阿波罗的琴声以及"美惠三女神"的舞蹈时，他便会降临人间，把自己伪装成一个凡人去探索冒险。他最喜欢的旅伴是神使墨丘利，因为他是诸神中最有趣、最精明和最足智多谋的。在这次特别的旅行中，朱庇特想要知道佛律癸亚的人民有多么好客。因为所有在异乡寻找避难所的客人都会受到他的特殊保护，所以搞清楚当地人是否好客对他来说十分重要。

这两位神化身为贫穷的流浪者，徘徊在路上，敲着每一座他们经过的低矮的茅屋或者富丽堂皇的大房子，请求主人给他们一点吃的或提供一个住宿的地方。可是没有人愿意帮助他们。他们每次都会被赶走，对方会紧紧地锁上大门。他们走了数百家，所有人都以同样的方式对待他们。最后,他们来到了一座不起眼的小房子前。这座小房子比之前看到的所有房子都要破,屋顶是用芦秆搭成的。但是,当他们敲门的时候,门却大开,一个愉快的声音邀请他们进去。他们不得不弯下腰穿过低矮的门。屋子里十分温馨,一对和蔼可亲的老夫妇以最友好的方式欢迎他们。夫妇俩热情地忙前忙后,尽量让客人感到舒适。

老头在火炉边放了一条长凳,让他们躺在上面,歇一歇疲惫的身体。老妇人还在上面铺了一条烟灰色的布,想让这条长凳躺起来更舒服。她告诉这两个陌生人,她叫鲍咯斯,她的丈夫叫菲勒蒙,他们一生都住在这座小房子里,过得很幸福。她说:"我们是穷人,但是当你愿意承认贫穷的时候,好像这一切也并不是那么糟糕。满足的精神是一种巨大的帮助。"她一边说话,一边忙着为这对陌生人准备晚饭。灰烬中的煤在黑暗的炉膛里闪动着生命之光,直到一团欢快的火燃烧起来,老妇人才把一口装满水的锅放在炉子上。水刚刚烧开,老头就抱着从花园里弄来的新鲜的卷心菜走了进来。老妇人把切碎的卷心菜和挂在横梁上的一块熏肉放进了沸腾的锅里,然后用颤抖的双手布置餐桌。因为这张桌子的一条腿太短了,她只好用一块碎碟片把它垫平。紧接着,老妇人把橄榄、萝卜和几个她在灰烬中烤过的鸡蛋摆上桌子。这时,卷心菜和熏肉也煮好了。老头把两张摇摇晃晃的沙发推到桌子前,邀请客人坐下来吃饭。

过了一会儿,老头给他们拿来了两个山毛榉木杯和一个陶碗,碗里装了一些味道很像醋、用水稀释过的葡萄酒。老头为能给晚餐添上酒而感到自豪和快乐。他随时留意着客人的杯子,一看到客人的杯子空了就赶紧把杯子斟满。两位老人为他们可以殷勤款待客人感到高兴。不过,他们慢慢发现了一件奇怪的事——盛着酒的碗一直是满的,不管他们倒了多少酒出来,碗里的酒还是和碗沿持平。当他们看到这个奇迹时,吓得面面相觑。他们垂下眼睛,默默祈祷,一边颤抖,一边恳求客人原谅他们所能提供的少得可怜的食物。老头说:"我们还有一只鹅,本该献给二位。如果二位不介意等一会儿,我们马上就去做。"然而,两位老人已经没有抓鹅的能力了。他们累得筋疲力尽,而朱庇特和墨丘利却看得津津有味。

当鲍喀斯和菲勒蒙气喘吁吁,不得不放弃追逐那只鹅的时候,两位神觉得他们该采取行动了。他们用温柔的语气说:"你们真的很善良,用你们仅有的东西款待了神,你们会得到奖赏的。这个鄙视贫穷的陌生人的国家会受到严厉的惩罚,但你们不会。"然后,两位神祇陪着老人走出了小屋,让他们环顾四周。两位老人惊奇地看到他们周围成了一片汪洋,整个村落都消失了,只有大湖围绕着他们。尽管邻居对他们很不友好,可他们还是为邻居流下了眼泪。突然,他们的眼泪被神迹擦干了。就在他们眼前,那座居住了一生的矮小茅屋变成了一座有着黄金和大理石屋顶的宫殿。

朱庇特说:"善良的人啊,你们有什么愿望,我都会帮你们实现的。"两位老人迅速交谈了一番,然后,菲勒蒙说:"让我们做神的祭司吧,为众神看守这座神殿……噢,还有,我们一起生活了这么多年,请不要让我们当中的一个人孤独地死去,请容许我们一起死吧。"

朱庇特同意了。他很高兴他们能在那幢宏伟的神殿中服侍众神。故事没说夫妻俩是否曾经想念以前那座窄小但舒适的、有着令人愉快的火炉的房子。但是有一天,他们站在这座用大理石和黄金堆砌成的宫殿前,谈起了从前的生活——那是多么艰苦又幸福的日子啊!这两位老人非常老了。他们正向对方述说着从前的回忆,突然看到对方的身上长出树叶来,随后,浑身裹满了树皮。他们哭着喊了一句:"再见了,亲爱的老伴儿。"话音刚落,他们就变成了两棵树,但仍然是在一起的——橡树和菩提树在一个树干上长出来了。

人们从四面八方赶来欣赏这棵树，他们在树枝上挂满了花环，以纪念这对虔诚的老夫妇。

恩底弥翁

这个故事取自公元前3世纪的诗人提奥克里图斯的作品，他用真正的希腊风格简单而又严谨地讲述。

这位年轻人的名字家喻户晓，但关于他的历史却少得可怜，因为这个年轻人的生平很短。关于恩底弥翁身份的说法较多，有人说他是厄利斯国王，有人说他是猎人，但大多数人说他是一个牧羊人。他是公认的美少年。正是他的美貌给他带来了独特的命运。

恩底弥翁，那位风度翩翩的牧羊人，
在拉特摩斯山一个幽静明媚的山谷中守护着他的羊群。
一个皓月当空的夜晚，
当月亮女神塞勒涅驾着马车穿越天空时，
她无意中看到了他，立刻芳心荡漾，充满爱慕之情。
她从月亮马车中翩然落下，
匆忙而深情地偷吻了一下他的脸，然后伴着他入眠。
他命中注定会得到神的祝福，
他是熟睡着的，安静的牧羊人恩底弥翁。

恩底弥翁从来没有醒来，见过那个向他俯下身的闪闪发光的银色身影。在所有关于他的故事中，他都是沉睡不醒的，但又是永生的。这位美得令人惊叹的少年躺在草地上沉睡，一动不动，仿佛死了一般，但他的身体却是温暖的，活力充沛的。每当夜深人静的时候，月亮女神塞勒涅就会从空中飘下，偷吻熟睡中的恩底弥翁。据说，令恩底弥翁长睡不醒的人就是塞勒涅，因为这样她就可以随时随地找到他，并且随心所欲地抚摸他。但也有人说，她的热情带给自己的只有痛苦的负担和沉重的叹息。

达佛涅

只有罗马诗人奥维德才能写出这样的故事，因为希腊诗人绝对不会想象出森林中的仙女们会穿着华丽的袍子，梳着精美的发型。

达佛涅是一位特立独行、讨厌婚恋的年轻女猎手。据说，她是阿波罗的初恋情人。阿波罗疯狂地追求她，可达佛涅总是躲避他。这也不足为奇，因为达佛涅是拒绝爱情的人。而且一个又一个被神祇爱上的少女都不得不秘密地杀掉自己的孩子，否则她们就会被杀死。这样的不幸少女最好的出路就是流亡他乡。但也有很多少女认为，那简直比死了还要糟糕。几位海洋仙女曾到高加索山崖上拜访普罗米修斯，她们对他说：

希望您永远不会，哦！
永远不会看到我分享神的长榻，在他身边入眠。

> 愿没有一个神靠近我,
> 因为诸如此类的爱情是逃不过任何人的眼睛的。
> 愿那个得到神青睐的人永远不是我,
> 与神争抢恋人绝不是一场公平的战争,
> 结果只能换来绝望。

达佛涅完全同意上面这番话。不仅如此,她也不想要任何凡人的爱情。她的父亲——河神佩纽斯非常苦恼,因为女儿拒绝了所有追求她的、英俊的、资质优秀的年轻人。他温柔地责备她,并哀叹道:"难道我永远都不能有孙子了吗?"这时,达佛涅就会伸出双臂,温柔地搂着老河神的脖子,撒娇道:"爸爸,就让我像狄安娜那样,一辈子做处女神嘛!"老河神招架不住,只好让步。然后,达佛涅就跑到森林里,自由自在地玩耍去了。

当阿波罗的目光落到她身上的时候,这一切欢快的日子都结束了。那时,她正在打猎,身穿齐膝短裙,双臂赤裸,头发乱糟糟的。尽管如此,在阿波罗的眼里,她依旧美丽而迷人。阿波罗心想:要是她穿上美丽的袍子,盘起优雅的发髻,一定会更美。这个想法使他心中的爱情之火燃烧得更加热烈,于是,他开始疯狂地追逐达佛涅。惊慌失措的达佛涅一路狂逃。前几分钟里,阿波罗并没有追上她,但很快,他就追了上来。他一边跑,一边把声音传到她耳边,恳求她并试图说服她:"不要害怕,停下来看看我是谁。我不是粗鲁的乡下人或羊倌,我是德尔斐神殿的主人阿波罗。我爱你。"

听了这番话,达佛涅更加害怕了。如果真的是阿波罗,那她就完蛋了。她决心抗拒到底,可阿波罗马上就要追上来了,她甚至感觉到他的呼吸就在她的脖子边。突然，她面前的树向两边分开，让出一条路来，她看到了父亲的河流，于是大声尖叫道："救救我！爸爸，帮帮我！"她刚说完，奇异的景象就发生了：她的两条腿笔直地站着，不能动弹了；她的身上出现了一层灰色的树皮；她的头上长出了树叶——她变成了一棵月桂树。

阿波罗沮丧、悲痛地看着这奇异的景象，他哀恸道："最美丽的少女，我永远失去了你。但至少请你做我的圣树，我会用你的枝叶编成桂冠，戴在胜利者的头上，你会与我一起分享胜利的荣光。只要是有人唱歌或者讲故事的地方，人们都会把阿波罗和他的月桂树联系在一起。"

那株美丽的、闪闪发光的树好像在点头似的摇晃着树冠，表示同意。

阿尔甫斯和阿勒图萨

只有奥维德完整地讲述过这个故事，他对它的处理方式没有什么特别的地方。故事末尾的诗句摘自亚历山大派诗人莫斯库斯的作品。

在西西里岛最大的城市锡拉库扎的俄耳堤癸亚岛上，有一眼神圣的圣泉——阿勒图萨。起初，阿勒图萨并不是一眼泉水，也不是水中的仙女，而是一位美丽的女猎手。她是狩猎女神阿耳忒弥斯的追随者。她像她的女主人一样，不善于和男人打交道，甚至讨厌他们。她喜欢狩猎，喜欢自由自在地在森林中驰骋。

有一天，阿勒图萨为了追逐猎物，跑得又累又热。这时，她看到浓密的银色柳树林深处有一条清澈的小河。此刻，没有比这更好的沐浴场所了。她脱下衣服，跳进清凉宜人的河水中。她在水里游来游去，周围一片宁静。突然，她觉得脚下有什么东西在动。她吓了一跳，惊慌地跳上岸，这时，一个声音从背后传来："美丽的少女，为什么这么匆忙地逃走呢？"她被吓得连回头看一眼的勇气都没有，就慌忙逃跑了。恐惧驱使着她用最快的速度跑进森林里。追在她后面的人虽然没有她敏捷，但是比她更强壮。那个陌生人叫她停下来，他说："我是河神阿尔甫斯，我是因为爱上你才追逐你的。你不要害怕，停下脚步吧！"可阿勒图萨没理他，她一心想要逃跑。这场看起来似乎没有尽头的赛跑的结果是显而易见的，因为阿尔甫斯是神，所以可以一直跑下去，而她是无法避开他的。最后，筋疲力尽的阿勒图萨不得不向她的女神阿耳忒弥斯求救。还好，她的求救不是徒劳的，阿耳忒弥斯把她变成了一眼泉水。女神阿耳忒弥斯劈开地面，开辟了一条从希腊通往西西里的海底隧道，阿勒图萨跳进了隧道中，一直来到俄耳堤癸亚岛才敢冒出来。她的泉水喷涌的地方，就是阿耳忒弥斯的圣地。

但即便如此，她也没能摆脱阿尔甫斯。故事里说，阿尔甫斯变回了一条河，他的河水与她的泉水一同流过隧道，最终在阿勒图萨喷泉交融。听说，希腊的花朵经常会从泉底浮到水面上。又说，如果你往希腊的阿尔甫斯河里扔进一个木杯，它会在西西里的阿勒图萨喷泉中浮出来。

阿尔甫斯的河水深深流入地层，
带着给新娘的礼物——美丽的鲜花和树叶，
一路追随她到了阿勒图萨。
爱神那个狡黠的男孩，真是奇怪的爱情教师。
是他用魔法咒语，教会了河水潜泳。

第七章
寻找金羊毛

　　这是一首长诗的标题。这首在古典时期很流行的长诗出自公元前3世纪的诗人阿波罗尼俄斯之手,他来自希腊日照最充沛的罗得岛,除了伊阿宋和珀利阿斯的部分,阿波罗尼俄斯讲述了整个探险的过程。本章取材于品达的作品。这部创作于公元前5世纪的作品是他最著名的颂歌之一。阿波罗尼俄斯的长诗写到众英雄返回希腊就结束了,我在后面的部分中补充了伊阿宋和美狄亚在希腊所发生的事情,这部分内容取自公元前5世纪的悲剧诗人欧里庇得斯的作品。也正是以这部作品为素材,欧里庇得斯创作出了他最杰出的戏剧之一。

　　这三位作家的风格大不相同。没有任何散文能够通过重述再现品达的作品,或许唯一可以再现的,是他那独特的、细腻生动的细节描写。《埃涅阿斯纪》的读者再读阿波罗尼俄斯的作品,一定会想起维吉尔。欧里庇得斯所写的美狄亚、阿波罗尼俄斯笔下的女主人公和维吉尔笔下的狄多是风格迥异的三个人物,在某种程度上,她们之间的区别体现了希腊悲剧的特质。

　　欧洲第一个进行过伟大的长途旅行的英雄,是"寻找金羊毛"之旅的首领伊阿宋。据说,他比希腊最著名的旅行家——《奥德赛》的主人公奥德修斯,早了一个世代。他走的自然是水路,因为那时还没有陆路,河流、湖泊和海洋是仅有的交通道路。然而,旅行者们不仅要应对来自海上的危险,还要应对来自陆地的危险。船只不在夜间航行，水手们靠岸栖息的地方很可能藏着可怕的怪物或者巫师，他们比海上的风暴和船难更可怕。旅行需要极大的勇气，离开希腊国土之后更是如此。

"阿耳戈"号上的英雄们寻找金羊毛的故事最能证明这一点。不过，是否真的曾有过这样的旅行，船员们曾在此行中遭遇各种各样、稀奇古怪的危难，确实值得怀疑。但他们都是颇有名望的英雄，有些甚至是希腊最伟大的英雄，因此才有资格参加这次旅行。

寻找金羊毛的故事始于希腊国王阿塔马斯。这位国王厌倦了自己的妻子涅斐勒，就抛弃了她，另娶了忒拜公主伊诺为妻。涅斐勒非常担心自己的两个孩子，尤其担心她的小儿子佛里克索斯，她怕伊诺会杀了他，以便让伊诺的儿子继承王位。事实上，她的担心是对的。伊诺出身于皇族，父亲是忒拜国王卡德摩斯，母亲和三个姐妹都是品行无瑕的女性，可她却没养成同样高贵的品质。她决定害死佛里克索斯，并精心策划了一场阴谋。不知用了什么手段，伊诺在人们播种之前获取了所有的种子，将其烘干。这样，人们播种之后自然会颗粒无收。国王派人去请求神谕，该怎样应付这场可怕的灾难。没想到，这位传递神谕的使者却被伊诺说服了，甚至可能是被贿赂了。他向国王传达了假的神谕：除非献祭年轻的王子，否则庄稼将永远无法生长。

被饥饿威胁的人们强迫国王献出王子。后来的希腊人对这种牺牲的看法和我们一样，觉得这实在是太可怕了。以至于每当故事中出现这种可怕的事情的时候，他们总是把它写得不那么骇人听闻。根据被改编后的版本，当王子被带到祭坛时，一只神奇的、浑身长着金羊毛的公羊把王子和他的妹妹抓起来，带着他们飞走了。这头公羊是神使赫尔墨斯派来的。因为他听到了他们的母亲日夜不停的祈祷。

兄妹俩骑着这头神奇的羊凌空飞翔，飞过了陆地和海洋。可就在他们横越欧洲和亚洲之间的海峡时，妹妹赫勒不慎从羊背上坠落下来，溺水而死。从此，这片海峡就被称为赫勒海峡。佛里克索斯平安地到达不友善的海（即黑海，当时还没变得"友善"）沿岸的科尔喀斯国。这个国家的人生性凶猛，但对佛里克索斯却十分友善。他受到国王埃厄忒斯的热情接待，国王还把一个女儿许配给了他。佛里克索斯宰杀了金羊献祭给宙斯，感谢他保佑自己逃脱。虽然这一行为很古怪，但他还是这样做了。他把金羊毛作为礼物献给了国王埃厄忒斯。

佛里克索斯的一位叔叔本是希腊的正统国王，可是王位却被侄子——一个名叫珀利阿斯的人夺走了。国王的幼子、王国的合法继承人伊阿宋被秘密送到了一个安全的地方。等他长大后，他勇敢地回来向邪恶的堂兄讨还王位。

篡位者珀利阿斯曾得到过一道神谕：他会死在亲族的手里，他要提防穿一只凉鞋的人。

这个穿一只凉鞋的人如期出现了。他光着一只脚，衣着却十分考究。他四肢健硕，衣着华丽，肩上披着一块豹子皮，用来遮风挡雨。他的秀发从未修剪过，像瀑布一样柔顺地披在背上。他径直进入城中，无畏地走进了人山人海的市场。

没有人认识他，但他的样子吸引了大家的目光。大家疑惑地相互讨论："他不会是太阳神阿波罗吧？或者是爱神阿佛洛狄忒的丈夫？他肯定不是海神波塞冬的儿子，因为他那些勇敢的儿子已经死了。"人们互相打探他到底是谁。这些议论传到了珀利阿斯的耳朵里，他急忙赶到这里。当他见到穿着一只凉鞋的伊阿宋时，内心十分恐惧，但他把这份恐惧掩饰得很好。他提高了嗓门询问道："你是从哪个国家来的？我恳求你不要说可恶的谎言，告诉我实话吧。"这个年轻人温和地回答道："我就是这个国家的人，我回到这里是为了恢复我家族的古老荣誉。我要夺回宙斯赐予我父亲、但被人非法占据的这块土地。我是你的堂弟，我的名字是伊阿宋。你我必须用律法来约束自己，而

第七章 ○ 寻找金羊毛

不是用刀剑或长矛来解决问题。你可以把你夺取的财富、牛羊和田地据为己有，但是得把君主的权杖和宝座还给我。这样，我们就不至于为了这些东西发生争执。"

珀利阿斯轻声回答道："你说的有道理，确实该这样。但你要先做一件事。已故的佛里克索斯让我们带回金羊毛，这样他的灵魂就能返回故土，神谕已经对此明示了。可是我的年纪大了，实在没有办法进行这么远的旅行，而你正值青春年华，我想你一定会完成这项任务。我会在宙斯面前发誓，待你回来，一定会将王位和国家还给你。"他这样说是因为他知道，没有人可以完成这件事并活着回来。

伊阿宋为这场即将到来的伟大冒险感到很兴奋。他欣然同意，并到处宣传，这只是一次航海之旅。希腊各地的年轻人高兴地接受了这一挑战。最优秀、最高贵的青年纷纷加入了这支队伍，其中有最伟大的英雄赫拉克勒斯、音乐大师俄耳甫斯、卡斯托耳与波吕刻斯两兄弟、阿喀琉斯之父珀琉斯，等等。天后赫拉也在暗中帮助着伊阿宋，正是她点燃了每个人心中冒险的欲望，使他们不愿意留在母亲身边安然度日，而甘愿冒着死亡的危险，去和同伴们共饮那只有无畏的勇士才配饮用的仙酒。他们乘坐着"阿耳戈"号起航。伊阿宋手持金杯，把杯中酒倒进海里，祭祀雷神宙斯，祈求他保佑他们一帆风顺。

巨大的危险正等待着他们。许多人为了品尝仙酒付出了生命的代价。他们最先停靠的地方是楞诺斯岛。那座奇怪的岛上全是女人。她们反抗男人，杀光了岛上除了老国王之外的所有男人。国王的女儿许普西皮勒是这些女人的领袖之一，她饶恕了老父亲，让国王坐在一个空箱子里漂洋过海，并最终抵达了安全之地。不过，楞诺斯岛上这些凶猛的女人对"阿耳戈"号上的英雄们却十分欢迎。他们在岛上受到了热情的接待，在离岛之前还收到了丰厚的礼物，包括食物、美酒和衣物。

1200年希腊罗马神话

　　他们离开楞诺斯岛不久,赫拉克勒斯就不见了。因为他那长相俊美的随从——一位叫许拉斯的少年不见了。当许拉斯去河边取水的时候,被一位水泽仙女拖到了水里。那位仙女看到他俊美的脸上泛起玫瑰色的红晕,很想亲吻他,就伸出双臂搂住他的脖子,一把把他拉到

▲《许拉斯与水泽仙女》
［英国］约翰·威廉·沃特豪斯

第七章 　　寻找金羊毛

了水底。许拉斯从此失踪了。赫拉克勒斯疯狂地寻找他。他大声呼喊许拉斯的名字，冲进离大海很远的充满浓雾的森林，越走越远。他甚至忘记了金羊毛和"阿耳戈"号，忘记了同伴们。他一心寻找许拉斯，始终没有回来。最后，伊阿宋一行人不得不丢下他继续前行。

布面油画，纵132.1厘米，横197.5厘米，创作于1896年，英国曼彻斯特美术馆藏。画面描绘了赤裸的水泽仙女引诱英俊少年许拉斯陷入陷阱的情景。

他们接下来遇到的是鹰爪女妖哈耳皮埃。这些可怕的生物会飞，长有钩状的喙和爪子，她们飞过的地方会变得污浊不堪，散发出令所有生物都无法忍受的恶臭。在"阿耳戈"号上的英雄们停船过夜的地方，住着一位孤独而可怜的老人，他拥有阿波罗恩赐的预知未来的天赋。他能分毫不差地预言任何事，这令宙斯很不爽。宙斯做事一向神神秘秘。当然，了解天后赫拉的人都知道他为什么要这样。宙斯对这位老人实施了严厉的惩罚：每当老人准备用餐的时候，那些被称作"宙斯猎犬"的哈耳皮埃就会猛扑下来，把他的食物弄得臭气熏天，以至于没有人能靠近它，更不用说吃掉它了。当"阿耳戈"号上的英雄们看到这位名叫菲纽斯的可怜老人时，他已经饿得像个没有生命的游魂。他拖着干枯的双脚匍匐在地，只因一层皮包着骨头，才不至于让他散架。他欢迎这些英雄，并乞求他们的帮助。凭借自己的天赋，他知道，这些英雄中有两个人能保护他不再受哈耳皮埃的侵扰，他们就是北风之神玻瑞阿斯的儿子。大家同情地听着老人讲述自己的悲惨经历。北风之神的儿子们听后，立刻承诺老人，一定会帮助他。

当其他人给老人准备食物的时候，玻瑞阿斯的两个儿子就拔出剑站在他身边。老人还没把食物送到嘴边，那些可恶的妖怪就从天上俯冲而下，转眼间把食物吃个精光，留下一股恶臭后飞走了。北风之神的两个儿子像风一样疾速追了上去。他们抓住了妖怪，用剑刺击它们。要不是彩虹使者伊里斯从天而降，两兄弟早就把怪物斩成碎片了。她说："你们必须克制自己，不能杀死宙斯的猎犬。我已经在守誓之河边许下了誓言，以后再也不会有妖怪来骚扰这位老人。"守誓之河边上的誓言任何人都无法打破。两人这才停手，高高兴兴地回来安慰老人。老人听后非常高兴，跟英雄们庆祝了整个晚上。

老人给了英雄们一些明智的建议，告诉他们如何应对即将到来的危机，尤其是如何避开那些不断滚动的、互相碰撞的巨石。他说，要想从这些巨石中间穿过，要先用鸽子来做实验。如果鸽子能顺利通过，那他们也能过去；如果鸽子被夹扁了，他们就必须原路返回，再也不要想寻找金羊毛这件事了。

第二天一早，众英雄就带着鸽子出发了。不久，他们遇到了那些滚动的巨石。要想在这些巨石中间穿过几乎是不可能的。他们放出鸽子，观察它的情形。鸽子安全地飞了过去，只有尾巴尖上的羽毛被夹掉了几根。众英雄用最快的速度跟了上去。滚动的巨石向两边分开的时候，众人用尽全力划桨，顺利地通过了巨石。就在他们刚刚通过的一瞬间，巨石再次撞在了一起，船尾部的装饰物被岩石夹掉了。就这样，他们惊险地逃过了一劫。值得庆幸的是，自从他们通过之后，那些巨石就老老实实地堆在一起，固定不动了，再也没有给过路的水手带来灾难。

离此处不远，有一个由英勇善战的女人——阿玛宗女战士组成的国度。说来奇怪，这些女战士的母亲竟然是最热爱和平、善良温柔的和谐女神。但她们的父亲是可怕的战争之神阿瑞斯。她们完全继承了阿瑞斯的作风，一点儿也不像她们的母亲。"阿耳戈"号上的英雄们倒是很愿意停船跟她们激战一番。她们是如此骁勇，这一战势必带来一场腥风血雨。幸运的是，他们经过的时候刚好是顺风。于是，船没靠岸就继续前行了。当众英雄经过高加索山脉的时候，还瞥见了被锁在山顶巨岩上的普罗米修斯，扑食普罗米修斯的老鹰在他们头顶呼啸着飞过。这真的是太恐怖了。他们不敢欣赏这场血肉模糊的盛宴，一刻都没有停留。船行至傍晚，他们终于抵达了金羊毛的国度——科尔喀斯国。

他们不知道等待他们的是什么。怀着对未知的恐惧，他们度过了那一夜，除了自身的勇气，没有其他什么能帮助他们了。然而，前路并不像他们想的那么渺然。在奥林匹斯，诸神正在为他们开"讨论会"。一直暗中帮助他们的天后赫拉为他们身处险境而焦虑，她向爱神阿佛洛狄忒寻求帮助。阿佛洛狄忒对于赫拉的来访感到吃惊，因为她们并不熟，甚至算不上朋友。不过，既然天后请她出手相助，她还是答应会尽力办到。两位女神共同制订了一个计划。她们让丘比特向科尔喀斯国的公主射箭，让她爱上伊阿宋。这样做对伊阿宋是非常有利的。因为那位名叫美狄亚的公主知道如何使用巫术。如果她愿意用巫术来帮忙，那简直再好不过了。于是，阿佛洛狄忒找到儿子丘比特，对他说，只要他促成这件事，她就会送给他一个可爱的小玩意——一个用闪闪的黄金和蓝色的珐琅制成的球。丘比特很高兴。他立刻拿出弓和箭，从奥林匹斯飞下来，穿过广袤的天空，来到科尔喀斯国。

这时，英雄们已经向王城进发，准备向国王索求金羊毛。进城这一路上，他们没遇到任何麻烦。因为赫拉把他们包裹在了一团浓雾里，这样就没有人能看见他们了。他们走到城门口的时候，这团浓雾才消散。看守城门的士兵很快就注意到了这群年纪轻轻、气宇轩昂的陌生人。士兵们彬彬有礼地带他们进城，并向国王通报了这个消息。

听到这个消息，国王立刻起身迎接。侍从们燃起炉火，为客人烧水洗澡，还准备了美味的食物，供客人们享用。在一片忙乱中，美狄亚公主悄悄地溜了进来，好奇地看着这群访客。当她的目光落到伊阿宋身上时，早早候在一旁的丘比特立刻把爱情之箭射进了公主的心中。爱情之火在她心中熊熊燃烧，她的灵魂似乎在那一瞬间被甜蜜给融化了。她的脸上一会儿泛起红晕，一会儿又变得苍白。她既惊愕又羞愧，赶紧跑回了自己的房间。

众英雄沐浴更衣，享用了美味的食物后，恢复了精神。直到这时，埃厄忒斯国王才询问他们是谁，来此地有何贵干（因为在这个国度，不招待客人就向客人提出问题是非常失礼的行为）。伊阿宋说：他们都是出身高贵的人，是诸神的子孙。他们从希腊出发来到这里，希望取回金羊毛。他们会为国王征服敌人，或做任何他想做的事，以此作

第七章　寻找金羊毛

为交换的筹码。

埃厄忒斯国王听后非常生气。希腊人不喜欢异乡人，他比希腊人更不喜欢异乡人，他希望他们远离自己的国家。他自言自语道："倘若他们没在我的餐桌上用餐，我一定会杀了他们。"他沉吟着，心中慢慢浮现出一个计划。

他告诉伊阿宋："我对勇敢的人没有恶意。如果你们能证明自己是英雄，我就会把金羊毛送给你们。考验你们的办法其实很简单，你们需要去做一些我曾经做过的事。"这些事包括：给两头会喷火的铜足公牛套上轭，让它们下地干活；把一条恶龙的牙齿当作种子播散下去；这些种子破土而出后，会长成一群可怕的战士，他们需要打败这群龙牙战士。"这些事我都做过。我不会把金羊毛送给不如我勇敢的人。"听完国王的话，伊阿宋一言不发地坐在那里。这场考验似乎靠任何人的力量都无法完成。他沉默了很久后回答："尽管这项考验非常可怕，但我还是要尝试一下，哪怕会因此而送命。"说完，他站起身来，带领他的队伍回到船上过夜。美狄亚的思绪一直萦绕在他身上。漫漫长夜中，她仿佛又看到了他的优雅、他的英姿，听到了他说过的话。她为他担忧，心里痛苦不堪，因为她猜到了父亲的用意。

众英雄回到船上后，开始商讨对策。他们纷纷主动请缨，要接受这次考验。但这样做只是白费唇舌，伊阿宋是绝对不会答应的。这时，国王的一个孙子来找他们。他曾经被伊阿宋搭救过。他告诉他们，公主美狄亚会巫术，她甚至可以使星星和月亮停止转动。如果能说服她出手相助，她一定有办法让他们战胜喷火公牛和龙牙战士。这似乎是他们唯一的希望。他们恳请这位王孙说服美狄亚。他们还不知道，此时，爱神丘比特在暗中帮助他们。

美狄亚独自坐在房间里，她一面哭，一面想：她应该为自己感到羞愧，因为她竟然会如此关心一个异乡人，甚至想要为了他跟父亲作对。"还不如死了算了。"她说。她拿起了一个装满了致命草药的箱子。但当她抱着这只箱子坐在那里的时候，她想到了生命中一切美好的事物，就连此刻的阳光似乎都比以前更加甜美。她沉浸在这种美好中，久久不能自拔。然后，她放下箱子，决定不再犹豫，她要用自己的能力去帮助她所爱的人。她有一种神奇的药膏，涂了它的人会在一天内平安无事，任何东西都伤害不了他。这种药膏是用普罗米修斯滴在地上的血所生出的植物制成的。她将它揣在怀里，去寻找她的侄子（就是伊阿宋曾搭救过的那位王孙）。正巧，这位王孙也在四处寻找她，想寻求她的帮助。她早已决定这么做了，于是立即答应了侄子的请求。她让侄子传话给伊阿宋，叫他到一个地方和她会面。伊阿宋一听到这个消息，便即刻动身。此时，天后赫拉赐予他一个绝美的光环，任何人见到他都会惊为天人。当他返回科尔喀斯国，来到和美狄亚相约的地点时，美狄亚一见到他，心就全飞到他的身上了。她向他奔去。突然，一片昏暗的雾霭笼罩了她的眼睛，使她无法再向前迈出一步。两人没有任何交谈地静立着，凝视着对方，就像两棵高耸的松树在毫无声息地并立着，只有风儿轻轻吹起时，树叶才会沙沙作响。他们两人也是如此：爱情的和风在他们身侧萦绕，他们注定要向对方倾诉自己的全部。

他先开口，恳求美狄亚支持他。他说，他没办法不对她抱有希望，因为她长得这么漂亮，想必心地也很善良。见到心上人的美狄亚恨不得立刻向他表达所有的爱意，却又不知该如何开口。她默默地从怀中掏出药膏，交给了他。即便伊阿宋开口要她的灵魂，她也一定会把它交出去，更何况是这小小的药膏呢！此刻，两人羞涩地低头看向地面，但又时不时偷看对方一眼，两人的脸上溢满了爱情的甜笑。

终于，美狄亚开口了。她告诉伊阿宋该如何使用这些药膏，还说，要是把药膏涂在武器上，那武器就会在一天之内所向披靡。"如果太

第七章 ○ 寻找金羊毛

◀《伊阿宋和美狄亚》
[法国] 古斯塔夫·莫罗

布面油画,纵204厘米,横115.5厘米,创作于1865年,法国巴黎奥赛博物馆藏。画面中美狄亚正深情地看着伊阿宋,为他涂抹魔法药膏,为他念咒,保护他免受火焰和刀剑的伤害。

185

多的龙牙战士冲过来，你就在他们中间扔下一颗石子，这样他们就会自相残杀，直到片甲不留。现在，我必须回宫了。但是，当你平安回到家的时候，请你不要忘记我，就像我将永远记得你一样。"他激动地答道："不管白天还是黑夜，我都不会忘记你。如果你来到希腊，你一定会因为你所做的一切而备受希腊人民的尊重。除了死亡，没有什么能把我们分开。"

两人分手后，美狄亚回到宫中，为自己背叛父亲而哭泣。伊阿宋回到船上，派遣两个伙伴去取龙牙。他想试验一下药膏的威力，便把药膏涂在了身上，一股不可抗拒的可怕力量瞬时注入他的体内，众英雄看到此景后开心地欢呼起来。尽管有这种神奇的药膏，但当他们来到国王和科尔喀斯人正等待着的田地，看到那两头喷火的公牛冲出栅栏时，还是吓得有些不知所措。众人中只有伊阿宋岿然不动地站在那里，仿佛大海中抵挡着海浪的巨石一般。他先后把两头公牛按得跪在了地上。在众人为他的英勇而惊叹的时候，他给它们套上了轭，然后赶着它们稳稳地推犁扒土，将龙牙撒播在犁沟里。当牛犁过田地的时候，龙牙战士们长了出来。他们一拥而上，开始攻击他，伊阿宋想起美狄亚的话，便把一块大石头扔到他们中间。于是，这些战士纷纷倒戈，自相残杀，最后全都死于自己人的矛下。田地中血流成河。伊阿宋顺利通过了这场考验，可是科尔喀斯国王却瞬间变了脸。

国王回到宫中，盘算着如何陷害英雄们，他发誓绝不让他们得到金羊毛。但所有人都想不到的是，伊阿宋的身后可是有天后赫拉在默默地帮助他呢。她稍稍施计，让被爱情冲昏了头的美狄亚和伊阿宋私奔。那天晚上，美狄亚从宫中偷偷溜了出来，趁着夜色快速跑到"阿耳戈"号上。这时，众英雄正为他们的好运气而狂欢庆祝，没想到大祸将至。美狄亚跪在众英雄面前，恳求他们收留她。她告诉他们："你们必须立刻得到金羊毛，然后赶紧离开这里，不然你们全都会死。看

第七章 寻找金羊毛

守金羊毛的是一条恐怖的大蛇,但我可以让它入睡,这样它就不会伤害到你们了。"她说得很痛苦,但伊阿宋却听得非常兴奋。他轻轻地把她扶起来搂在怀中,并且承诺,只要他们回到希腊,他就一定会娶她为妻。在美狄亚的指引下,伊阿宋抵达了藏有金羊毛的神圣树林。确如她所说,那条看守金羊毛的大蛇非常可怕,但美狄亚却毫无惧色地接近它,唱着迷魂悦耳的魔乐,诱使它入睡。它刚一入睡,伊阿宋立刻取下挂在树上的金羊毛,急忙往回赶。天刚破晓时,他们回到了船上。最健壮的英雄们划着桨,拼命地将船由河道驶入海中。

此时,国王知道了这一切,立即派他的儿子——美狄亚的弟弟阿珀绪耳图斯,率领大军去追赶伊阿宋。和科尔喀斯强大的军队相比,伊阿宋一行人显得太微不足道了。美狄亚再一次拯救了他们。这回她做了一件可怕的事情:她杀了自己的弟弟。据说,她传话给弟弟,说她想回家,如果他能在当晚前往指定的地点和她会面,她就会为他取回金羊毛。阿珀绪耳图斯一点儿也没有怀疑自己的姐姐。他按时赴约,却被伊阿宋打倒在地。美狄亚闪到一旁,阿珀绪耳图斯的鲜血染红了她银白色的长袍。首领一死,整个军队就溃散了,再也没有人能阻拦"阿耳戈"号前进。

也有故事说,阿珀绪耳图斯和美狄亚一同登上"阿耳戈"号离去了。没有人能解释他为什么会这样做,故事中只说了国王随后前来追赶。当国王的船快赶上他们的船时,美狄亚出于无奈杀了自己的弟弟,并将尸体分解,抛入大海。国王看到儿子的尸体,悲痛地停下船来收尸,"阿耳戈"号才得以脱险。

至此,"阿耳戈"号的历险就快结束了。可他们在经过平滑而峻险的斯库拉巨岩和卡律布狄斯漩涡时,又一次遭受了可怕的考验。那里的海水波涛汹涌,翻滚的海浪几乎快要冲上天堂。这一次,他们也安全通过了这场考验。因为一直在暗中保护着他们的赫拉让海中的仙女引导他们,保护"阿耳戈"号安全脱险。

当"阿耳戈"号来到克里特岛时,伊阿宋本想下船寻找些食物和燃料补给,可美狄亚却拦住他。她告诉他们,古代青铜种族的最后一代塔罗斯住在那里,这个人全身除了脚踝外,都是铜质的,只有脚踝是他的致命伤。她的话音还没落,塔罗斯就出现了。他的形貌极端骇人,他恐吓他们说,如果船再靠近克里特岛一步,他就用岩石将船砸碎。众英雄只好停止划桨,美狄亚跪下来祷告着,她乞求"地狱之犬"来消灭他。没想到,邪恶之神竟然听到了她的祷告。当塔罗斯举起尖锐的石头要砸"阿耳戈"号时,那块石头竟然从手中滑脱,砸中了他的脚踝。刹那间,鲜血迸出,塔罗斯随即倒地而亡。英雄们这才得以登陆,养精蓄锐,准备继续航行。

一返回希腊,这支队伍就解散了,英雄们各自回家。伊阿宋则带着美狄亚和金羊毛去见珀利阿斯,结果他们发现,一切都已物是人非。珀利阿斯逼迫伊阿宋的父亲自杀,他的母亲也因悲伤过度去世了。伊阿宋下定决心要给父母报仇,他再次求助于美狄亚。她一如既往地没有让他失望。她想出了一条诡计,可以置珀利阿斯于死地。美狄亚对珀利阿斯的女儿们说,她有长生不老、返老还童的秘方。为了证明她所言非虚,她把一只年老体衰的公羊杀死后切成碎块,把碎块放进一锅滚烫的热水中煮。她念着咒语,然后,一只小羔羊从水中跳了出来,蹦蹦跳跳地跑开了。少女们对她的话深信不疑。于是,美狄亚给珀利阿斯服下了强效催眠药,让少女们把他的身体割成碎块。她们虽然内心十分恐惧,可为了使父王永葆青春,还是把他给分割了。她们把碎块放入水中，渴望美狄亚念咒，唤回父王的灵魂和青春。但她却早已逃离了王宫和城市。这时，惊恐的她们才明白：自己成了杀父凶手。伊阿宋就这样报了杀父之仇。

还有故事说，美狄亚用自己的巫术使伊阿宋的父亲重生，并让他重返青春，她还把永葆青春的秘密教给了伊阿宋。她所做的一切，不管是好事，还是丧心病狂的事，都是为了伊阿宋。可是到头来，他还是负了她的一片真心。

珀利阿斯死后，他们来到科林斯，生下了两个儿子，过了一段幸福快乐的日子。虽然背井离乡的美狄亚经常感到寂寞，但身边有爱人陪伴着，她仍对自己的生活感到十分满意。可这种日子没过多久，伊阿宋的本性就暴露了。他真是枉为英雄。他要和科林斯国王的女儿结婚。这场政治联姻令他十分满意，他的野心早就超越了爱情和美狄亚曾给予他的恩惠。得知丈夫移情别恋后，美狄亚怒火中烧，说出了要加害国王女儿的话。不知何故，这话竟传到了国王的耳朵里。国王十分恐惧——他一定是个没什么戒备心的人，因为此前他竟然没想到这一点。于是，他命令美狄亚，必须马上带着她的儿子离开。这个命令就相当于死亡的判决。因为一个妇人拖着两个无助的幼子被放逐，自身都难保，更别提保护孩子了。

她呆坐在那里，反思自己所犯下的罪过，想到用死来了结不堪忍受的人生。她时而因想念父亲和家乡而泪流满面，时而为弟弟和珀利阿斯两人的死而感到战栗——他们流下的血是她永远都洗刷不掉的污点。她痛苦地意识到，正是疯狂的痴恋致使她落得如此下场。在她就这样发呆时，伊阿宋出现在她的面前。她默默地看着他。虽然他就在身边，可她却觉得他们之间的距离如此遥远。此刻，只有被背叛的爱情和被摧毁的生活陪伴着她。可伊阿宋并不在乎美狄亚此时的境遇和心情。他冷冷地告诉她："我一向很清楚你那横冲直撞的个性，如果你没有愚蠢地说出要对我的新娘不利的话，你仍然能够安稳地住在科林斯。不管怎么样，我已尽了最大的努力，你没有被杀死而只是被放逐，这完全是我的功劳。你不知道我为了说服国王费了多少口舌。我绝不是个忘恩负义的人，我会给你很多黄金和生活必需品，以便你踏上未知的旅途。"

这些话的确是太过分了。美狄亚气得一口气吐出了憋在心里的全部委屈。她说：

这世上女子千千万，你却只来看我？
不过，你来得正好，
我要一一揭发你卑鄙的行径来减轻我心里的负担。
我救过你，这是所有希腊人都知道的事情。
喷火的公牛，龙牙战士，守护金羊毛的巨蛇，
哪一个不是我帮你征服的呢？
是我，才让你当上了大英雄。
我为了你，背叛了父亲，杀死了我的亲弟弟，
来到这个陌生的国家。
我为了帮你报仇，用残忍的手段杀害了珀利阿斯。
现在，你要抛弃我了？
你要我到哪里去？是回去找我的父亲，
还是去珀利阿斯的女儿们那里送死？
为了你，我已成为所有人的敌人！
我本和他们无冤无仇，可我现在却成了最大的恶人。
我曾以为你是一个人人赞誉的忠实丈夫，
可现在我却要带着儿子亡命天涯。

第七章 ○ 寻找金羊毛

>天啊！没有人帮助我，我注定要孤苦一生了。

伊阿宋回道："救我的不是你，而是使你爱上我的爱神阿佛洛狄忒，我该感激的人是她。而你，应该谢谢我。如果不是我，你又怎么会来到希腊这个文明的国度呢？另外，我还极力宣传你如何拯救'阿耳戈'号上的英雄的事，不然哪来那么多人尊重你？你要是稍微有一点儿常识，就该为我这门亲事感到高兴。这样的联姻，对你和儿子都是非常有利的。你之所以被放逐，完全是因为你自己口无遮拦。"

无论美狄亚脑子里缺了哪根弦，但她绝对不缺才智。她拒绝了他的黄金，也不再和他做口舌之争。她不要任何东西，也不要他的援助。伊阿宋气急败坏地离她而去，并对她说：

>你那卑微的自尊心，
>会驱走所有仁慈的人，
>吃亏的人只会是你自己。

从那时候开始，美狄亚就准备报复，一个计划在心里慢慢浮现。

>啊！挣扎的生命只有死亡才能终结，

就让我们结束这短暂的生命吧!

她决心杀死伊阿宋的新娘。她没想过接下来该怎么办,因为她已经顾不上以后的事了。她说:"我必须先弄死她!"

她从箱子里取出一件华丽的礼服,给它涂上致命的毒药,放进精致的礼盒中,让她的儿子把这个礼盒送给新娘。她告诉儿子们,必须请新娘立刻穿上,以表示她接受了这份礼物。天真的公主和气地接待了孩子们,并且同意这么做。可她刚穿上,身体就燃起了熊熊的火焰。她倒地而死,尸骨全部化为乌有。

美狄亚得知公主已死,又决心做另一件更恐怖的事。没有人能够帮助、保护她的儿子们,他们无处可去。除了成为奴隶,他们再无其他选择。"我绝不容许他们过着为异国人所奴役的生活。"她想:

死于别人之手,还不如死在我自己的手里。
不!给他们生命的我,现在要给他们死亡?
不行,现在不要胆怯,不要顾虑他们,
刚生下来的时候是多么惹人怜惜,
现在又是多么年轻、可爱,
我要忘却他们是我的骨肉。
只要片刻,短暂的片刻——
然后就永远与忧伤相伴吧!

第七章 ○ 寻找金羊毛

当伊阿宋得知美狄亚对自己的准新娘下了毒手后，立刻满腔怒火地跑来，想要杀了她。这时，他们的两个儿子也死了。美狄亚正在高高的屋顶上，举步跨上由飞龙驾驭的车。车很快就消失了踪影。直到她早就看不见了，伊阿宋还在喋喋不休地咒骂她。他只知道责怪美狄亚，却从没想过责怪他自己。

第八章
四大冒险故事

法厄同

  这个故事是奥维德最优秀的作品之一。故事描写得生动细腻，细节很好地修饰了作品，并增强了叙事的效果。

  太阳神的神殿是个光芒四射的地方。整座宫殿都镶嵌着闪亮的黄金和璀璨的宝石，飞檐嵌着雪白的象牙，从里到外都闪着耀眼的光芒。那里总是处于正午，阳光从未被暮色遮蔽，黑暗和夜晚更是从没在那里出现过。很少有凡人能够长时间忍受那里刺眼的光芒，也很少有人能找到通往那座熠熠生辉的宫殿的路。

  然而有一天，一位年轻的凡间女子所生的少年却大胆来到宫殿附近。因为这耀眼的光芒，他不得不走一段路就揉一揉被光晃得发花的眼睛。但他没有因此停下脚步，因为他要做的事非常急迫。他登上台阶，走到宫殿门前，穿过一扇扇闪光的大门，进入太阳神神殿。他看见太阳神正坐在一团炫目的强光中。他不得不停下脚步，因为靠得太近他无法承受。

没有什么能逃过太阳神的眼睛。他立刻发现了这个站在大殿中的少年。他和蔼地看着少年问："你到这里来有什么事，年轻人？"少年大胆回答道："我来这儿是想弄清你到底是不是我的父亲。我母亲说你是我的父亲，但当我告诉朋友们，我的父亲是太阳神时，他们却哈哈大笑，嘲笑我说大话。我回去问母亲，她说我来问问你就知道了。"太阳神微笑着摘下了他那光芒万丈的皇冠，让年轻的儿子走到近前。他说："法厄同，你的确是我的儿子。你的母亲克吕墨涅说的是真的，我希望你不要怀疑。为了证明我说的都是真的，你可以向我提出一个要求。我对着斯堤克斯河发誓，一定会满足你的愿望！"

法厄同经常看到太阳神驾着战车从天空中飞过。每当那个时候，他都会既兴奋又害怕地自忖道："上面坐着的是我的父亲。要是我也能坐在那辆战车里，驾驭着骏马，沿着那条令人目眩的光芒之路行进，照亮整个世界，那会是什么感觉呢？现在，我的父亲竟然许下这样的承诺，那么，我的梦想可以成真了！"他立刻喊道："父亲，我的愿望就是有一天能坐在您的位置上，驾驭您那辆带翼的太阳车！"

太阳神立刻认识到了自己的愚蠢。为什么他会许给这个少年一个不能更改的承诺，以至于自己不得不顺从一个莽撞的孩子随意生出的狂想呢？他说："亲爱的儿子，这是我唯一不愿让你做的事。我对着守誓之河起过誓，所以我不能拒绝你的要求。如果你坚持要这样做，我也没有办法。但我相信你是不会坚持的。听我说，孩子。你虽然是我的儿子，但毕竟是个凡人，没有凡人能驾驭我的战车。说实话，除

1200年希腊罗马神话

▲《随着时间之神的音乐起舞》
[法国]尼古拉斯·普桑

布面油画，纵82.5厘米，横104厘米，创作于1634年，英国伦敦华莱士收藏馆藏。画面描绘了黎明女神奥罗拉引领阿波罗和八位跳着圆舞的时间女神一行迎来黎明的场面。

了我，其他神都无法做到，就算是众神之王也不行。你要知道，太阳车所走过的路是多么坎坷。这段路从海面开始，非常陡峭，即便是在早晨，神马精力充沛，拉起车来也很艰难。到了中午，当我站在车上到达天之绝顶时，也会感到头晕目眩，不敢往下看。最危险的是午后，

第八章　四大冒险故事

▲《阿波罗与奥罗拉》[荷兰]杰拉德·德·莱雷西　布面油画，纵204.5厘米，横193.4厘米，创作于1671年，美国纽约大都会艺术博物馆藏。画面描绘了太阳神阿波罗和黎明女神奥罗拉驾驶载着镶有橄榄石的十二只金乌马车奔向泼洒曙光的路途。

道路急转直下，需要牢牢抓住缰绳，小心驾驶。甚至在下面接待我的海洋女神也常常担心我会一不小心就从天上坠入海底。驾驭神马不是个轻松的活儿，它们脾气暴躁，尤其越到后程越不听话，有时连我都驾驭不了。你想想，它们又会怎样对待你呢？你以为，站在那么高的地方就能看到在地面上看不到的奇迹吗？比如众神的宫殿，各种富丽堂皇的景象？不是这样的。除了凶猛的野兽，你什么都见不到——公牛、狮子、天蝎、巨蟹都会想尽办法伤害你。听我的话吧，宝贝，看看你的周围，看看这富饶华丽的世界，从天地间所有财富中挑选一样吧，我一定会给你的。如果想要证明我是你的父亲，看到我这么为你担心，你还不信吗？"

可是这个少年非常固执，太阳神的劝告毫无意义。少年的脑海中浮现出一片辉煌的情景：他骄傲地站在太阳车上，威风凛凛地握着缰绳，驾驭着连众神之王都无法控制的太阳神的战车。他根本没把父亲所说的一切放在心上。看到他自信满满的样子，太阳神知道，再劝下去也无济于事。而且时间也来不及了——天已破晓，东方的朝霞把天空染成了红色，星星一颗颗地隐没了，黎明女神从她满是玫瑰色霞光的庭院里把神马牵了出来。必须立刻上路了。此时，奥林匹斯的守门人——四季之神已经候在门边，饱餐后的神马已被套上了缰绳，法厄同迫不及待地兴冲冲登上战车，准备出发。既然是他自己的决定，现在想更改也来不及了。

神马一踏上路程就飞速向前，把东风之神远远地甩在了身后。马儿飞驰着穿过海洋上的低矮云层，像穿过一层薄雾一样，然后慢慢升上天空，登至天空最高的地方。法厄同心中狂喜，觉得自己就是天空的主宰。可下一瞬间，太阳车突然在空中剧烈地摇晃起来，他用力抓住缰绳也控制不了。神马觉察到今天的情况异常——车的重量很轻，像空车一样，就连控制缰绳的手也软弱无力——这一切都在暗示今天的主人并不是太阳神。其他人谁也管不了它们。它们离开每天所走的惯常道路，任性地狂奔起来，冲到它们想去的地方。它们冲向天蝎，差点儿把战车撞毁；又疾速收住脚步，差点儿撞到巨蟹。此时，可怜的法厄同吓得脸色发白，手足无措。他不由得松开了手中的缰绳。

此举给了神马一个更疯狂的信号。它们索性开始漫无边际地疯跑，一下猛冲上天顶，一下陡然冲向地面。整个世界都燃起了大火。最先起火的是那些高高的山峰，包括缪斯女神们居住的伊达山和赫利孔山、帕耳那索斯山，甚至还有众神居住的奥林匹斯山。火焰沿着山势一直蔓延到茂密的森林和低洼的峡谷中，到处都成了火海。泉水变成水蒸气，大河变成小溪。据说，尼罗河就是在这时逃匿了，并把它的源头藏了起来，至今没有人能找到。

　　法厄同用尽全力才没有从车子上掉下去。浓烟、热气将他团团包裹，他感觉脚下的车子就像一座燃烧着的火炉。他现在什么欲望都没有了，只希望一切赶紧结束，哪怕是立刻死了都行。大地之母无法再忍受这样的炙烤，她大吼一声，声音直抵奥林匹斯。众神向下一看，世界一片惨状，如果再不出手相救，整个世界都将付之一炬。于是，宙斯抓起他的霹雳，向鲁莽的驾驭者投掷过去，法厄同被击死了，战车也被劈成了两半，那些跑疯了的神马全都掉进了大海。

　　法厄同如同一团燃烧着的火球，从天空直直坠向地面。他跌入了凡人从未见过的神秘之河——厄里达诺斯河，河中的仙女那伊阿得斯同情这位遭难的年轻人，用河水灭了他身上的火并埋葬了他，还在他的墓碑上刻上：

在这里，驾驶过太阳神战车的勇士将长眠。
尽管他失败了，但他却是勇气的代名词。

　　太阳神的女儿，即赫利阿得斯姐妹来到法厄同的墓前悼念她们的弟

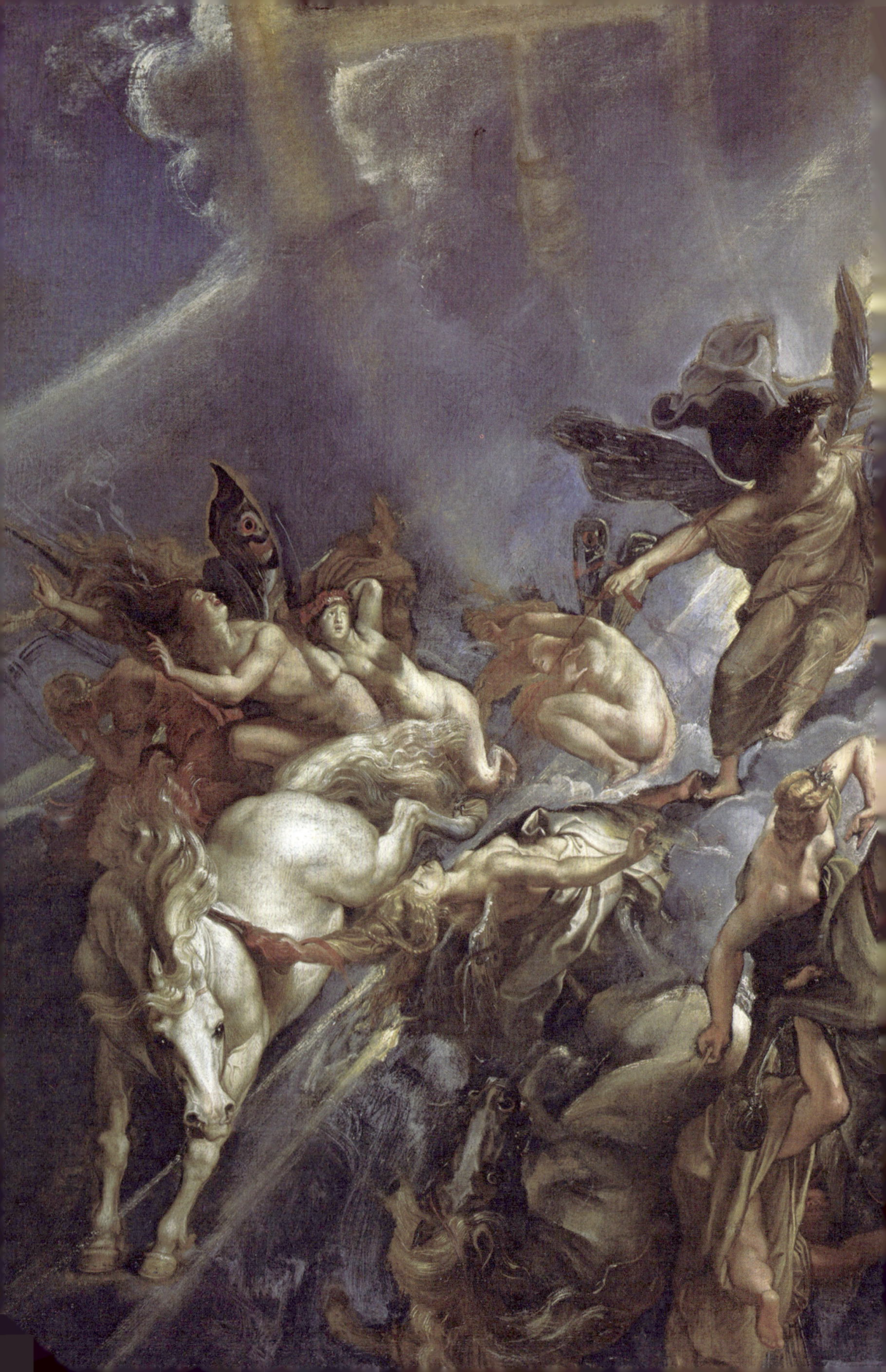

▲《法厄同的坠落》
[佛兰德斯]彼得·保罗·鲁本斯

布面油画,纵98.4厘米,横131.2厘米,创作于1604年至1605年,美国国家美术馆藏。画面描绘了法厄同被霹雳中击坠亡的一刹那。

弟。悲伤的姐姐们最后化身为白杨树,永远守护在厄里达诺斯河河畔。

她们在这个悲伤的地方一直流着眼泪,
每一滴眼泪落在水里都变成了闪耀的琥珀。

珀伽索斯和柏勒洛丰

这则故事中有两个情节取材于早期诗人的作品。喷火怪兽喀迈拉的故事源自公元前8世纪或公元前9世纪的诗人赫西俄德,安忒亚单恋的故事和柏勒洛丰的悲剧故事取材于荷马史诗《伊利亚特》。故事中的其余情节源自公元前5世纪上半叶的诗人品达,他是把这些故事写得最好和最早的诗人。

科林斯城以前叫俄菲瑞城。当时的国王是西西弗斯的儿子格劳科斯。西西弗斯因泄露宙斯的秘密,被罚将一块巨石推向山顶。可每当巨石将要接近山顶时,就会因自身的重量再滚回山底。西西弗斯只好下山重新来过,如此周而复始,永无止息。格劳科斯不知为何步上他的后尘,跟父亲一样得罪了神。他曾是一位伟大的骑手,可他总是用人肉来喂养他的马,只为让它们更英勇善战。这种可怕的暴行激怒了众神,他们决定以其道还其身。他们施计让他从马背上掉了下来,他的马立刻扑了上去,把他撕成碎片吃掉了。

第八章 ○ 四大冒险故事

▲《西西弗斯的神话》
［意大利］提香·韦切利奥

布面油画，纵237厘米，横216厘米，创作于1548年至1549年，西班牙马德里普拉多博物馆藏。画面描绘了西西弗斯把巨石推向山顶的场景。

203

在俄菲瑞城有一个勇敢俊美的年轻人,名叫柏勒洛丰。人们都说他是格劳科斯的儿子,也有人说他是海神波塞冬的儿子。这个年轻人头脑聪明,身体壮硕,让这种说法显得更加可信。他的母亲欧律诺墨虽然是个凡人,但曾受过雅典娜的教导,论智慧和才能一点儿都不输给众神。因此,从出身来看,柏勒洛丰更像一位神祇。一般来说,伟大的探险都会召集像他这样的英雄,因为任何危险都阻止不了他。然而,他最为人熟知的事迹却和探险一点儿关系都没有,他甚至都不需要太过努力就能千古留名。

> 所有人都断言不能做到的事情,不该觊觎的东西,
> 都被天上神秘的力量悄悄送到他手中。

柏勒洛丰最渴望得到的东西是神奇的飞马珀伽索斯。它是蛇发女怪戈耳工的孩子。珀耳修斯割下了蛇发女怪的头,珀伽索斯从鲜血中飞了出来[①]。它是:

> 一匹身有双翼、永不倦怠的神马,
> 凌空飞翔,其行如风。

许多神迹都与这匹神马相关。诗人们钟爱的"赫利孔灵泉"就是

---

① 详见第三篇第九章。——原注

它的马蹄踏在赫利孔山上时涌出的。据说，诗人饮之可获灵感。如此神奇的生灵，谁能捉到并将其驯服呢？

柏勒洛丰极其渴望得到它，但这看起来似乎是不可能的。他把这个愿望告诉给了俄菲瑞城里最有威望的先知波吕伊多斯，先知让他去雅典娜的神殿里睡一觉。因为诸神常常会出现在人们的梦中，并实现他们的愿望。于是，柏勒洛丰来到了雅典娜的神庙。当他躺在祭坛边沉睡时，仿佛看见了女神就站在他的面前。她的手里拿着一件金色的东西，对他说："醒醒吧，年轻人，你不是一直想得到那匹飞马吗？这里有一样东西可以帮你降服它。"他从梦中惊醒，坐起身来四处寻找，却没有看到女神的身影，只有一件金光闪闪的东西放在他的面前——一个谁都未曾见过的金色马笼头。他立刻拿起马笼头，满怀希望地跑到原野上去寻找飞马。在科林斯城著名的皮瑞涅灵泉边，柏勒洛丰看见飞马正在饮水。他悄悄地走近它。飞马平静地看着他，既不惊慌，也不害怕，任由他把马笼头套在自己的头上。雅典娜的符咒生效了，柏勒洛丰成了飞马的主人。

柏勒洛丰穿上全套的青铜盔甲，跳上马背，策马飞驰。飞马似乎也很喜欢这项活动。现在，柏勒洛丰是天空的主人了。他能去任何他想去的地方，人人都很羡慕他。事实证明，珀伽索斯不仅带给他在天空飞驰的欢乐，还常帮助他脱离困境——因为柏勒洛丰总是身处险境。

不知什么原因，柏勒洛丰背负了杀兄的罪名——我们不知道这件事的原委，只知道这是个意外。他不得不逃离家乡，到阿戈斯去投奔国王普罗托斯，请国王为他洗涤罪孽。他的磨难和英雄事迹都从此开始。

国王普罗托斯为他洗刷了身上的血污，国王的妻子安忒亚却爱上了这个浑身散发着魅力的年轻人。但柏勒洛丰拒绝了她。王后恼羞成怒，她对丈夫撒谎说，柏勒洛丰侮辱了自己，要丈夫杀掉柏勒洛丰。

普罗托斯大怒，可他不愿亲手杀掉自己的客人，因为柏勒洛丰曾跟他同桌共饮。不过，他想出了一个不用自己动手也能杀掉柏勒洛丰的计策。他请柏勒洛丰送一封信到小亚细亚给吕客亚国王。柏勒洛丰爽快地答应了。骑上飞马，再远的旅途对他来说也算不了什么。吕客亚国王以古老的礼节款待了他。一连九天，他都在国王安排的丰盛宴饮中度过。九天之后，国王才读了他带来的那封信。信上说，柏勒洛丰侮辱了王后，请国王杀掉他。

但国王也不愿意这么做。他的理由和普罗托斯一样，不想获罪于宙斯——众所周知，宙斯痛恨那些违背主客之道的人。但如果派这个年轻人去经历九死一生的冒险，那他死了也与自己无关。国王打定主意，便请求柏勒洛丰去杀掉可怕的喷火怪物喀迈拉，他料定此行是不能生还的。喀迈拉是无法征服的，这头怪兽长着狮子的头、羊的身子、蛇的尾巴：

它体型庞大、行动矫捷，
还长着一张能喷吐烈焰的巨口。

接近这头怪兽的人都必死无疑。可是，骑着飞马的柏勒洛丰根本不需要接近它。他飞到它的头顶上，瞅准时机，一箭射死了它，一点儿也谈不上涉险。

任务完成，柏勒洛丰回到国王普罗托斯那里去复命。国王见此计不成，只得另想他法。他派柏勒洛丰去征讨英勇善战的索利米人，柏勒洛丰胜利归来；国王又派他去攻打阿玛宗女战士，柏勒洛丰再次大获全胜。国王为他的勇气和好运所慑服，他与柏勒洛丰成了好朋友，还把自己的女儿嫁给了他。

柏勒洛丰在吕客亚幸福地生活了很多年。后来，他因拥有飞马而变得非常傲慢，野心和功绩使他生出"欲与天神试比高"的念头。他甚至想骑着飞马到奥林匹斯参加诸神的聚会，因为他认为自己完全可以和神平起平坐。这一行为触怒了众神。飞马很聪明，不肯驮着他去，把柏勒洛丰摔下了马背。他虽然没有被摔死，但因得罪众神，只能离群索居，到处流浪，最后郁郁寡欢而死。

飞马珀伽索斯后来栖身在奥林匹斯的马厩里，宙斯的神马都饲养在那里。在所有的神马中，宙斯最喜欢珀伽索斯。因为在后世诗人们所写的故事中，每当宙斯想使用霹雳时，飞马珀伽索斯就会把雷霆带给他。

俄托斯和厄菲阿尔忒斯

《奥德赛》和《埃涅阿斯纪》中都写过这个故事，但讲述得最完整的是阿波罗多洛斯。大概在公元 1 世纪或 2 世纪，阿波罗多洛斯创作了这部作品。相比他以往沉闷的叙述风格，这部作品更活泼一点。

俄托斯和厄菲阿尔忒斯是一对巨人孪生兄弟，但他们的外貌不像远古时代的巨人怪物。相反，他们身形挺拔，相貌高贵。荷马说：

> 他们是大地之母哺育出的最高大、最俊美的两位，
> 只比无与伦比的俄里翁略逊一筹。

维吉尔只提到了他们疯狂的野心。他说：

> 这对身材魁梧的孪生兄弟，
> 一伸手就能打碎天，把朱庇特从他的王座上拽下来。

有人说他们是伊菲墨狄亚的儿子，也有人说他们是卡那刻的儿子。无论他们的母亲是谁，他们的父亲一定是海神波塞冬。有时候他们也被称为"阿洛欧斯之子"——阿洛欧斯是伊菲墨狄亚的丈夫。

这两兄弟从小就自命不凡，想证明自己比众神优秀。他们设法绑架了战神阿瑞斯，并把战神用青铜链捆了起来。众神不想用武力来解决这件事，就派了聪明的赫尔墨斯去。赫尔墨斯趁着天黑悄悄放走了阿瑞斯。此后，这两兄弟更加张狂了。他们威胁众神，要把俄萨山堆在珀利翁山上，量一量天的高度。这下众神忍无可忍了，宙斯决定用霹雳惩罚他们，可他还没把霹雳扔出去，波塞冬就跑来给两个儿子求情。他祈求众神宽恕，并允诺回去好好教训他们。宙斯同意了。波塞冬训诫了儿子们，兄弟俩也答应不再和天堂作对。可私底下，他们却在密谋更"有趣"的计划。

俄托斯认为，劫走天后赫拉一定很刺激，厄菲阿尔忒斯却爱上了狩猎女神阿耳忒弥斯——或者说，他以为自己爱上了她。实际上，他们兄弟俩只关心对方，并不爱其他人，他们只是把这个计划当成一次冒险。他们抽签决定谁先去抢自己的心上人，厄菲阿尔忒斯抽中了。他们在山林间到处寻找阿耳忒弥斯。当他们看见她的时候，她正在沙滩上，径直走向大海。她早就知道了他们的坏主意，并且想出了办法来惩治他们。他们在她身后追赶她，可她完全不理会，只是在海面上疾步走着。这难不倒兄弟俩。他们和父亲波塞冬一样，都可以在海面上飞跑，就像在陆地上一样，连鞋子都不会沾湿。眼看快要追上了，女神却一闪身钻进了树木繁茂的那克索斯岛。一上岛她消失不见了，兄弟俩只看到一头美丽的白色小鹿，正蹦蹦跳跳地往林中跑去。一见到它，兄弟俩立刻忘记了女神，转身去追逐这头美丽的小鹿。一直追到丛林深处，小鹿突然消失不见了。两人兵分两路寻找。不久，他们俩同时看到小鹿竖着耳朵，站在林间的空地上。他们俩同时拿起长矛，向小鹿掷去。小鹿突然消失了，他们的长矛却飞过空地，射入林中，扎在彼此身上。"嘭"的一声闷响，两个巨人同时倒在了地上。他们杀死的是自己最爱的兄弟。

这就是阿耳忒弥斯的复仇。

代达罗斯

奥维德和阿波罗多洛斯都讲过这个故事。阿波罗多洛斯生活在奥维德之后的100年左右，他的叙述风格比较平淡，奥维德却恰恰相反。但在讲这个故事的时候，我更多遵循的是阿波罗多洛斯的版本。因为

1200 年希腊罗马神话

奥维德的叙述中体现出他最不足的地方——多愁善感，充满感叹。

代达罗斯是一名建筑师。他给克里特岛设计了一座迷宫，用来囚禁牛头人身的怪物弥诺陶耳。他还告诉阿里阿德涅怎样才能从这座迷宫中走出去，忒修斯正因如此才走出了迷宫。① 国王弥诺斯坚信，雅典人能走出迷宫，一定是代达罗斯向他们透露了秘密，因此把代达罗斯和他的儿子伊卡罗斯都关进了迷宫——可见这座迷宫设计得多么巧妙，就连设计者本人被关进去都无法找到出路。但是这位伟大的创造者并没有慌乱，他告诉儿子：

水路和陆路都可能受阻，
但天空却可畅行。

他给自己和儿子做了两对翅膀，缚在身上。在起飞之前，他告诫伊卡罗斯："你必须在半空中飞行，不高也不低。如果你飞得太高，翅膀的黏剂就会因离太阳太近而融化，羽毛就会散开；如果你飞得太低，羽翼就会被海水打湿而变得沉重，你就会掉进海里。"伊卡罗斯表示一定会听从父亲的话。开始时一切都很顺利，父子二人飞离了克里特岛。不过，就像许多故事所讲的那样，年轻人总是把父母的话当成耳边风。伊卡罗斯为这项新学的本领兴奋不已。他操纵着翅膀，越飞越高，对父亲所发出的警告毫不理会。灼热的阳光融化了粘着羽毛的蜡，羽翼散开，从他的双肩脱落。失去了翅膀的伊卡罗斯一头栽进汪洋大海中，被海水吞噬。失去儿子的代达罗斯悲痛万分，但他不得不继续前行。他一直飞到了西西里岛，在那里受到了国王的热情接待。

① 详见第三篇第十章。——原注

第八章 ○ 四大冒险故事

▲《伤悼伊卡罗斯》
［英］赫伯特·詹姆斯·德雷珀

布面油画，纵183厘米，横155.3厘米，创作于1898年，英国伦敦泰特美术馆藏。画面讲述了伊卡罗斯试图用蜡制的翅膀逃出克里特岛，但由于飞得太高，黏合翅膀羽毛的蜡被太阳融化，伊卡罗斯最终不幸坠海而亡的故事。

1200 年希腊罗马神话

第八章 ○ 四大冒险故事

　　弥诺斯发现代达罗斯逃走后十分愤怒，他下定决心要找到代达罗斯。他想出了一条诡计。他命人到处张贴告示：谁能把一根细线穿过一个结构十分复杂的螺旋形贝壳，就能得到一大笔丰厚的奖金。代达罗斯也听说了这个消息，他告诉西西里国王说他可以办得到。他在贝壳的尖端钻了一个小孔，把一条细线系在一只蚂蚁身上，再把蚂蚁放进小洞，封闭洞口。等蚂蚁爬出贝壳，这根细线自然也就穿过了结构复杂的贝壳。"除了代达罗斯，没有人能想出这个办法，他一定在西西里岛。"弥诺斯说。于是，他便动身去西西里抓代达罗斯。可西西里国王不肯交出代达罗斯。双方发生了一场战斗。最后，弥诺斯死在了这场战斗中。

◀《有伊卡罗斯坠落的风景》
［荷兰］老彼得·勃鲁盖尔

布面油画，纵73.5厘米，横112厘米，创作于1558年至1560年，比利时皇家美术博物馆藏。

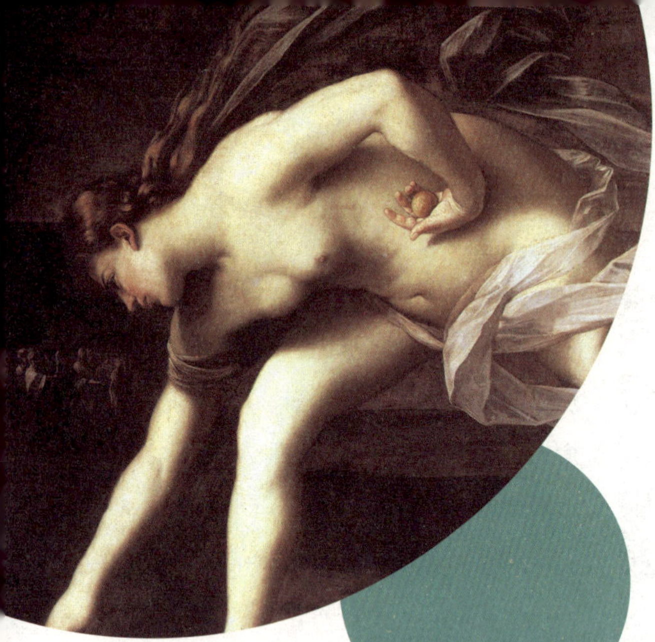

CHAPTER

第三篇

特洛伊战争之前的大英雄

第九章
珀耳修斯

这则故事更像一个童话。赫尔墨斯和雅典娜就像《灰姑娘》里的仙女教母,有魔力的袋子或帽子总是出现在世界各地的童话中。希腊神话中,它是唯一一篇魔法起决定性作用的神话。希腊人似乎很喜欢这个故事,它在许多诗人笔下出现过:达娜厄被装在箱子里在海上漂流的情节,是公元前6世纪伟大的抒情诗人西摩尼德斯所创作的诗中最著名的一段。奥维德和阿波罗多洛斯也曾完整地讲述过这个故事,后者要比前者晚100年,但作品写得比前者更好。阿波罗多洛斯的叙述简单明了,奥维德的叙述则极其冗长——他用了大概100行的篇幅来描写杀死海蛇的过程。我在这里主要采用的是阿波罗多洛斯的版本,并以西摩尼德斯所写的片段和品达、赫西俄德的短句作为补充。

阿戈斯城国王阿克里西俄斯只有一个女儿,名叫达娜厄。她有着倾国倾城的美貌,但这并没有给国王带来多大安慰,因为他没有儿子。国王来到德尔斐神殿询问神谕,自己是否有得子的希望。宣告神谕的女祭司告诉他:"这是不可能的。更糟糕的是,你的女儿会生下一个儿子,他会杀了你。"

对于国王来说,唯一能摆脱厄运的方法就是立刻杀死达娜厄,而且为了保险起见,最好亲自动手。但他不想这样做。这并不是因为他

第九章 ○ 珀耳修斯

有多么喜爱自己的女儿,而是他怕手刃血亲会惹怒众神。于是,他命人打造了一间铜屋,只在屋顶开个天窗,以便通风透光。他把达娜厄关在这间地下牢笼中,派人严加看管。

> 美丽的达娜厄只能忍受痛苦,
> 明媚的阳光被铜墙严密遮挡,
> 欢乐的时光一去不返,
> 这间地下闺房就像坟墓一样,
> 她就如同囚犯一般。
> 然而,宙斯却化作金雨,
> 降临在她身边。

她坐在那里,消磨着漫长的时光。除了透过小小的天窗看天上飘过的云朵之外,她没有其他事可做。一天,一件神秘的事情发生了:一阵金雨从空中洒落,洒满了她的铜屋。故事中没有说达娜厄是怎么知道这场金雨就是宙斯变的,总之,她知道她生下的就是宙斯之子。

有很长一段时间,达娜厄很好地隐瞒了产子之事,她的父亲根本不知道铜屋里多了一个小孩。但在这间窄小的铜屋里,隐藏真相变得越来越难。终于有一天,这个名叫珀耳修斯的小孩被他的外祖父发现了。"这是你的孩子?他的父亲是谁?"阿克里西俄斯怒火冲天地问。

"宙斯!"达娜厄骄傲地回答道。

可国王并不相信她的话。他只知道,这个孩子是他最大的威胁。他不敢杀掉这个孩子,就跟他不敢杀达娜厄的理由是一样的——他害

1200年希腊罗马神话

▲《达娜厄》
[荷兰]伦勃朗·凡·莱茵

布面油画，纵185厘米，横203厘米，创作于约1636年，俄罗斯圣彼得堡艾尔米塔什博物馆藏。画面描绘了宙斯化作金雨与被幽禁于铜屋的达娜厄幽会的场景。

第九章 ○ 珀耳修斯

怕宙斯和可怕的复仇女神来惩罚他。尽管他不能亲自动手,但他完全可以把他们逼上绝路。他命人打造了一个大木箱,把女儿和外孙关进箱子,然后把箱子扔进了大海。

达娜厄和儿子坐在这奇异的"船"里,随着海水漂流。夜幕降临,她倍感孤独:

▲《达娜厄》
[意大利]提香·韦切利奥

布面油画,纵129厘米,横180厘米,创作于1553年至1554年,西班牙马德里普拉多博物馆藏。

1200年希腊罗马神话

在那个雕花木箱子里,随着风浪上下飘摇,

她心怀恐惧,搂紧自己的儿子。

达娜厄含泪说:"哦!我的儿子,我心欲碎。

而你,却无忧无虑地酣睡着。

在这毫无欢乐的所在,在这镶着铜边的坚固箱子里,

陷入沉沉的梦乡。在这漆黑的夜里,

翻滚的海浪离你柔软的卷发这么近,

▲《达娜厄》
[奥地利]古斯塔夫·克里姆特

布面油画,纵77厘米,横83厘米,创作于1907年至1908年,私人收藏。

第九章　○　珀耳修斯

狂风怒吼，你却毫不在意。

你那美丽的小脸，藏在红色的斗篷下面，酣梦沉沉。"

整整一夜，海浪把箱子东抛西掷，她听到的只有海浪拍打箱体的声音，就连黎明来了她也不知道。她内心的恐惧丝毫没有减弱。她看不见周围的小岛，只知道一波海浪袭来，把箱子抛得很高，落下去的时候却好像落在了坚实的土地上——他们着陆了。但因为箱子被钉死了，母子俩根本逃不出去。

也许是命运的眷顾，也许是宙斯插手了——因为至今他还没为自己的爱人和孩子做些什么——母子俩被一位名叫狄克堤斯的老渔夫发现了。老渔夫发现了这个箱子。他打开箱子，不由得大吃一惊：箱子里竟有一位美貌妇人和一个漂亮男孩。老渔夫立刻把这对可怜的母子带回了家。老渔夫的妻子同样很善良。他们没有子女，夫妻俩把达娜厄母子视如己出，尽心照顾。母子二人在岛上住了很久，达娜厄想让儿子也当一个渔夫，起码这样不会有人伤害他。但后来，麻烦出现了。小岛的统治者，狄克堤斯那生性残忍、冷酷无情的弟弟——波吕得克忒斯突然留意起这对母子。珀耳修斯此时已经成年，可他的母亲达娜厄依旧那么美艳。波吕得克忒斯爱上了她。他想娶她，但不想要她的儿子。于是，他想出了一个除掉珀耳修斯的办法。

一些名为戈耳工的怪物住在一座小岛上，它们因可怕的死亡力量而闻名于世。波吕得克忒斯显然和珀耳修斯谈起过这些可怕的生灵，甚至可能告诉过珀耳修斯，他最想得到的东西就是其中一个怪物的脑袋。从他想谋害珀耳修斯的举动来看，他肯定和珀耳修斯说过这些话。波吕得克忒斯大宴宾客，向众人宣布他要结婚的消息，也邀请了珀耳

1200年希腊罗马神话

修斯。按照礼俗，每位客人都要送给准新娘一份礼物，可珀耳修斯没有礼物可送。这个自尊心极强的年轻人深觉侮辱。他站在众人面前，宣布要送给小岛的统治者一件比任何礼物都要好的东西——他要去戈耳工居住的小岛，杀死美杜莎，把她的头带回来。没有什么比这个礼物更合国王的心意了。凡是头脑清醒的人都不会说出这样的话。美杜

▲《美杜莎》
[意大利]米开朗琪罗·梅里西·达·卡拉瓦乔

布面油画，纵60厘米，横55厘米，创作于1598年，意大利佛罗伦萨乌菲齐美术馆藏。这幅画是梅第奇家族在罗马的代理人弗朗切斯科·玛丽亚·德尔蒙特委托卡拉瓦乔创作的，作品用女妖美杜莎的形象，象征托斯卡纳公爵击败敌人的勇气。

第九章 ○ 珀耳修斯

莎是蛇发女怪戈耳工中的一个：

<blockquote>
可怕的戈耳工女妖怪，
她们长着翅膀和蛇发，
没有人不惧怕她们，
凡是和她们对视的人都会立刻没了生命的气息。
</blockquote>

无论是谁，只要朝她们看上一眼，会立刻变成石头。年轻的珀耳修斯被愤怒的自尊心所支配，才夸下如此海口。没人能赤手空拳战胜美杜莎。

虽然珀耳修斯说出了这般蠢话，但却并没有因此而遭殃，奥林匹斯的众神怎么会坐视不管宙斯儿子的生死呢？一离开王宫，珀耳修斯就乘船出发，他不敢回家告诉母亲这件事，就直接到希腊去打探戈耳工的消息。他先来到了德尔斐神殿，那里的女祭司要他去寻找一个国度，那里的人不吃得墨忒耳的金色谷子，只吃橡实。于是，他就来到了橡树之乡多多那的神殿，那里的橡树会通过沙沙声来传达宙斯的旨意，住在那里的塞利人会用橡实做面包。他们只说，会有神祇来帮助他，其余无可奉告。

任何故事都没写赫尔墨斯和雅典娜是什么时候出现的。但有一点可以肯定：在他们出现之前，他一定吃了不少苦头。珀耳修斯在寻找戈耳工的路上流浪了很久，直到他遇见了一个容貌俊美的年轻人。这个人我们在很多诗歌中都读到过——他是个风华正茂的年轻人，双颊刚长出金色的茸毛，手持金色的双盘蛇带翼权杖，帽子和凉鞋上也都带有翅膀。珀耳修斯一看到他，心中的大石头就落了地。他知道这一定是上天派来帮助他的神祇，美好事物的赐予者——神使赫尔墨斯。

这位光芒四射的神祇告诉他："要想进攻美杜莎，你需要一些装备，那些装备在北方仙女那里。若想找到仙女的住处，你必须先找到格赖埃三姐妹。她们居住在幽暗国度，那里的一切都灰蒙蒙的，看不分明。在那里，白天看不到太阳，晚上也看不见月亮。三姐妹全身都是灰扑扑的，样貌憔悴枯朽，如同生下来就这么老。更奇怪的是，三姐妹只有一只眼睛，她们轮流使用——一个人用了一段时间之后，就把它从额头上取下来，交给另一个人。当她们交接眼睛的时候，三个人都会成为瞎子。我会带你到那里去，你必须先藏起来，等她们交接的时候立刻抢走眼睛，然后等她们告诉你仙女的住处之后再把眼睛还给她们。我还会给你一把锋利的剑，不论美杜莎的鳞片有多么坚硬，这把宝剑都不会弯折。"

"可是，就算我有这把宝剑，也走不到她的面前啊，和她对视的人都会变成石头。"正在这时，一个悦耳的声音传入珀耳修斯的耳中："别担心！"雅典娜女神取下胸前闪闪发光的青铜盾牌递给他说，"当你要攻击美杜莎的时候，眼睛就看着这面盾牌，你可以在里面看见她，就像看镜子一样。这样，你就能避开她那致命的魔力了。"

此刻，珀耳修斯的心中充满了希望。去往格赖埃姐妹所在的国度的路途很远，要穿过大洋河，一直走到辛梅里安人居住的黑暗国度的边界。不过，珀耳修斯却一点儿都不担心迷路，因为有赫尔墨斯为他做向导。他们找到了格赖埃姐妹。在摇曳的微光下，她们看起来就像三只灰色的鸟，因为她们长着天鹅的身子、人的脑袋，灰色的翅膀下面竟然还长着胳膊。珀耳修斯按照赫尔墨斯的嘱咐藏了起来，直到她们交接眼睛的时候，他才冲过去，一把将眼睛抢了过来。过了好

第九章 ○ 珀耳修斯

一会儿，三姐妹才发现眼睛不见了——她们一直以为眼睛在其中一位的手中。这时，珀耳修斯开口说："我是珀耳修斯，是我抢走了你们的眼睛，你们如果想拿回它，就必须告诉我北方仙女住在哪里。"丢失了眼睛的三姐妹乞求珀耳修斯把眼睛还给她们，她们愿意立刻回答他的问题。珀耳修斯把眼睛还给了她们，走上了她们指给他的道路。他那时并不知道，他必须先前往北风之神背后的那片国土——许珀柏里安人的幸福国度。据说，"无论是水路还是陆路，凡人都找不到那条通往幸福国度的路。"不过，珀耳修斯有神使做伴，他顺利到达了那里。那里的人日日笙歌，尽情狂欢。他们见到珀耳修斯，待他非常友好。他们邀请他一同入席，观赏少女们在优美的琴声和笛声中翩翩起舞。歌舞和宴饮结束以后，他们为他送上了他正在寻求的三样礼物——可以在空中疾行的带翼凉鞋，可以根据所装物品调整大小的魔法袋子，戴上就可以隐身的头盔。有了这些宝物，再加上赫尔墨斯的宝剑和雅典娜的盾牌，全副武装的珀耳修斯在赫尔墨斯的带领下动身去寻找蛇发女怪。他们离开了幸福国度，飞越大洋河，横渡大海，来到戈耳工居住的小岛。

当他们到达那座岛屿时，珀耳修斯在镜子一样明亮的盾牌中，看到了女怪们的样子。他的运气很好，她们正在熟睡，他可以清楚看到女怪们可怕的样貌。她们长着巨大的翅膀，全身布满金光闪闪的鳞片，头发是一群缠绕在一起的毒蛇，正咝咝地吐着信子。这时，雅典娜和赫尔墨斯都在他身边。他们为他指明了哪个才是美杜莎。这一点非常关键。因为这三个女怪中只有她能被杀死，其他两个都是不死之身。珀耳修斯穿着他的带翼凉鞋飞到女妖上方，透过手中的盾牌观察着美杜莎。他把宝剑对准她的喉咙，在雅典娜的指引下，他一剑就砍断了女怪的脖子。随后，他向下飞去，一把抓起美杜莎的头颅，装进了魔法袋中。整个过程中，他只盯着盾牌，一眼也没看美杜莎。袋子立刻缩紧，把美杜莎的头紧紧地包裹起来。现在他不用再害怕它了。这时，另外两个女怪也醒了。她们看见姐妹被杀死了，急忙拍动翅膀去追逐凶手。可是，珀耳修斯戴上隐身头盔，立刻消失得无影无踪。她们只能恨恨作罢。

> 长着浓密秀发的达娜厄的儿子珀耳修斯，
> 踏着他带翼的凉鞋在空中疾驰，
> 快得像思想一样。
> 他那神奇的可变换大小的魔袋中装着怪物的头颅。
> 迈亚之子赫尔墨斯，
> 宙斯的使者，
> 一直守候在他身边。

在回家的途中，珀耳修斯曾在埃塞俄比亚歇脚，那时赫尔墨斯已经离开了他。在海边，他发现了一位美丽的少女，她被锁在那里，等着被可怕的海怪吞掉——赫拉克勒斯后来也见到过类似的场景。这位少女名叫安德洛墨达，是这个国家的公主，她正在为愚蠢而自负的母亲卡西俄珀亚赎罪：

> 那位如同星光一般闪耀的埃塞俄比亚王后，
> 说出自己比海中仙女更美丽的蠢话，

第九章 珀耳修斯

结果触怒了她们的神威。

她吹嘘自己比海神涅柔斯的任何一个女儿都美丽。在那个时代，自称位居神祇之上的人通常都不会有什么好果子吃。尽管如此，人们还是经常这样做。被触怒的仙女们并没有把惩罚降到卡西俄珀亚身上，而是惩罚了她的女儿。神谕说，只有把安德洛墨达当作祭品献给海怪，才能平息这件事。珀耳修斯爱上了这个少女。他在她的身边等候大蛇，在它出现后一剑砍下了它的脑袋，就像砍下美杜莎的脑袋一样。无头蛇怪掉进了海里。珀耳修斯带着被解救的少女去见国王，请求娶她为妻，国王欣然同意。

珀耳修斯带着未婚妻回到海岛上寻找母亲，却发现他们曾经居住的房子里空无一人。原来，曾经照顾他的老妇人去世了，他的母亲达娜厄不想嫁给波吕得克忒斯，便和老渔夫逃离了海岛，在一座神殿里避难。得知母亲处境安全后，珀耳修斯来到宫殿中。国王正在大宴宾客。珀耳修斯知道，这是夺回颜面的最好时机。他径直走向宫殿，站在大厅门口，胸前闪闪发光的青铜盾牌和银色的魔袋立刻吸引了所有人的目光。他从魔袋中抓起美杜莎的头颅。一看到它，残忍的国王和那些谄媚的随从全都变成了石像。一排排石像还保持着见到珀耳修斯时的惊讶表情。

在惩罚了波吕得克忒斯后，珀耳修斯很快就找到了他的母亲和一直照顾他们的老渔夫。他拥立老渔夫为小岛的国王。一切都结束后，珀耳修斯打算和母亲一起重回希腊。他们想看看当年把他们母子装进木箱扔到海里的阿克里西俄斯国王是否已经回心转意，是否愿意接受他们。可当他们回到阿戈斯城，却发现国王并不在城中，也没有人知

227

1200年希腊罗马神话

▲《珀耳修斯拯救安德洛墨达》 [荷兰] 约阿希姆·乌提耶沃 | 布面油画，纵180厘米，横150厘米，创作于1611年，法国巴黎卢浮宫藏。

第九章 ○ 珀耳修斯

道他去了哪里。不久后，珀耳修斯听说北方的拉里萨城正在举办运动会，便动身前去参加。在掷铁饼的比赛中，珀耳修斯用他强有力的手掷出铁饼后，铁饼却突然在空中转变了方向，径直朝着观众席砸去。铁饼不偏不倚地砸中了一个人——正是前来拜访拉里萨国王的阿克里西俄斯。这一击令他当场毙命。

阿波罗的神谕再一次被证明。尽管珀耳修斯感到悲伤，但想起外祖父为了杀死他们母子而做出的种种事情，他的内心稍感平静。阿克里西俄斯一死，母子二人的威胁就彻底消除了。他们在城中安顿下来，并过上了幸福的生活。珀耳修斯与安德洛墨达生下了一个儿子——厄勒克特律翁，他后来成为大英雄赫拉克勒斯的外祖父。

珀耳修斯把美杜莎的头颅献给了雅典娜，雅典娜把它镶嵌在神盾上，随身携带。不过那面神盾是宙斯的，她只是代为保管而已。

第十章
忒修斯

> 忒修斯是最受雅典人喜爱的大英雄。他曾出现在许多诗人的笔下。生活在奥古斯都时代的奥维德、公元1世纪或2世纪的阿波罗多洛斯、公元1世纪末的普鲁塔克都曾写过他的故事。他在欧里庇得斯的三部戏剧和索福克勒斯的剧作中都是重要的角色。本篇故事大部分取材于阿波罗多洛斯的作品,另外还增添了欧里庇得斯笔下的阿德拉斯托斯救援、赫拉克勒斯发疯、希波吕托斯冤死等情节,以及索福克勒斯笔下忒修斯收留俄狄浦斯的情节,还有普鲁塔克笔下忒修斯之死的情节(阿波罗多洛斯只用了一句话来描述忒修斯之死)。

忒修斯是雅典最伟大的英雄。他参加过很多次大冒险,有过很多伟大的壮举,因此雅典有一句谚语:"任何事都少不了忒修斯(Nothing without Theseus)。"

忒修斯是雅典国王埃勾斯和王后埃特拉之子。他从小和母亲一起生活在希腊南部的一座城市里,父亲在他还没出生时就回到了雅典。埃勾斯在回去之前,他把一把剑和一双鞋放进了一个洞穴中,并用巨石掩住了洞口。他对妻子说:"如果你生的是男孩,别告诉他他的父亲是谁,当他长大成人,强壮到可以挪开巨石并拿出宝剑和鞋子的时候,让他自己到雅典来找我。"埃特拉果真生了个男孩,给他取名为

第十章 忒修斯

忒修斯，他在外祖父和母亲的抚养下渐渐长大，成为一个强壮、聪明的男孩。当母亲带他来到洞口的时候，他毫不费劲就把石头挪走了，他告诉母亲："是时候去找我的父亲了。"外祖父和母亲一再要求他走水路，并为他造了一艘船，但他不愿意这样做。他认为这样的旅途太过轻松容易，他想尽早证明自己也是个大英雄——跟赫拉克勒斯[①]一样。他有这样的想法也不奇怪，因为毕竟二人是表兄弟。

他坚决拒绝了外祖父和母亲要求他走水路的要求，认为这样做是非常可耻的。他走陆路去了雅典。一路上危险重重，不断有强盗来劫掠路人。可这一切对忒修斯来说并不算什么，他把强盗全都杀了，以免他们再祸害以后经过这里的人。他对正义的理解很简单，想法简单而有效，那就是"以其人之道，还治其人之身"。例如：名叫斯喀戎的恶霸总是命令俘虏们跪在地上给他洗脚，然后把他们踢进海里，结果他自己被忒修斯一脚踢进了海里；名叫西尼斯的恶棍总是把过路人绑在两棵掰弯的树梢上，然后让树梢猛地反弹回去，把绑在树上的人撕成两半，结果他也被以同样的方法撕裂了；名叫普罗克汝斯忒斯的强盗常常把过路人绑在一张可以伸缩的铁床上，将身长的人压短，把身短的人拉长，结果他也被忒修斯绑在了这张铁床上。故事没说他到底是被拉长了还是压短了，只知道他肯定是死于这两种形式之一。

可以想象，希腊人是多么崇拜这位为他们铲除强盗的英雄。当他到达雅典时，他已经是公认的英雄，国王邀请他去参加宴会。当然，此时国王并不知道这位备受尊崇的大英雄就是自己的儿子。事实上，他害怕这个年轻人的风头会盖过自己，人民拥立忒修斯为王，他邀请忒修斯进宫就是想毒死他。当然，这么阴险的计划不是国王本人提出来的，而是"寻找金羊毛"的女主人公美狄亚提出来的。当年美狄亚乘着龙车离开科林斯后就逃到了雅典，并凭借自己的巫术骗取了国王埃勾斯的信任。她当然知道忒修斯是国王之子，但她不想因为他的出

[①] 详见下一章。——原注

现而使自己现在的地位动摇,于是便出此毒计。当她给忒修斯递上毒酒时,忒修斯急于和父亲相认,抢先一步拔出了宝剑。国王立刻认出了那把熟悉的剑,他一把把那杯酒扔在了地上。关于美狄亚后续的故事我们不得而知,只知道她被逐出了雅典,逃向了亚洲。

忒修斯顺利当上了王子,成为正统的王位继承人。这位新的继承人很快就有了一个可以赢得所有雅典人心的机会。

在忒修斯还未到达雅典之前的几年,一场可怕的灾难降临在这座城邦。克里特岛的王子安德洛革俄斯在拜访雅典时不幸丧命,原因是埃勾斯做了违背待客之道的事:他让这个年轻人去杀死一头凶猛的公牛,但这个年轻人反被公牛杀死了。失去爱子的克里特岛国王弥诺斯一怒之下,派兵入侵并打败了雅典,并要求雅典人每隔九年要向他进献七个童男童女,不然他就会把雅典夷为平地。悲惨的命运等待着雅典的年轻人。当他们一被送到克里特岛,就会被丑陋的半人半牛的怪物弥诺陶耳吃掉。

弥诺陶耳是弥诺斯的妻子和一头非常美丽的公牛所生的后代。这头公牛是海神波塞冬送给弥诺斯的。海神本想让弥诺斯把这头公牛献祭给自己,可是没想到,弥诺斯不肯杀掉它,自己把它留了下来。盛怒之下的波塞冬为了惩罚弥诺斯,竟让他的妻子爱上了这头牛,因此才诞下了弥诺陶耳。

弥诺陶耳出生后,弥诺斯并没有杀死它,而是命令伟大的建筑师、发明家代达罗斯给它建造了一座不可能逃出去的监狱,于是就有了那座举世闻名的迷宫。凡是走进那座迷宫的人,就只能沿着一条蜿蜒的小路无休止地走下去,永远也找不到出口。从雅典来的童男童女都被关进这座迷宫里,任由弥诺陶耳处置。不论他们朝哪个方向跑,都会遇到吃人的怪物弥诺陶耳;而如果他们一动不动地站在那里,怪物又可能会随时出现。

第十章　忒修斯

　　忒修斯到达雅典后不久，又到了进献童男童女的日子。得知这种泯灭人性的惩罚之后，忒修斯挺身而出，自告奋勇要加入其中。人们都称赞他的勇气和高贵。但实际上，他是打算去杀掉那个吃人的怪物。忒修斯把自己的计划告诉了父亲，并对父亲说，如果自己成功了，就会把船上的黑帆换成白帆。这样，埃勾斯不用等船靠岸，就知道儿子是否平安。

　　年轻的牺牲者们被送到了克里特岛。他们在当地人的注视下排着队走向迷宫。人们站在一旁观望着，英俊貌美的忒修斯吸引了所有人的目光，其中也包括弥诺斯的女儿——阿里阿德涅。公主对忒修斯一见钟情，她派人悄悄找到忒修斯，向他吐露自己的心意，并表示，如果他愿意娶她为妻，她会帮助他逃出去。可以想象，在那种情况下，忒修斯毫不犹豫地答应了。阿里阿德涅给了忒修斯一个线团，让他把线团的一端拴在迷宫的入口，然后一边走一边放线。这样他就可以大胆走进迷宫中去寻找弥诺陶耳。因为不管怎么样，他都可以顺着线原路返回。当忒修斯找到怪物弥诺陶耳时，它正在呼呼大睡。忒修斯扑向它，将它压倒在地。他没有武器，只得挥舞拳头，将弥诺陶耳打死。

> 就像一棵橡树倒在山坡上，
> 它一定会压垮树下的一切。
> 忒修斯就是这样，
> 他紧紧地压在怪物身上，
> 压得它只剩下牛头在晃动，
> 那坚硬的牛角已经毫无作用了。

结束了这场激烈的战斗，忒修斯捡起扔在一旁的线团，带领着童男童女们走出了迷宫。他们立刻回到船上，准备启程返回雅典。

在回程的路上，他们途经那克索斯岛。在这个岛上发生的事有好几种说法。有的故事说，忒修斯趁阿里阿德涅熟睡的时候，丢下她逃走了，但酒神狄俄尼索斯发现了她，并安慰了她一番。还有的故事说，阿里阿德涅晕船，而且晕得非常厉害，忒修斯送她到岛上休息，自己回到船上做了一些必须完成的工作，可是一阵狂风把他的船吹离了海岸。他的船在海上漂了很长时间后才回到那克索斯岛，等他回来的时候，阿里阿德涅已经死了，他非常伤心。

不过，两个版本中都说到，他们的船在快接近雅典时，忒修斯忘记把黑帆换成白帆。这可能是因为他们太过欣喜而忘记了，也可能是因为忒修斯失去阿里阿德涅而太过伤心，没顾得上。忒修斯的父亲一直在雅典卫城翘首相望，突然看到船上的帆是黑色的。他认为儿子一定是死了，绝望的老人纵身一跃，跳进海中自杀了。从此以后，这片海域就被称作爱琴海。

忒修斯继任了雅典国王。他不仅是个能上阵英勇杀敌的英雄，也是一个非常贤明的君主。他说，他并不想统治人民，而希望建立一个人人平等的国家。他放弃了自己的王权，建立了一个共和国。他还建造了一个大厅，供公民聚会、投票，只保留了自己在战争中当首领的权利。雅典成了世界上最幸福、最繁荣、最自由的城邦，也是世界上唯一一个民众自治的国家。出于这个原因，在"七雄攻忒拜"①之战中，获胜的忒拜人不让战败国埋葬死者的尸体，于是战败国纷纷向忒修斯求助。他们相信，这位贤明的君主和他所领导的民众一定不会坐视不理。忒修斯回应了他们的请求。他率兵出征忒拜并取得了胜利，强迫忒拜人允许战败国埋葬死者。这一战充分显示出他的大将风度。他没有像以前那样以牙还牙。他不允许军队进城掠夺，因为他出兵不

---

① 详见第五篇第十八章。——原注

是为了伤害忒拜人，只是为了迫使他们同意埋葬死者。任务完成后，他就率兵回雅典了。

在许多关于忒修斯的故事中，他都表现出了同样高贵的品质。他接纳了遭人驱逐的老俄狄浦斯，并在老人临终之际陪伴在他身边。老人过世之后，他还护送老人无助的女儿们返回家乡。赫拉克勒斯发疯时杀了自己的妻儿，当他清醒过来，后悔莫及并决定自杀时，只有忒修斯一人默默地陪着他。赫拉克勒斯的朋友全都逃走了，唯恐被做过错事的人牵连，但忒修斯却向他伸出援手，并劝他说："寻死是懦夫才会做的事。"并把他带回了雅典。

尽管忒修斯既要管理国家，又要以骑士精神来帮助弱者，但这都抵不过他冒险的热情。他曾一个人前往阿玛宗女战士的国度（也有故事说他是和大英雄赫拉克勒斯一起去的），并掳走了一个阿玛宗女战士。有人说她叫安提俄珀，也有人说她叫希波吕忒。可以肯定的是，这位女战士为他生了个儿子，名叫希波吕托斯。希波吕托斯出生后，阿玛宗女战士们曾经出兵来救安提俄珀，并占领了雅典周边的阿提卡地区，甚至想攻入城中，最终被雅典人击退。忒修斯在世期间，再也没有别的敌人入侵过阿提卡地区。

他还有许多其他的冒险故事。他也是乘坐"阿耳戈"号去寻找金羊毛的众英雄之一。当卡吕冬城的国王招募希腊最高贵的英雄，帮他铲除祸害国家的凶猛野猪时，忒修斯也毫不犹豫去参加了。狩猎的过程中，他还救了一位名叫皮里托俄斯的英雄，这不是忒修斯第一次救他。皮里托俄斯和忒修斯一样喜欢探险，可是没有忒修斯那样的好运气。忒修斯非常欣赏这位英雄，他总会向陷入险境的皮里托俄斯伸出援手。一来二去，两人成了朋友。说起他们成为朋友的经过，还有一件趣事：皮里托俄斯很想亲眼看看忒修斯是否像人们说的那样伟大，于是他悄悄溜进阿提卡，故意偷走忒修斯的几头牛。当他听说忒修斯

1200 年希腊罗马神话

▲《阿里阿德涅》
[英国] 约翰·威廉·沃特豪斯

第十章 ○ 忒修斯

布面油画，纵91.12厘米，横151.13厘米，创作于1898年，私人收藏。画面描绘了正在那克索斯岛上熟睡的阿里阿德涅。她还没有睡醒，但远处忒修斯已乘船离开码头。她身边的豹子暗示酒神狄俄尼索斯即将登场。

全副武装地追击他时,不仅没有逃跑,反而非常开心地转头迎上去,想与他一较高低。两位英雄见面后,彼此都非常欣赏对方的英武和胆略,不约而同地把手中的武器放在地上,朝对方奔了过去。皮里托俄斯伸出右手对忒修斯说:"我愿意为我偷牛的事情接受你的任何处罚。"忒修斯十分欣赏这种热情的行为,他开心地回答说:"我只想让你成为我的朋友。"两位英雄立即拥抱在一起,相互立誓,结成兄弟。

皮里托俄斯是拉皮泰的国王。他结婚那天,忒修斯应邀而来,还派上了大用场。那场婚宴可能是有史以来最不愉快的一场。因为来参加婚礼的亲族中有半人马的肯陶耳一族,他们是新娘的亲戚。婚礼在欢乐的气氛中进行,可肯陶耳中有一个半人马喝多了酒,竟对新娘萌生歹意,想要抢走她。怒气冲冲的忒修斯立刻跳起来保护新娘,打倒了半人马。婚礼变成了一场混战。结果自然是拉皮泰人赢了。因为忒修斯始终都站在他们这边,失败的肯陶耳一族则被驱逐出境。

在两位好友的最后一次冒险中,忒修斯却再也无法拯救他的好友。原来,皮里托俄斯的新娘后来死了,而他做了一个疯狂的决定——他打算娶全世界被保护得最周密的女人做他的第二任妻子。这个女人不是别人,正是冥王的妻子、春神珀耳塞福涅。忒修斯答应帮助他。可能是被对方这种极其危险的冒险念头所刺激,忒修斯竟也要进行一番冒险——他要抢的是未来特洛伊战争[①]中的女主角,惊世美人海伦。不过,她那时还是一个小孩子。忒修斯打算等她长大,然后娶她为妻。这一举动虽没有抢夺冥后那样危险,但也足够满足冒险家的野心。海伦有两个哥哥,分别是卡斯托耳和波吕刻斯。凡人很难打赢他们,但忒修斯却成功抢走了海伦。故事中没介绍具体的过程,只知道海伦的两个哥哥在她的藏身之处找到她,并把她带回了家。那时恰巧忒修斯不在,他正陪着自己的兄弟前往冥界。

两人到达冥界之后发生了什么事,我们不得而知。只知道冥王哈

---

① 详见第四篇第十三、十四章。——原注

第十章 忒修斯

得斯早就知道他们此行的意图，并想出了一种新鲜的方式来挫败他们的计划。冥王没有杀他们，因为他们已经来到死者的国度。哈得斯客气地请他们坐下，两人就在冥王指定的椅子上坐了下来。这一坐两人就站不起来了。原来，那把椅子名叫"遗忘之椅"，坐到上面的人不仅会头脑一片空白，忘记一切，而且身体也不能动弹。皮里托俄斯和忒修斯就那样坐在那里，直到赫拉克勒斯来到冥界，把他的表兄忒修斯拉起来。本来他也想救走皮里托俄斯，但他没办法将他从椅子上拽起来。原来，冥王得知是皮里托俄斯想要掳走自己的爱妻，就将他永远固定在了椅子上。

忒修斯晚年娶了阿里阿德涅的妹妹淮德拉为妻。这场婚姻给他自己、淮德拉和希波吕托斯都带来了巨大的不幸。希波吕托斯是阿玛宗女战士为忒修斯所生的儿子，他很小就被忒修斯送到南部城邦去了。和忒修斯一样，希波吕托斯在那里长大成人，成为一个强壮魁梧的小伙子。他热爱运动和打猎，鄙视在奢华的生活中安然度日的人，尤其是那些坠入爱河的人。他觉得他们又笨又蠢。他鄙视爱神阿佛洛狄忒，崇拜纯洁的狩猎女神阿耳忒弥斯，愿意把自己的一生献给她。当忒修斯带着新婚妻子淮德拉来到这里，许久未见的父子重新感受到了深厚的亲情，他们喜欢彼此，总是相互陪伴。至于淮德拉，希波吕托斯根本就没注意到她，因为他从来不会多看女人一眼。可淮德拉恰恰相反——她无可救药地爱上了他。她为这种爱感到羞愧，但没有办法停止。其实，这件事的始作俑者是爱神阿佛洛狄忒。她恼恨希波吕托斯对自己的鄙视，决定给他严厉的惩罚。

淮德拉既痛苦又绝望。她觉得自己孤立无援，就决定自杀，以死埋葬这个秘密。当时忒修斯不在家。这一切被淮德拉的老乳母发现了。她对淮德拉如此忠诚，以至于她认为淮德拉所有的念头都是对的。老乳母发现了淮德拉的秘密，发现了她的绝望和自杀的打算。她心里只想救自己的女主人。于是，她直接去找了希波吕托斯。

"她渴望你的爱。救救她吧，用你的爱来回报她吧！"

希波吕托斯厌恶地避开了淮德拉。他厌恶所有女人的爱，更讨厌这种有违伦常、令人恶心的爱。他冲到院子里，老乳母紧追其后，恳求着他。淮德拉就坐在院子中，可他根本没发现她。他对老乳母大发雷霆："你这老家伙竟想让我背叛我的父亲！光是听你讲那些话，我就觉得恶心。唉，女人，邪恶的女人！每一个女人都这么邪恶。除非我父亲在家，否则我不会再踏进这间房子半步！"

希波吕托斯说完就气愤地离开了。老乳母正准备转身回屋，却发现了院中的淮德拉。她站了起来，脸上浮现出一种令人惊恐的神情。

"我会帮助你的……我……我们再想办法。"老乳母结结巴巴地说。

"嘘！"淮德拉说，"我会处理好我自己的事。"她转身进了屋，老乳母哆哆嗦嗦地跟在她身后。

过了一会儿，屋外传来男人们欢呼的声音。忒修斯回来了，男人们正在迎接他。忒修斯一进屋子，就发现一地哭哭啼啼的女仆。她们告诉他，淮德拉自杀了。她们发现时，她已经不行了。她的手里攥着一封信，是给他的。

"我最亲爱的，这封信是你的遗书吗？这是你的封印……你的封印，可是你，却再也不会对着我笑了。"他把信读了一遍又一遍，他气得浑身发抖，对着满院子的仆人说，"这封信在大声呼喊着，字字血泪！你们知道吗？我的儿子竟然侮辱了我的妻子。啊！海神波塞冬啊，请听听我对希波吕托斯的诅咒，并实现它吧！"

一屋子的静默被匆促的脚步声打破。希波吕托斯回来了。

"出了什么事？她是怎么死的？"希波吕托斯问道，"父亲，请您告诉我，不要向我隐瞒您的悲伤。"

"真该有一把衡量感情的尺子，这样才知道谁是可信的，谁是不

第十章　忒修斯

可信的。你们看看，我的儿子，"忒修斯说，"他的继母用死来证明他的卑劣。他竟然对继母施暴。她的信比任何话都有用。你走吧！你被驱逐出这片国土了，马上给我滚开！"

"父亲，我不善言辞，也没人能证明我的清白。能证明的人已经死了。"希波吕托斯说，"我对着万神之主宙斯发誓，我绝对没有碰过您的妻子，甚至连这个想法都没有。如果我说了假话，就不得好死。"

忒修斯说："她的死就是最好的证明。你走吧！不要待在这个国家。"

希波吕托斯走了。但他没能走多远，因为死亡正在附近等待着他。当他驱车沿着海边的小路前行时，他父亲的诅咒实现了。一头海怪从水里蹿了出来，他的马受到惊吓，四处狂奔，完全不听从命令。结果马车摔得粉碎，希波吕托斯也受了致命的重伤。

这件事当然不可能就这样结束。一直深受希波吕托斯崇拜的女神阿耳忒弥斯来到忒修斯面前，告诉了他全部真相：

我来不是为了帮助你，是为了给你带来痛苦。
我要让你知道，你的儿子是无辜的。

有罪的是你的妻子，她疯狂地爱上了你的儿子。
她与心中的激情抗争，最终走上了绝路。
她写的遗书，句句都是谎言。

忒修斯听后呆呆地站在那里，一声不吭。这时，身受重伤的希波吕托斯被抬了进来，此时他还没有断气。

他一面喘息着一面说："我是无辜的。是你吗，阿耳忒弥斯？我的女神，你的猎人很快就要死了。"

"你是我最忠实的信徒，没人能取代你。"阿耳忒弥斯回答。

希波吕托斯看向悲痛欲绝的忒修斯："我亲爱的父亲，这不是您的错。"

"要是我能替你去死该有多好……"忒修斯哭着说。

女神用平静而甜美的声音打破了悲伤的气氛："忒修斯，把你的儿子抱在怀里吧。杀死他的不是你，是爱神阿佛洛狄忒。你要知道，他是永远不会被遗忘的，人们会用歌谣和故事来纪念他。"

女神说完就失去了神踪。希波吕托斯也断了气，走上了通往冥国的路。

忒修斯死得很凄惨。他被朋友吕科墨得斯所杀，死在了后者的王宫里。几年之后，阿喀琉斯将在那里被装扮成一个女孩。忒修斯为何会出现在那里，我们不得而知。有人说，他是被雅典人驱逐到那里的。无论如何，他都死在了那位朋友的手里。真正的原因早已无从知晓。

即便雅典人真的驱逐过他，但他死后，人们对他的尊敬还是远超任何一个凡人。人们为他建造了一座巨大的陵墓，来祭奠这位始终保护弱者的英雄。他们颁布法令，宣布那里永远是奴隶、穷人和弱者的避难所。

第十一章
赫拉克勒斯

　　奥维德曾讲述过赫拉克勒斯的生平，但十分简短。这跟他向来细腻的文风大不相同。因为他不喜欢写英雄的冒险故事，而更偏爱悲伤感人的情节。他省略了赫拉克勒斯杀妻弑子的情节，这一点乍看起来很奇怪。但实际上是因为这个故事已经被公元前5世纪的作家欧里庇得斯写过了，奥维德很可能出于自知之明而省略了这一段。希腊悲剧作家写过的所有故事他都很少复述。因此，他也省略了赫拉克勒斯救活阿尔刻斯提斯的故事，尽管这是赫拉克勒斯最著名的事迹之一。和欧里庇得斯同时期的索福克勒斯叙述了赫拉克勒斯之死。公元前5世纪的品达和公元前3世纪的提奥克里图斯写了他在襁褓中杀死大蛇的事。我所依据的是两位悲剧作家和提奥克里图斯的版本。因为品达的作品很难翻译，就连用散文重述都极为困难。其余部分依据的是公元1世纪或公元2世纪的散文作家阿波罗多洛斯的作品。除了奥维德之外，只有他完整地叙述过赫拉克勒斯的生平。比起奥维德，我更喜欢他的作品，因为他写得比奥维德更细腻、更完整。

　　赫拉克勒斯是希腊最伟大的英雄。与雅典英雄忒修斯相比，赫拉克勒斯是个完全不同的人物。他是除了雅典人之外，其他所有希腊人最崇拜的英雄。雅典人和希腊人不同，他们所崇拜的英雄自然也不同。忒修斯跟其他英雄一样，是勇士中的勇士。但他和其他英雄不一样的是——他不仅强壮勇敢，还富有同情心，智力也很出众。雅典人很重视思想和观念，忒修斯就是他们的理想英雄。而赫拉克勒斯所具有的特质，是希腊其他地区的人们最为重视的东西。两位英雄除了都拥有坚定的勇气之外，其他特质完全不同。

赫拉克勒斯是世界上最强壮的人。健硕的身体赋予了他极度的自信，他甚至认为自己可以与众神平等。他有这种想法是有理由的：神族大战的时候，是他帮助奥林匹斯众神战胜了巨人族。众神能战胜大地之母那些可怕的巨人儿子，大部分要归功于赫拉克勒斯的弓箭。出于这个原因，他对众神都不太客气。有一次，德尔斐神殿的女祭司没有回答他的问题，他便一把抓起她坐的三脚凳，说要自己建一座神殿把它放在里面。阿波罗当然不会容忍这种冒犯，便决定和他正面交手，赫拉克勒斯正有此意。还没等双方出手，宙斯就出面做调停。赫拉克勒斯这次很和气，说自己并不想打架，只是希望阿波罗能给他一个答复。只要阿波罗愿意回答，就不会有任何争端。阿波罗很欣赏这个年轻人的勇敢和无畏，就让女祭司把神谕告诉了赫拉克勒斯。

赫拉克勒斯一生都深信：不管和谁打仗，他都能赢。事实证明确实如此。在开战之前，胜负早已注定。只有超自然的神力才能战胜赫拉克勒斯。天后赫拉最终用神力对付他，使他死于巫术。除此之外，无论是在空中、陆地上还是海洋里，都没人能打得过他。

赫拉克勒斯做事不太爱动脑子，甚至很冲动。有一次，他觉得天气太热，就拿出箭来对准太阳，威胁说要射死它。还有一次，他坐船在海面上航行，海浪把他的船拍得来回颠簸，他便命令海浪立刻停下来，不然就叫它好看。赫拉克勒斯智商不高，情感却丰富而热烈，因此很容易冲动和失控。当他随伊阿宋等英雄去寻找金羊毛时，由于随从许拉斯不见了，他沉溺在悲伤中，把战友和此行的任务忘得一干二净。这样一个壮汉竟有如此感性的一面，这自然是很可爱的，但有时也会铸成大错。他常常会因为失控而大发雷霆，以至于害死了很多无辜的人。等到他怒火消退、恢复理智之后，他又会极度懊悔，乖乖地接受别人对他的任何惩罚。此时的他，全无半点危险可言。如果他自己不同意，谁也没办法惩罚他——而世界上再也没有人像他一样受过那么多惩罚了。他一生中的大部分时间都在为自己的错误赎罪，他从不反抗别人对他提出的任何要求，哪怕那些要求是根本不可能实现的。有时候即使当事人都原谅了他，他还是会继续惩罚自己。

如果要让他像忒修斯一样去治理一个国家，那未免太荒谬了。因为他连自己都管理不好。他可不像雅典人心中的那位大英雄一样，总能想出新颖的办法来解决问题。他所能想到的，就是想办法杀死一切能威胁他生命的怪物。但这并不妨碍他成为一个英雄。不是因为他体力过人又勇气十足，而是因为他肯为自己所犯的错误而悲痛伤心，并愿意竭尽所能来弥补过错。这说明他具有伟大的灵魂。倘若他的头脑也同样伟大，或者至少能稍具理性，他就是一位完美的英雄。

赫拉克勒斯出生在忒拜。在很长一段时间中，他都被认为是安菲特律翁的儿子。安菲特律翁的父亲名叫阿尔开俄斯，所以人们称赫拉克勒斯为"阿尔喀得斯"，意为阿尔开俄斯的后代。可实际上，赫拉克勒斯是宙斯的儿子。宙斯趁安菲特律翁外出征战时装扮成他的样子，与他的妻子阿尔克墨涅生下了赫拉克勒斯。与赫拉克勒斯同时出生的另一个男孩名叫伊菲克勒斯，他是国王安菲特律翁的儿子。两个男孩还不满周岁的时候就面临一场重大危机，但他们的反应截然不同。这也从另一个侧面证明了二人在血统上的差异。

天后赫拉不喜欢宙斯的情人所生的孩子，她决定杀死赫拉克勒斯。一天晚上，阿尔克墨涅给两个孩子洗完澡，喂完奶，把他们放进婴儿床里。她一面爱抚他们，一面说："睡吧，我的小宝贝们，愿你们高高兴兴入睡，快快乐乐醒来！"她轻摇婴儿床，两个孩子很快就睡着了。在漆黑的午夜，屋子里一片沉寂时，两条大蛇爬进了房间。在微弱的灯光下，它们爬上婴儿床，蛇头高耸在床头，口中吐着信子。两个孩子被惊醒了，伊菲克勒斯尖叫着往床外爬，赫拉克勒斯则坐了起来，一手一条，紧抓着大蛇的喉咙。两条蛇剧烈地扭动着，缠绕在赫拉克勒斯的身上，可他丝毫没有松手。听到哭声的母亲一边呼叫孩子的父亲，一边冲进婴儿房。只见赫拉克勒斯笑呵呵地坐在那里，两只手各抓着一条软趴趴的大蛇。当他把它们递给安菲特律翁的时候，这两条可怕的家伙早就被捏死了。从那之后，人人都说这个孩子注定不凡，他定会成就一番伟业。忒拜有一位盲人先知，名叫忒瑞西阿斯，他告诉阿尔克墨涅："许多希腊女人在傍晚梳理羊毛时，都会歌颂您和您的儿子。您给了他生命，而他将会成为全人类的英雄。"

　　阿尔克墨涅和安菲特律翁决定要让他接受最好的教育。但想让赫拉克勒斯学他不喜欢的东西，那简直太危险了。音乐是希腊男童必学的课程。不知道是因为不喜欢音乐，还是不喜欢那位老师，赫拉克勒斯有一次发了火，竟用鲁特琴砸破了老师的脑袋。那是他第一次不小心杀人。他本不想打死那位可怜的音乐老师，只是一时冲动没有控制住自己，而且他也不知道自己的力气竟这么大。他感到非常懊悔、歉疚，但这并没有阻止他后来犯同样的错误。赫拉克勒斯又学习了其他的课程——击剑、摔跤、驾车。他喜爱这些科目，那些老师因此得以保住性命。等到他十八岁时，他凭一己之力杀死了喀泰戎山林里的大狮子——"忒斯庇斯之狮"。他把狮子皮当作斗篷披着，还把狮头做成了风帽。

　　赫拉克勒斯的另一个英雄之举是征服了米尼安人。他们强迫忒拜人向他们进贡，给忒拜人造成了沉重的负担。心怀感激的忒拜人把公主墨伽拉嫁给了他。他爱妻子，也爱他们的小孩。但这桩婚姻却给他带来了一生中最大的悲哀、考验和危险。在墨伽拉为他生下三个儿子之后，他发疯了——这古怪的状况当然是因为天后赫拉，她让他发了

第十一章 ○ 赫拉克勒斯

▲《银河的起源》
[意大利]丁托列托

布面油画，纵149.5厘米，横168厘米，创作于1575年，英国国家美术馆藏。画面描绘了赫尔墨斯奉宙斯之命把刚出生的赫拉克勒斯带到赫拉身边，想趁她沉睡时吮吸她的奶水以求让赫拉克勒斯长生。赫拉从睡梦中惊醒，奶水喷涌而出，化作灿灿银河。

疯。赫拉克勒斯在狂乱之中杀死了自己的孩子。为了保护孩子，墨伽拉也惨死在他的手中。当他清醒过来时，他完全不知道自己为什么会站在血迹斑斑的大厅里，娇妻爱子横尸身旁。似乎上一秒，他还在和妻儿们说话。他困惑地站在那里，一群被他疯狂的举动吓傻的人远远地望着他。安菲特律翁觉得儿子疯劲已过，才鼓起勇气走近了他。他没有向赫拉克勒斯隐瞒真相，告诉了他事情的经过。赫拉克勒斯听父亲说完，喃喃地道："是我杀了我最爱的人？"

"是的。"安菲特律翁颤声说，"不过，你当时发疯了。"

赫拉克勒斯没有理会这个替他开脱的暗示。"难道我能因为这个借口而饶恕自己吗？"他说，"我会用我自己的死来为他们报仇。"

在他还没来得及自杀，甚至还没来得及冲出去的时候，这种毁灭自己的想法就动摇了，他的性命也因此得以保全。使他从这种疯狂的想法中清醒过来并接受这个事实，的确是个奇迹。让这个奇迹发生的并不是天上的神，而是他的好朋友忒修斯。忒修斯站在他的面前，紧握住他沾满鲜血的双手。希腊人认为，握住有罪之人的手，自己也将受到玷污，并且要与之共担罪行。

忒修斯说："不要退缩，我会分担你的一切罪。对我来说，与你共担的恶并不是恶。听我说，拥有伟大灵魂的人一定能够承受得住上天的打击，不会退缩。"

赫拉克勒斯问："你知道我做了什么吗？"

忒修斯说："我当然知道。你的悲痛已经涌上天堂了。"

赫拉克勒斯说："我应当去死。"

忒修斯说："真正的英雄是不会说出这种话的。"

赫拉克勒斯说："不然我还能做什么呢？就这样活下去吗？以后所有人见到我都会说，'快看啊，他就是那个杀妻弑子的人！'我走到哪里，哪里就是我的监狱。狱卒们会用毒如蛇蝎的舌头议论我。"

第 十 一 章　○　赫 拉 克 勒 斯

忒修斯说："尽管如此,你还是要坚强。你可以和我一起去雅典,我会和你分享我所有的一切。能帮助你是我和我的城邦的光荣,这份荣耀就是你能给我的丰厚回报!"

赫拉克勒斯沉默良久,然后沉重而缓慢地说:"就这样吧,我会坚强地等待死亡的降临。"

两个人一起回到了雅典,但赫拉克勒斯并没有在那里待太久。忒修斯是个思想家,他认为一个人在不知情的情况下犯的罪不算罪,帮助他的人也不算受到玷污。雅典人都认同他的观点。他们非常欢迎赫拉克勒斯,可是他自己却无法理解这种观念。他想不清楚事理,只能凭感觉行事。他认为自己杀了家人,他的身上沾满了血污,和他接触的人自然也会被他玷污。他离开了雅典,到德尔斐神殿去询问神谕。那里的女祭司和他的观点相同。她说:"只有做严苛的苦役才能洗刷你的罪过。你去找你的堂兄弟欧律斯透斯。无论他让你做什么,你都要照办。"为了洗刷罪孽,赫拉克勒斯什么都肯做。接下来的故事证明,这位女祭司非常了解赫拉克勒斯的为人,而且这样做也一定能达到净化罪孽的目的。

欧律斯透斯可不是等闲之辈,他的脑子好用得很。当他看到世界上最强壮的人找到他,并愿意卑躬屈膝为他做任何事的时候,他便想出了一系列任务让赫拉克勒斯去完成。除了赫拉克勒斯,没人敢做这些危险的事。不过我得说一句:欧律斯透斯之所以有这么大的胆子,完全是因为赫拉在背后怂恿他。直到赫拉克勒斯离开人世,赫拉都不能原谅他是宙斯的儿子这一点。

欧律斯透斯交给赫拉克勒斯的任务共有十二项,被称为"赫拉克勒斯的苦役",每一项都是不可能完成的任务。

第一项任务是杀死刀枪不入的涅墨亚的巨狮。赫拉克勒斯用他那强有力的双手把狮子勒死了。他将狮子的尸体扛在肩上,带回了迈锡

1200年希腊罗马神话

▲《赫拉克勒斯与九头蛇怪》
［法国］古斯塔夫·莫罗

布面油画，纵179.3厘米，横154厘米，创作于1875年至1876年，美国芝加哥艺术博物馆藏。画面描绘了大力神赫拉克勒斯完成欧律斯透斯交给他的第二项任务的场景。

第十一章　赫拉克勒斯

尼，这可吓坏了欧律斯透斯。为人谨慎的欧律斯透斯禁止赫拉克勒斯再进城，以后他所有的命令均由使者来传达。

第二项任务是杀死一个九头蛇怪。这个蛇怪名叫许德拉，它生活在勒耳那地区的沼泽里。要想除掉它非常困难，因为它的九个头中有一个是不死的，其他的八个头也很难对付。每当赫拉克勒斯砍掉其中的一个，断头处就立刻长出两个新蛇头来。幸运的是，赫拉克勒斯得到了侄子伊俄拉俄斯的帮助。每当他砍下一个蛇头，侄子就立刻把滚烫的烙铁压在蛇的脖子上，这样它就长不出新头了。就这样，他把九个蛇头都砍下来了，并且把那颗不死的头埋在了一块大石头下。

第三项任务是活捉一头金角公鹿。它是狩猎女神阿耳忒弥斯的神兽，住在刻律尼提亚森林。对于赫拉克勒斯来说，杀死它比活捉它要简单得多。为了追捕它，赫拉克勒斯用了整整一年时间，才把它活捉到手。

第四项任务是捕捉一头大野猪。它住在厄律曼托斯山。赫拉克勒斯四处追捕这头野猪，直到它筋疲力尽，然后把它赶入雪地深处，困在陷阱中。

第五项任务是在一天之内把奥革阿斯的牛棚打扫干净。奥革阿斯的牲畜不计其数，他的牛棚多年没有打扫过。赫拉克勒斯扭转了两条河的河道，让河水汇流后经过这里，很快就把所有的脏东西都冲刷干净了。

第六项任务是赶走斯廷法利斯湖上的鸟群。这些鸟数量众多，给当地居民带来了很大困扰。智慧女神雅典娜帮他把鸟群从巢中赶出来，赫拉克勒斯用箭把它们全都射了下来。

第七项任务是到克里斯岛去把海神波塞冬送给弥诺斯的公牛带回来。赫拉克勒斯制服了它，把它放在船上，交给了欧律斯透斯。

第八项任务是到色雷斯捉拿狄俄墨得斯国王养的食人马。赫拉克

▲《赫拉克勒斯》
[意大利]桑德罗·波提切利

木板蛋彩画,纵17.5厘米,横12厘米,创作于1475年,意大利佛罗萨乌菲齐美术馆藏。画面描绘了九头蛇怪许德拉死于大力神赫拉克勒斯大棒下的场景。

第十一章 ○ 赫拉克勒斯

勒斯杀死了狄俄墨得斯，顺利赶回了他的马群。

第九项任务是把阿玛宗女王希波吕忒的金腰带拿回来。女王热情接待了赫拉克勒斯，并答应把金腰带送给他。可是赫拉从中作梗，她在阿玛宗女战士中散布谣言，说赫拉克勒斯要把她们的女王掳走。女战士们便去围攻赫拉克勒斯的船只。赫拉克勒斯也不想想女王对他是多么热情友好，就想当然地认为是她下令攻击他的，于是把女王杀了。他打退了其他女战士，带回了金腰带。

第十项任务是赶回革律翁的牛群。革律翁住在厄律提亚岛上，他长着一个脑袋，三个身体。赫拉克勒斯途经地中海的尽头，在那里立了两块巨石来纪念这次旅行。这两块石头被称为"赫拉克勒斯石柱"，它们至今还矗立在直布罗陀海峡上的休达港。之后，赫拉克勒斯把牛群赶回了迈锡尼。

第十一项任务比以上所有的任务都难。他必须拿到赫斯珀里得斯姐妹所看守的金苹果园中的金苹果。没人知道去往那里的路。赫拉克勒斯找到她们的父亲——擎天神阿特拉斯，请他帮忙拿到金苹果。这期间，他会替阿特拉斯擎着天。阿特拉斯欣然答应，他终于有机会卸下这个重担了。他把金苹果拿回来，却并没有交给赫拉克勒斯，他要自己把苹果送到欧律斯透斯那里去，让赫拉克勒斯继续扛着天。这一回，赫拉克勒斯终于动用了他的脑子，因为他的全部体力都用来擎着天。他成功脱身了，但这不是因为他太聪明，而是因为阿特拉斯太笨。赫拉克勒斯对阿特拉斯说："我可以继续扛着天，但请你先帮我扛一会儿，我去找个肩垫来。"阿特拉斯答应了，可他一接过天来，赫拉克勒斯就拿着金苹果跑掉了。

第十二项任务是所有任务中最难的一项。欧律斯透斯要他下到冥界去，把长着三个脑袋的地狱之犬刻耳柏洛斯带上来——忒修斯就是在那个时候被赫拉克勒斯从"遗忘之椅"上拽起来的。冥王哈得斯说，如果你能不用武器就制服刻耳柏洛斯，就可以把它带走。果不其然，赫拉克勒斯只凭双手就制服了凶恶的地狱之犬。他扛着这头怪兽走了很久，终于回到了凡间，交给了欧律斯透斯。国王十分明智，他可不想留下这条狗，又叫赫拉克勒斯把它送了回去。这是最后一件苦役。

这十二项苦役完成之后，他杀害妻儿的罪过已经得到了洗刷。按理说，他的余生可以获得安宁与释然。但事实并非如此。他的一生都没能享受过安宁与释然。他又开始了一项困难程度不亚于"十二项苦役"的冒险，那就是征服巨人安泰俄斯。

安泰俄斯是一位强壮的摔跤手，他总是逼迫陌生人和他摔跤，输的人就会被他杀死。他盖了一座神殿，屋顶上铺着的全是输者的头骨。安泰俄斯的力量来自于大地，只要碰到大地，他就有源源不断的力量。这让他战无不胜。赫拉克勒斯把他举到半空中，活活勒死了。

赫拉克勒斯的冒险故事一篇接一篇。他与河神阿克洛俄斯打架，因为他俩爱上了同一个姑娘。河神和赫拉克勒斯以前所接触的人不太一样，他喜欢讲道理，不喜欢动拳头。可赫拉克勒斯不吃这一套。他更生气了，说："我的拳头比我的舌头厉害。让我用拳头打赢你，随便你在口才上赢我。"于是，河神变成一头公牛，向赫拉克勒斯发起猛攻。但赫拉克勒斯一向是驯牛高手。他打败了河神，还折下了河神的牛角。这两个家伙所争夺的姑娘——一位名叫得伊阿尼拉的公主就成了赫拉克勒斯的妻子。

他去过许多国家，做过很多大事。他在特洛伊城救了一位与安德洛墨达处境相同的少女，当时她正被绑在海岸上等待海怪来吞掉她——除了她，海怪什么都不吃。这位少女是国王拉俄墨冬的女儿。当年宙斯命令阿波罗和波塞冬为国王修建特洛伊城墙，但国王拒绝支付报酬，惹怒了两位神。作为处罚，阿波罗送来一场瘟疫，波塞冬则送来一只海怪。赫拉克勒斯途经这里，答应国王会搭救公主，但需要国王把宙

第十一章 ○ 赫拉克勒斯

斯送给他祖父的那匹马送给自己。国王答应了。可是当赫拉克勒斯杀了海怪之后，国王又一次毁约了。被惹怒的赫拉克勒斯占领了城邦，杀掉了国王，并把公主送给了一位曾帮助过他的朋友——萨拉米斯岛上的大英雄忒拉蒙。

赫拉克勒斯在寻找金苹果的途中路过高加索山，杀死了啄食普罗米修斯的老鹰，并放走了他。

除了以上这些光荣的事迹外，赫拉克勒斯也做过一些不光彩的事。

他曾在宴会上挥了一下手臂，不小心打死了为他倒水洗手的少年。这事纯属意外，就连少年的父亲都原谅了赫拉克勒斯，可他不肯饶恕自己，因此流亡了一段时间。

他做的更卑鄙的事是故意杀死了自己的好朋友，只是为了报复朋友的父亲——国王欧律托斯。因为国王曾羞辱过他。赫拉克勒斯此举受到了宙斯的惩罚——派他到吕底亚去给王后翁法勒当奴隶。有人说服役期是一年，也有人说是三年。王后翁法勒没少捉弄他，她叫他穿上妇女的衣裙，强迫他和女人们一起纺纱织布。赫拉克勒斯只能弯腰弓背接受王后安排的任何事，但他又觉得这对他是极大的侮辱。他把这一切都怪罪到欧律托斯身上，还发誓要在服役结束之后给他最严厉的惩罚。

所有关于赫拉克勒斯的故事都很有特点，但最能体现他性格的是他与阿德墨托斯的故事。事情发生在他乘船去色雷西海岸夺取狄俄墨得斯的食人马的途中。当天，他打算在他的老朋友——忒萨利国王阿德墨托斯家中借宿一晚，但他并不知道，他到的那天恰巧阿德墨托斯在为他刚死的妻子守丧。她的死因非常奇怪。

此事要追溯到很久之前。当年，阿波罗因宙斯杀死了自己的爱子埃斯科拉庇俄斯而一怒之下杀死了宙斯的工匠——独眼巨人库克罗普斯，阿波罗因此被罚在人间服役一年。阿德墨托斯就是他服役期间的主人。阿德墨托斯对这位神灵照顾有加，两人渐渐成了朋友。为了表示自己的诚意，阿波罗对阿德墨托斯说，他的生命快到尽头了，命运三女神已经准备剪断他的命运之线。阿波罗请求她们暂且等一等，如果有人愿意替阿德墨托斯去死，他就可以继续活下去。得知此事，阿德墨托斯立刻找到他年事已高的父母。他以为他们中肯定有一位愿意替他去死。令他吃惊的是，两位老人拒绝了他。他们对他说："就算我们已经老了，但我们仍很珍惜沐浴神明之光的日子。我们不会让你替我们去死，也不会替你去死。"阿德墨托斯生气地说："你们都站在死亡之门的旁边了，还怕死吗？"但他的父母依旧不为所动。

阿德墨托斯没有放弃，他去找他的朋友们，挨个儿请求他们替他去死。他显然认为自己的生命是极其宝贵的，一定会有人以死救他。可所有人都回绝了他。他失望地回到家中，他年轻貌美的妻子阿尔刻斯提斯决定献出自己的生命来拯救丈夫。读到这里，大家可能已经猜到了，他的确让妻子当了替死鬼。为了让这么爱他的妻子体面地离开人世，他为她举行了隆重的葬礼。在她离去的时候，他站在她身边悲痛欲绝。他为她感到难过，也为自己不得不失去如此贤惠的妻子而感到难过。

恰巧这时，赫拉克勒斯来了。他本想途经朋友的国土时歇歇脚，和朋友开心地畅谈喝酒。阿德墨托斯款待他的方式比我们以前所讲的任何故事，都更完美地体现了什么是那个时代最高标准的待客之道。

阿德墨托斯听说赫拉克勒斯来了，立刻出门迎接。除了身穿丧服以外，他没表现出任何服丧的迹象。赫拉克勒斯问他是谁去世了，他平静地回答道，家中有一位女子当天要下葬，但并不是他的亲人。赫拉克勒斯赶忙说："我真不该现在来叨扰你。"但阿德墨托斯坚决不让他到别的地方去，并说："我绝不会让你睡在别人的屋檐下。"他吩咐仆人，把客人带到远处听不到哭丧声的房间，在那里用餐和住宿。

他不允许任何人告诉赫拉克勒斯真相。

赫拉克勒斯一个人吃起了晚餐,他知道朋友出于礼节必须去参加葬礼,因此独自用餐没有影响他的兴致。仆人留在家里照顾他,不停地为他上菜斟酒。酒越喝越多,赫拉克勒斯的兴致也越来越高。他喝得酩酊大醉,甚至还高声唱起了歌——很明显,这是不合时宜的做法。他看到仆人们都一脸严肃地站在那里,还叫他们不要那么严肃,笑一笑,高兴点儿。这样哭丧着脸真是扫兴。

他喊道:"来,和我一起喝一杯吧!多喝几杯!"

其中一位仆人胆怯地回答道:"现在不是喝酒寻乐的时候。"

赫拉克勒斯问:"为什么?就因为死了一个毫不相干的女人吗?"

仆人嗫嚅道:"毫不相干的女人……"

赫拉克勒斯问:"难道不是吗?这可是阿德墨托斯告诉我的。难不成你们想说他在骗我吧?"

仆人说:"当然不是,他……他只是太好客了,您继续喝酒吧。我们的苦恼和别人无关。"

仆人正转过身去准备给他倒酒,却被他一把抓住了胳膊。他这一抓可吓坏了那位仆人。他问仆人:"这事大概没那么简单吧?你跟我说说到底是怎么回事。"

仆人说:"正如您所见,我们在服丧。"

赫拉克勒斯问:"你们在给谁服丧,为什么是这副模样?难道是你们的国王在戏弄我吗?"

仆人低声说:"是我们的王后,阿尔刻斯提斯。"

赫拉克勒斯沉默了一会儿,扔下了酒杯。"我就知道,他怎么会为一个陌生女人哭红眼睛呢?他让我留在这里,在这悲伤的房间里喝酒作乐。他可真是一位好朋友、好主人……他本该告诉我的。"

像往常一样,他开始责备自己:自己关心的人承受着这么大的悲痛，而他却像个傻瓜一样，喝得醉醺醺的。他飞快地思考着：自己能做些什么来弥补这个过错呢？他深信，没有他做不到的事，但该怎么做呢？突然，他的脑子里蹦出了一个大胆的想法：他要到冥界去，把阿尔刻斯提斯重新带回人间！他自言自语道："没错，就这么办，我要去找死神那个老家伙，他一定就站在她的坟墓旁。我要上去给他一拳，用力制住他，逼他把阿尔刻斯提斯还给我。如果他没在坟墓旁边，我就到冥界去找他。我一定要把她带回来，来回报一直善待我的朋友。"他兴冲冲地冲出门去，对自己即将进行的战斗充满了信心。

当阿德墨托斯回到他那空荡荡的房子时，他看见赫拉克勒斯正站在门口迎接他，身边还多了一个女人。"阿德墨托斯，你看看，这个女人像不像你认识的人？"阿德墨托斯大喊道："她是鬼！这一定是个恶作剧——是不是神在捉弄我？"赫拉克勒斯回答："她是你的妻子。我刚为了她和死神打了一架，逼他把她还给了我。"

在众多关于赫拉克勒斯的故事中，这个故事最能体现他在希腊人心目中的形象——单纯、鲁莽、糊涂。他在刚刚死了人的房子里喝得大醉，但很快又忏悔，想要弥补自己的过错，而且不在乎会付出多大代价——哪怕是和死神搏斗。他就是这样一个人。当然，如果他因那些服侍他的仆人哭丧着脸而不开心，并一拳打死了其中一位，那肯定会更加凸显他的形象。但是，创作这个故事的诗人欧里庇得斯并没有这么写，他省略了和故事的结局没有直接联系的情节。虽然在这种情况下，赫拉克勒斯打死一两个人是正常的，但是，这样只会使欧里庇得斯的表达变得模糊不清。

赫拉克勒斯在给翁法勒当奴隶的时候，曾发誓要杀了国王欧律托斯——正因赫拉克勒斯杀了欧律托斯的儿子，才受此处罚。当他服役

第十一章 ○ 赫拉克勒斯

期满后，他立刻付诸了实践。他召集了一支军队，占领了欧律托斯的城邦，并杀了他。不过，欧律托斯也算是报了仇，因为这场战争间接要了赫拉克勒斯的命。

在赫拉克勒斯彻底毁了这个国家之前，他曾派人把一群少女俘虏送回家中。这群少女中有一位特别漂亮，她是欧律托斯的女儿伊俄勒。此时，深爱着赫拉克勒斯的妻子得伊阿尼拉正在家中等待丈夫从吕底亚的翁法勒宫中凯旋。没想到，她听说丈夫疯狂地爱上了这位美丽的公主却并不担心。因为她有一件珍藏多年的法宝，此物能防止丈夫变心。它是当年她和丈夫举办完婚礼，随他回家的途中得到的。当时，他们正在渡河，她骑在驮人过河的人头马涅索斯身上，没想到，这个怪物竟企图在过河的途中凌辱她。她大声尖叫，赫拉克勒斯便在怪物到达对岸时射死了它。临死之前，它告诉得伊阿尼拉，她可以用它的血做灵符，来防止她丈夫变心。要是他爱上了别人，她就把它的血涂在丈夫的衣服上，他就会回心转意。于是，得伊阿尼拉这么做了，让人将涂血长袍带给赫拉克勒斯。

这位英雄穿上涂血长袍的一瞬间，整个身体就像着火一般灼痛，效果和当年美狄亚送给伊阿宋的新娘的那件袍子一样。在痛楚中，他一把将无辜的信使扔到了海里。尽管他十分痛苦，但是力气却不减。有着同样功效的魔袍当年瞬间就烧死了新娘，却烧不死赫拉克勒斯。他虽然饱受折磨，但依旧活了下来，大家把他带回了家。得伊阿尼拉得知袍子害苦了丈夫，在他回来之前就自杀了。最后，赫拉克勒斯也自杀了。死神不肯带他走，他就只能自己结束这无尽的痛苦。他命人在俄塔山上搭起一个巨大的火葬堆，让他们把自己抬到那里。他知道自己终于能结束痛苦了，很高兴。他说："这是休息，是终结。"他躺在火葬堆上，就像一个赴宴之人躺在卧榻上一样。

他让随从菲罗克忒忒斯用火把点燃柴堆，并把自己的弓箭送给了

259

这位年轻人。在后来的特洛伊战争中，这位少年用这套弓箭英勇杀敌，成了小有名气的人。熊熊的火焰照亮天空，赫拉克勒斯永远离开了人世。

他的灵魂被带到了奥林匹斯。他和天后赫拉消泯了恩仇。赫拉还把自己的女儿、青春女神赫柏嫁给了他。在天上——

> 饱受磨难的他终于得享安宁。
> 在这个幸福之地，永恒的宁静是对他最大的奖赏。

不过，我们很难想象他会心满意足地度日，也很难想象他会让诸神享受安宁。

第十二章
阿塔兰忒

> 这个故事的完整版只有后期的两位作家奥维德和阿波罗多洛斯写过，但这其实是一个古老的故事。一首据说是赫西俄德写的诗里面讲述了赛跑和金苹果的情节，该诗也有可能出自公元前 7 世纪早期的一位诗人之手。荷马史诗《伊利亚特》叙述了猎杀卡吕冬野猪的经过。本篇故事大体上遵照的是公元 1 世纪或 2 世纪的作家阿波罗多洛斯的版本。其中，阿塔兰忒置身于众猎人之中的生动画面则来自奥维德。奥维德的写作手法比较夸张，常常会显得故事荒谬可笑，描写野猪的部分尤其如此。虽然阿波罗多洛斯的文字并没有那么生动，但起码不会令人觉得荒谬。

据说，有两位女英雄都叫阿塔兰忒的名字，因为伊阿索斯和斯库厄尼俄斯都被称为阿塔兰忒之父。但通常在古老的故事中，不怎么重要的人物往往有不同的名字。如果真有两个阿塔兰忒，她们都想乘坐"阿耳戈"号出海探险，都参加过卡吕冬国的狩猎活动，都嫁给了在赛跑比赛中赢了她们的男子，最后都变成了狮子……这听起来也未免太过巧合了。既然她们二人的事迹大体相同，我们不妨认为她们是同一个人。事实上，要假设生活在同一时代的两个少女，她们都像勇敢的英雄一样喜欢冒险，甚至在射箭、赛跑、摔跤等方面都毫不逊色于同时代的英雄男儿，即使是在神话中，这样的情况也不太可能出现。

阿塔兰忒的父亲——不管他的名字叫什么——看到妻子生下来的是女儿，而不是儿子，感到非常失望。他认为女儿无用且不必养，就把她扔到了荒郊野外，任其冻死、饿死。但是，正如故事中所写的那样，很多动物往往比人善良。一头母熊照顾着阿塔兰忒，给她喂奶，为她取暖，小女婴慢慢成长为活泼勇敢的小女孩。这时，一群好心的猎人发现了她，把她带回去和他们一同生活。她跟猎人们学习打猎。后来，她学会了打猎需要的所有本领和技能，每一项都比收养她的猎人们更优秀。有一次，两匹人头马看到她落了单，就朝她追过来。她并没有逃走，因为逃也没用，人头马的速度比人快得多，体力也比人强得多。她冷静地站在那里，把一支箭搭在弓上射了出去，紧接着又射了第二箭。两匹人头马应声倒地，全都受了重伤。

不久，著名的"卡吕冬野猪狩猎大会"召开了。这头凶猛的野猪是狩猎女神阿耳忒弥斯用来惩罚卡吕冬国王的。因为国王俄纽斯在收获时节献祭时，忘记了阿耳忒弥斯，女神便用这个办法来惩罚他。这头野猪破坏庄稼，伤害牲畜，拱死所有捕杀它的人。国王只好召集希腊最勇敢的英雄来捕杀这头野猪。年轻的英雄们齐聚一堂，其中很多人后来都参加了"阿耳戈"号探险。当然，人称"阿耳卡狄的森林宝贝"的阿塔兰忒也参加了这次大会。诗中这样描写她走进男人们的聚会中的情景："闪闪发亮的扣子扣在她的衣领上，头发绾成简单的发髻盘在脑后，左肩上挂着象牙箭袋，手里拿着弓。至于面孔，若说她是个男人，看起来又略显娇柔；若说她是个女子，看起来又太过帅气。"当时在场的其中一位男子觉得，她比他见过的任何女孩都更漂亮可爱，讨人喜欢。他就是卡吕冬国的王子墨勒阿革耳。他对她一见钟情。但可以确定的是，阿塔兰忒只把他当成同伴，从不考虑他可以成为情郎。除了和男人一起打猎，她一点儿也不喜欢男人，并且决定永不结婚。

第十二章　阿塔兰忒

有些英雄看到一个女人要参与这次行动，感到非常生气，他们不愿意和女人一起狩猎。但墨勒阿革耳十分坚持，他们只好让步。事实证明，他们这样做是正确的。当众英雄围攻野猪时，野猪飞快地冲过来拱死了两个人，其他人根本来不及出手相救。更糟糕的是，第三个人竟死于自己同伴投歪的标枪下。在伤者奄奄一息，场面一片混乱的时候，阿塔兰忒站在那里，冷静地给了野猪一箭，射伤了它。接着，墨勒阿革耳冲上前去，一刀插进了野猪的心脏。实际上，野猪是墨勒阿革耳杀死的，但他坚持把狩猎的荣誉——野猪皮赏给阿塔兰忒。

奇怪的是，这竟成了墨勒阿革耳的死因。在墨勒阿革耳出生一周后，命运三女神曾现身在他的母亲阿尔忒亚面前，并把一根木头扔进了正在燃烧的火炉中。她们像往常一样，一边转动命运之线的线轴，一边唱道：

> 这个新生的孩子，我们将赐给你一份礼物。
> 在这根木头燃成灰烬之前，你是不会死的。

阿尔忒亚听完，立刻从火中拿起那根木头，扑灭了火焰，把它藏在一个箱子里。墨勒阿革耳的两个舅舅也参加了那次狩猎活动。他们对把野猪皮奖给阿塔兰忒这件事感到极度不满，想从阿塔兰忒手中把野猪皮抢回来。他们对墨勒阿革耳说："这东西本就不属于阿塔兰忒，你也没权利把它转送给她。"为了阻止他们，墨勒阿革耳趁二人不注意时杀死了他们。

消息传到了阿尔忒亚耳中。她亲爱的兄弟竟然死在自己儿子的手里，而且是因为一个不知廉耻的、整日混在男人堆里打猎的轻浮女子。愤怒攫取了阿尔忒亚的理智。她冲向箱子，拿出那根木头，一把扔进了火堆里。木头开始燃烧，墨勒阿革耳倒在地上呻吟起来；当木头燃尽时，墨勒阿革耳的灵魂离开了他的身体，走向了冥界。据说，阿尔忒亚对自己所做的一切感到害怕，就上吊自杀了。就这样，卡吕冬狩猎大会最终以悲剧收场。

然而，对于阿塔兰忒来说，这只是她冒险的开始。有人说她曾与"阿耳戈"号上的英雄一起出海去寻找金羊毛，也有人说伊阿宋说服她别去。在寻找金羊毛的整个过程中，都没有出现过她的名字。以她在危险面前从不退缩的性格来看，她应该是没有参加那次探险。我们再一次看到她的故事时，众英雄已经寻找金羊毛回来了。那时，美狄亚以返老还童的方式害死了伊阿宋的叔叔珀利阿斯。该城为珀利阿斯举办了运动会作为纪念。阿塔兰忒在摔跤比赛中打败了珀琉斯，即后来的大英雄阿喀琉斯的父亲。

在获得这次比赛的胜利后，她意外找到了亲生父母，之后就回去和他们一起生活。她的父亲似乎不再耿耿于怀，接受了这个不比男人逊色的女儿。擅长打猎、射箭、摔跤的阿塔兰忒被众多男子所喜爱。这看似奇怪，却是事实。她的追求者数不胜数。为了轻松而又不伤和气地打发走这些追求者，她宣布：谁能在赛跑比赛中跑赢她，她就嫁给谁。她心里清楚，没人能赢得了她。她过了一段非常快乐的日子，经常有自认为跑得快的年轻人到这里找她赛跑，但她总能轻松获胜。

最后来了一个既会跑也会用头脑的年轻人。他知道自己没有阿塔兰忒跑得快，于是决定以智计取胜。爱神阿佛洛狄忒总爱惩罚那些蔑视爱情的、野性难驯的少女。于是，这个聪明的年轻人墨拉尼翁（或米拉尼翁），也有人说是希波墨涅斯，就向爱神讨了三个神奇苹果。它们是用纯金制成的，美得就像赫斯珀里得斯姐妹的金苹果庄园里结

第十二章 ○ 阿塔兰忒

出来的一样。任何见到它们的人都想将其占为己有。

阿塔兰忒在赛道上摆好了姿势，等待开始的号令。脱下长袍的她比盛装时美丽一百倍，围观的人都被她的美貌惊呆了。她用清冷的目光环顾四周，尤其是那个将要与她比试的年轻人。那人十分冷静，手握紧了金苹果。比赛开始了，阿塔兰忒健步如飞，像箭一样迅疾。她的长发披在雪白的肩膀上，在风中轻扬，她美丽的身体散发着玫瑰色的微光。阿塔兰忒一跑到前面，希波墨涅斯就把一个金苹果扔到她的脚前。她只用一瞬间就捡起了那个美丽的金苹果。但希波墨涅斯趁这短暂的时间超过了她。过了一会儿，他扔出了第二个金苹果。这次金苹果跑得很偏，她不得不偏离赛道去捡那个可爱的小玩意儿。这时，他又追上了她。此时，他们离终点已经不远。希波墨涅斯赶紧把第三个金苹果扔到赛道边那片绿油油的草地里。她实在忍耐不住，跑到草地中去捡金苹果。当她捡起金苹果时，她的追求者已经气喘吁吁地到达了终点。就这样，她成了他的妻子。那些在森林中逍遥自在的日子和在运动场上尽情奔跑的日子结束了。

据说，这对夫妻后来变成了一对狮子，因为他们冒犯了宙斯或阿佛洛狄忒。不过在这之前，他们生了一个儿子，名叫帕耳忒诺派俄斯。他是"七雄攻忒拜"的英雄之一。

▲《希波墨涅斯与阿塔兰忒》[意大利]圭多·雷尼 布面油画，纵206厘米，横279厘米，创作于约1619年，西班牙马德里普拉多博物馆藏。画面描绘了战无不胜的阿塔兰忒与机智精明的希波墨涅斯赛跑的场景。

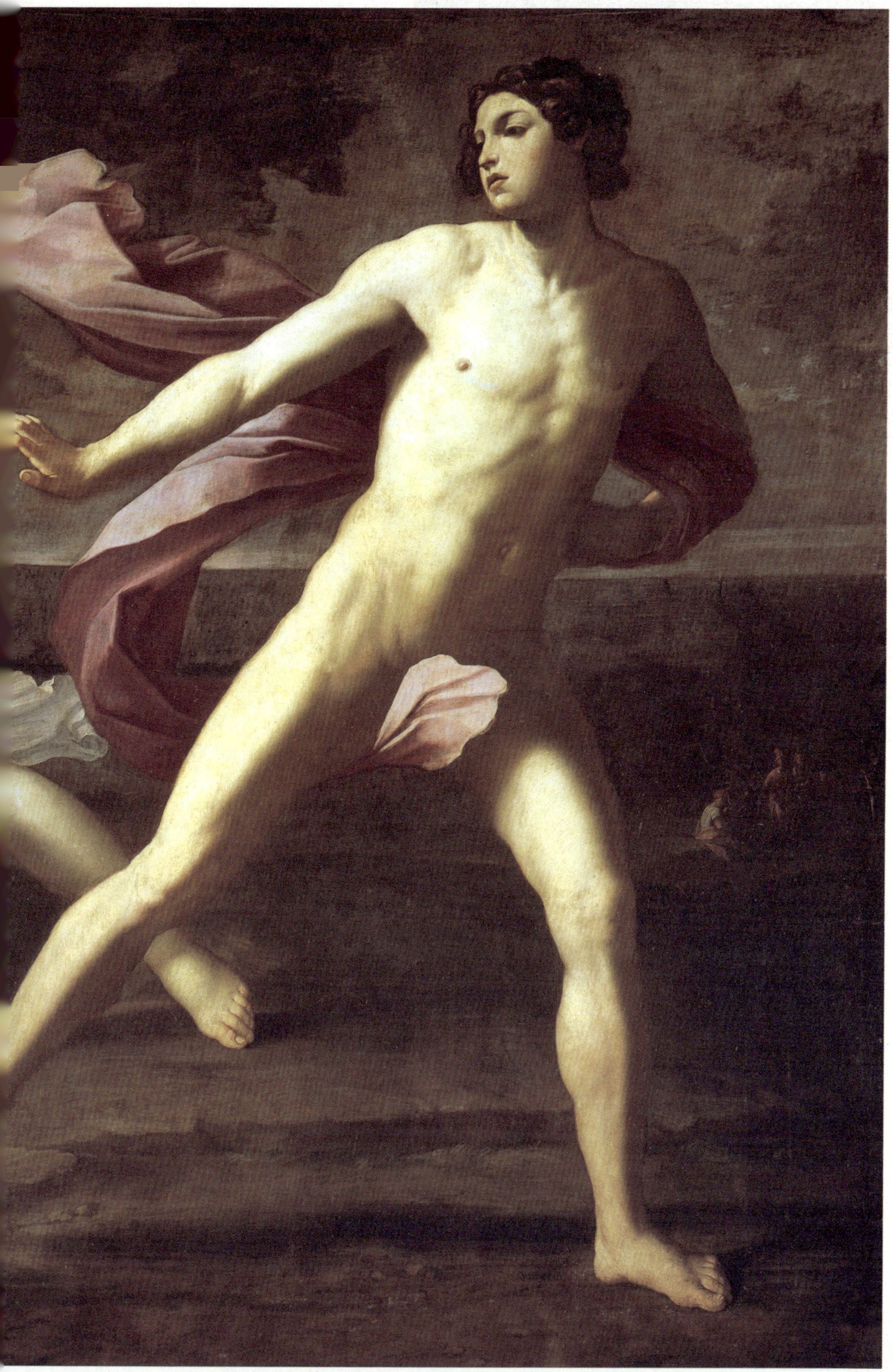

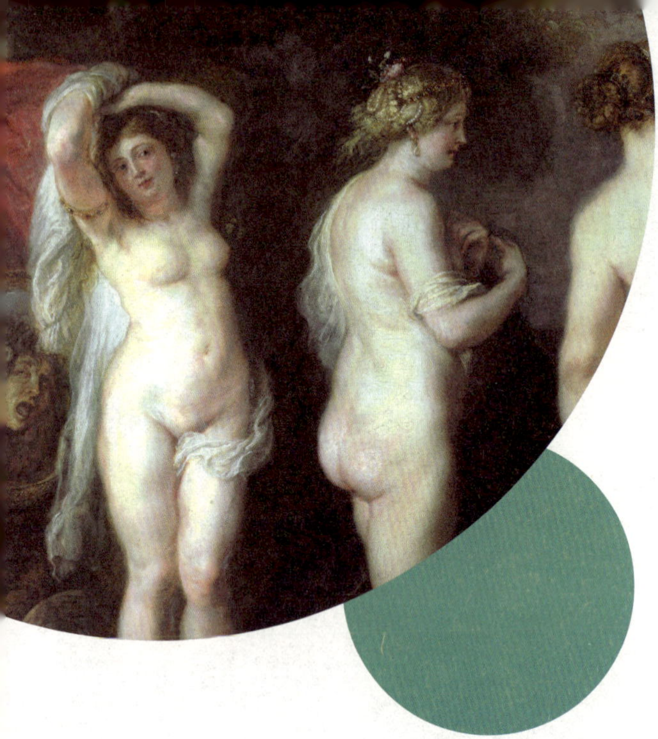

CHAPTER

第四篇

特洛伊战争中的英雄

第十三章
特洛伊战争

这个故事几乎完全取材于荷马史诗。不过,《伊利亚特》一开始,希腊人就已到了特洛伊,阿波罗已经降下了瘟疫。其中既没有提到伊菲革涅亚被献祭的事,也没有详细写"帕里斯的评判"。我从公元前5世纪的悲剧诗人埃斯库罗斯的戏剧《阿伽门农》中选取了伊菲革涅亚的故事,从他同时期的诗人欧里庇得斯的《特洛伊女子》中选取了"帕里斯的评判"。除此之外,我还选取了部分作家的作品来补充细节,如公元1世纪或2世纪的诗人阿波罗多洛斯所写的俄诺涅的故事。这位诗人的作品通常非常无趣。不过,他对《伊利亚特》之前的故事的处理比他书中的其他内容都生动有趣。显然,如此庞大的题材激发了他的灵感。

在公元前1000年左右,地中海东岸有一个强大的城邦,它的富裕和强盛程度在当时的世界上首屈一指。它的名字叫特洛伊。直到今天,都没有哪个城市能比它更著名。这个城邦不朽的声望源自世界上最伟大的诗歌之一《伊利亚特》中所描写的一场战争,而战争的肇因竟是三位彼此嫉妒的女神之间的争执。

序幕:帕里斯的评判

不和女神厄里斯在奥林匹斯不太受欢迎。众神举行宴会时,她总

第十三章 ○ 特洛伊战争

▲《帕里斯的评判》
[佛兰德斯] 彼得·保罗·鲁本斯
布面油画，纵144.8厘米，横193.7厘米，创作于1632年至1635年，英国国家美术馆藏。画面描绘了帕里斯评判最美女神的场景。

是不被邀请。她非常生气，决心要制造一场麻烦。结果证明，她成功了。国王珀琉斯和海中仙女忒提斯举行婚礼时，她像往常一样没有受到邀请，于是她朝正在举办婚礼的大厅中扔了一个金苹果，上面刻着"给最美的女神"。所有女神都想得到这个金苹果，但最后候选者只剩下三位——赫拉、阿佛洛狄忒和雅典娜。她们请宙斯来判定，谁是最美的那个。宙斯可不想和这件事有什么牵连。于是，他告诉她们，去特洛伊城附近的伊达山上找一个年轻的王子帕里斯，他正在那里替父亲放羊。宙斯说，帕里斯是一位杰出的美女鉴赏者。这位身份高贵的王子之所以在放羊，是因为曾有人告诉他的父亲、特洛伊国王普里阿摩斯，这位王子会使他的国家覆灭。于是，国王就把他送走了。当时，帕里斯正和一位名叫俄诺涅的美丽仙女在一起。

当三位女神降临在他的面前时，我们不难想象他那震惊的样子。不过，女神们并没有让他仔细观看她们光芒四射的神圣形象，而是让他考虑她们所提供的条件，选出他觉得最有价值的那一个。做这个选择并不容易。男人最喜欢的东西都摆在他的面前：天后赫拉答应让他成为欧洲和亚洲的首领；雅典娜说可以让他带领特洛伊的军队战胜希腊，并把希腊彻底毁掉；爱神阿佛洛狄忒许诺他将得到世界上最美的女子。帕里斯是个意志薄弱的人（后来的事实证明他还是个懦夫），他选择了最后一项，把金苹果给了阿佛洛狄忒。

这就是"帕里斯的评判"。它被公认为导致特洛伊战争爆发的真正原因。

特洛伊战争

世界上最美的女人是海伦。她是宙斯和勒达的女儿，卡斯托耳和波吕刻斯的妹妹。她的美貌天下闻名，希腊所有年轻的王子都想娶她为妻。当她的追求者聚集在她家向她求婚时，她名义上的父亲（她母亲的丈夫）斯巴达国王廷达瑞俄斯却不敢在他们之间做出选择，他怕没被选上的人会联合起来对付他。于是他让所有追求者发誓：无论谁成为海伦的丈夫，如果有人危及他们的婚姻，其他人就要联合起来捍卫那个

第十三章　特洛伊战争

人的利益。所有人都希望自己被选中,这条誓约对每个人来说都是有利的。于是他们都发了誓,会严惩任何劫走或企图劫走海伦的人。国王选了阿伽门农英俊的弟弟墨涅拉奥斯为婿,并立他为斯巴达国王。

帕里斯把金苹果交给阿佛洛狄忒时,局势大致如此。爱神非常清楚世界上最美的女人住在哪里。她带着年轻的帕里斯直奔斯巴达。这时,他早就抛弃了仙女俄诺涅。国王墨涅拉奥斯和王后海伦热情招待了他们。当时,宾主之间的关系是十分神圣的,双方都预期彼此会互相理解,不会互相伤害。出于对宾客的信任,墨涅拉奥斯让帕里斯留在宫中,自己去了克里特岛。但是,帕里斯却破坏了这种神圣的关系。

> 来做客的人,
> 走进朋友善意提供的住所,
> 做了让主人蒙羞的事——
> 拐走了一位美人。

墨涅拉奥斯回来之后,发现妻子不见芳踪,便号召所有希腊人出手相助。当初立过誓的英雄们云集响应。他们一心渴望参加这场伟大的冒险,把强大的特洛伊夷为平地。除了两位重要的首领,其他的人都来到了斯巴达——一位是伊塔刻岛的国王奥德修斯,另一位是珀琉斯与海中仙女忒提斯的儿子阿喀琉斯。

奥德修斯是希腊最精明、最明智的人之一,他不想离开自己的家园和亲人,更不想为了一个不忠于丈夫的女子而跨越大洋来一场罗曼蒂克式的冒险。因此,他决定装疯卖傻。当希腊联军的使者来到伊塔刻时，这位国王正在耕地。但他种的不是种子，而是食盐。使者也是个精明人。他把奥德修斯的小儿子放在犁道上，奥德修斯立刻掉转了犁头。这足以说明奥德修斯神志清醒。所以，不管他有多么不情愿，都不得不去参战。

阿喀琉斯则被母亲留了下来。因为她知道，如果他到特洛伊去，就一定会死在那里。于是，她把儿子送到了当年背信弃义杀害忒修斯的国王吕科墨得斯那里，让儿子穿上女孩的衣服，藏在少女们中间。希腊联军派奥德修斯来找他。奥德修斯化装成一个小商贩，来到这位少年藏身的宫廷之中。奥德修斯在包里装了很多女孩子喜欢的小饰品，还装了一些精美的武器。姑娘们都围上来摆弄那些小饰品，只有阿喀琉斯拿起了刀剑。奥德修斯因此认出了他。奥德修斯使阿喀琉斯轻而易举地忘掉了母亲的话，欣然同意和他一起动身前往希腊。

于是，庞大的队伍组建完毕。一千艘满载希腊大军的战船齐聚在奥利斯。那里总有强风和急流。只要一刮北风，任何船只都无法起航。北风刮个不停，毫无停歇之意。

> 它吹得所有人心碎，
> 吹坏了船只和缆绳，
> 时间就这样拖着，
> 一天如两天一样漫长。

联军几度抓狂。最后，先知卡尔卡斯宣布了神谕，解开了北风之谜。原来，希腊军人猎杀了阿耳忒弥斯心爱的野兔和小兔，惹怒了这

第十三章　　特洛伊战争

位狩猎女神。唯一能平息风浪，确保联军平安抵达特洛伊的办法，就是把联军统帅阿伽门农的女儿伊菲革涅亚献祭给女神。这是个可怕的消息，对阿伽门农来说更是难以接受。

如果我必须杀害，
我们全家的开心果，我的女儿，
那么一位父亲的手上，
将沾满黑色的液体，
那在祭坛前被杀害的少女的鲜血。

可最终他还是屈服了。因为这关系到他作为统帅的声望，还有他征服特洛伊、提升希腊地位的野心。

他敢于做那件事，
杀生助战。

他派人回家去接女儿，并且写了一封信给妻子。信上说，他给女儿安排了一门很好的婚事，要把她嫁给阿喀琉斯。从最近的表现来看，阿喀琉斯堪称众英雄中最优秀、最伟大的一位。可是她一到奥利斯，就直接被送上了祭坛。

> 沉迷于战争的疯狂战士们,
> 听不见她的声声哀告,
> 听不见她"父亲、父亲"的呼喊,
> 看不见她的生命正灿烂而年轻。

她死了。北风停了。希腊船队驶向平静的大海。但总有一天,他们会为自己所做之事付出沉重的代价。

当他们抵达西摩伊斯河河口时,最先跳上岸的人是普罗忒西拉俄斯。这是英雄之举。因为神谕说过,最先登陆的人将最先死去。因此,当他被特洛伊人的长矛刺死后,希腊人尊崇他为神明,众神也给他最大的尊重。众神叫神使赫尔墨斯把他从冥界带上来,和他悲痛欲绝的妻子拉俄达弥亚见上一面。她不想再和丈夫分开。当他返回冥界的时候,她自杀了,只为和丈夫在一起。

上千艘战船上满载着战士。希腊军队非常强大,但特洛伊毫不示弱。国王老普里阿摩斯和王后赫卡柏有很多骁勇善战的儿子,他们既可以率兵进攻,也可以守卫城门。其中,赫克托耳最为出众,他比任何人都更高贵、更勇敢。举世之间,只有一个人可以与他匹敌,那就是阿喀琉斯。他们都知道,自己会在特洛伊沦陷之前丧生。阿喀琉斯的母亲曾告诉他:"你的生命很短,愿你现在就从眼泪和烦恼中解脱出来。因为你将不久于人世。我的孩子,可怜的短命孩子。"尽管没有哪位神祇曾对赫克托耳说过关乎他命运的事,但他相信自己的结局也是如此。他对妻子安德洛玛刻说:"我心里很清楚,神圣的特洛伊城即将沦陷,普里阿摩斯和他的臣民都将牺牲。那一天就要到来了。"

第十三章 ○ 特洛伊战争

两位英雄都是在必死的阴影下进行战斗的。

九年来，双方不分胜负，哪一方都没能取得决定性的优势。这时，阿喀琉斯和阿伽门农之间发生了争执，以至于在一段时间里，战况一直有利于特洛伊人。争执的起因是一个女人。她是阿波罗神殿祭司的女儿克律塞伊斯。希腊人把她抢来献给了阿伽门农，她的父亲前来请求他们放了女儿，但阿伽门农不肯。无奈之下，祭司只能向他所服侍的神祇祈祷。祷告传到了阿波罗那里，阿波罗便从他的太阳战车上向希腊联军射出燃烧着的火箭，许多士兵因此而死，火葬堆的火焰终日不息。

最后，阿喀琉斯召集首领们开会。他说，大家不能一边对抗瘟疫，一边和特洛伊人战斗。他们必须找到让阿波罗息怒的方法，不然就只能乘船返航。先知卡尔卡斯站起来说，他知道阿波罗发火的原因，但他不敢说，除非阿喀琉斯能保证他的安全。"我一定会保护你，即便你指控的是阿伽门农本人。"阿喀琉斯回答。大家心里都明白这是什么意思，因为他们都知道阿波罗的祭司受到了怎样的对待。当卡尔卡斯宣布，必须把克律塞伊斯还给她的父亲时，所有的首领都支持他。虽然阿伽门农很生气，但他不得不同意："她是我的战利品。我失去了她，就必须有另外一个女人来替代。"

克律塞伊斯被送回到她父亲那里以后，阿伽门农派两位随从到阿喀琉斯的帐篷里，把阿喀琉斯的战利品——一位名叫布里塞伊斯的少女带走。两人极不情愿地去了。他们站在阿喀琉斯面前，一句话也说不出口。阿喀琉斯知道他们此行的目的，说："你们不用觉得抱歉，这不是你们的错。你们也用不着害怕，只管把这个女孩带回去交差就行了。但是你们要先听我在神和众人面前发誓——阿伽门农一定会为这件事付出惨痛的代价。"

那天晚上，阿喀琉斯的母亲——长着银色双足的海中仙女忒提斯

1200年希腊罗马神话

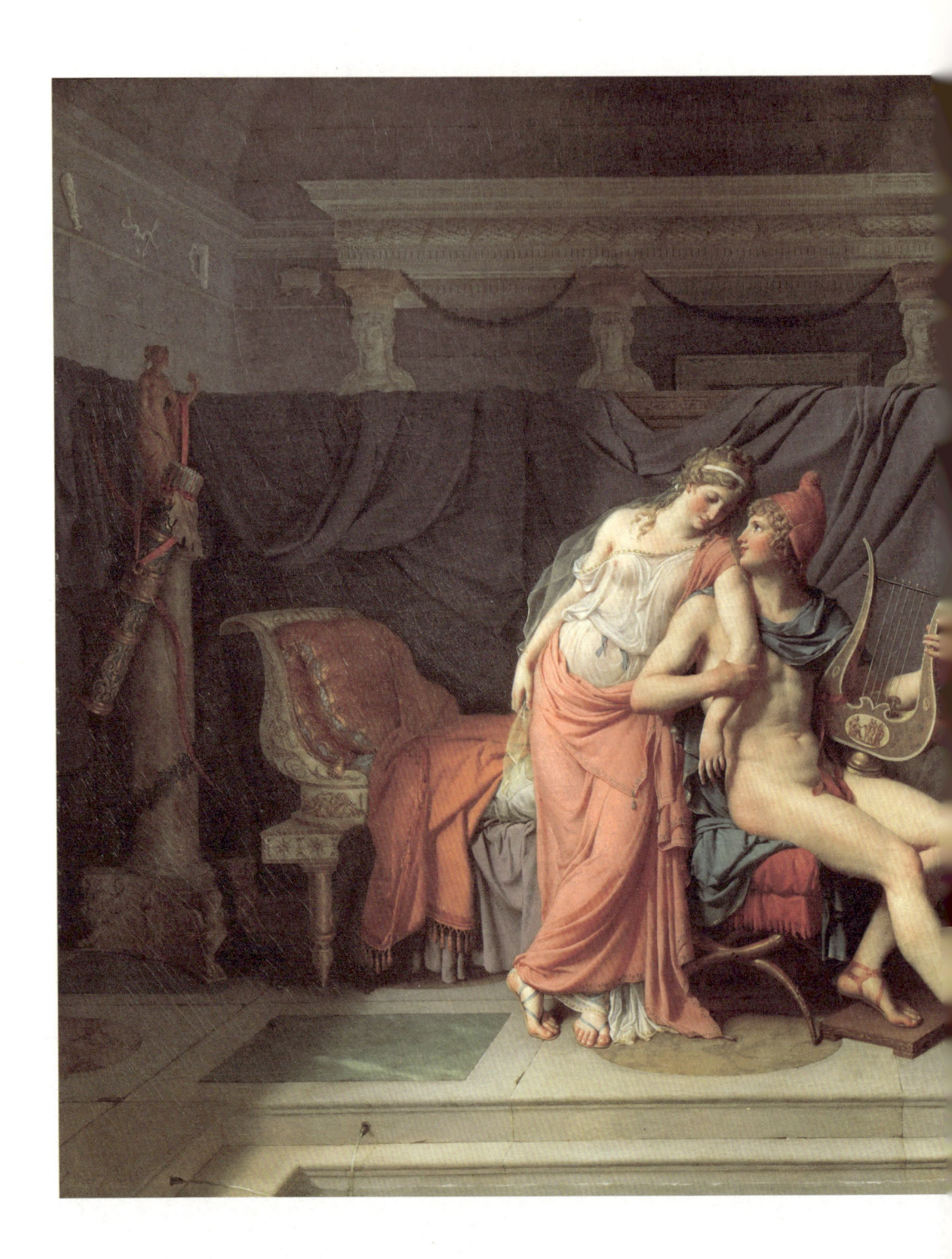

第十三章 ○ 特洛伊战争

来找他。她和他一样生气，告诉他，不要再和希腊人来往了，随后她就飞到了天堂，请求宙斯让特洛伊人获得胜利。宙斯很不情愿，因为现在这场人间之战已经蔓延到了奥林匹斯。众神分成了两派：爱神阿佛洛狄忒站在帕里斯这边，天后赫拉、雅典娜站在另一边。阿瑞斯总是支持爱神。波塞冬则喜欢希腊人，因为他们个个都是好水手。阿波罗喜欢赫克托耳，他站在特洛伊人这边，他的妹妹阿耳忒弥斯也是如此。总的来说，宙斯比较喜欢特洛伊人，但他想保持中立。因为每次当他公开反对妻子的时候，赫拉总会大吵大闹，但他又无法拒绝忒提斯。像往常一样，赫拉猜到了丈夫的想法，和他大吵了一架。宙斯被逼急了，他对赫拉说："你要是再不闭嘴，休怪我跟你动手。"赫拉停止了争吵，但她在心里飞快地盘算着怎样帮希腊人打赢这一仗。

◀《帕里斯与海伦的爱情》
［法国］雅克－路易·大卫

布面油画，纵146厘米，横181厘米，创作于1788年，法国巴黎卢浮宫藏。画面描绘了帕里斯将海伦掠回自己的城堡后与她调情的情景。

宙斯的计划很简单。他知道，如果希腊人失去了阿喀琉斯，就打不过特洛伊人。于是，他给阿伽门农托了一个假梦，让阿伽门农以为今晚出击就会取得胜利。所以，当阿喀琉斯还在帐中生闷气的时候，希腊人都去攻打特洛伊了。这是九年来最艰难的一战。在特洛伊的城墙上，老国王普里阿摩斯和曾在战场上英勇杀敌的老兵们坐在那里观战。这时，海伦也站在了那里。他们看着她。明知她是一切痛苦和死亡的根源，却不忍责备她，他们甚至觉得，男人理应为她一战。他们对彼此说："她简直美若天仙。"她站在他们身边，告诉他们每个希腊英雄的名字。令所有人惊讶的是，战事突然停止了。两军纷纷后退，只留下帕里斯和墨涅拉奥斯面对面站在空地上。很明显，这是个明智的决定——让两位当事人来单独决斗。

帕里斯首先进攻。墨涅拉奥斯用盾牌挡住了快速飞来的长矛，然后向帕里斯投出了自己的长矛。长矛穿过了帕里斯的长袍，但并没有伤到他。墨涅拉奥斯紧接着拔出了仅剩的武器——剑。可他没想到，当他刺向帕里斯的时候，剑竟然断了。之后他手无寸铁，可他还是气势汹汹地扑向了帕里斯。他抓住帕里斯的头盔，将其摔倒在地。若不是阿佛洛狄忒出手相救，帕里斯可能早就被拖回希腊人的军营了。女神弄松了帕里斯头盔上的皮带，并把他包裹在一团浓雾中带回了特洛伊城。除扔了一把长矛，帕里斯根本没参加任何战斗。

墨涅拉奥斯愤怒地冲到特洛伊军营中寻找帕里斯。此刻他不再是一个人。因为所有人都痛恨帕里斯，这个导致一切祸事的草包竟然逃跑了，他们巴不得帮墨涅拉奥斯找到他。但帕里斯不见了，没人知道他在哪里。于是，阿伽门农对双方军队宣布墨涅拉奥斯获胜，还命令特洛伊人立即把海伦还给他们。可战争的结果却不是这样的。特洛伊人本来都答应要签署休战誓约，但赫拉决心要将特洛伊城彻底毁灭再结束这场战争。于是，赫拉和雅典娜在此时插手了。雅典娜突然降临

第十三章　特洛伊战争

在战场上，她走到一个名叫潘达罗斯的蠢货旁边，让他撕毁双方的休战誓约，并向墨涅拉奥斯射一箭。这家伙很容易就被说服了。他举起弓箭射向了墨涅拉奥斯，但雅典娜只是让墨涅拉奥斯受了轻伤。那支箭穿过他肩膀上的盔甲，伤口虽然不深，但流了很多血。希腊人对对方这种违背誓约的做法怒不可遏，双方又厮杀在了一起。"恐怖""战争""毁灭"，它们都是痴狂于杀戮的战神挚友，它们的怒火从没有消退过，一直在战场上驱使着人们互相残杀。呻吟声和呐喊声从被杀者和杀人者那里传出来，大地上血流成河。

因为阿喀琉斯不出战，希腊军队最伟大的战士就剩埃阿斯和狄俄墨得斯了。他们英勇善战，许多特洛伊人都倒在他们脚下，就连特洛伊王子埃涅阿斯也差点儿死在他们手中。论及勇敢，这位王子仅次于赫克托耳，但他的血统要比其他王子更高贵，因为他的母亲是阿佛洛狄忒。所以，当狄俄墨得斯打伤他时，爱神匆忙赶到战场上，用她柔弱的双臂把他抱了起来。狄俄墨得斯知道她是一个懦弱的女神，不像雅典娜那样是战场上的主宰，于是就冲过去砍伤了她的手。女神哭着抛下儿子，逃回了奥林匹斯。当宙斯看到这位爱笑的女神落泪的时候，他微笑着告诉她："你要记住，你掌管的领域不是战场，而是爱情，以后你还是离战争远点儿吧！"尽管被母亲抛弃，但埃涅阿斯并没有死，因为太阳神阿波罗把他裹在一团浓雾里，带回了神圣的珀耳伽摩斯，让阿耳忒弥斯为他疗伤。

狄俄墨得斯十分生气，他继续在特洛伊营地上屠杀，直到和赫克托耳面对面交战。令他吃惊的是，他看到血迹斑斑的战神阿瑞斯竟然站在赫克托耳那一边。他吓得浑身颤抖，大声哭喊着叫希腊人慢慢后退，但脸要面向特洛伊人。这时，赫拉生气了。她骑着马来到奥林匹斯，问宙斯她能不能把阿瑞斯那个害人精从战场上赶出去。尽管他是他们的孩子，但宙斯也不喜欢阿瑞斯，所以便答应了赫拉。赫拉急忙

1200 年希腊罗马神话

降临战场,站在狄俄墨得斯身旁,告诉他不必害怕,只管大力攻击可怕的战神。听到这话,狄俄墨得斯踏实多了。他冲向阿瑞斯,朝战神掷出了长矛。在雅典娜的帮助下,长矛直接扎进了阿瑞斯的身体里。战神咆哮着,犹如万名士兵齐声怒吼。这可怕的叫声吓得希腊人和特洛伊人都瑟瑟发抖。

事实上,阿瑞斯是一个恃强凌弱的人。他给数不清的人带来痛苦,自己却忍受不了这种滋味。于是,他跑到奥林匹斯,向宙斯控诉雅典娜的暴行。可宙斯只是冷眼看着他,说他和他的母亲一样让人讨厌,叫他赶紧闭嘴,离开这里。

阿瑞斯一走,特洛伊军队只好后退。在这个紧要关头,赫克托耳的一位善于揣测神意的兄弟劝他赶紧回城,请母后把她最漂亮的礼服献给雅典娜,祈求女神的原谅。赫克托耳觉得弟弟说得很有道理,便立刻赶回王宫找他们的母亲。王后照他说的做了。她捧着一件像星星一样闪闪发光的华美礼服,放在雅典娜的膝头,祈祷说:"雅典娜女神,请您饶恕特洛伊城邦和人民吧。"可是雅典娜并没有理会王后的祈求。

重回战场之前,赫克托耳回头看了一眼深爱的妻子安德洛玛刻和儿子阿斯堤阿那克斯。这一眼也许是最后一眼。他看见她正站在城墙上——她听说特洛伊人节节败退,便忧心忡忡地去观战。她身边的侍女抱着他们的孩子。赫克托耳微笑着默默看着他们。

她攥着他的手,哭了起来:"我最爱的人啊!对我来说,你既是

第十三章　特洛伊战争

我的丈夫，也是我的父亲、母亲和兄弟。留下来陪我们，别让我成为寡妇，别让我们的孩子成为孤儿。"他温柔地拒绝了她。他说："我不可能当一个懦夫，在战场上我总是冲在最前面。但是你要知道，我从没忘记一位妻子在丈夫牺牲之后将会承受多么大的痛苦。正是这件事一直困扰着我，它比其他任何我关心的事都更令我痛苦。"在转身离开之前，他伸出双手去抱他的儿子，可小男孩却被他头盔上晃动的羽饰吓坏了，连忙往后缩。赫克托耳哈哈大笑，他把闪亮的头盔摘了下来，把孩子抱在怀里，一面爱抚一面祷告道："宙斯啊，但愿多年之后，我的儿子从战场上归来时，人们会说'瞧！那小子比他父亲伟大多了'。"

他把儿子放到妻子怀中。她面带微笑，眼中却闪着泪光。赫克托耳充满怜惜地爱抚着她，说："亲爱的，不要这么难过。命中注定的事，怎么都逃不掉。如果不是注定一死，没有人能杀得了我。"他拿起头盔奔赴战场。她举步往家走，一路上频频回望丈夫的背影，泪水怎么也止不住。

赫克托耳重返战场，心中燃烧着斗志。此时，战况变得有利于特洛伊人。因为此时宙斯突然想起自己曾答应过忒提斯，要为阿喀琉斯出气，就命令所有神祇都留在奥林匹斯，自己则降临到凡间去帮助特洛伊人。这对希腊人来说，简直是灭顶之灾——他们的大英雄阿喀琉斯正满腹怨气地坐在营帐中，而那个特洛伊战士却前所未有的英姿焕发，所向披靡。特洛伊人称他为"驯马师"。只见他驾着马车在希腊军队中冲杀，人马契合无间，人和马都兴致高昂。他那闪亮的头盔似乎无处不在，希腊人一个接一个地死在他的铜矛之下。当夜幕降临时，特洛伊人几乎把希腊人赶回到了他们的战船边。

那天晚上，特洛伊城里到处是欢声笑语，希腊军营里则充满了悲伤和绝望。阿伽门农不想再打下去了，想返回希腊。这时，众希腊首领中最年长、最睿智的——甚至比奥德修斯还要聪慧——涅斯托耳大胆地说："如果你没有激怒阿喀琉斯，我们又怎么会落到如此田地？与其一败涂地地回去，还不如让他息怒，重新加入战斗。"大家都认同这个观点，阿伽门农也承认自己做了蠢事。他向大家保证，会把布里塞伊斯送回去，还会赠送很多精美的礼物。他请求奥德修斯把自己的想法和歉意转达给阿喀琉斯。

奥德修斯和两位英雄来到阿喀琉斯的帐中，发现他正和挚友帕特洛克罗斯在一起。阿喀琉斯客气地接待了前来传话的客人们，摆出好酒好菜招待他们。可当他们表明来意，并表示将用丰厚的礼品来补偿他，恳求他可怜正在受苦的同胞时，他却一口回绝说："就算你们把整个埃及的宝藏都送给我，也打动不了我，我要乘船回家了。你们要是够聪明，也应该这样做。"

奥德修斯带回了阿喀琉斯的答复，但所有将领都不同意返乡。第二天，他们怀着绝望的心情，像必死的勇士一样上了战场。他们再度被击退，这次一直被打退到驻扎军营的海滩上。这时，他们的救星——天后赫拉已经想好了办法。她看到宙斯坐在伊达山上，看着特洛伊人频频获胜，不禁满腔怒火。不过她十分清楚，制服宙斯的办法只有一个，那就是以最妩媚的姿态出现在他面前，叫他无法抗拒。等他把她拥入怀里，她就把甜蜜的睡眠注入他的眼睛里，让他忘记特洛伊人。她确实这么做了。她回到寝宫，用她所能想到的一切办法把自己打扮得美美的，还向爱神借了那条充满魔力的腰带。当她出现在宙斯面前时，宙斯立刻被她俘获了，把自己对忒提斯的承诺忘得一干二净。

战局变得对希腊人有利。埃阿斯把赫克托耳摔在地上，不过他没有机会杀死赫克托耳，因为埃涅阿斯马上把他带走了。赫克托耳一走，希腊联军终于把特洛伊人逼到了离船队很远的地方。要不是宙斯突然醒了，那天特洛伊可能就会沦陷。宙斯醒来后，看到特洛伊人仓皇而

第十三章 ○ 特洛伊战争

逃，赫克托耳躺在平原上大口喘息，顿时恍然大悟。他气冲冲地转向赫拉，说她使诈，恨不得动手揍她一顿。赫拉当然知道，如果动起手来自己毫无胜算，于是她立刻否认这事和自己有关。她说，这全是海神波塞冬搞的鬼。海神确实在帮助希腊人，可他是应她的请求才这么做的。不过，宙斯很高兴找到了一个不必动手打女人的借口。他把她赶回奥林匹斯，让彩虹使者伊里斯传命给波塞冬，要他立刻退出战场。海神闷闷不乐地服从了命令，希腊人又一次陷入困境。

太阳神阿波罗救活了晕厥的赫克托耳，并赐予他超出常人的能力。在神和大英雄面前，希腊人就像一群在狮子的追赶下惊慌逃窜的绵羊。他们慌乱地逃回船上，事先筑起的工事就像小孩子在沙滩上堆起的沙墙一样，很快就在游戏中坍塌。特洛伊人近在咫尺，近得似乎一把火就能把战船点燃。希腊人毫无希望，只想英勇地战死在这片海滩上。

阿喀琉斯的好朋友帕特洛克罗斯看到希腊联军溃败，惊恐不已。虽然他很想支持阿喀琉斯的做法，却无法眼睁睁看着这一切。他对阿喀琉斯说："你可以继续生闷气，看着你的同胞走向死亡，我却做不到。把你的盔甲借给我。特洛伊人把我当成你，他们就会吓得后退，疲惫的希腊军队也许就能获得喘息的时间。你和我都精力充沛，说不定还能把他们赶回去。如果你还要坐在这里生闷气，至少把你的盔甲借给我。"就在他说话的时候，一艘希腊战船着火了。"他们这样做会切断希腊人的后路。去吧，带上我的盔甲和我的手下去保卫船队吧！但是我不能去，因为我是受辱之人，我不会为羞辱我的人而战。除非特洛伊人攻到我的船上来。"

帕特洛克罗斯穿上那套特洛伊人都认识且害怕的盔甲，率领着阿喀琉斯的手下密耳弥多涅人上了战场。当这支生力军出现在战场上时，特洛伊人为之动摇，他们以为阿喀琉斯亲自率兵上阵了。一开始，帕特洛克罗斯的确像他的好兄弟一样英勇善战，可当他与赫克托耳交锋时，却像一头遇见了狮子的野猪，注定难逃死亡的命运。赫克托耳掷出长矛，给了帕特洛克罗斯致命一击，很快，后者的灵魂就去冥国报到了。赫克托耳从他的身上剥下盔甲，穿在了自己身上。穿上它的那一刻，他仿佛获得了阿喀琉斯的力量，把希腊人打得落花流水。

夜幕降临，双方休战。阿喀琉斯坐在帐中等待着帕特洛克罗斯，可他等来的却是老涅斯托耳的儿子安提洛科斯。这个年轻人一边哭一边喊："坏消息！帕特洛克罗斯牺牲了，赫克托耳把他的盔甲拿走了！"阿喀琉斯悲痛欲绝，几乎哭断了气，就连他的母亲忒提斯都从海底上来安慰他。阿喀琉斯对母亲说："不报此仇，誓不为人！"忒提斯哭着说："赫克托耳死后不久，你也会死的。""死就死吧！我的朋友、战友在最需要我的时候，我没有帮助他。我要杀了那个把我心爱的朋友送到地狱的人，那样我就算死也甘心。"

忒提斯没有再试图阻拦他。"还是等天亮吧。"她说，"你不能赤手空拳去战斗。我去给你拿几件由众神的工匠——火神赫菲斯托斯锻造的武器来。"

忒提斯带来的武器件件无与伦比。天地间仅此一套，凡人从没见过。密耳弥多涅人满怀敬畏地看着这些武器。当阿喀琉斯提起盾牌、穿上铠甲的时候，他的眼中闪过一丝狡黠的笑意。他呆坐许久后走出营帐，来到希腊将士聚集的地方——映入他眼帘的是一群残兵败将：身受重伤的狄俄墨得斯，伤痕累累的奥德修斯、阿伽门农和其他将士。阿喀琉斯十分羞愧，他说："我真是太蠢了。我不该为了一个女孩，全然忘记了自己的使命。如今这一切都过去了。我回来了。我会像以前一样率兵出战，我们准备一下出发吧！"众首领拍手叫好。奥德修斯说，将士们必须先吃饱喝足，空着肚子是打不好仗的。阿喀琉斯轻蔑地回答道："我们的战友已经战死沙场，你还有心思吃喝。除非我替亲爱的朋友报了仇，否则我不会吃一口饭，喝一滴水。"他想起已

第十三章　○　特洛伊战争

逝的好友，自言自语道，"我最爱的朋友啊，没有你，我怎么能咽得下去饭，喝得下去水呢？"

等战士们酒足饭饱之后，他率领大家出战了。诸神都知道这是两位伟大英雄的最后一战。万神之主宙斯把他的黄金天平挂起来，一边放上阿喀琉斯的死亡筹码，另一边放上赫克托耳的筹码。赫克托耳的筹码下沉，表明他注定会先死。

这场终极之战僵持了很久，双方很难分出胜负。特洛伊人在赫克托耳的率领下，在自家的城墙下英勇奋战，就连特洛伊城的大河——诸神称之为克珊托斯河，凡人称之为斯卡曼得耳河——都在默默出力。在阿喀琉斯渡河时，这条河想要把他淹死，但它失败了。没有什么能阻止阿喀琉斯。他一路冲杀，四处搜寻赫克托耳。此刻，奥林匹斯的诸神也打得不可开交。宙斯作壁上观；雅典娜把战神阿瑞斯摔倒在地；赫拉抢过阿耳忒弥斯肩上的弓箭，用它抽了阿耳忒弥斯几个耳光；波塞冬对阿波罗冷嘲热讽，惹得阿波罗先动手打了他。但他并没有还手，因为他知道，现在支持赫克托耳也没什么用了。

此刻，特洛伊城门洞开，特洛伊人节节败退，撤回了城中。只有赫克托耳一个人站在城墙前。他的父亲、老国王普里阿摩斯和母亲赫卡柏站在城门口，哭喊着让他进来，可他不为所动。他想：是我率领特洛伊军队作战的，他们失败了，那就是我的错，我怎么能苟且偷生呢？再说，如果我放下武器，告诉阿喀琉斯，我们会把海伦交还给他，并献上特洛伊一半的财富，那又能如何呢？没什么用。我依然会像个手无寸铁的女人一样被他杀掉。与其这样，还不如和他决一死战！

阿喀琉斯攻了上来。他浑身闪着耀眼的光芒，就像初升的太阳。雅典娜陪在他的身边，赫克托耳却孤身一人——阿波罗决定让他独自面对自己的命运。当这二人走上前时，赫克托耳转身逃走。三人绕着特洛伊城墙跑了三圈，直到雅典娜变成赫克托耳的兄弟得伊福玻斯的样子出现在他面前时，这场追逐才停止。赫克托耳以为自己也有盟友了，就转身朝阿喀琉斯喊道："如果我杀死了你，我会把你的尸首交给你的朋友；如果你杀死了我，请你也这样对待我。"但阿喀琉斯回答说："真是个疯子！狼和羊没有契约可言，你我也是如此。"他一面说，一面朝赫克托耳掷出长矛。长矛没有射中目标，雅典娜立刻把它捡了回来。接着，赫克托耳也掷出了长矛，长矛正中阿喀琉斯盾牌的中心。但有什么用呢？因为那是神盾，任何武器都无法穿透它。赫克托耳转身想拿"得伊福玻斯"的长矛，却发现他早就不见了。赫克托耳这才明白：这是雅典娜的把戏。他已无路可逃。他想："诸神在召唤我赴死。但我不能就这样死去，我要留下伟大的事迹，让后人传颂。"于是，他拔出身上最后的一件武器——一把长剑，向敌人冲去。但阿喀琉斯手中握着的是雅典娜为他捡回来的长矛。而且，他深知赫克托耳身上那件盔甲的弱点在哪里——它正是赫克托耳从帕特洛克罗斯身上扒下来的、属于阿喀琉斯的盔甲。在赫克托耳还没走近的时候，阿喀琉斯就瞄准他喉咙附近的盔甲开口，掷出了长矛。长矛一下子刺入了赫克托耳的咽喉。赫克托耳倒在地上，奄奄一息，他用最后一口气恳求道："请把我的尸体交还给我的父母。"阿喀琉斯答道："不要要求我，你带给我的伤痛这么大，我恨不得吃你的肉，来补偿你带给我的痛苦！"赫克托耳的灵魂哀叹着自己早逝的命运，离开躯体，飞向了冥国。

阿喀琉斯从死者的身体上扒下血迹斑斑的盔甲。此时，希腊的战士们围了过来。他们惊叹于赫克托耳身躯之伟岸，仪态之高贵。但阿喀琉斯却另怀心事。他刺穿了赫克托耳的双脚，用皮带把它们拴在战车后面，任由死者的头颅拖在地上。他鞭打战马，拖着赫克托耳的尸体绕着特洛伊城跑了一圈又一圈。

他终于满足了自己的报复欲，最后站在帕特洛克罗斯的遗体旁说："我相信，即使你到了冥国也能听见我的声音。你知道吗？我把赫克托耳的尸体绑在战车后面拖了很久，我还要在你的火葬堆前把他的尸体喂狗。"

看到阿喀琉斯如此凌辱死者，奥林匹斯的诸神大吵了一架。除了赫拉、雅典娜和波塞冬，其他神祇都对此非常不满。宙斯尤其反感。他派彩虹使者伊里斯去找老国王普里阿摩斯，让他带着赎金把儿子的尸体赎回来。他让伊里斯告诉普里阿摩斯，阿喀琉斯虽然性情暴烈，但他不是坏人，他会善待有求于他的人。

于是，老国王把特洛伊的奇珍异宝装了满满一车，越过平原，来到希腊人的营地。神使赫尔墨斯化成希腊少年的模样，站在城门口迎接他，亲自引领他去阿喀琉斯的营帐。在神使的陪同下，老国王通过了层层岗哨，来到那个杀害自己儿子并凌辱尸体的人面前。老国王跪了下来。他紧紧抱着阿喀琉斯的膝头，亲吻他的双手。见此情状，阿喀琉斯一阵惶恐。其他人面面相觑，既惊奇，又尴尬。老国王说："阿喀琉斯啊，想一想你那与我一样年迈的父亲吧。他跟我一样，都会为痛失爱子而倍感痛苦。但我远比他可怜。人世间哪里还有人像我一样，不得不向杀死我儿子的人跪地乞怜啊！"

听了这些话，阿喀琉斯的心头涌起无尽的哀痛。他将老人轻轻扶起："请您坐在我的身边，让悲痛静静沉入我们心底吧。苦难是我们每个人的宿命，但我们要勇敢面对这一切。"他吩咐仆人把赫克托耳的尸体清洗干净，为它抹上香膏，穿上柔软的长袍。他不忍让老国王看到被损毁得不成样子的尸体，更害怕老国王因此而斥责自己时，自己会再度无法控制怒火。他问老国王："您打算为他办多久的葬礼？您需要几天，我就让希腊人停战几天。"普里阿摩斯载着赫克托耳的遗体回到了特洛伊。那是最令特洛伊人心痛的一场葬礼，连海伦都忍不住落下了眼泪。"别人都指责我，但我总是能从你善良的心灵和亲切的话语中获得安慰。你是我唯一的朋友。"

整个特洛伊连续哀悼了九天。之后，他们把赫克托耳的遗体放在高高的火葬堆上，点火焚烧。他们用酒将余火浇熄，用一块淡紫色的布包起赫克托耳的骨灰，将它放入金色的瓮中。最后，他们将骨灰瓮放进一个空墓穴中，在上面堆了很多大石头。

这就是"驯马师"赫克托耳的葬礼。

写到这里，史诗《伊利亚特》就结束了。

第十四章
特洛伊沦陷

这个故事大部分取材于维吉尔的作品。"攻陷特洛伊"是《埃涅阿斯纪》第二卷的主题，它简洁、深刻、生动，是维吉尔写得最好的故事之一。不过，本章的开头和结尾并非出自他的手笔。菲罗克忒忒斯流落荒岛的故事和埃阿斯之死，我参考的是公元前5世纪的悲剧诗人索福克勒斯的两部作品。本章的结尾，即特洛伊城沦陷之后海伦的遭遇，则来自欧里庇得斯。他的这部作品和《埃涅阿斯纪》所崇尚的军事精神形成了奇妙的对比。对于维吉尔和其他罗马诗人来说，战争是人类社会中最高贵、最光荣的活动。但是比维吉尔早400年的希腊诗人则不赞同这样的观点。欧里庇得斯似乎在问：那场著名战争的结局究竟是什么呢？只不过是一座废城、一个死婴和一群不幸的妇人。仅此而已。

阿喀琉斯知道，赫克托耳一死，自己的死期也不远了。这件事他的母亲早就跟他说过。在永远结束他的战斗生涯之前，他再立一大战功。埃塞俄比亚的门农王子（即黎明女神之子），率领一支强大的军队来支援特洛伊。虽然赫克托耳已死，但希腊军队仍一度因此陷入困境，许多勇士战死沙场，其中包括老涅斯托耳的儿子安提洛科斯。门农与阿喀琉斯展开了一场激战。在这场战斗中，阿喀琉斯结束了门农的生命。但这也是阿喀琉斯的最后一战，接着他就倒在了斯卡伊安城门旁。在此之前，阿喀琉斯把特洛伊人逼上了城墙。在阿波罗的指引下，帕里斯站在城墙上向阿喀琉斯射了一箭。这一箭正中他的脚后跟——那是他浑身上下唯一会受伤的地方。当年他出生时，母亲忒提斯为了让他刀枪不入，便提着他的脚后跟，把他倒浸在守誓之河里。但这位粗心的母亲竟然忘了她的手抓着的脚后跟。这成了他的死穴。阿喀琉斯倒下了。埃阿斯抱着他的尸体离开了战场，留下奥德修斯继续与特洛伊人作战。据说，火葬以后，人们把阿喀琉斯的骨灰和他最爱的朋友——帕特洛克罗斯的骨灰，装进了同一个瓮中。

　　阿喀琉斯死后，他那套火神亲造的甲胄，竟害得埃阿斯送了命。在全体将士参加的会议上，大家一致认为，埃阿斯和奥德修斯最有资格获得这套甲胄。大家举行了不具名投票，结果是甲胄归奥德修斯所有。在当时，这样的决定是非常严肃的。赢者倍感光彩，输家颜面扫地。埃阿斯自觉受了奇耻大辱，一气之下竟决定要杀死阿伽门农和墨涅拉奥斯。他有理由相信，就是这两个人从中作梗，使自己颜面尽失。那天傍晚，他去找他们。当他走到二人的营帐外时，雅典娜突然使他发了疯。他把希腊人养的牛羊当成了军队，冲过去把它们杀了个精光，还以为自己砍杀的是希腊将领们。最后，他还把一只公羊当成奥德修斯拖回了营帐，并把它绑在柱子上痛殴了一顿。之后，他清醒过来，恢复了理智。他觉得自己做的这些蠢事比没有获得阿喀琉斯的甲胄更丢人百倍。他的愤怒、愚蠢和疯狂全部现于世人眼中。目力所及之处，被他杀掉的牲畜横七竖八地躺了一地。"可怜的畜生。"他自言自语道，"无缘无故就被我杀了。我如今站在这里，已不见容于人神。此情此状，唯有懦夫才肯苟且偷生。人如果不能高贵地活，至少可以高贵地死。"于是他拔剑自杀。希腊人没有将其火化，改成了土葬。因为他们认为，自杀的人不配享有火葬和瓮藏的仪式。

　　阿喀琉斯死了，埃阿斯也死了。这令希腊人感到恐慌，胜利似乎变得遥遥无期。就连先知卡尔卡斯都说，自己没有接到任何神谕。但

第十四章　特洛伊沦陷

是，特洛伊有一位名叫赫勒诺斯的先知可以预知未来，要是能把他掳来，一定能问出什么。奥德修斯设计将他俘获，并从他的口中得知，只有用大英雄赫拉克勒斯的弓箭跟特洛伊人战斗，希腊人才会赢得胜利。当年，赫拉克勒斯临终前把弓箭送给了点燃火葬堆的菲罗克忒忒斯，此人后来加入了希腊战队。在驶往特洛伊的途中，希腊战队曾停靠在一座小岛上祭神，菲罗克忒忒斯在那里被一条毒蛇咬伤，伤情非常严重。大军不能带重伤的他去特洛伊，也不能坐等他痊愈，只好把他留在了这座名叫楞诺斯的小岛上。当年，寻找金羊毛的英雄们曾在这座小岛上看到过很多女子，而今，此地却空无一人。

把受伤的病人抛在孤岛上是十分残忍的。但当时希腊大军着急去特洛伊，而且他有神弓在手，应该不至于因缺少食物而饿死。即便如此，当希腊人听到赫勒诺斯这么说，还是感到想要取得神弓不太现实，毕竟是他们对不起菲罗克忒忒斯在先。于是，他们就派足智多谋的奥德修斯去把弓箭骗回来。有人说，是狄俄墨得斯陪他去的，也有人说，是阿喀琉斯的小儿子涅俄普托勒墨斯陪他去的。他们最终成功地偷走了菲罗克忒忒斯的弓箭，但他们不忍心把那个既没有武器还受了伤的年轻人扔在那里，就说服他和他们一起走。回到军营后，军中神医医好了菲罗克忒忒斯的伤，他便高高兴兴地上阵杀敌了。他用箭射中的第一个人就是帕里斯。当帕里斯倒下后，他请求别人带他去找仙女俄诺涅。这位仙女曾告诉他，自己知道一种神药，可以治愈世间任何疾病。于是，大家把他带到了仙女那里，他求她救自己一命，但遭到了拒绝。当年他抛弃了她，后来也从未想起过她——直到他有难。她看着他死去，然后走到别的地方，自杀了。

特洛伊的陷落并非因帕里斯之死——他的死根本无足轻重。后来，希腊人听说，特洛伊城里有一座神圣的雅典娜神像，称为帕拉狄厄姆神像。只要神像仍在，特洛伊就永远不会倒下。于是，当时仅剩的两位希腊英雄——奥德修斯和狄俄墨得斯决定把这座神像偷走。扛走神像的是狄俄墨得斯。一个漆黑的夜晚，他在奥德修斯的帮助下翻过特洛伊的城墙，找到神像，把它偷回了军营。希腊大军备受鼓舞，他们不再等待，决心设法结束这场旷日持久的战争。

现在，形势很清楚，除非希腊军队进入特洛伊城中，攻其不备，否则希腊人永远不可能取胜。他们攻打这座城池十年了，而它依然坚固如初。它的城墙几乎完好无损，甚至不曾经受真正的攻击，因为大部分战争都是在远离城墙的原野上进行的。希腊人必须想出一条潜入城中的计策，否则只能无功而返。这个新的认知催生出来的便是"木马计"。很显然，它出自向来足智多谋的奥德修斯。

奥德修斯叫一位手艺很高的木工制作了一匹巨大的木马。它的内部中空，可以容纳很多人。他费了一番口舌，劝服几位首领和自己一起藏进木马的肚子里。除了阿喀琉斯的儿子涅俄普托勒墨斯，其他人都吓得不轻，因为这么做所冒的风险太大了。具体的计划是这样的：其他希腊战士拔营开船，躲到最近的小岛后面，让特洛伊人以为他们放弃战斗，返乡回家了。不管发生什么事，这部分人都是安全的。一旦出事，起码他们可以开船回家。不过那样一来，木马里的人就必死无疑。

奥德修斯没有忽略这一点。他把一个希腊人留在废弃的营地里，精心编造了一个故事，好让特洛伊人把木马拽进城里，并且不会对其进行检查。等到夜深人静的时候，希腊将领们就从木马里爬出来，给重返特洛伊的希腊大军打开城门。

计划实施的那一夜到了，特洛伊的灭亡也随之降临。第二天一早，特洛伊的哨兵在城墙上看到两个奇怪的现象，不禁大为惊诧：在斯卡伊安城门外，矗立着一个长得像马的庞然大物。从来没有人见过那么古怪而恐怖的东西，它一动不动，毫无声息。事实上，城外没有一丝

第十四章 ○ 特洛伊沦陷

声音。素来喧闹的希腊军营此时一片死寂。他们的战船也不见了。这一切似乎都指向一个结论：希腊人放弃了，他们接受了失败，乘船返回了希腊。整座特洛伊城顿时喧闹起来——漫长的战争终于结束了，所有的痛苦都过去了。

特洛伊人涌出城外，跑到废弃的希腊军营中去参观：这是阿喀琉斯生闷气的地方，那是阿伽门农的营帐，这是老骗子奥德修斯的住处……那些空荡荡的营帐真叫人高兴，再也没什么好怕的了。人们欢呼雀跃起来。最后，他们聚到那个奇怪的大家伙旁边，但是不知道该怎么办。正在这时，被安排留下的那个希腊人露面了。他叫西农，是个口才了得的家伙。他被特洛伊人发现，并带到了老国王普里阿摩斯的面前。他声泪俱下地说，自己再也不想做希腊人了。然后，他把奥德修斯精心编造的说辞一字不漏地"演说"了出来。他说，希腊人偷了雅典娜的神像帕拉狄厄姆，触怒了女神。希腊人惊慌失措，去询问神谕，怎样才能平息女神的怒火。神谕说："你们起航的时候，曾杀死一位无辜的少女，用她的鲜血停息了北风。现在，你们要用鲜血来赎清此罪——拿一个希腊人的命来赎罪吧！"西农对普里阿摩斯说，自己就是那个被选中的希腊人。希腊大军一切都准备好了，就等这可怕的祭祀活动一结束，他们就起航回希腊。但是那天晚上，他想办法逃了出来，躲在沼泽里，看着希腊船队开走了。

这个故事编得入情入理，特洛伊人一点儿也没有起疑心。他们怜悯这个可怜人，并且向他保证，一定会视他为自己人。就这样，连伟大的狄俄墨得斯和凶猛的阿喀琉斯、十年征战和千艘战船都没能征服的特洛伊人，竟然被花言巧语和虚假的眼泪给征服了。西农也没忘了这套说辞的后半部分。他说，希腊人制作这匹木马，是为了把它献给雅典娜。之所以做得这么大，是为了防止特洛伊人把它拖走。希腊人希望特洛伊人能毁了它，惹怒雅典娜，降罪于特洛伊。但是，如果特洛伊人把它放进城中，女神雅典娜一定会偏爱他们。奥德修斯的故事编得十分巧妙，足以达到预期的效果。向来讨厌特洛伊的海神波塞冬又加了个"神助攻"，使得西农的说辞更加令人信服：特洛伊人的祭司拉奥孔在看到木马的第一刻就让大家赶紧毁掉这个东西，"我害怕希腊人，就连他们送来的东西都害怕。"国王的女儿卡珊德拉也赞同他的观点，可没人听信她的话。西农还没出现，她就回宫了。拉奥孔和他的两个儿子听完西农的故事之后更加怀疑，整个特洛伊城只有他们三人不相信西农的话。正在这时，海面上突然蹿出两条可怕的大蛇，直奔拉奥孔父子三人而去。它们将巨大的身体缠在祭司和两个儿子的身上，越缠越紧，把三人活活缠死。然后，这两条蛇消失在了雅典娜的神殿中。

这下再也没有人怀疑了。在那些被吓得目瞪口呆的人看来，拉奥孔父子就是因为反对木马进城才受到惩罚的。现在谁也不敢反对了。人们喊道：

"把这匹马迎进城来，
向宙斯的女儿雅典娜献上我们的礼物。"
年轻人争先恐后，年长的也不甘示弱。
在一片欢声笑语中，
特洛伊迎来了死亡、背叛与毁灭。

他们把木马拖进城中，一直拖到雅典娜的神殿前。大家都在庆幸，战争终于结束了，雅典娜的神恩会重新回到他们身上。他们安心地回

第十四章　○　特洛伊沦陷

家了。十年了，他们的内心从未如此安宁过。

午夜时分，希腊首领们一个接一个地从木马中跳了出来。他们溜到城门口，打开城门，放希腊全军开进这座酣睡的城池。他们悄悄地点燃了全城的建筑物。等到特洛伊人套上盔甲，还没有弄清发生了什么事的时候，特洛伊已经成了一片火海。特洛伊人困惑地走上街头，等在那里的是一排排全副武装的希腊士兵。在特洛伊人聚集起来之前，希腊人就把他们一个一个杀死了。这不是战斗，而是屠杀。许多人来不及还手就死去了。在离城中心稍远一点的地区，特洛伊人零零散散地聚集在一起。这下轮到希腊人遭殃了，他们遭到了疯狂的反击——这些绝望的特洛伊人只想着在死之前多杀几个敌人。他们知道，兵败的人没有活路，唯一的生路就是不要心存全身而退的希望。这样的精神常常能将胜利者变成被征服的人。那些机灵的特洛伊人把已死的希腊人的盔甲套在自己身上，潜入希腊军中。许多希腊士兵以为他们是战友，结果转身就送了命。

特洛伊人爬上房顶，拆掉屋顶的建材，通过投掷砖块、木梁来攻击希腊人。老国王普里阿摩斯的宫殿顶端有一座塔，整座塔都被拆掉扔了下来，这一下把一堆正准备撞开宫门的希腊人全压死了。特洛伊人大声欢呼。不过，这只是暂缓了该城灭亡的进程而已。其他希腊士兵举着一根大木梁冲了上来。他们踏过塔尖碎片和战友的尸体，用木梁撞击宫门。宫门被撞开了，特洛伊人还没来得及离开屋顶，希腊人就杀了进来。祭坛周围的内院里除了老国王，剩下的全是妇女和孩子。上次，阿喀琉斯放过了他；这次，阿喀琉斯的儿子却当着王后和女儿的面，把他打倒在地。

此时，战争已经接近尾声。这场战斗从一开始就是不公平的。太多的特洛伊人被突袭致死，而希腊军队却没有在任何地方被击退。抵抗渐渐停了。天还未亮，特洛伊的将领就已全部战死，只有爱神阿佛洛狄忒的儿子埃涅阿斯得以幸存。只要还能找到一个活着的特洛伊人，他都会与之并肩战斗。但是，当希腊人开始大规模屠杀，死亡迫在眉睫时，他想起了自己的家和被他抛弃的亲人。他无法帮助特洛伊了，但或许还能为亲人做点什么。他急匆匆跑回家中，去找老父亲和妻儿。此时，母亲阿佛洛狄忒出现在他面前，一面催促他快点，一面保护他免受大火和希腊人的攻击。尽管有女神相助，但他还是没能救出自己的妻子——当他们走出家门后，妻子和他走散了，之后就惨遭杀害。他总算救出了老父亲和儿子。他背着老父亲，手牵着儿子，在爱神的帮助下穿过敌阵，逃到乡下去避难。除了神，谁也救不了他们。那天，阿佛洛狄忒是唯一出面帮助特洛伊人的神祇。

女神还救出了海伦。她把海伦带出城，交给了墨涅拉奥斯。他欣然接纳了美妻，带着她一起返回希腊。

当清晨的第一缕阳光照耀大地时，这个亚洲最繁华的城邦已化为一片火红色的废墟。城中只剩下一群无依无靠的妇女——她们的丈夫都战死了，孩子也被带走了。她们正等着希腊主人把她们带到海的那边去做奴隶。

在这些女俘虏中，地位最高的是老王后赫卡柏和她的儿媳妇——赫克托耳的妻子安德洛玛刻。老王后已全无指望了。她蜷缩在地上，看着希腊的船只准备起航，整座特洛伊成为一片火海。她自言自语道："特洛伊不在了，那我呢？我又是谁？一个像畜生一样被驱赶的奴隶，一个

第十四章 ○ 特洛伊沦陷

无家可归的白发老人。"

> 还有何种悲伤我没有尝过呢?
> 国家灭亡了,丈夫和孩子死了,
> 家国的荣光已荡然无存。

她身边的女人回答说:

> 我们也是这样啊!
> 都成了胜者的奴隶。
> 我们的孩子在哭泣、呼喊着:
> "妈妈,我为何变成独自一人?
> 他们要把我赶到黑漆漆的大船上,
> 我看不见你了,妈妈!"

只有一个女人还和她的孩子在一起,那就是安德洛玛刻。她把那个曾经害怕他父亲头盔的孩子抱起来:"阿斯堤阿那克斯,你还这么小,他们会让我带走你吧。"正在这时,一个传达命令的使者向她跑来,吞吞吐吐地说,有个坏消息要告诉她,但他也是迫不得已,请她千万不要责怪自己。她问:

1200年希腊罗马神话

是不是他不能和我走？

他回答说：

这个男孩必须死——
要把他从特洛伊的城墙上摔下去。
现在，就是现在，让我们动手吧。
请您像个勇敢的女人一样坚强忍耐吧！
想一想吧，您现在是一个孤立无援的女奴。

她知道他所说的都是真话。没有人能帮助她，她只得和儿子告别：

你在哭吗，我的小宝贝？
你不知道等待着你的是什么，
你将会怎么样。
坠落，坠落，粉身碎骨，
却无人怜悯。亲亲我吧，
这是最后一次，再靠近我一些吧！

第十四章 　◇　 特洛伊沦陷

我是你的母亲，用你的双臂搂着我的脖子吧！
嘴对嘴地亲吻我吧！

❦

士兵们抢走了他。在把赫克托耳的儿子从特洛伊的城墙上扔下去之前，他们还在阿喀琉斯的坟前杀了一个女孩——赫卡柏王后的女儿波吕克塞娜公主。随着赫克托耳之子的死，特洛伊彻底灭亡了。那些等着上船的女奴们目睹了这一刻：

❦

伟大的特洛伊毁了，
只留下红色的烈火。

尘土飞扬，像烟团张开巨翅，
尘世间的一切都被遮盖了。
我们即将远走，天各一方。
特洛伊已永远消亡。

再见，亲爱的城市。
再见，我的孩儿曾经生活的故土。
城墙下面，希腊船队正等待起航。

❦

1200年希腊罗马神话

▲《波吕克塞娜的牺牲》
[法国] 查尔斯·勒布伦

布面油画,纵168.9厘米,横131.4厘米,创作于1647年,美国纽约大都会艺术博物馆藏。画面描绘了《特洛伊沦陷》故事中的希腊人把波吕克塞娜推到阿喀琉斯的坟前杀祭的一幕。

第十五章
奥德修斯历险记

本章的故事主要取材于荷马史诗《奥德赛》，除了雅典娜和波塞冬商议毁掉希腊船队的情节。该情节取自欧里庇得斯的戏剧《特洛伊女子》。与《伊利亚特》不同的是，《奥德赛》的部分趣味在于细节，比如瑙西卡的故事和忒勒玛科斯拜访墨涅拉奥斯的故事。这些细节的写作技巧非常高超，既使故事显得真实生动，又没有转移读者对于主要情节的注意力。

特洛伊沦陷后，大获全胜的希腊船队扬帆归航。许多船长完全不知道，前方有多少灾难正在等待他们，这些灾难就像他们给特洛伊带去的一样惨重。诸神之中，雅典娜和波塞冬本是希腊人的盟友，但在特洛伊沦陷之后，一切都变了，这两位神祇竟然成了最可怕的敌人。原来，攻陷特洛伊的那一夜，胜利冲昏了希腊人的头脑，他们竟然忘记了胜利来自神恩，没有向神致谢。于是，两位神祇决定在归途中惩罚他们。

卡珊德拉是特洛伊老国王普里阿摩斯的女儿，她是一位先知。阿波罗曾经爱过她，赋予她预知未来的能力。但后来二人反目成仇，因为她拒绝了阿波罗的求爱。虽然神祇不能收回自己的恩赐，但他却让她的这项能力变得毫无意义——他让所有特洛伊人都不信她的预言。每次她告诉特洛伊人将会发生什么，都没人相信。她说希腊人就藏在那匹木马中，但特洛伊人不信。这是她的命运：永远知道即将来临的灾难，但却没有办法阻止。希腊人洗劫特洛伊城的那晚，她躲在雅典娜的神殿中紧抱着神像，得到了女神的庇护。希腊人发现了她。他们竟然在神殿中对她施暴——一个与英雄埃阿斯同名的小头目把她从祭坛边拽出来，拖出了神殿，但没有一个希腊人阻止他这种亵渎神灵的行为。雅典娜勃然大怒，她找到海神波塞冬。"帮我报仇吧！"她说，"让希腊人吃点苦头。当他们返航的时候，用狂暴的旋风卷起你的海水，让他们的尸体遍布海湾、海岸和暗礁！"

波塞冬同意了。特洛伊已化为一堆灰烬，他对特洛伊人的怒火也消弭了。希腊人起航后，途中遭遇了可怕的暴风雨，阿伽门农几乎失去了所有船只，墨涅拉奥斯的船被狂风刮到了埃及，亵渎神灵的主犯埃阿斯则被淹死在海里。他的船在暴风雨中破裂、下沉，但他成功游上了岸。要不是他口出狂言，一上岸就嚷嚷海水淹不死他，他本可以保住一条小命。他的傲慢激起了众神的愤怒。波塞冬把他紧紧抱着的一块锯齿状的石头弄得粉碎。他掉进海里，被巨浪卷走了。

奥德修斯没有死。他承受的苦难不像希腊人那么深重，但时间却比他们都长——他漂泊十年才回到家乡。当他到家的时候，昔日的幼子已经长大成人。从他起航驶往特洛伊算起，时间过去了二十年之久。

在伊塔刻岛，他家的情况越来越糟。除了妻子珀涅罗珀和儿子忒勒玛科斯之外，所有人都认为他死了。母子二人也近乎绝望，只有一丝残念仍存于心中。别人都认定珀涅罗珀是个寡妇，觉得她可以而且应该再婚。本岛和附近岛屿的追求者蜂拥而至，向她求婚，但珀涅罗珀并不想答应其中的任何一个。丈夫归来的希望虽然渺茫，但她仍然怀有此念。再者，她讨厌那些求婚者，她的儿子也是如此。那些人粗鲁、贪婪又专横，他们整天坐在奥德修斯的大厅里，吃他的粮食，宰他的牲口，喝他的藏酒，烧他的柴火，使唤他的仆人。他们赖着不走，宣称除非珀涅罗珀在他们中间选一个，否则他们不会离开。他们用嘲笑和轻蔑的态度对待忒勒玛科斯，只当他是个乳臭未干的小子。母子二人难以忍受但又无计可施。因为他们只有两个人，其中一个还是女人。他们对付不了那一大群男人。

起初，珀涅罗珀想磨光他们的耐心。她告诉求婚者们，她要先给奥德修斯的老父亲莱耳忒斯织一件衣服，以示孝心，然后才能改嫁。他们不得不让她尽孝，同意等她织完。但这件衣服怎么都织不完，因为珀涅罗珀每天晚上都会把白天织好的部分拆掉。不过，这条计策还是失败了。有个侍女把秘密泄露给了求婚者，他们当场就把拆衣服的她逮个正着。不消说，从此之后，这群求婚者变得更加固执和难缠了。在奥德修斯十年的流浪生涯快要结束的时候，他家里的情况大体就是如此。

由于希腊人残忍地欺辱女先知卡珊德拉，雅典娜就对所有希腊人怀恨在心。在此之前，在特洛伊战争期间，女神特别偏爱奥德修斯。她喜欢他的机智、精明和狡猾，不止一次对他出手相助。但在特洛伊沦陷之后，他和其他希腊人一样，成为女神厌恶并要惩处的对象。他在起航之后遭遇了暴风雨，被狂风吹离航道，漂到很远的地方，从此再也没有找到航道。他终年漂泊，不断经历各种冒险。

不过，十年的磨难足以熄灭神的怒火。除了波塞冬，众神都开始对奥德修斯感到抱歉，尤其是雅典娜。她又喜欢奥德修斯了，并且决定结束他的苦难，让他回家。此念一生，当有一天她发现波塞冬没有参加奥林匹斯众神的会议时，她感到非常高兴。波塞冬去看望居住在大洋河南岸的埃塞俄比亚人了，他还会在那里待上一段时间，和他们一起宴饮享乐。于是，雅典娜向众神讲起奥德修斯现在的处境，说他被一位名叫卡吕普索的仙女囚禁在小岛上。这位仙女爱上了他，并不打算放他离开。除了不能给他自由，她对他好到无话可说，把自己所有的一切都交由他支配。但奥德修斯仍然非常伤心。他思念家乡和妻儿，终日站在海边远眺，等待着永远不会到来的船只，一心渴盼有朝一日得以再见家中升起的炊烟。

众神都被雅典娜的话感动了。他们觉得奥德修斯应该享有更好的命运。宙斯代表众神发言，说大家必须集思广益，想出一个办法，帮助奥德修斯回家。如果他们的意见统一，仅凭波塞冬一个人是无法反对的。宙斯说，他会派神使赫尔墨斯去给那位仙女传达旨意，让她放奥德修斯返乡。雅典娜听后非常满意，就从奥林匹斯降临到伊塔刻岛——她还有另外的计划。

雅典娜非常喜欢忒勒玛科斯。不仅因为他是奥德修斯的儿子，更因为他是一个冷静、谨慎、稳重的年轻人。她觉得，让他在奥德修斯返乡之前出去旅行一趟，会对他有好处，最起码他不用每天对着那些无礼的求婚者生闷气了。如果他是为了打探父亲的消息而出门远游，人们对他的评价会更高，大家会觉得他是一个值得赞赏的有孝心的青年——他也的确是这样的人。于是，雅典娜隐去神迹，化装成一个水手来到他家。忒勒玛科斯看到客人站在门口，却没人出去迎接，感到非常气愤。他赶紧上去迎候客人，接过对方的长矛，请客人上座。仆人们也表现出大户人家的好客精神，为客人奉上食物和美酒。主客两人聊起天来。雅典娜问，自己是不是正赶上主人在大宴宾客。她说，自己无心冒犯。但看到一位注重礼节的主人竟对满屋客人如此嫌恶，不知是否有什么隐衷。于是，忒勒玛科斯向这位"水手"坦陈了一切。他说，自己担心父亲奥德修斯已客死他乡；远近各地的人都来向他的母亲求婚，她既不能彻底拒绝，又不愿接受其中任何一个；求婚者们吃光了存粮，把宫殿弄得一塌糊涂，自己和母亲快要被他们折磨疯了。

第十五章　奥德修斯历险记

雅典娜听后非常愤慨，她痛斥这种可耻的行径，并说，等到奥德修斯归来，这群坏蛋一定没有好下场。接着，她力劝忒勒玛科斯外出去打探父亲的消息，还告诉他，最有可能知道消息的是涅斯托耳和墨涅拉奥斯。说完，她就走了。忒勒玛科斯心中的疑虑和犹疑一扫而空，充满了热情和决心。他对自己的改变感到惊异，认为刚才那位客人一定是位神祇。

第二天，他告诉求婚者们自己的计划，希望他们能借给他一条船和二十名水手。但他换来的只有嘲笑和奚落。求婚者们叫他待在家里等消息，说他不适合出海。他们一边嘲笑他，一边大摇大摆地进入奥德修斯的宫殿。心灰意冷的忒勒玛科斯一个人沿着海岸走了很远。他一边走，一边向雅典娜祈祷。雅典娜一听到祷告就赶来了，这次她化身为奥德修斯最信任的伊塔刻人——门托耳。她安慰他、鼓励他，还答应为他准备一艘大船，亲自陪他出海。小伙子没有怀疑，只以为跟他说话的是门托耳本人。有了这样的帮助，他决定违背求婚者们的意愿。他赶回家中为出海做准备。他十分谨慎，一直等到晚上，屋子里的人都睡着了才动身。他来到船边，"门托耳"正在那里等他。他们上了船，驶向年迈的涅斯托耳的家乡——皮洛斯岛。

他们看到涅斯托耳正和儿子们祭拜波塞冬。涅斯托耳热情招待了他们，但无法为此行提供帮助。因为他对奥德修斯的消息一无所知。他们不是一起离开特洛伊的，此后他也没听过关于奥德修斯的事。他认为，最有可能知道奥德修斯消息的人是墨涅拉奥斯，后者曾在返乡之前一直漂泊到埃及。他还说："如果你愿意，我会给你提供一辆马车，送你到斯巴达去。我还会让我的儿子陪你一起去，他认得路。这比你走水路快多了。"忒勒玛科斯满怀感激地接受了。第二天，他留下"门托耳"照看船只，自己和涅斯托耳的儿子动身去找墨涅拉奥斯。

他们在斯巴达一座豪华的宫殿前收住缰绳。它比他们之前见过的任何一座建筑都要华丽。他们受到贵族般的礼遇。女仆们带领他们进入浴室,服侍他们在银色的浴缸里沐浴。她们给他们抹上香甜的油膏,穿上华美的长袍,披上温暖的紫色披风。打扮妥当之后,才带领他们来到宴会厅。一位仆人赶忙捧来一个盛满水的金壶,用壶中的水为他们淋洗双手,下面用银色的碗接着。他们面前摆着一张亮晶晶的桌子,上面堆满了丰盛的食物,每个人的面前都摆着斟满了美酒的金杯。墨涅拉奥斯客气地问候他们,让他们尽情吃喝。两位年轻人很高兴,但这豪华的排场又让他们有点儿局促不安。忒勒玛科斯凑近朋友的耳朵,小声说:"奥林匹斯的宙斯神殿也不过如此吧。实在令我大开眼界。"过了一会儿,他就忘了羞怯,因为墨涅拉奥斯谈起了奥德修斯,谈起了他的伟大和漫长的哀伤。忒勒玛科斯听得热泪盈眶,他用斗篷掩住自己的脸,以掩饰激动的心情。墨涅拉奥斯注意到了,约略猜出了他的身份。

这时,一个小插曲打断了大家的思绪。美丽的王后海伦从香闺中走出来,一群侍女跟在她身后:一个端着她的椅子,一个拿着给她垫脚的软毯,还有一个捧着她的银质针线篓,里面装满了紫色毛线。海伦看到酷似其父的忒勒玛科斯,立刻叫出了他的名字。涅斯托耳的儿子回答道,她猜对了。这个年轻人正是奥德修斯的儿子,此次前来打探消息,并寻求帮助。然后,忒勒玛科斯道出了家中的窘况。他说,只有父亲回来,才能解救他们母子。他问墨涅拉奥斯,是否可以告诉他奥德修斯的消息,无论好坏都行。

"说来话长。"墨涅拉奥斯道,"我确实知道一点儿关于他的事,不过是通过一种很奇怪的方式得知的。此事发生在埃及。因为天气恶劣,我被困在一个名叫法洛斯的小岛上。粮食快要吃光了,我们濒临绝望。一位海中仙女出于同情告诉我们,她的父亲、海神普罗透斯知道逃离小岛、安全返乡的办法。但我们必须迫使他这样做。所以我得想办法抓住他，等他告诉我们如何脱身之后再放了他。这位仙女为我们制订了一个妙计。普罗透斯每天都会跟很多海豹一起上岸，他们会躺在沙滩上，而且总在同一个位置。于是，我在那里挖了四个洞，与我的三位随从披着海豹皮躺在那里。等老海神躺在离我们不远的地方，我们就从洞中跳出来抓住了他。但是，想要抓紧他可就难了。他能随意变形。他先是变成狮子，然后变成龙，又变成很多其他动物，最后甚至变成了一棵枝叶茂密的大树。但我们一直紧紧抓住他不松手。最后，老海神让步了，告诉了我们想知道的一切。他曾提过，你的父亲奥德修斯被一位叫卡吕普索的仙女囚禁在小岛上，他因为想念你们而日渐憔悴。除此之外，我再也没听过他的任何消息。而且这也是十年前的事了。"他说完之后，所有人都陷入了沉默。他们都想起了特洛伊战争和其后的种种情形，不禁潸然泪下。忒勒玛科斯为父亲流泪，涅斯托耳的儿子为他的哥哥、死在特洛伊城墙前的"飞毛腿"安提洛科斯而流泪，墨涅拉奥斯则为许多倒在特洛伊平原上的勇敢战友而流泪。而海伦——谁知道她在为谁流泪呢？她会坐在丈夫华丽的大厅中想念帕里斯吗？

　　那天晚上，两个年轻人留在斯巴达过夜。海伦吩咐女仆们在门厅里为他们安排床铺。床上铺着又柔软又暖和的紫色厚毛毯，他们盖着柔滑的毛毯和羊绒被。一位仆人手持火把，引领他们走出宴会厅。他们舒舒服服地一觉睡到天亮。

　　与此同时，赫尔墨斯正在去给卡吕普索传达宙斯的旨意。赫尔墨斯穿着他那双永远不会被磨损的金色凉鞋，像风一样飞过海洋和陆地。他拿着那根可以使人昏睡的魔杖，跃上空中，又俯冲到海上。他飞掠过一个又一个浪头，终于来到了对奥德修斯来说如同监狱一样的美丽小岛。赫尔墨斯只见到了卡吕普索一人，因为奥德修斯还像往常一样，站在海边望着大海流泪呢。卡吕普索对宙斯的命令非常不满，她说奥德修斯的船在附近出事时，是她出手相救，并照顾他到今日。虽然人人都得服从宙斯的命令，但这未免太不公平。而且她要怎样为奥德修斯安排归程呢？她既没有船只，也没有水手。但赫尔墨斯不管这些，他说："不要惹宙斯生气就行。"说完，他高高兴兴地走了。

卡吕普索只好闷闷不乐地着手准备。她把这件事告诉了奥德修斯，但他最初并不相信她，还以为这是她为了淹死他而设计的圈套。最后，他终于相信了。她承诺说，她会帮他制造一条坚固的木筏，为他准备好远航的必备品，送他回家。没有人干活像奥德修斯造木筏那么高兴。他用二十棵大树做材料。这些木板被晒得很干，浮力很大。卡吕普索在木筏上放了很多食物和饮料，还有一包奥德修斯最喜欢的美食。在赫尔墨斯来访后的第五天早上，奥德修斯就乘着木筏，驶向了平静的大海。

一连十七天，海面上都风平浪静。奥德修斯一直在掌舵，不敢合眼。到了第十八天，他看到远方的海面上出现一座云雾缭绕的高山。他相信自己终于得救了。

可就在那一刻，从埃塞俄比亚回来的波塞冬看到了他，波塞冬立刻明白了诸神做了什么事。他说："我要让他再经历一番磨难才能上岸。"说完，他立刻唤来所有的暴风，任它们自由肆虐，任乌云遮蔽大海和陆地。东风和南风互殴，西风和北风相撞，海面上巨浪滔天。奥德修斯看见死神在他眼前随狂风乱舞。他想："噢！在特洛伊平原上战死的人是多么幸福！而我却死得窝窝囊囊。"这次看来是毫无活路了。他的木筏就像秋日原野上的干蓟一样，随着狂风飘摇。

附近有个好心的仙女——就是长着一对纤细脚踝的伊诺仙女，她原是忒拜的一位公主。她同情奥德修斯，于是像海鸥一样从水底轻轻浮上来。她告诉奥德修斯，抛掉木筏，游泳上岸，否则没有活路。她把自己的面纱送给了他，保护他在海水中不受伤害。然后，她就消失

第十五章 ○ 奥德修斯历险记

在了波涛之中。

奥德修斯别无选择，只能照做。波塞冬掀起一波大浪，把木筏倏然冲散，就像狂风吹散一堆干谷壳。奥德修斯被浪拍进了海里。不过，奥德修斯还不知道，自己的境况看似凶险，其实大难已经过去。波塞冬对此表示心满意足，转而去别的地方兴风作浪。雅典娜这才有机会帮奥德修斯。她让海面平静了下来。奥德修斯游了两天两夜，终于找到安全的上岸地点。他浑身赤裸，筋疲力尽，饥肠辘辘。正值黄昏，周围看不到任何建筑和人。奥德修斯不只是个英雄，他还善于应变。他找到一处栖身之地，那周围有几棵枝叶茂密的大树，树叶低垂至地面，很好地阻挡了湿漉漉的水汽。树下还有一大堆干枯的树叶，人可以藏进去。于是，他在树叶堆里挖了个洞，躺进洞里，然后用树叶盖住自己，就像盖了一条毯子。他感到又温暖又安静。他闻着大地甜美的气息，安然进入了梦乡。

他当然不知道自己身在何处，但雅典娜为他安排好了一切。这里是淮阿喀亚人的国度，他们生性善良，擅长航海。国王阿尔喀诺俄斯是一个通情达理的人，他的妻子阿瑞忒是个精明的女人，因此很多事情都是王后在做决定。他们还有一位美丽的公主，尚未婚嫁。

公主名叫瑙西卡。她从未想过第二天早上她会成为一位大英雄的救星。她醒来以后，想着该洗家里的脏衣服了。她虽然贵为公主，但在那个时代，出身高贵的人也要为家里分担一些家务。洗涤家中的棉麻衣物就是她的分内事。洗衣物在当时是一项愉快的工作。她叫仆人准备好骡车，把衣服堆到上面。王后给她带了一箱美味的食物和饮料，还给了她一个装满了透明橄榄油的金瓶子，这是给她们洗澡后涂抹身体用的。她们出发了，瑙西卡驾着车。她们要去的地方正是奥德修斯登岸的地方。一条小河从那里流入大海，入海口处形成了几个天然的洗涤池，其间清水潺潺。她们将衣服放入水中，在衣服上踩踏，直到所有的污垢都被洗干净。池水清凉，旁边又有树荫，这样的工作着实是一份美差。洗好之后，她们将衣服晾在被海水冲刷干净的岸上。

现在，她们可以放松一下了。她们洗澡、涂抹香脂、吃午餐、抛掷彩球，直到夕阳快落山，她们才意识到美好的一天要结束了。她们收拾衣物，套好骡车，准备回家。这时，她们突然看到一个外貌粗狂的裸男走出了树丛。原来，姑娘们嬉戏的声音把奥德修斯吵醒了。除了瑙西卡，其他姑娘都尖叫着跑开了。瑙西卡勇敢地站在那里。奥德修斯机灵的脑子飞速运转起来，他十分虔诚地说："啊！女王，我是您膝下的恳求者。我不知道您是凡人还是神祇。因为我从来没在任何地方见过像您一样的凡人。见到您，我无法不惊叹！我是一场海难的幸存者，请女王怜悯我这个无亲无故、无衣蔽体的恳求者吧！"

瑙西卡和颜悦色地告诉他他身在何处，并说，这里的人民会善待不幸的流浪者，她的父亲也会热情招待他。她叫来那些受惊的女孩，让她们把橄榄油拿给奥德修斯，让他清洗身体，再找来一件干净的斗篷和长袍给他穿上。等奥德修斯沐浴更衣后，他和她们一起进城。但在到达瑙西卡家之前，这位谨慎的公主请奥德修斯留步，让她和侍女们先行进入家门。她说："人言可畏。如果人们看到我和您这么帅气的男子走在一起，就会传出各种流言。您很容易就能找到我父亲的宫殿，最豪华的那幢就是。请您

第十五章 ○ 奥德修斯历险记

大胆走进去,直接去找我的母亲,她一定在火炉边纺纱。我母亲的意见举足轻重,我父亲一定会遵从。"

奥德修斯很佩服这个女孩的果决,便立刻照着她说的做了。走进宫殿后,他径直穿过门厅,走到火炉旁,跪倒在王后的膝前,向她求助。旁边的国王立刻把他扶起来,请他坐在餐桌旁,尽情享用,不必害怕,并承诺说,不论他是谁,家在何处,他都可以放心,他们一定会派船送他返乡。他们并不急着让这位陌生人介绍自己,而是先让他安心休息。奥德修斯躺在一张柔软温暖的床上,睡得十分香甜。自从离开卡吕普索的小岛后,他还没睡过这么舒适的床榻。

第二天,奥德修斯当着所有淮阿喀亚首领的面,讲述了自己漂泊十年的经历。他从离开特洛伊城和船队遭遇暴风雨开始讲起。他说,他们的船在海上漂了九天,第十天,他们把船停靠在一个国度。那里的人们都吃一种名叫"忘忧"的果子。尽管他感到非常饥饿和疲惫,但不得不赶快离开。那里的居民对他们很和善,拿忘忧果给他们吃。凡是吃了忘忧果的人,都不再渴望回家。他们一心留在那里,任由脑中的旧时记忆慢慢淡去。万幸的是,吃果子的人为数不多。奥德修斯把他们拖上船,用铁链绑在船上。他们流下了眼泪,因为他们非常渴望留在这里,永远品尝那甜蜜的果实。

接下来的奇遇是和独眼巨人波吕斐摩斯的较量。好多伙伴都死在了巨人手中,更糟糕的是,他们惹恼了他的父亲波塞冬,以至于海神发誓要让奥德修斯饱受折磨,失去所有的伙伴。十年来,海神始终不肯原谅他,一直在海上惩罚他。

离开独眼巨人的小岛后,他们来到了风之国度。那里由风王埃俄罗斯统治。宙斯任他为风的管理者,他可以随心所欲让风刮起来或者停下。埃俄罗斯热情招待了他们。在他们离开之前,风王送给奥德修斯一个装满了暴风的皮囊。皮囊的口扎得很紧,对船只有害的风一丝都漏不出来。这对水手来说是极为有利的。然而，奥德修斯的手下却差点儿害得大伙送了命。他们觉得这个被小心保管的皮囊里可能装着奇珍异宝。不管那是什么，他们都想看看。于是，他们打开了它。不用说，里面的各种风立刻跑了出来，登时风暴肆虐。他们的船被吹到很远的海上，漂流了几天之后才看见陆地。但登陆的结果比留在海上更加糟糕，因为他们来到了莱斯特律戈涅斯人的国度。他们是体积庞大的食人族。这些可怕的大家伙几乎毁了奥德修斯的所有船只，只有他本人乘坐的那艘幸免于难。因为在他们对船队发起进攻之时，他的船还没有进港。

这是迄今为止他们遭受的最严重的一次灾难。他们怀着绝望的心情，停泊在下一座岛的岸边。他们若是知道接下来的命运，是一定不会上岸的。这次，他们来到了美丽而危险的地方——埃埃亚岛，这座岛由女巫喀耳刻统治。她会把所有靠近她的人都变成动物，并让其保留人类的神智。奥德修斯派了几个人先行察看小岛。她把他们引诱进家中，把他们变成一群猪，关进猪圈，喂橡实给他们吃。他们是"猪"，只得乖乖地吃掉橡实。可是精神上，他们知道自己是人。他们陷入这种可怕的处境，全由她控制。

但是，他们中有一位十分谨慎，没有进屋。他看到了这一切，吓得半死，拼命逃回船上。听闻这种惨状，奥德修斯抛弃了谨慎的念头，独自向岛上冲去，他边跑边想着怎样解救部下，给他们提供帮助。在路上，他遇见了一位风华正茂的少年——正是神使赫尔墨斯。神使说，他有一种草药，可以破解喀耳刻的巫术。吃下它，不管喀耳刻对奥德修斯做什么，他都不会有事。赫尔墨斯还说，喝下喀耳刻的毒饮之后，奥德修斯一定要抄起宝剑，威逼她，叫她释放他的部下。奥德修斯感激涕零地接过草药，继续赶路。事情的结果比赫尔墨斯预期的还要好。喀耳刻用她一贯用之且从未失手的巫术对付奥德修斯，而后者竟稳若

第十五章 ○ 奥德修斯历险记

泰山地站在她面前。此景令女巫大感惊异,她竟然爱上了这个能破解她巫术的男人。她甘愿听从奥德修斯的一切指令。她立刻让他的部下恢复人身,并在家里大摆筵席招待他们。他们在埃埃亚岛度过了整整一年的快活时光。

然后,他们意识到该回家了。喀耳刻用巫术给他们指路,告诉他们,应该怎样做才能安全抵达家园。那是一条可怕的路线:他们必须先横渡大西洋,把船停在冥后珀耳塞福涅的岸边,即黑暗冥界的入口处。奥德修斯必须下到冥界,向忒拜的圣人、先知忒瑞西阿斯的亡魂问路。要想引他的亡魂过来,唯一的办法就是杀几头羊,把羊血倒进坑里。所有的亡魂都有一种不可抗拒的嗜血欲。他们会蜂拥至血坑边,但奥德修斯必须拔剑相挡,直到忒瑞西阿斯的亡魂出现。

这真是一个坏消息。当大家离开喀耳刻的小岛,掉转船头驶向冥界的时候,船员们都泪流满面。他们挖沟灌血,看到无数亡魂蜂拥而至,这种场面着实恐怖。但奥德修斯没有胆怯。他以一剑挡万魂,直到等来忒瑞西阿斯。他让忒瑞西阿斯走近品尝乌黑的羊血,然后向他提问。先知早已准备好了答案。他说,他们最大的危险是:抵达太阳神饲养神牛的小岛时,有人可能会伤害那些神牛。它们是世界上最美丽的牛,太阳神非常珍爱它们,伤害神牛的人必遭大难。不过,不管发生什么,奥德修斯本人都能平安返乡。尽管一路困难无数,但他都能一一克服。

先知说完,一列亡魂就排着长队涌过来喝血。它们跟奥德修斯说话,然后陆续离开。其中有昔日的伟大英雄、美貌佳人,还有无数战死在特洛伊的将士。阿喀琉斯来了,埃阿斯也来了——这缕亡魂见到奥德修斯,还在为希腊众将把阿喀琉斯的盔甲给了他而没给自己愤愤不平。还有很多亡魂陆续赶来,它们都想和奥德修斯说说话。但是,它们的数量实在是太多了。奥德修斯对蜂拥的"鬼群"感到恐惧,他

◀ 喀耳刻把酒杯递给尤利西斯〔英国〕约翰·威廉·沃特豪斯——布面油画，纵149厘米，横92厘米，创作于1891年，英国奥尔德姆美术馆藏。画面描绘了喀耳刻正在把盛有能使人变成猪的毒饮的杯子递给尤利西斯（希腊神话中的奥德修斯）。

第十五章 ○ 奥德修斯历险记

立刻回到船上，命令水手快快起航。

喀耳刻还告诉奥德修斯，他们必须经过海妖塞壬的岛屿。她们是杰出的歌者，她们美妙的歌声会令人沉迷其中，忘记世间的一切，直到失去性命。她们坐在岸边唱歌，被歌声所诱而丧生的人的尸骨在她们身畔堆积得如山似海。奥德修斯把她们的情况告知水手，并说，要想安全无虞，唯一的办法就是用蜡封住每个人的耳朵。但他自己却想"以身试听"。他叫部下把他牢牢地绑在桅杆上，使他无论如何都不能挣脱。他们依言照办。船渐近小岛，除了奥德修斯，没人听见那勾魂摄魄的妖冶歌声。奥德修斯说，那歌词甚至比旋律更加迷人，至少对于希腊人来说是如此。她们在歌中唱道，每一个来寻找海妖的人，都会从她们那里获得一些知识，她们会予人成熟的智慧和精神上的提升。"世间一切玄秘，我们无所不知，"她们柔美的歌声在海风中飘荡，动人的节奏不断挑动着奥德修斯心中的渴望。

幸而绳子牢牢绑住了他，他才得以安然度过这场危机。等待着他们的下一个难关是斯库拉巨岩与卡律布狄斯漩涡之间的海道。"阿耳戈"号的英雄们曾途经此地；差不多同时，埃涅阿斯也曾经过这里，驶向意大利。由于他事先得到某位先知的警告，所以顺利通过了。奥德修斯在雅典娜的保护下，也通过了。但有六名船员在这次严酷的考验中失去了生命。即便他们此时不死，也活不长。因为船员们在下一个停靠站——太阳神的岛屿上，做了一件自取灭亡的事。当时，奥德修斯独自到另外一个地方祈祷去了。船员们因为饥饿，竟然宰了神牛，烤着吃了。奥德修斯赶回来的时候，一切都已无可挽回，他感到十分绝望。太阳神施行了报复行动。他们刚一入海，船就被一道雷霆劈得粉碎，除了奥德修斯，所有人都被淹死了。他紧紧抱着船的龙骨，熬过了狂暴的风雨。在海面上漂流了数日之后，他被海浪抛到仙女卡吕普索的小岛上，被她囚禁了好几年。之后他动身返乡，结果又遇到了

一场暴风雨。他历尽艰辛才踏上淮阿喀亚人的国土，他无依无靠，一无所有。

　　这个长长的故事讲完了，所有的听众都沉浸在故事中，一时间沉默无语。最后，国王开口了。他向奥德修斯保证，一切苦难都已过去，

第十五章 ○ 奥德修斯历险记

▼《尤利西斯与塞壬》
[英国]赫伯特·詹姆斯·德雷珀

布面油画，纵177厘米，横213.5厘米，创作于1909年，英国费伦斯美术馆藏。画面描绘了尤利西斯（希腊神话中的奥德修斯）为抵挡海妖塞壬歌声的诱惑，避免触礁身亡，让同伴把自己绑在桅杆上的场景。

他们当天就会派人驾船送他回家。在场的每个人都会送给他一件礼物，让他成为一个体面而富有的返乡者。大家纷纷赞同。船只准备停当，礼物也已搬上船，奥德修斯满怀感激地向好心的主人道别，登上了船。他躺在甲板上睡着了。一觉醒来，他发现自己躺在一片空地上，身边一个人都没有。原来，水手们把酣睡的奥德修斯抬上岸，把礼物整齐摆在他身边就离去了。他站了起来，环顾四周，没有认出这就是自己的国家。这时，一位年轻人向他走来。他看似一个牧羊少年，但他那优雅的仪态、翩翩的风度给人感觉他是一个王子。其实，"他"是雅典娜假扮的。奥德修斯向牧羊少年问路。女神回答道，这里就是伊塔刻。奥德修斯听了十分高兴，但他素来为人谨慎，于是他编了很长的故事来解释自己的来历。当然，故事里没一句真话。他讲完之后，女神笑着拍了拍他的肩膀，恢复了高贵美丽的面貌，说："你这个油嘴滑舌的家伙，谁要是像你一样，准能成为一个精明的商人。"奥德修斯欣喜若狂向女神致意。但女神告诉他，他还有很多事情要做。雅典娜告诉了他此时家中的情景，并保证会帮他除掉那些求婚者。他们拟订了一个计划。她把奥德修斯变成一个年迈的乞丐，这样他走到哪里都不会被人认出来。那天晚上，他要到忠实可靠的牧猪人欧迈俄斯那里去。他们把淮阿喀亚人送给奥德修斯的礼物藏在山洞中，然后就分开了。女神召奥德修斯的儿子忒勒玛科斯回家。奥德修斯则变成了一个衣衫褴褛、步履蹒跚的老乞丐，去找牧猪人。欧迈俄斯热情接待了这个可怜的老人，让他饱餐一顿，留他过夜，并把自己最厚的斗篷拿给他穿。

在女神的召唤下，忒勒玛科斯告别了海伦和墨涅拉奥斯，登上船，全速返航。雅典娜还在他的脑中植入了一个想法——登岸之后不回家，而是先去牧猪人欧迈俄斯那里打探他离家期间的消息。欧迈俄斯含泪接待了小主人，请他先坐下来吃点东西。在吃饭之前，忒勒玛科斯派

第十五章　○　奥德修斯历险记

牧猪人先去向母亲通报自己回来的消息。于是，山洞中只剩下父子二人。这时，奥德修斯看见雅典娜在向他招手，便走了出去。眨眼间，女神恢复了他本来的面貌，并让他回去与儿子相认。当忒勒玛科斯看到离开的老乞丐变成了一个相貌堂堂的男人时，不禁惊讶得跳了起来。他以为自己看到了神祇。"我是你的父亲。"奥德修斯说。父子二人相拥而泣。但他们没有沉溺于伤感中，因为还有很多事等着他们去做。他们焦虑地谈起此时家中的状况。奥德修斯打算用武力解决那些求婚者，可是光靠他们两个人怎么对付一大群人呢？最后，他们决定第二天一早回家。奥德修斯当然还是得乔装打扮，忒勒玛科斯则负责藏起他们的武器，放在他们方便拿取的地方。在欧迈俄斯回来之前，雅典娜又把奥德修斯变回了老乞丐的样子。

第二天一早，忒勒玛科斯独自一人回到城中，奥德修斯和欧迈俄斯紧随其后。他们进了城，来到宫殿门口。离家二十年之后，奥德修斯终于踏进了自己的家门。当他走进屋中时，躺在地上的一条老狗突然抬起头，竖起了耳朵。这条老狗是奥德修斯赴特洛伊之前养的，名叫阿戈斯。它在主人出现的那一刻就认出了他，它摇了摇尾巴，却没有力气起身去迎接。奥德修斯也认出了它，他拭去了眼角的泪。他不敢上前去抚摸它，担心会让牧猪人起疑心。在他转身走开的那一刻，老狗就死了。

在大厅里，求婚者们正在饭后百无聊赖地四处闲逛。他们肆意取笑刚刚走进来的老乞丐。奥德修斯不动声色地接受着他们的嘲讽。后来，其中一个脾气暴躁的人给了奥德修斯一拳。他竟敢殴打一个前来拜访的异乡人！听到如此暴行，王后珀涅罗珀决定亲自去安慰那个不幸的老乞丐。在此之前，她决定先到宴会厅看看刚归家的儿子，并在那些求婚者面前适时露一下面。她跟她丈夫一样为人谨慎。如果奥德修斯真的死了，那么她会选择这些人中最富有、最慷慨的那一个，所以此时还不能让他们心灰意冷。此外，她还想出了一个看起来不错的主意。她蒙着轻纱，在两位侍女的陪同下走出卧室，来到宴会大厅。她曼妙的倩影艳光四射，令所有的追求者神魂颠倒。他们纷纷站起来，赞颂她的美丽。但这位谨慎的王后回答说，她心知自己已不复美貌，如今留下的唯有悲伤和哀愁。她此次前来是为了宣布一件重要的事：显然，她的丈夫是永远不会回来了。她是个出身高贵的淑女，他们若想求娶她，理应遵循正规的礼节，送她最贵重的礼物来打动她的芳心。追求者们都对此表示赞同。他们命侍从献上最精美的礼物，包括华服、珠宝、金链等。侍女们将礼物搬到楼上，端庄优雅的珀涅罗珀则心满意足地告退了。

她派人去请那个受到粗暴对待的老乞丐，和颜悦色地跟他说话。奥德修斯又编了一个故事，他说，他曾在前往特洛伊的途中遇到过她的丈夫。闻听此言，珀涅罗珀泪落如雨。奥德修斯强忍心绪，面如冷铁，不让自己透露出一丝真相。过了一会儿，珀涅罗珀想起了她身为女主人应尽的义务。她唤来一个老仆人，为这位异乡人洗脚。这位老人正是奥德修斯的保姆，名叫欧律克勒亚，在奥德修斯很小的时候就照顾过他。奥德修斯心中一惊，他担心老人会认出自己。因为他在少年时期，为了猎捕一头野猪曾弄伤了脚，脚上有一道伤疤。果然，她一眼就认了出来。他的脚从她颤抖的手中滑落，打翻了水盆。奥德修斯抓住老人的手，小声说道："亲爱的奶妈，您知道了，可现在还不能和任何人说。"她低声应允。奥德修斯转身告退。他在门厅里找到一个床位躺下，却根本无法入睡，他还不知道该如何收拾这帮无耻之徒。但是，他对自己说，遇见独眼巨人库克罗普斯那次比现在糟糕多了。这次有女神雅典娜相助，他很有可能会成功。他安慰着自己，安心地睡着了。

第二天一早，那些追求者们又来了，甚至比之前更加嚣张无礼。

第十五章　奥德修斯历险记

他们大摇大摆地坐下来，肆意享用摆在他们面前的丰盛筵席。他们不知道，女神和忍耐已久的奥德修斯正在给他们准备一道可怕的大餐。

珀涅罗珀无意间促成了他们的计划。前一天晚上，她想出了一条计策。天亮之后，她走进储物室，在一堆奇珍异宝中找出了一张大弓和满满的一筒箭——这是奥德修斯的武器。除了他，没有任何人碰过。她拿着弓箭，来到求婚者聚集的大厅，说："各位，请听我说。放在你们面前的，是神一样的奥德修斯的弓箭。谁能拉开这张弓，让射出的箭从排成一列的十二只圆环中穿过，我就嫁给谁。"忒勒玛科斯一眼就看出来，现在的情势对他们父子十分有利，立刻应和道："来吧，各位英雄！别犹豫，也别找借口，全都留下来吧！我先来试试，看我有没有资格拉动家父的武器。"说着，他把十二个圆环排成一列，然后拿起大弓，竭尽全力去拉。若不是奥德修斯暗示他别再继续，他也许会成功。追求者们个个跃跃欲试。可那张弓实在太硬了，就连最强壮的人也没能拉开一点儿。

奥德修斯确定没人能做到，就走出大厅，来到中庭。牧猪人和牧羊人正在那里聊天。他们都是可信赖的人。奥德修斯走上前去，向他们表明了自己的身份，说自己需要他们的帮助。他给他们看了脚上的伤疤——他们以前曾多次看过——以证明自己所言不虚。他们认出了它，激动得流下了眼泪。但奥德修斯立刻制止了他们。"现在还不是哭的时候。听我说，欧迈俄斯，你要想办法把弓箭交到我手上，然后牢牢守住后宫的大门，别让任何人进去。而你，牧羊人，你要关紧宫殿的大门，把它锁牢，别让任何人出去。"说完，他回到大厅，牧猪人和牧羊人跟在他身后。他们进屋的时候，正赶上最后一位求婚者拉弓失败。奥德修斯说："让我试试，看看我的体力是否堪比当年。"他的话音刚落，众人就气呼呼地嚷嚷起来："你个寒酸的老乞丐，你没资格碰那张弓！"忒勒玛科斯大声呵斥道："我想让谁拉就让谁拉，这是我父亲的东西，应该由我说了算！"然后他吩咐欧迈俄斯，把弓箭交给奥德修斯。

奥德修斯接过弓箭，仔细检查了一番。众目睽睽之下，他毫不费力拉开了弓，就像一位高超的乐师给琴弦调音一样。他搭弓射箭，一箭贯穿十二只圆环，自己却在椅子上纹丝未动。然后，他一个箭步跳到门口，与他的儿子并肩站在一起。"就是现在，这一刻终于到了！"奥德修斯大声说。他抓起一支箭射了出去，目标立刻倒地身亡。其他人吓得跳了起来。他们想找自己的武器，却一件都找不到。奥德修斯每射出一箭，就有一个求婚者应声倒地。忒勒玛科斯守在门口，用长矛阻挡众人，使他们既不能逃走，也不能从背后偷袭奥德修斯。求婚者们全被困在大厅，目标很好找。箭被用光之前，他们陆续被射死，连自卫的机会都没有。即便奥德修斯的箭用光了，他们也没有等来好运。女神雅典娜加入了这次行动。她本想帮助奥德修斯，把他歪偏的矛尖引至正确的方向，但他却一次都没有失误过。他那寒光闪闪的长矛每一次都正中目标，大厅中充斥着头颅被刺穿、碎裂的恐怖声音，鲜血流遍了地板。

最后只剩下两个人：一个是那群狂徒的祭司，另一个是他们的吟游诗人。两个人都流着泪告饶。祭司抱着奥德修斯的膝盖，苦苦哀求大英雄放他一马，但奥德修斯并无此意。他一剑刺穿了祭司的身体，祭司在喃喃祷告声中断了气。那位诗人就幸运多了。奥德修斯不敢杀害神赋此技的幸运儿，便饶了他，让他继续吟唱。

这场战斗——严格来说是一场屠杀，彻底结束了。老奶妈和侍女们来收拾残局，洗刷大厅。她们围着奥德修斯又哭又笑，欢迎他回家，奥德修斯也忍不住哭了起来。侍女们开始干活。欧律克勒亚则走上楼去，站在女主人的床边，唤道："醒醒呀，醒醒。亲爱的孩子，你的丈夫回来了。那些求婚的人都死光了。"珀涅罗珀嘟囔道："你这个疯婆子，我睡得正香，别来打扰我。因为是你我才没发脾气，换作别人，我早抽他耳光了。"欧律克勒亚坚持道："他真的回来了，还给我看了他脚上的伤疤。我敢肯定，一定是他！"珀涅罗珀不敢相信。她匆匆下楼，一定要亲眼看看。

火炉边坐着一个王侯一般高贵伟岸的男人。火光映照着他的脸庞。珀涅罗珀与他面对面坐下。她只是看着他，一言不发。她心中恍惚，一时好像认出了他，一时又觉得他是个陌生人。儿子忒勒玛科斯急忙叫道："妈妈，妈妈，您真是残忍！要是别的女人看到离家二十年的丈夫归来，一定不会像您这样冷漠！"珀涅罗珀回答道："我的儿子，我现在连动一动的力气都没有。如果他真是你父亲，我们自有相认的办法。"奥德修斯笑了，他叫儿子不要打扰母亲，并说："我们很快就会相认的。"

随后，被洗刷一新的大厅里充满了欢声笑语。那位被饶恕的诗人弹奏着竖琴，美妙的琴声让大家都想翩翩起舞。穿着盛装的男人和女人相拥起舞，大厅里回荡着他们欢快的足音。流浪多年后，奥德修斯终于回到了家乡。人人心中都洋溢着喜悦。

第十六章
埃涅阿斯历险记

本章故事主要取材于最伟大的拉丁诗歌《埃涅阿斯纪》。这部作品写于恺撒遇刺、奥古斯都接管破败不堪的罗马之后。奥古斯都用他的铁腕政策结束了激烈的内战,并带来了持续半个世纪的"奥古斯都和平时期"。《埃涅阿斯纪》就写于这个时期。维吉尔和他同时代的人都对新秩序十分认可,他创作《埃涅阿斯纪》是为了颂扬罗马帝国,给这个"终将统治世界的民族"树立一个伟大的民族英雄和建国者。可能是出于作者的爱国心,前几卷中充满人情味的英雄在最后一卷中竟变成了一个冷酷无情的怪物。诗人似乎决心要创造一个让所有英雄都相形失色的罗马英雄,以至于他的文字到了异想天开的程度。这也是所有罗马作家的通病。本章中,诸神用的都是拉丁名字,那些既有希腊名字又有拉丁名字的人物也都用的是拉丁名字。例如,"尤利西斯"就是"奥德修斯"的拉丁名字。

从特洛伊到意大利

埃涅阿斯是爱神维纳斯之子,也是特洛伊战争中最著名的英雄之一。他在特洛伊阵营中的地位仅次于赫克托耳。希腊人攻陷特洛伊后,他在母亲的帮助下,带着父亲和儿子逃出城,出海驶往新的家园。

经过漫长的漂泊,以及无数次海上、陆地上的考验之后,他们抵达了意大利。在那里,他打败了那些反对他进入国境的人,还娶了一

第十六章　○　埃涅阿斯历险记

位势力强大的国王之女，建立了自己的城邦。他被视为罗马城的真正创建者。因为罗马城的创建者罗穆卢斯和瑞摩斯就诞生于阿尔巴隆加城，该城正是埃涅阿斯之子创建的。

当初他乘船离开特洛伊时，幸存的特洛伊人都加入了他的船队。大家急于找个地方安顿下来，但没有人知道他们该去何方。他们曾几次着手准备创建城邦，但都因灾难或凶兆而不得不离开。最后，埃涅阿斯在梦中得知，他们命中注定要去的国家在遥远的西方，就是意大利。当时，意大利被称为赫斯珀里亚，即"西方之国"。他们在克里特岛上得知此谕。尽管那片希望之地远在茫茫大海的尽头，但他们坚信，终有一天他们会到达那里，建造起理想的家园。他们立刻出发了。不过，在他们抵达一心向往的避难所之前，他们航行了很久，经历了诸多苦难——如果他们事先知道自己即将经历什么，也许就不会这么热切。

当年"阿耳戈"号从希腊出发，向东航行，而埃涅阿斯一行从克里特岛出发，向西航行。不过，他们和伊阿宋一样，遇见了鹰爪女妖哈耳皮埃。可能因为"阿耳戈"号上的英雄大都是希腊人，他们勇猛的行事风格和特洛伊人不同，也可能是因为他们的剑术比特洛伊人更高明。总之，当年若不是彩虹女神伊里斯出面制止了希腊人，他们早就将这些可恶的女妖杀掉了。而特洛伊人却被女妖们所驱赶，不得不赶紧逃离这个是非之地。

在下一个登陆处，他们意外遇到了大英雄赫克托耳的遗孀安德洛玛刻。特洛伊沦陷之后，她落入阿喀琉斯之子涅俄普托勒墨斯（也有人称他为皮洛斯）之手，此人就是当年在祭坛边残忍杀害老国王普里阿摩斯的人。没过多久，他就抛弃了她，娶了海伦的女儿赫耳弥俄涅为妻，但婚后不久他就死了。之后，安德洛玛刻辗转嫁给了特洛伊的先知赫勒诺斯，如今他们是这个城邦的统治者。安德洛玛刻热情欢迎他们的到来，并且以最高的礼仪来款待他们。临别之前，赫勒诺斯还给了一个对他们接下来的行程有用的建议："千万不能把船停泊在离这里最近的意大利东岸，因为那里都是希腊人。你们最终要到达的地方在意大利西岸偏北，但你们绝不能抄近路从西西里岛和意大利之间穿过，因为那片水域由海妖斯库拉和卡律布狄斯共同把守。当年，'阿耳戈'号上的英雄全靠忒提斯帮忙才顺利通过。尤利西斯则在那里折损了六名爱将。"我们不知道"阿耳戈"号是如何从亚洲返回希腊的途中经过意大利西岸的，也不知道尤利西斯是怎样到达那里的。不过，我们确知赫勒诺斯所说的就是那条海道。他为埃涅阿斯详细指明了那片海域的具体位置，还让他们走远路绕过西西里岛，再从南方驶向意大利。这样，他们就可以远离永不止息的卡律布狄斯漩涡和吞噬掉无数船只的斯库拉黑色岩洞。

　　埃涅阿斯一行人告别了好心的主人，顺利绕过意大利的东端，绕着西西里岛向西南方向航行。他们完全按照先知所说的做了，但赫勒诺斯也没预料到的是，如今的西西里岛（至少它的南端）已经被独眼巨人库克罗普斯一族占据，没人告诉埃涅阿斯不要上岸。他们在日落之后抵达该岛，毫无防备地上岸扎营。要不是第二天清晨在巨人醒来之前，一个衣衫褴褛的可怜人跑到埃涅阿斯的营地来，他们可能都会成为巨人的腹中餐。这个人跪在埃涅阿斯的面前。他毫无血色，饿得半死；几块破布用荆棘扎起，权当外衣；脸上肮脏不堪，长满浓密的毛发。他的外表说明了一切，根本不必下跪求援。他说，他是尤利西斯的部下，被不小心遗留在这座岛上，此后一直藏身在山林里，随便找东西糊口。他整日担惊受怕，唯恐巨人把他抓回去吃掉。他说，岛上的巨人大概有一百个，每个都像波吕斐摩斯那样庞大恐怖。"快跑吧，能跑多快就跑多快！把你们系在岸边的缆绳全部割断！"他们赶紧照做。他们屏住呼吸，尽可能安静而快速地行事。船刚入水，他们

第十六章　○　埃涅阿斯历险记

就看见独眼巨人慢慢走向海滩,清洗那个被刺穿了的眼窝,那里面至今还有血水不断地冒出来。一听到划桨的声音,他就立刻循着声音冲向海里。幸运的是,埃涅阿斯他们开船了。巨人还没走到他们跟前,海水就已经深到足以淹没他的头顶。

他们刚逃过一劫,不久又遇上了一个同样严重的灾难。在绕行西西里岛的途中,他们遭遇了一场前所未见的大风暴——海浪之巨,高可触及头顶的星辰;沟壑之深,低可到达海底的绝谷。很显然,这不是一场寻常的风暴。它的幕后操控者正是天后朱诺。

因为"帕里斯的评判",朱诺痛恨所有特洛伊人。她对这种羞辱至今耿耿于怀。战争期间,她一直在和特洛伊人作对。但她最痛恨的就是埃涅阿斯。因为她知道,他的后代会建立罗马城。根据命运三女神的设定,罗马有朝一日将会征服迦太基,而迦太基是朱诺最喜欢的城市。朱诺是否真的以为自己可以改变连朱庇特都不能违反的命运女神的安排,我们不得而知。但是,她确实想尽办法,想把埃涅阿斯淹死。她找到曾经帮助尤利西斯的风王埃俄罗斯,请他把埃涅阿斯的船队弄翻。作为回报,她会把自己最喜爱的仙女送给他做妻子。这场惊天风暴正是这两位神祇联手的杰作。要不是海神普尼顿出面,朱诺一定会得偿所愿。普尼顿是朱诺的兄弟,他太了解这位女神的行事风格了。他觉得她不该干涉大海中的事。不过,对付朱诺,他跟朱庇特一样,采取的是小心谨慎的态度。他没有找主使者说过一句话,而是痛斥了风王一顿,让他赶紧把风暴停下来,好让特洛伊人登陆。埃涅阿斯把船停在了非洲北岸,他们是被风从西西里吹到这里来的。他们上岸的地方碰巧离迦太基很近。朱诺立刻开始考虑如何把情况变得对迦太基人有利。

迦太基城是一位名叫狄多的女王建立的,现在她仍是这座城市的统治者。在她的治理下,迦太基逐渐变成了繁荣的城邦。她是一位美

329

1200 年希腊罗马神话

第十六章　○　埃涅阿斯历险记

貌的寡妇，而埃涅阿斯则在逃离特洛伊那夜失去了妻子。朱诺计划让他们双双坠入情网，以此打消埃涅阿斯去意大利的念头。若不是维纳斯插手，这应该是个不错的计划。维纳斯怀疑朱诺出此计策另有所图，她决心破坏朱诺的计划。不过，她也有自己的打算。她自然愿意让狄多爱上自己的儿子，这样他在迦太基就不会受到伤害；同时，她不想让埃涅阿斯彻底爱上狄多，这样埃涅阿斯既能心安理得地接受狄多为他所做的一切，又能在他想动身去意大利的时候无所羁绊。她到奥林匹斯去找朱庇特。她那双迷人的美眸

◀《狄多建设迦太基》
[英国] 约瑟夫·玛罗德·威廉·透纳

布面油画，纵155.5厘米，横230厘米，创作于1815年，英国国家美术馆藏。画面描绘了狄多在北非建设迦太基城的场面，画中站在狄多对面、戴着头盔、身穿铠甲的男人应为埃涅阿斯。

满含泪水，埋怨朱庇特说："我心爱的儿子眼看就要被毁了。而你还跟我发誓，他会成为统治全世界的伟大民族的祖先。"朱庇特哈哈大笑，亲吻着她的脸颊，拭去了她的泪水。他说，他一定会兑现他的诺言，埃涅阿斯的子孙将会创建罗马。他们命中注定要建立一个疆域广阔、强大无比的帝国。

维纳斯安心离开了。为了确保万事无虞，她还找了儿子丘比特从旁相助。她相信，狄多无须帮助就能给埃涅阿斯留下深刻的印象，但她不能保证埃涅阿斯单凭自己的魅力就能让狄多陷入情网。因为狄多不易动情，此事尽人皆知。附近许多国家的国王都向她求过婚，但无一例外都失败了。因此，维纳斯找来丘比特。他答应会让狄多对埃涅阿斯一见钟情。要让二人相遇，对维纳斯来说不是难事。

登陆的第二天，埃涅阿斯就离开那些遇难的船员，和他忠实的伙伴阿凯提斯一起，下船去打听情况。动身之前，他跟船员说了些鼓励的话：

朋友们，我们常年与悲伤为伍。
但那些不幸的事终将会成为过去。
现在让我们重拾信心，唤回勇气，驱散恐惧。
也许有一天我们回想起来，
一切苦难都会成为我们的笑谈。

在两位英雄探察这个陌生的国度时，女神维纳斯化身成女猎人出现在他们面前。她告诉他们，这里是迦太基人的国度，让他们直接去

第十六章　○　埃涅阿斯历险记

城中找女王狄多，说女王一定会帮助他们。他们听后十分安心，便沿着维纳斯所指的方向走去。为了保护他们，维纳斯用一团浓雾把他们包裹起来，使他们毫无干扰地穿过繁华的街道，进入王城。他们在一座宏伟的神殿前停下脚步，正想着怎样才能见到女王时，希望出现了。他们观察着这幢美丽的建筑，突然发现墙上雕刻的竟然是他们亲身经历过的特洛伊战争。他们看到了敌人和朋友的肖像：阿特柔斯的两个儿子、向阿喀琉斯求情的老国王普里阿摩斯、已故的赫克托耳等。"我有勇气了。他们会为一些事而悲伤，也会为人的命运而落泪。"埃涅阿斯说。

就在这时，美得像狄安娜女神一样的狄多带着一大群随从走了过来。埃涅阿斯周围的那团浓雾立刻消散了。他站在那里，年轻俊朗，就像阿波罗一样光彩夺目。他道明自己的来历，女王亲切接待了他，欢迎他和船员到她的城邦做客。她说，她了解孤独无助、无家可归的人的心情，因为她自己就是离乡之人。她为了躲避兄弟的谋害，才和几个朋友逃到了非洲。"我也吃过苦，我知道该怎样帮助不幸的人。"

当晚，女王为埃涅阿斯这群异乡来客举办了盛大的宴会。席间，埃涅阿斯讲述了他们的经历，从特洛伊城沦陷一直讲到漫长的海上冒险。他的口才极好。即便没有神祇的干预，狄多也很有可能被他的英雄事迹和华丽词采所打动；加上丘比特的神助攻，她更是别无选择。

在很长一段时间里，她都过得非常快乐。埃涅阿斯似乎对她很忠诚，她则把所有的一切都给了他。她曾对他说："我的城邦和我本人都归你所有，你这个遭受海难的可怜人和我享有同样的尊荣。"她还让迦太基人把埃涅阿斯当作统治者一样对待。他的同伴也受到了特殊关照。她不停地为他们做事，一心只想付出。除了埃涅阿斯的爱，她什么都不要。埃涅阿斯则心安理得地接受着狄多给予他的一切。有这样一位美丽又大权在握的女王深爱着他，给他想要的一切，还安排狩猎大会来供他消遣，他的日子过得安然又自在。女王不仅允许他讲述冒险故事，还恳求他把那些故事讲了一遍又一遍。

乘船前往一片陌生的未知国度的念头渐渐变淡了。朱诺对此十分满意。不过，维纳斯却一点儿也不担心。她比朱诺更加了解朱庇特，他一定会让埃涅阿斯前往意大利的。在这里所发生的一切不过是个小插曲，完全不会影响到丘比特"爱神之箭"的声望。她猜得很对。朱庇特一旦振作起来，做事是非常有效率的。他让神使墨丘利到迦太基城去向埃涅阿斯传达一个刻薄的命令。墨丘利看到这位大英雄正在廊中四处漫步。他身着华服，腰佩镶嵌着碧玉的宝剑，肩披金线闪闪的紫色斗篷——那是狄多女王亲手缝制的。这位优雅的绅士正沉浸在安闲逸乐之中，忽然听到一个严厉的声音在耳边响起："你还要在女王的石榴裙下安逸多久呢？"埃涅阿斯转过身来，神使墨丘利现身了。

"万神之主派我来找你，他命令你动身去寻找命中注定属于你的国土。"说完，墨丘利就像薄雾一样消失在空气中，留下埃涅阿斯一个人站在原地，既惶恐又激动。他决心立刻执行命令，但又想，狄多知道后一定会非常伤心。

埃涅阿斯把船员召集起来，命令他们秘密地准备船只，随时准备出发。女王到底还是知道了。她派人请他过去。一开始，她非常温柔，因为她不信他真的会离开。"你是要躲避我吗？"她问，"让眼泪和双手表达我的挽留之情吧。如果我还有一点点美德配得上你，如果我还有任何东西值得你留恋，就留下来吧……"

埃涅阿斯说，他绝不会忘记她的恩德，也绝不会忘记她。但是，她应该清楚，他们并没有结

第十六章　　埃涅阿斯历险记

婚，他有随时离开的自由。天帝朱庇特让他离开，他必须服从。"别再埋怨了。"他恳求道，"这样只会让我们两个都难受。"

狄多道出了她内心的想法。她说，他刚来这里的时候，除了辘辘饥肠，他一无所有。她把一切都给了他，包括她的王国，还有她自己。而如今，她有再多的热情，也捂不暖他那冰冷的心肠。说这些话的时候，狄多的嗓音都变了。后来，她说不下去了，从他面前逃开，躲到没有人看见她的地方去了。

埃涅阿斯和他的伙伴们当天晚上就出发了。他这么做倒是明智。因为只要女王一声令下，他们就永远也走不了了。埃涅阿斯站在船上，回头眺望着迦太基的城墙，发现它们被熊熊的火光照亮了。火焰高高燃起，又缓缓熄灭，他不知道为什么会这样。他不知道，他所看到的那一幕正是狄多的火葬仪式。原来，在埃涅阿斯离开的那一刻，狄多就自杀了。

进入冥界

从迦太基到意大利西岸的旅程和以往的行程相比顺利多了。不过，当他们即将结束海上历险的时候，优秀的舵手帕里诺罗斯被淹死了，真是一大损失。

先知赫勒诺斯曾对埃涅阿斯说，在他抵达意大利后，要先去找库迈的女先知，她会告诉他接下来该怎么做。埃涅阿斯找到了她。她说，她将带他去冥界，见他的父亲安喀塞斯，向其打听一些事情。安喀塞斯在大风暴之前就来到了冥界。但是，女先知警告他说，这并不是一趟轻松的旅程。

335

> 特洛伊人安喀塞斯之子,
> 到达通往冥界的阿维耳努斯湖并不难。
> 整日整夜,黑暗冥府的门都向你敞开。
> 但想要原路返回,
> 重新回到阳光明媚的地上呼吸甜美的空气,
> 恐怕你要吃些苦头。

  不过,如果埃涅阿斯坚持,她会陪他走一遭。在这之前,他必须先到森林里找到一根金枝,把它折下来,随身携带。只有带着这根金枝,他才能进入冥界。埃涅阿斯立刻去寻找金枝,他忠诚的伙伴阿凯提斯陪他一起。他们走进辽阔的森林,不禁感到绝望,因为在那里几乎找不到任何东西。突然,两只鸽子在他们面前飞过,它们是女神维纳斯的圣鸟。鸽子飞得很慢,两人跟在它的身后,来到了阿维耳努斯湖附近。湖水又臭又黑。女先知曾经告诉过他们,这里就是通往冥界的入口。鸽子飞到湖边的一棵树上,埃涅阿斯向那棵树看去,发现有什么东西在枝叶间闪闪发光——正是那根金枝。他高兴地折下金枝,带回去找女先知。于是,女先知和埃涅阿斯开启了冥界之旅。

  在埃涅阿斯之前,很多英雄都走过这条通往冥界之路,并不觉得这条路有什么可怕。当然,蜂拥而至的鬼魂曾让尤利西斯感到害怕,但是,忒修斯、赫拉克勒斯、俄耳甫斯和波吕刻斯都没在这条路上遇到过太大的困难。就连胆小的普绪克,也曾独自到冥界替维纳斯向冥后要一盒"美丽"。她遇到的最可怕的东西是地狱之犬刻耳柏洛斯,但她只用一小块蛋糕就把它搞定了。但是,这位罗马英雄却遭遇了层

第十六章 ○ 埃涅阿斯历险记

出不穷的恐怖事件。出发之前，他们举行了一个仪式，女先知认为此项仪式必不可少。这个仪式简直就是用来吓人的，只有勇敢的人才能不被吓到。深夜，在阴暗湖畔的黑色洞窟的洞口，她宰了四头黑牛，以祭祀可怕的黑夜之神赫卡忒。当她把切割好的牛肉放在炙热的祭坛上时，大地在他们的脚下隆隆作响，狗吠声透过黑暗远远传来。女先知向埃涅阿斯喊道："鼓起你全部的勇气跟我走！"说完，她就钻进了洞窟，埃涅阿斯急忙跟了上去。很快，他们就来到一条被重重阴影遮蔽的小路上，一丝微弱的光映照出路两旁的魅影。它们是面色苍白的"疾病"、满腹怨气的"哀愁"、劝人犯罪的"饥饿"，还有夺人性命的"战争"、蛇发带血的"不和"以及许多祸害人类的鬼魅。他们从它们中间穿过，安全抵达了渡口。在那里，一个老者正在广阔的水面上停船渡客。他们看到一幅可悲的景象：无数亡灵就像初冬的森林里密密麻麻的落叶一般，在岸边挤成一团。它们纷纷伸出手臂，祈求船夫把他们送到对岸去。但那位面色阴沉的老人却自有一套准则：一些亡魂被他接到船上，其他的则被他一把推开。女先知说，他们来到了两条冥河——科库托斯河与阿刻戎河——的交汇处。老者名叫卡戎。那些被他拒绝的亡魂都是未能正式下葬的不幸者。它们注定要在这里漫无目的地徘徊一百年，找不到安魂之所。

埃涅阿斯和女先知来到船边，船夫告诉他们立刻停下脚步，因为这艘船只载死人，不载活人。但当他们拿出金枝后，老船夫立刻就让了步，把他们载到了对岸。地狱之犬拦住了他们的去路。女先知模仿普绪克的做法，拿了一小块蛋糕给它，它就顺利放了行。接着，他们来到了庄严的冥国法庭，这里由欧罗巴之子弥诺斯掌管，亡魂都在他的面前等待着最后的审判。他们实在不想看弥诺斯那张冷酷无情的臭脸，便匆匆离开了此地。他们来到了"哀伤原野"，这里是因情自杀的亡魂居住的地方。那里虽然"哀伤"遍野，但十分迷人，到处都是

337

桃金娘树。狄多也在这里。埃涅阿斯流着眼泪，问她："你是为我而死的吗？我发誓，离开你不是我的本意。"她不看他，也不回答他，就像一块大理石一样，冰冷地矗立在原野上。然而，他的心却被触动了。离开她的亡魂很久之后，他还一直在哭泣。

最后，他们来到一个岔路口。从左边传来可怕的声音，有呻吟声、叹息声和锁链的叮当声。埃阿涅斯吓得停下了脚步，女先知告诉他不要害怕，只管把金枝绑在岔路对面的墙上。她说，向左走是由欧罗巴的另一个儿子剌达曼堤斯掌管的负责惩治恶人的领域，向右走是可以找到他父亲的"极乐世界"。毫无疑问，他们走向了右边。那里的一切都令人愉悦：柔软的草地、迷人的森林、甜美的空气、紫红色的阳光和安静的住所。住在这里的生前都是伟大而善良的人，包括英雄、诗人、祭司和一切乐于助人的人。埃涅阿斯很快就找到了父亲安喀塞斯。老人又惊又喜。父子俩在这场生与死的奇特会面中流下了幸福的眼泪。

他们当然有很多话要说。安喀塞斯带埃涅阿斯来到勒忒河边——凡是要重生的亡魂，都得喝这里的水来忘却前生的记忆。"一饮忘川水，前尘散如烟。"安喀塞斯说。河边有很多等待喝水的亡魂，安喀塞斯给儿子指出哪些亡魂重生后将成为他们的后代。他还一一指出了哪些亡魂会成为罗马人，他们将建立怎样伟大的不世之功。最后，他告诉儿子，如何用最好的方式在意大利建立家园，如何避开危险，以及如何承受未来的种种苦难。

最后，父子二人依依惜别。不过，他们都很平静，因为他们知道分别只是暂时的。埃涅阿斯和女先知回到人间，埃涅阿斯直接回到了船队那里。第二天，他率领船队沿着意大利海岸向北行驶，去寻找他们命中注定的家园。

意大利战争

可怕的考验正等待着这一小队冒险家。当然，天后朱诺又是麻烦的制造者。她唆使当地最强大的拉丁姆人和鲁图里安人强烈反对特洛伊人在那里定居。其实，若不是她从中作梗，这件事原本会很顺利。拉丁姆城邦的老国王名叫拉丁努斯，他是提坦萨顿的曾孙。他的父亲法乌努斯的亡魂曾告诫他，不要把独生女拉维尼亚嫁给当地人。她的丈夫是一个即将到来的异乡人，这次联姻所衍生的民族日后会统治全世界。因此，当埃涅阿斯派人上岸请求，是否可以在岸边找一块小地方落脚休息的时候，拉丁努斯热情招待了他们。他深信埃涅阿斯就是法乌努斯预言中的女婿。他对使者们说："你们放心，只要我活在世上一天，你们就不会没有朋友。"他还叫他们传话给埃涅阿斯，说他有一个女儿，她命中注定只能嫁给异乡人，他相信埃涅阿斯就是那个人。

这时，天后朱诺插手了。她从冥国召唤来复仇女神阿勒克托，命她在此制造祸端。阿勒克托欣然听命。她先煽动拉丁努斯的妻子阿玛塔极力反对这桩婚事，然后飞到鲁图里安去寻求国王图耳努斯的帮助。他曾是拉维尼亚公主众多追求者中的一员，而且是最有希望的那个。听到自己心爱的姑娘就要嫁给别人，他气得发疯。他立刻带着军队前往拉丁姆城，试图以武力来阻止拉丁姆人与异乡人联姻。

阿勒克托的第三个阴谋非常巧妙。拉丁姆城中有一位农夫，他有一头鹿，它漂亮又温顺。白天，它在山野里玩耍，夜幕降临时，就会回到主人家。农夫的女儿悉心照料这头鹿，给它梳毛，给它的角戴上花环。远近的农夫都认识这头鹿，大家合力保护它。任何伤害它的人都会受到严厉惩罚，就算是自己人也不例外。要是异乡人胆敢这么做，更会激起公愤。埃涅阿斯的幼子阿斯卡尼俄斯就在复仇女神的怂恿下犯了大忌。他外出打猎时，复仇女神将他和猎犬引到了那头鹿休憩的地方。他朝它射了一箭，使它身受重伤，但它还是勉强逃回了家。它见到女主人最后一面，便倒地而死。阿勒克托立刻把这件事传开了。愤怒的农夫们要杀死阿斯卡尼俄斯，特洛伊人则奋起保护他。战事一触即发。

图耳努斯刚到拉丁姆城后不久，这个消息就传到了城里。城里的民众向特洛伊人举起武器，城外的鲁图里安军队已扎营。这种状况让老拉丁努斯国王吃不消，加上王后极力反对，老国王干脆躲进宫中闭门不出，一切顺其自然。埃涅阿斯要是想得到拉维尼亚，看来自己的准岳父是帮不上忙了。

拉丁姆城有一种风俗：雅努斯神殿的两扇折叠门在和平时期永远是关着的，一旦国王决定开战，他就要在号角声和战士们的呐喊声中把门打开。可是拉丁努斯正躲在宫殿里，没有出席这场神圣的仪式。正当市民们一筹莫展的时候，天后朱诺降临到人间。她亲手拔掉门栓，推开了殿门。军容严整，甲胄闪亮，战马神采奕奕，战旗随风飘扬……这一切令整个城邦沸腾。人们为这场即将展开的大战而欢呼。

现在，强大的拉丁姆和鲁图里安联军将与这一小队特洛伊人开战。他们的领袖图耳努斯是一位身经百战的勇猛战士，他的得力助手米赞提俄斯也是一位优秀的战士。只是他性情残忍，以至于他的臣民——伟大的伊特鲁里亚人发动了叛变，他不得已才投奔了图耳努斯。图耳努斯的另一位得力助手是少女卡米拉。她从小和父亲一起生活在荒原上。早在孩提时期，当她的小手刚能握住弹弓或弓箭时，她就能把疾飞的鹤或野天鹅射下来。她奔跑的速度几乎和鸟类飞翔的速度一样快。她熟谙各种战斗技巧，在投掷标枪、使用双面斧、射箭等方面都无人能敌。她蔑视婚姻，热爱狩猎、战斗，以及自由。她率领的战队中有很多英武的少女。

第十六章　埃涅阿斯历险记

特洛伊人驻扎的营地附近有条大河。在他们腹背受敌的时候，河中的河神梯伯托梦给埃涅阿斯，叫他赶紧溯流而上，去找伊凡德耳求援。他是一个贫穷的小城邦之主。这个小城邦日后会成为世界上最伟大的城市，那里的罗马城堡会高耸入云。河神说，埃涅阿斯一定会在那里获得他所需要的帮助。黎明时分，埃涅阿斯挑选了几员好将出发。梯伯河上第一次出现了满载铁甲战士的小船。他们来到伊凡德耳家中，受到了他和儿子帕拉斯的热情接待。主人带着客人参观简陋的宫殿，一路上给客人指出附近的景点：这里是塔耳皮亚巨岩，在它附近有座朱庇特的圣山（那里虽然现在荆棘丛生，但日后会耸立起世界上最金碧辉煌的神殿）；那里是一片满是牛群的低洼草地（那里日后会成为世人聚集的罗马广场）。国王介绍道："这里以前住着牧神、山林仙女和一个野蛮的种族。自从萨顿逃离了儿子朱庇特统治的天堂，流亡到这里以后，一切都变了。人们不再那么粗鲁无礼，不顾法度。在萨顿公正、和平的统治下，这里进入了'黄金时代'。可是几代之后，时移世易，对金钱的贪欲和对战争的狂热驱走了和平和正义。这片土地陷于暴君的统治之下。直到命运驱使我离开故乡阿耳卡，从希腊一路流亡至此，情况才有所改观。"

老国王讲完他的遭遇后，他们来到了他的简陋小屋中。那天晚上，埃涅阿斯等人就在这里过夜。他们躺在树叶铺就的床上，盖着熊皮毯子。第二天，他们在晨光和鸟叫声中醒来。国王带着他的随从和卫士——两条大狗来了。大家用过早餐后，国王给了埃涅阿斯他所寻求的忠告。他说，阿耳卡狄是个贫弱小国

（他以故乡的名字命名现在的城邦），虽然很想帮助埃涅阿斯，但心有余而力不足。这条河的对岸是富足而强大的伊特鲁里亚。他们的"前君主"现在正在帮助图耳努斯——就是那个因残暴而被推翻的米赞提俄斯。他是个残忍的怪胎，他设计了一套空前恐怖的杀人办法：把活人和死人面对面、手拉手地绑在一起，用令人作呕的尸毒慢慢熬死活人。

百姓们对米赞提俄斯恨之入骨，联合起来反抗他的统治。可他却成功逃走。民众决定把他捉回来，让他接受惩罚。他们一定会成为埃涅阿斯强大而坚定的盟友。老国王还说，他会让自己的独子帕拉斯和年轻的骑兵一起，追随埃涅阿斯奔赴战场。他还送给客人每人一匹快马，让他们尽快到达伊特鲁里亚。

在埃涅阿斯外出求援这段时间里，特洛伊人只能用土木工事来防御。因为他们的领袖和优秀的战士都不在，他们的压力极大。第一天，他们遵守埃涅阿斯临行前的命令——绝不主动出击，才保住现在的局面。可双方人数相差悬殊，除非能向埃涅阿斯通报战况，否则前景堪忧。但是，鲁图里安人把他们重重包围，怎样闯出去报信实在是个问题。但这一小队特洛伊人中有两位是不在乎生死的，这种极端的冒险本身就是他们尝试的理由。他们决定在夜幕的掩护下，穿过敌营，去向埃涅阿斯报信。

这两个人名叫尼索斯和欧律阿鲁斯。前者是个身经百战的老兵，后者是个初出茅庐的小伙子。他们都非常勇敢，而且极其渴望建功立业。他们两人习惯于并肩作战。无论是站岗，还是在战场上厮杀，他们总是在一起。突围的主意是尼索斯想出来的。他隔着壁垒眺望敌人的营地时，发现那边的灯光又少又暗，营中一片安静，敌军应该是睡着了。他把计划告诉了好友，没想到小伙子大喊道："我也要去！为了这项光荣的壮举，哪怕是死了也值得！"尼索斯非常担心，说："让我一个人去吧。如果出了事，你还能为我赎身或举行葬礼。你还年轻，

第十六章 ○ 埃涅阿斯历险记

生命还长。""别再废话了,赶紧出发吧!"尼索斯知道自己无法说服欧律阿鲁斯,只能伤心地答应了。

特洛伊军营中,首领们正在开会。他们走进去,汇报了自己的计划。首领们都同意了。大家流着泪,声音哽咽,向他们表示感谢,并许诺给他们丰厚的回报。"我只有一个请求,"欧律阿鲁斯说,"我的母亲也在军中。她不肯和其他女眷一起留在后方,只想跟着我,我是她唯一的亲人。如果我死了……""我会把她当成我的母亲。"阿斯卡尼俄斯打断他的话,"特洛伊沦陷那天,我失去了我的母亲。我会把你的母亲当成自己的母亲一样对待。我向你发誓。把我的宝剑带上吧,它会助你一臂之力的。"

他们出发了。他们穿过战壕,溜进敌营。敌人都在睡梦中。尼索斯低声说:"我去清出一条路,你来把风。"说完,他把睡着的敌人一个一个地杀死。他很有技巧,那些人来不及哼一声就死掉了。欧律阿鲁斯后来也加入这场血腥的屠杀。当他们到达敌营尽头时,这条血腥通路已经被完全打开,道路两旁堆满了尸体。正因如此,他们耽误了太多的时间,因而酿成大祸。天渐渐亮了。欧律阿鲁斯闪亮的头盔引起了拉丁姆骑兵的注意,他们向他盘问口令。他回答不出,只得一路冲向了树林。骑兵立刻知道了他们的身份,将树林团团围住。慌乱之中,二人被冲散。欧律阿鲁斯走错了路,尼索斯焦急地回来找他。欧律阿鲁斯已经落入敌人之手。怎样才能救出好友呢?尼索斯孤身一人,毫无胜算,但他宁可冒险战死,也不愿抛下好友。于是,他隐匿于林间,独自对抗整队骑兵,他用长矛偷袭了很多战士。骑兵的将领不知道这些致命的攻击来自何方,就转向欧律阿鲁斯大喊:"你要为此偿命!"他拔出宝剑,还没刺到欧律阿鲁斯的时候,尼索斯就冲了出来:"是我!全是我做的!杀了我吧,他只是跟随我而已。"他的话还没说完,宝剑已经刺进了欧律阿鲁斯的胸膛。小伙子倒在地上,

1200 年希腊罗马神话

奄奄一息。尼索斯砍倒了杀死好友的凶手，自己也身中多刀，倒在了好友身旁。

特洛伊人的其他冒险都是在战场上进行的。埃涅阿斯率领伊特鲁里亚大军赶回战场，与敌人展开了激战。此后的故事就变成了屠杀的竞赛。战役一场接着一场，过程大同小异：血流成河，铜号齐鸣，箭雨飞泻，马踏血尸……无数英雄命丧于此。在战争结束之前，恐怖事件也显得没那么恐怖。特洛伊人的敌人都死光了。卡米拉对自己褒奖一番才死去。凶残的米赞提俄斯也受到了应有的惩罚，但他年轻而英勇的儿子却为了保护他而死在了他前头。特洛伊的盟军也死了不少人，伊凡德耳的独子帕拉斯也在其中。

最后，埃涅阿斯和图耳努斯单独决斗。此时的埃涅阿斯早就不像故事一开始那样富有人性了。他变成了一个冷血的怪物，简直不像一个活生生的人。以前，他曾温柔体贴地背着老父亲、携着幼子逃出着火的特洛伊城；他曾在迦太基城体会到同情的滋味，庆幸自己来到了一个人们"会为命运而落泪"的地方；他曾身着盛装在狄多的宫殿中漫步，这也是合乎情理的。但在拉丁姆战场上，他变成了一个可怕的怪物。他"巍峨如阿陀斯和亚平宁山，他撼动

粗壮的橡树,把山巅上的积雪送入云端";他又像"百臂百手巨人埃伽翁,五十张大口喷着火焰,五十面盾牌轰鸣,五十把锋利的宝剑上下翻飞——埃涅阿斯就这样在战场上发泄着自己的怒火"。他与图耳努斯的这场决斗毫无趣味可言。因为图耳努斯对抗埃涅阿斯,就像人类对抗闪电或者地震一样徒劳。

维吉尔的长诗写到图耳努斯之死就结束了。据说,埃涅阿斯后来娶了拉维尼亚公主,为创建罗马民族奠定了基础。根据维吉尔的说法,罗马民族"把艺术和科学留给了其他民族,他们要履行的是命中注定的使命:统治全世界的各个民族,迫使他们接受顺从和不抵抗的原则。宽恕谦卑的人,打倒骄傲的人"。

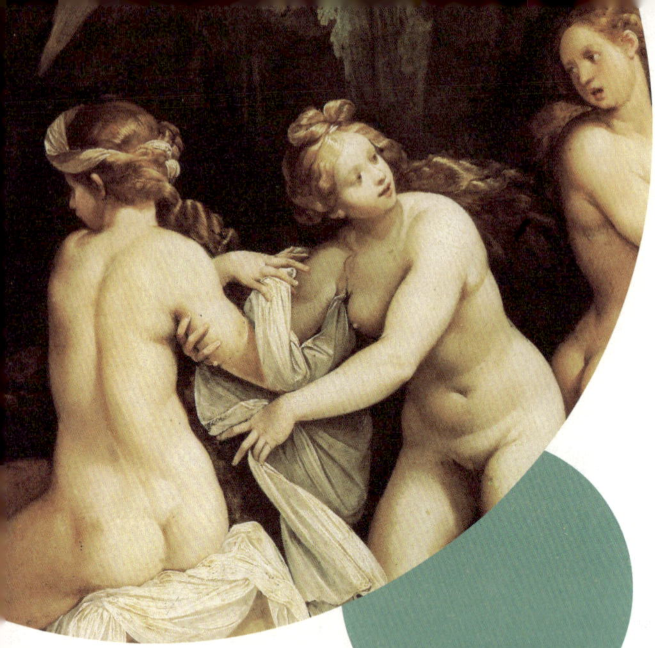

CHAPTER 5
第五篇

神话中的重要家族

第十七章
阿特柔斯家族

阿特柔斯及其子孙的故事之所以重要，是因为公元前5世纪的悲剧诗人埃斯库罗斯以此为题材创作了他最伟大的戏剧《俄瑞斯忒亚》。这部戏剧由《阿伽门农》《奠酒人》和《报仇神》三部剧作组成。除了索福克勒斯创作的关于俄狄浦斯及其子女的四联剧之外，没有一部希腊悲剧能与之媲美。其中，坦塔罗斯宴请诸神的故事是由公元前5世纪初的诗人品达讲述的。但他特意说这个故事并不真实。坦塔罗斯受罚的情节最早出现在荷马史诗《奥德赛》中，另有很多诗人讲述了此节。本章取材于《奥德赛》。安菲翁和尼俄柏的故事取自奥维德，他把这个故事讲得最完整。至于珀罗普斯在赛车中取胜的故事，我采用的是公元1世纪或2世纪的作家阿波罗多洛斯的版本。它也是我们所能见到的版本中最完整的。阿特柔斯和梯厄斯忒斯的罪行以及之后发生的故事都取材于埃斯库罗斯的《俄瑞斯忒亚》。

阿特柔斯家族是神话中最著名的家族之一。当年率领希腊人征服特洛伊的阿伽门农就是这个家族的成员，他的妻子克吕泰涅斯特拉和他们的子女都非常有名。他们育有三个子女：伊菲革涅亚、俄瑞斯忒斯、厄勒克特拉。他的弟弟墨涅拉奥斯是美女海伦的丈夫，特洛伊战争即因她而起。

这个家族总是被不幸的魔咒所笼罩。人们认为，这一切都应该归咎于他们的一位祖先——吕底亚国王坦塔罗斯。他曾做了一件极其愚蠢的事，导致自己受到了可怕的惩罚。但事情并未因他的死而结束。他播下的邪恶种子一直延续到后代，他们也犯下同样邪恶的罪行，当然也招致同样严厉的惩罚。这是个遭受诅咒的家族。他们身不由己地犯下罪行，为自己和无辜的人带来深重的苦难和痛苦的死亡。

坦塔罗斯和尼俄柏

坦塔罗斯是宙斯的儿子。在宙斯的诸多凡人子女中，他最受众神的宠爱和尊敬。他是唯一一个可以与众神同桌用餐、共尝珍馐、共饮琼浆的凡人。不仅如此，众神还屈尊来到他的宫殿，与他共进晚餐。然而，他却做了一件极其残暴的事来回报众神的恩宠。此事之匪夷所思，到了连诗人都无法解释的地步——他杀了自己的独子珀罗普斯，放进大锅里煮熟，将人肉端来给诸神享用。显然，他憎恨神，竟到了甘愿杀子的地步。他想让神变成食人的恶魔。他想通过这种骇人的方式让世人知道，高高在上、令人崇敬的神同样很容易被欺骗。这种动因也不无可能。总之，他蔑视众神，极端自信，做梦都没想到客人们早就知道他端上来的是什么"佳肴"。

他是个蠢货，众神对他的诡计心知肚明。他们离开那个恐怖的宴会，痛斥设计这一骗局的罪人。他们决定对他给予严惩，好让其他人以此为戒，再也不敢侮辱神明。他们把这个罪人囚禁在冥界的一个池塘中。每当他口渴难忍、弯腰喝水时，水位就降到地面以下；而他一直起身，水位又恢复了正常。他永远都喝不到水。池塘边的树上挂满了梨子、石榴、红苹果和甜美的无花果，可每次他伸出手的时候，风就会把它们吹到他够不着的地方。他就这样站在那里——在清澈的水和丰美的果子旁边，永远又渴又饿地站着。

诸神救活了他的儿子珀罗普斯，但他们不得不用象牙为他打造一个肩膀。据说，有一位女神——不确定是得墨忒耳还是忒提斯——不小心吃了一口那可怕的菜肴，以至于这个孩子被拼凑起来时少了个肩膀。这个丑陋的故事并没有因时间流逝而被美化，它依然存留着野蛮时代的残酷元素。后来的希腊人并不喜欢这个故事，并对它表示强烈抗议。诗人品达称它：

一个充斥着华丽谎言的故事。
人们绝不应该谈论诸神的食人行为。

无论这个故事真假，珀罗普斯的余生仍算顺遂。在坦塔罗斯的后代中，只有他没有遭受厄运。虽然他追求的是一位令无数男子丧生的女人，但他的婚姻却很幸福。这个女人是希波达弥亚公主。许多男人为她而死，但这不能怪她，应该怪她父亲。国王有两匹健硕的骏马，是战神阿瑞斯送给他的。他不想把心爱的女儿嫁出去，就对前来求婚的青年们说，要想娶公主，就得跟他赛马。如果求婚者获胜，他就把女儿嫁给他；如果他获胜，求婚者就得死。很多鲁莽青年因此送命。前车之鉴如此惨烈，却未能让珀罗普斯止步——因为他的马是海神波塞冬送给他的。他对它们很有信心。最后他赢了。另一则故事说，他之所以取胜，并不是因为波塞冬的马，而是因为希波达弥亚爱上了他。也可能是因为，公主突然觉得应该终止这项惨绝人寰的比赛。于是，

第十七章 ○ 阿特柔斯家族

她贿赂了父亲的车夫弥耳提洛斯。车夫拔下了国王战车车轮上的螺栓，珀罗普斯毫不费力就获胜了。后来，珀罗普斯杀了车夫，车夫在临死时诅咒了他。所以有人认为珀罗普斯是这个家族的祸根。不过，大多数作家认为，是坦塔罗斯的恶行导致了家族的厄运。这样说似乎更合情理。

命运最悲惨的是坦塔罗斯的女儿尼俄柏。起初，诸神对她就像对待珀罗普斯一样，格外恩宠。诸神为她安排了幸福的婚姻，让她嫁给了宙斯的儿子安菲翁。安菲翁是一位杰出的音乐家，他曾和孪生兄弟仄托斯一起为忒拜城建造防御工事，在城邦四周修建高墙。仄托斯体格健硕，他瞧不起安菲翁的做派——对充满男子气概的运动一窍不通，终日只顾着摆弄他的乐器。然而，当他们开始搬运石块时，这个温和的音乐家却胜过了四肢强壮的运动员——安菲翁弹奏着竖琴，石头追随着琴声，自行滚到了忒拜城墙边。

他和妻子尼俄柏共同统治着忒拜城，直到坦塔罗斯遗传给她的癫狂品性发作之前，他们都过着幸福快乐的生活。尼俄柏在各个方面都比普通的凡人出众。她家财万贯，出身高贵，手握大权，又生了七个貌美如花的女儿和七个英俊潇洒的儿子。她自认为比神祇更优秀。她自命不凡，不仅像她父亲一样欺骗诸神，还公然鄙视他们。

她让所有忒拜人膜拜自己："你们敬拜勒托，可是跟我相比，她算得了什么？她不过生了阿波罗和阿耳忒弥斯，可我的子女是她的七倍之多！我是位高权重的王后，她只不过是个无家可归的流浪者，只有小小的得罗斯岛愿意收留她。我幸福、强壮、伟大——任何人或神都无法伤害我。我要在勒托的神殿里接受你们的敬拜。从此以后，这里不再属于她，只属于我。"

人类这种傲慢的言辞总会传入诸神的耳中，诸神也一定会对他们施以颜色。弓箭之神阿波罗和狩猎女神阿耳忒弥斯从奥林匹斯飞往忒拜，将尼俄柏引以为傲的儿女全都射死。她看到年轻俊美的儿女们带着一种难以形容的痛苦之情挣扎着死去，变成一具具冰冷的尸体。她跪倒在地，一动不动。无论是她的身体还是心灵，都变得如石头一般冰冷而坚硬，只有两汪眼泪还汩汩地流个不停——她变成了一块日夜流泪的石头。

珀罗普斯有两个儿子——阿特柔斯和梯厄斯忒斯。祖先的邪恶品性也遗传给了他们。梯厄斯忒斯爱上了哥哥的妻子，并成功诱骗嫂子违背了婚誓。阿特柔斯发现他们的奸情之后，发誓要让弟弟付出前所未有的惨痛代价。他杀了弟弟的两个孩子，把他们切成碎块煮熟，端给了梯厄斯忒斯。梯厄斯忒斯在不知情的情况下吃了下去——

> 这个可怜的家伙，得知那可怕的罪行，
> 惨叫了一声，倒退数步，
> 把吃下去的肉吐了出来。
> 他当场砸碎了餐桌，
> 祈求上苍，
> 让这个家族遭受最恐怖的厄运。

阿特柔斯是国王，梯厄斯忒斯拿他没办法。阿特柔斯在世期间，他的残暴罪行并没有遭到报应。但是，他的子孙后代却厄运缠身，吃尽苦头。

第十七章 ○ 阿特柔斯家族

阿伽门农及其子女

奥林匹斯众神齐聚一堂，众神之父宙斯首先发言。他非常生气，因为人类总是以卑劣的态度来对待神。他们自己作恶，又为恶行导致的恶果责备神。即便神早就警告过他们，人类还是把一切推诿到神身上。"你们都知道被阿伽门农之子俄瑞斯忒斯杀死的埃癸斯托斯吧？"宙斯说，"他爱上了阿伽门农的妻子。阿伽门农从特洛伊战场上回来后，被这个诱骗他妻子的人杀死了。这件事当然不能怪我们。我们曾让赫尔墨斯阻止过埃癸斯托斯，'俄瑞斯忒斯会为阿特柔斯之子报仇的。'即便如此，友善的劝诫没能阻止埃癸斯托斯的恶行。现在，他终于遭到了报应。"

《伊利亚特》中的这段话是关于阿特柔斯家族最早的记载。在《奥德赛》中，奥德修斯抵达了淮阿喀亚人的国度，向他们讲述他曾经的历险故事时说道，他在冥界曾遇到许多亡魂，其中最让他同情的是阿伽门农的亡魂。阿伽门农死得实在太不光彩了，他就像一头任人宰割的公牛，在餐桌旁被人杀害。他的亡魂说："是埃癸斯托斯在我那受诅咒的妻子的协助下干的。他邀请我去他家，趁我用餐时杀了我和我的部下。你肯定见过很多死于决斗或死于战场的人，但你一定没见过像我这样的家伙，死在酒杯和满桌菜肴之间，鲜血流了一地。卡珊德拉濒死时的尖叫声在我耳边回响。我的妻子克吕泰涅斯特拉隔着我的身体杀了她。我想伸出手去扶她，却没有力气，因为我也快要死了。"

这就是这个故事的最初版本：阿伽门农被他妻子的情人所杀。这件卑鄙龌龊的事不知道流传了多久。几个世纪后，我们看到了另一个不同的版本。那是埃斯库罗斯在公元前 450 年创作的。那是个伟大的故事，关于顽强的复仇、悲剧的情感、不可逃避的厄运。阿伽门农之死，不再与一对罪恶男女的奸情有关。相反，他的死与母亲对女儿的爱有关，与母亲为女儿复仇有关。埃癸斯托斯这个人物几乎没出现过。阿伽门农的妻子克吕泰涅斯特拉是其中最重要的角色。

阿特柔斯有两个儿子——远征特洛伊的总指挥阿伽门农和海伦的丈夫墨涅拉奥斯。两人的结局完全不同。墨涅拉奥斯并不出色，但晚年生活还算不错。他一度失去了爱妻海伦，但在特洛伊城沦陷之后，她又回到了他身边。雅典娜让暴风雨吹袭希腊船队，他被吹到了埃及，但最终还是平安返乡，此后和海伦过着幸福的生活。他的哥哥阿伽门农就没他这样的好运。

特洛伊城沦陷之后，阿伽门农是众首领中最幸运的一位。暴风雨夺走了很多人的性命，还有很多人漂泊到遥远的异国他乡，只有他的船避开了种种危难，平安返乡。他载着征服特洛伊的伟大荣誉凯旋。家乡的百姓都在等待这位英雄。他登陆之后，人们热烈欢迎他回家。他似乎是所有战士中最辉煌的一个——功成名就，重返故国，即将再度享受和平与幸福。

在欢迎他返乡的人群中，有些人却面露忧虑。预言在人群中流传。"他会遇到不祥的事，"他们低声说，"宫里看起来一切正常，但早已物是人非。如果那座宫殿能说话，它一定会说出很多蹊跷之事。"

城中的老者们聚集在宫殿前，等待着向国王致敬。他们看起来忧心忡忡，似乎比街上那些人还要焦虑，怀着更加不祥的预感。他们一边等待，一边低声谈起往事。他们年纪大了，觉得往事似乎比当下更加真实。他们回忆起伊菲革涅亚公主，那个天真可爱的少女，她全心全意信赖她的父亲，却被无情送上祭坛，遭到残忍杀害。周围人都无动于衷。老者们谈论当时的情景，就像在谈论一件记忆犹新的往事，仿佛他们当时就在现场。似乎他们同她一起，听见自己的父亲命人把她抬上祭坛杀掉。当然，阿伽门农也是迫不得已。希腊大军迫切需要

第十七章 ○ 阿特柔斯家族

一场顺风,好起航前往特洛伊。不过,事情并非如此简单。他之所以屈从于希腊大军的要求,跟他家族中世代相传的邪恶品性有关。这是个被神诅咒的家族,恶行定会招致恶果。

> 嗜血,这是他们的本性。
> 旧伤还未愈合,
> 新血又涌了出来。

伊菲革涅亚去世已经十年,但她的死所造成的恶果却延续至今。老者们是有智慧的。他们知道,每一桩旧恶都会衍生新恶,每一桩恶行都会结出恶果。在这个欢庆胜利的时刻,那位死去的少女的冤魂对她的父亲造成了威胁。老者们议论说:"也许,一时还不会发生这样的事。"他们怀着一丝希望站在那里。不过,在内心深处,他们知道,复仇女神在宫中等待着阿伽门农。只是他们不敢大声说出口。

当年,克吕泰涅斯特拉在奥利斯亲眼看到了女儿之死。她回到故乡之后,就下定决心要为女儿复仇。她早就不再爱那个杀害女儿的凶手,所有人都知道她找了一位情人。在阿伽门农返乡之后,她也没有把情人藏起来,而是让

他继续留在宫中。没人知道深深的宫墙内究竟在酝酿着什么阴谋。正当所有人感到疑惑的时候，一阵嘈杂的喧闹声打乱了人们的思绪。阿伽门农的御用马车驶进了宫城，一个年轻貌美、表情古怪的少女坐在国王身边。仆人和市民们跟在马车后面。马车停了下来，宫门大开，王后缓缓走到大家面前。

国王下了马车，大声祈祷："愿胜利永远属于我！"王后容光焕发、昂首阔步上前迎接他。除了阿伽门农，在场的人都知道王后对国王不忠，但她仍露出坦然的笑容。她当着所有人的面，表达对国王的深情，对他在远行期间所遭受的苦难表示感同身受。"你是我们的救星，是我们坚固的防线。看到你，就像风暴中的水手看到陆地，就像口渴的人看到溪流。"

阿伽门农客气地回应了她的问候，转身走向王宫。进宫之前，他指着坐在马车上的女孩说："这是特洛伊国王普里阿摩斯的女儿卡珊德拉，她是'女俘虏之花'，是希腊联军送给我的礼物，你要好好照顾她。"说完，他走进了宫殿，宫门在这对夫妻的身后关上了。此后，他们两人再也没有一同走出宫门。

群众渐渐散去，只有老者们还在肃静的宫殿外不安地等待。那位"女俘虏之花"引起了他们的注意。他们好奇地打量着她。他们听说过这位拥有预言能力的女孩。虽然她的预言都会成真，但却没人相信她。她面色惊恐地问道："这是哪儿？是谁的王宫？"老者们柔声安慰她，告诉她，这是阿特柔斯之子阿伽门农的宫殿。她失声惊叫道："不！这是一座被神诅咒的房子。有人会死在里面，鲜血会染红地板。"老者们互相看了一眼。鲜血、死亡，这正是他们所担心的事。他们知道，恶行终将招致恶果。可是，一个异乡人怎么会知道过去的事情呢？她哭着说："我听见了，听见孩子们在哭。"

第十七章 ○ 阿特柔斯家族

> 他们为流血的伤口哭泣。
> 因为他们的父亲享用的，
> 竟是儿女的肉。

那是梯厄斯忒斯父子……她是从哪里听说的？接着，她又说出了更多令人战栗的话。她似乎亲眼见到了曾经发生在这座王庭中的种种祸事，仿佛她当时就站在旁边，目睹了一桩又一桩罪行的发生。然后，她转过身来，喊道："就在今天！还有两个人会出现在这张死亡名单上。哦，天哪！我竟是其中之一……我要一直忍受到死亡来临那一刻。"说完，她向宫殿走去。老者们试图阻止她，不让她进入那个不祥之地，但她不听。她走了进去，从此再也没出来。四周一片沉寂。突然，一阵可怕的叫声划破了静默。一道痛苦的男声从宫门内传来："神哪——我被刺中了！致命的一剑……"然后，一切又归于沉寂。老者们惊慌地聚在一起，说："那是国王的声音，我们现在该怎么办？闯入殿中吗？""快，快点儿！我们必须知道发生了什么！"他们互相催促着。正在这时，宫门打开了，王后站在门口。似乎没有硬闯的必要了。

王后的手上、脸上、衣服上到处是殷红的血，她毫不畏惧、神情自若地站在那里，坦陈刚才发生的事情："我的丈夫死了。是我杀的。"血在她的衣服和面孔上显得耀眼。她很高兴：

> 他喘息着倒在地上，

> 他那黑色的血花，
> 喷涌而出，溅在我的身上。
> 那死亡的血珠如甜蜜的甘露，
> 降临在玉米抽芽的时节。

　　她无意为自己的作为做些许的解释或辩白。她不觉得自己是一个凶手。她是一个死刑的执行者，仅此而已。她惩罚了一个杀人犯，一个杀害自己女儿的罪徒：

> 他毫不顾惜女儿的性命，
> 仿佛她只是一只小羊。
> 当羊群挤满了羊圈，
> 谁还会在乎那一只小羊呢？
> 他杀了她——他的亲生女儿，
> 只为那道抵挡色雷斯强风的灵符。

　　她的情人跟了出来，站在她的身边——他就是梯厄斯忒斯的小儿子埃癸斯托斯。他是在那场可怕的人肉宴席后出生的。他本人和阿伽门农并无仇怨。当年宰杀侄子并将其烹成菜肴的阿特柔斯已经死了，所以这一切报应就落到了他儿子的头上。

　　王后和他的情人应该知道，邪恶是不能被邪恶所终结的。他们刚刚杀死的、躺在他们脚下的两具尸体就是明证。但此刻，他们却因复

第十七章 ○ 阿特柔斯家族

仇成功而颇感得意，忘记了这一点。克吕泰涅斯特拉对她的情人说："我们不要再杀人了。如今我们成了这里的主宰，我们要把一切都整顿好。"真是无稽的妄想。

克吕泰涅斯特拉共有三个孩子：死去的女儿伊菲革涅亚、儿子俄瑞斯忒斯和女儿厄勒克特拉。如果当时俄瑞斯忒斯在场，埃癸斯托斯一定会杀了这个将来可能对自己产生威胁的男孩。可是，那时男孩正好被送到一个可靠的朋友家里去了。埃癸斯托斯不屑杀死女孩，就想尽各种办法折磨她，以至于厄勒克特拉只剩下一个愿望——盼望弟弟能回来替父亲报仇。"报仇……该怎么做呢？"她一遍又一遍地问自己，"埃癸斯托斯必须得死。但只杀他一个还不足以伸张正义，因为另一个比他的罪孽更深重。可是，儿子为父亲报仇而杀了母亲，又是否符合正义呢？"在母亲和埃癸斯托斯统治时期，她每天都在苦苦思索这个问题。

俄瑞斯忒斯长大成人后，他比姐姐更清楚此时处境的可怕。替父报仇当然是儿子的责任。但弑母也是人神不容的罪行。最神圣的义务与最残暴的罪行密切相连。他要想做正确的事，就必须在两件事中做出选择——要么成为叛父的逆子，要么成为弑母的罪人。

这个困惑而痛苦的年轻人来到德尔斐神殿询问神谕。阿波罗清楚地告诉他：

> 杀了那两个人，
> 　　以命抵命，
> 　　以血还血。

俄瑞斯忒斯知道，家族的诅咒已经降临到他身上。他必须为父弑母，然后以死谢罪。他回到阔别多年的故乡——当年，他离开此地时年纪尚小。他的表兄、挚友皮拉得斯和他一同返乡。两人从小一起长大，彼此间的情谊早已远超兄弟。厄勒克特拉不知道弟弟就要回来了，还在那里守望。她一直在盼望他归来，了结她今生唯一的心愿。

一天，厄勒克特拉来到父亲墓前，献上祭品，并祈祷道："父亲啊，请您指引俄瑞斯忒斯回家吧！"突然，俄瑞斯忒斯出现在她的身边，轻唤了一声："姐姐。"他把披风拿给她看。那是她亲手为他缝制的。当年他被送离家乡时，她把他裹在了这件披风里面。其实，他根本不需要证明。她喊道："你和父亲长得一模一样！"厄勒克特拉一股脑儿地把这些年无处倾诉的情感全部倾吐而出：

> 我把一切情感都寄托在你身上了——
> 　　我本该给亡父的爱，
> 　　本该给母亲的爱，
> 　　给苦命的姐姐的爱，
> 　　它们全都属于你，

第十七章 ○ 阿特柔斯家族

属于你一个人。

俄瑞斯忒斯沉默地思考着当前的处境。他没有回应她,甚至都没听到姐姐的倾诉。他满心想的都是阿波罗的神谕。他打断了姐姐,怀着恐惧说道:

他叫我安抚愤怒的死者。
他说:那些无人为他哭泣的死者,
永远无家可归,寻不到一处荫庇之所。
没有香火会为他而燃,没有朋友会思念他。
他将孤零零地走在死亡之路上。
神啊!我该相信这样的神谕吗?
可是,可是——
此事必须做。
我必须如此。

姐弟和表兄三人制订了一个计划:俄瑞斯忒斯和皮拉得斯假扮信使,去王宫传达俄瑞斯忒斯已死的消息。克吕泰涅斯特拉和埃癸斯托斯一直害怕俄瑞斯忒斯会回来复仇。他们听到这个消息,一定会高兴地召见信使。俄瑞斯忒斯和皮拉得斯一进王宫,就出其不意杀了他们。

果然,他们被召见了。厄勒克特拉则在外面等候消息。这是她一生中最漫长的等待。宫门慢慢被打开了，一个女人走了出来，神色平静地站在台阶上——那是她的母亲克吕泰涅斯特拉。她刚站了一会儿，一个仆人冲出来尖叫道："谋反！主人！谋反！"他气喘吁吁地对她说，"俄瑞斯忒斯还活着！他就在这儿！"她瞬间就明白了一切——过去的一切，以及未来的一切。她厉声叫仆人拿来一把斧子，她决心为了自己的性命和儿子一战。但她一拿起武器，就改了主意。一个年轻人从宫中走出来，手持一把滴血的宝剑。她很清楚拿剑的人是谁，也很清楚剑上滴的是谁的血。她立刻想到了一条比肉搏更保险的自保之计——她是他的生身之母。"停下来，我的儿子。你看，我的胸脯，你那沉重的小脑袋曾依偎在这里安睡，你那没长牙的小嘴曾在这里吮吸乳汁。如今，你都长这么大了……"听了这番话，俄瑞斯忒斯喊道："啊！皮拉得斯，她是我的母亲啊！我能放过她吗？""不行。这是阿波罗的旨意，你必须遵守。"皮拉得斯严肃地回答。"您跟我来吧！"俄瑞斯忒斯对她说。克吕泰涅斯特拉知道自己失败了，她平静地说："儿子，看来你要杀死你的母亲了。"她走了进去，他跟在她身后。

　　当他再次走出门的时候，不用说，那些等候在庭院中的人都知道刚刚发生了什么。他们什么也没问，只是用怜悯的目光看着这个国家的新主人。可他似乎没看见他们，只是目光坚定地望着他们身后。他喃喃地说："那个人死了。我杀他是理所应当的。他是奸夫，他必须死。但是，我的母亲呢？那些事是她做的吗？啊！我的朋友们，我杀了自己的母亲。不过，我这么做是有理由的——她很卑鄙。她杀了我的父亲。神憎恨她。"

　　他的眼睛一直盯着那些只有他能看得见的恐怖幻影。他尖叫道："你们看！那边的女人……是黑色的，全身都是黑色的。头发长长的，像蛇一样……"众人连忙告诉他说："那里根本没有什么女人，一切

第十七章 ○ 阿特柔斯家族

都是你的幻觉。别怕。""难道你看不见她们吗？"他喊道，"不！我看见她们了！她们是我母亲派来的。她们围着我，眼睛里淌着鲜血……啊！让我走。"他狂奔出去。除了那些幻影，没人陪他一起。

他再度回到这个国家是很多年以后的事了。多年来，他到处漂泊，被那些可怕的幻影所追赶，日渐憔悴，痛苦不堪。他失去了所有人珍视的一切，却得到了新的收获。他说："痛苦教会了我很多。"他意识到：没有什么罪过是无法补偿的，哪怕是弑母之罪。阿波罗把他送往雅典，向雅典娜寻求帮助。他深信，神是不会拒绝一个真心渴望赎罪的人的。经过多年的流浪和痛苦，他身上的黑色污点变得越来越模糊。他甚至相信，时至今日，他身上的污点完全消失。"我可以用纯洁的双唇和雅典娜女神说话了。"他说。

雅典娜倾听了俄瑞斯忒斯的陈情，阿波罗也站在他这一边，说："我应当为他的罪行负责。这一切都是我的旨意。"那些对俄瑞斯忒斯穷追不舍的幻影——"复仇女神"厄里倪厄斯则表示反对。俄瑞斯忒斯静静听完复仇女神的抗议。他说："有罪的人是我，不是阿波罗。我应当为此承担罪责。但是，我的罪过应该被涤清了吧！"这样的话还是头一次从阿特柔斯家族成员的口中说出来。因为他们从未曾因罪行而受苦，也不曾努力涤清罪过。雅典娜接受了他的申辩，并劝复仇女神也放他一马。随着这项新的宽恕法令的确立，"复仇女神"厄里倪厄斯变成了仁慈的"和善女神"欧墨尼得斯，成为所有恳求者的保护神。她们赦免了俄瑞斯忒斯。他一被赦免，那个笼罩着阿特柔斯家族的诅咒就消失了。他作为一个自由人，走出了雅典娜的法庭。他和子孙们再也不会被那种不可抗拒的力量所支配而身陷罪孽。阿特柔斯家族的诅咒就这样被破除了。

伊菲革涅亚与陶里安人

这个故事完全取材于公元前5世纪的悲剧诗人欧里庇得斯的两部作品。除了他之外,没有人完整讲述过这个故事。在古希腊三大悲剧诗人中,只有欧里庇得斯喜欢通过神明解围来制造完美的结局。但在我们看来,这是一大败笔。在下面这个故事中,它更显得多余。因为即使没有这阵逆风,故事也完全可以得到相同的结局。事实上,雅典娜的出现反而破坏了完好的结构。世界上最伟大的诗人之一之所以会出现这样的失误,可能是因为当时雅典正在和斯巴达交战,饱受战争折磨的雅典人渴望看到奇迹,欧里庇得斯就顺应了他们的意愿。

前文说过,希腊人不喜欢杀人祭神的故事。不论这样做是为了让神祇息怒,还是为了向大地之母祈求丰年,抑或其他任何目的。希腊人和我们一样,认为把人当作祭品是非常可憎的行为。如果有神祇提出这种要求,那么他一定是个邪恶的神。正如欧里庇得斯所说:"如果神灵作恶,那他就不再是神。"因此,伊菲革涅亚在奥利斯被献祭的故事必然会有其他版本。根据早期的记述,伊菲革涅亚被杀是因为狩猎女神阿耳忒弥斯最喜爱的野生动物被希腊人杀了,所以这些有罪的希腊人必须献祭这个少女,才能获得女神的原谅。但是,后来的希腊人觉得,这完全是对阿耳忒弥斯的诋毁。那位保护野生动物和弱小生灵的森林女神,不可能提出这样的要求:

圣洁的阿耳忒弥斯女神,
她会温柔地善待朝露般的少年,稚嫩的婴儿,
还有漫步在草地上的年轻恋人。

第十七章 ○ 阿特柔斯家族

整个森林里的生灵都是她的心头挚爱。

因此,有人为这个故事创作了另外一个结局。伊菲革涅亚在奥利斯等待着死亡的召唤,她的母亲陪在她身边。当希腊士兵带她去祭坛时,她不让克吕泰涅斯特拉陪她一起去,并说:"母亲,让我一个人去吧!这对您和我来说都好。"于是,克吕泰涅斯特拉一个人留了下来。后来,她看到一个年轻人向她飞奔过来。她不明白,为什么还会有人赶来向她报告女儿已死的消息。"好消息!"他大喊道。他告诉克吕泰涅斯特拉,"您的女儿没有死,这一点我敢保证。虽然没人知道究竟发生了什么,但是当祭司要动手、所有人都悲伤地低下头的时候,只听见祭司大叫了一声。奇迹出现了:伊菲革涅亚不见了,在祭坛旁边躺着一头鹿,它的喉咙被割开了。这一定是阿耳忒弥斯女神做的。她不想让神圣的祭坛上沾满人血,才自己提供了祭品,接受了这场牺牲。您相信我,我是亲眼所见,您的孩子一定被神带走了。"

伊菲革涅亚并没有被神带到天堂,而是被阿耳忒弥斯送到了"不友善之海"岸边陶里安人的国度(即现在的克里米亚半岛)。陶里安人是个野蛮的民族,他们有个野蛮的习俗:杀死出现在这片土地上的所有希腊人,用来祭祀女神。阿耳忒弥斯为了保护伊菲革涅亚,就让她做了自己神殿里的女祭司,负责处理祭品。这是个可怕的任务。她虽然不用亲手杀害自己的同胞,却要通过看似神圣的古老仪式"净化"他们,再交给陶里安人动手。

她在神殿里服侍女神很多年以后,有一天,一艘希腊的船停在了这片不友善之海的岸边。它不是被暴风刮来的,而是主动驶向这里的。所有人都知道陶里安人是怎样对待希腊人的,所以,这艘希腊船只停在这里一定是出于非常迫切的理由。黎明时分，两位年轻人下了船，悄悄走向神殿。他们出身高贵，看上去就像国王的儿子。其中的一位愁容满面。他低声对朋友说："皮拉得斯，你看是不是这里？""没错，俄瑞斯忒斯，这一定是那个遍布鲜血的地方。"对方回答。

难道是俄瑞斯忒斯和他的挚友来到这里了吗？他们来这个残害希腊人的国度做什么？此时，俄瑞斯忒斯弑母的罪行是否已经获得赦免？这件事发生在他获得赦免之后。在这个故事中，虽然雅典娜宣布他涤清了罪过，但是，并不是所有的复仇女神都接受这个判决。她们中的一部分还在继续追逐他——至少他自己是这么认为的。即使雅典娜宣布赦免了他，但他的内心还是无法获得平静。追逐他的复仇女神人数变少了，但她们始终都在，并且片刻未曾远离。

他几近绝望，再次来到德尔斐神殿。如果他在这个全希腊最神圣的地方都无法得到帮助，那其他地方就更不必考虑了。阿波罗的神谕给了他一线希望，但他只有甘冒奇险才能实现它。女祭司说，他必须前往陶里安人的国度，搬走阿耳忒弥斯神殿里的神像，把它立在雅典，只有这样才能治愈心病，摆脱恐怖的幻影。这件事是极其危险的。但他的全部人生希望都依赖于此。因此他决定，不管付出什么代价，都要试一试。他的挚友皮拉得斯陪他一同前往。

两人来到神殿附近，发现只有晚上才能行动。他们不可能在光天化日之下把神像搬走。于是，他们找到一个偏僻阴暗的角落躲了起来。

伊菲革涅亚像往常一样，满怀悲伤地执行着侍奉女神的种种工作。突然，她的工作被一位信使打断。信使说，有两位年轻的希腊人被捕了，他们马上就要被杀了祭神，请女祭司做好举行神圣仪式的准备。她经常感受到的恐惧再度攫取了她的心。一想到那可怕的流血场面和牺牲者的痛苦，她就忍不住颤抖起来，尽管那场面她非常熟悉。但这一次，她的心中萌生了一个新的想法。她自问道："难道一位女神会

第十七章 ○ 阿特柔斯家族

下这种命令吗？她真的乐于看到这种血腥的场面吗？我不相信。一定是这个国家的人嗜血如狂，却把罪责推到神身上。"

她正站在那里沉思时，两个俘虏被带了进来。她打发侍从先进去做准备，这时只剩下他们三人。她与两个年轻人攀谈起来。她问他们家乡在哪里。家乡，那个再也回不去的地方。她边问，边忍不住流下了眼泪。看到这位女祭司这样富有同情心，兄弟二人感到很惊讶。俄瑞斯忒斯柔声说："你不用为我们感到难过。我们在踏上这片土地之时，就做了最坏的打算。"

伊菲革涅亚又问："你们是亲兄弟吗？"

俄瑞斯忒斯回答："情感上是，血缘上不是。"

伊菲革涅亚问："你们叫什么名字？"

俄瑞斯忒斯说："何必问临死之人的名字呢？"

伊菲革涅亚问："你们连从哪个城邦来的都不愿意告诉我吗？"

俄瑞斯忒斯说："我们来自迈锡尼，那里曾是繁华的城邦。"

伊菲革涅亚说："那里的国王是个伟大的英雄，他叫阿伽门农。"

俄瑞斯忒斯摇摇头说："我不知道他的事。我觉得我们没有谈下去的必要了。"

伊菲革涅亚哀求道："和我谈谈吧，求你。"

俄瑞斯忒斯只好说："他死了，被自己的妻子亲手杀死了，别再问下去了。"

伊菲革涅亚说："我再问最后一件事，他的妻子还活着吗？"

俄瑞斯忒斯回答："不。被她的儿子杀死了。"

三个人都沉默了。

"那是合乎正义的。"伊菲革涅亚颤抖着说，"只是，又邪恶又可怕。"她强迫自己镇定下来，又问："他们提到过那个被献祭的女儿吗？"

"他们都说她死了。"俄瑞斯忒斯说。

伊菲革涅亚的神色大变，显得既焦急又警觉，说："我想到了一个办法，可以救你们其中的一个。如果能逃出去，你们能不能帮我给我在迈锡尼的亲人捎一封信？"

俄瑞斯忒斯说："不，我不行，但是我的朋友可以。他是为了我才来到这里的。你把信给他，杀了我吧！"

伊菲革涅亚答应道："好，就照你说的做，等我去拿信。"她匆匆走开了。

皮拉得斯转过来对俄瑞斯忒斯说："不，我不能让你一个人留下来送死。如果我这么做，人们会以为我是个懦夫。不行！我爱你——我也怕那些闲言碎语。"

俄瑞斯忒斯说："我把我的姐姐交给你了。她是你的妻子，你不能抛弃她。至于我——死亡对于我来说是一种解脱。"

正当二人匆匆低语的时候，伊菲革涅亚拿着信走了进来。"我会劝国王让我的信使离开。不过，我要告诉你信里的内容。"她对皮拉得斯说，"万一你遇到麻烦，把信弄丢了，你还可以把口信转达给我的亲人。"

"这个计划很好，你要我把信交给谁呢？"

"俄瑞斯忒斯，阿伽门农的儿子。"她说。她的思绪飘回到迈锡尼，她没有看见这两个男人正用惊奇的目光打量着她。

"你一定要告诉他，"她继续说，"这是在奥利斯被献祭的那个姐姐的口信。她没有死。"

俄瑞斯忒斯尖叫道："难道死人能复生？"

伊菲革涅亚生气地说：

第十七章 ○ 阿特柔斯家族

"安静点儿！时间不多了，你告诉他，'弟弟，带我回家吧，把我从这个可怕的祭司职位中解救出来，带我离开这个野蛮的地方。'年轻人，你要记住，他的名字叫俄瑞斯忒斯。"

"神啊，这简直太难以置信了。"俄瑞斯忒斯喃喃地说。

"我是在和你说话，不是跟他。"她看着皮拉得斯说，"年轻人，你记住这个名字了吗？"

皮拉得斯回答道："当然。替你送信花不了多少时间。"他转过头，"俄瑞斯忒斯，这里有一封你姐姐让我转交给你的信。"

"我收到啦，真的太开心了。"说着，俄瑞斯忒斯就把伊菲革涅亚搂在了怀里，但她赶紧挣脱了。

"我怎么能确定呢？你有什么证据？"

"你记不记得，你在去奥利斯之前绣的最后一件图样？记不记得你在宫殿中的闺房？我可以描述给你听，房中都有什么。"

俄瑞斯忒斯证实了自己的身份。姐弟二人相拥而泣。"亲爱的弟弟，我在这世上最亲的人！我离开家乡时，你还是一个小男孩。这件事简直是奇迹啊！"

"可怜的姐姐，你和我一样，总是被厄运纠缠。你刚才差点儿就把亲弟弟杀死了。"

伊菲革涅亚尖叫道："真是太恐怖了，我刚才确实要做可怕的事。这双手差点儿要了你的命。可现在，我要怎么做才能救你呢？哪个人、哪位神能帮帮我们呢？"

皮拉得斯一直在旁边默默地听着。他很同情他们，但也很不耐烦。他认为行动的时刻到了。他提醒姐弟俩："等我们离开这危险的地方，再聊也不迟。"

俄瑞斯忒斯提议道："我们为什么不把国王杀掉呢？"

伊菲革涅亚说："不，不能这么做。这么多年来，国王托阿斯一直对我很好，不要伤害他！"

一个详细的计划突然浮现在她的脑海。她赶紧向这两个年轻人解释了一番。他们表示赞同，于是三人一同走进神殿。

过了一会儿，伊菲革涅亚抱着神像走了出来。这时，国王正准备跨入神殿。"站在那里，别动，国王。"国王大吃一惊，问她这是怎么回事。她说，国王抓来的两个男子是不洁的，他们是有污点的罪人，不能用来祭祀纯洁的女神。他们曾经杀了自己的母亲，这惹恼了纯洁的阿耳忒弥斯女神。

"现在，我要把神像带到海边去净化。"她说，"这两个人也必须带过去，洗清身上的血污，然后才能举行祭祀仪式。这些事必须由我亲自做。请您叫人把他们带过来，并且告知全城的人，不得靠近我。"

国王托阿斯回答："就照你说的做吧！用多长时间都行。"

于是，他望着这支队伍走向海边：伊菲革涅亚抱着神像走在最前面，随后是俄瑞斯忒斯和皮拉得斯，侍从们端着净化用的器皿走在最后。伊菲革涅亚大声祈祷着："童贞女王、纯洁的宙斯与勒托之女啊！愿您居住在圣洁的场所！愿我们永远快乐！"她一边说，一边走向俄瑞斯忒斯停船的地方。她的计划仿佛不可能失败。

她的计划失败了。他们三人在抵达海边之前，侍从们确实按照伊菲革涅亚的吩咐没有上前。他们心怀敬畏地站在岸边，等待伊菲革涅亚发号施令。三人匆匆上了船，准备扬帆起航。可是，一阵狂风袭来，吹得他们无法前行。他们用尽一切办法，船还是被吹了回来，眼看就要撞到礁石上了。这时，当地人已经明白他们要做什么。有人等着船只搁浅后冲上去抓人，有人跑向神殿报告国王这件事。国王怒气冲冲地从神殿赶来，要把亵渎神灵的俘虏和谋反的女祭司抓回来杀掉。正在这时，国王的头顶突然出现了一个金光闪闪的身影——是一位女神。

国王心生敬畏，后退了几步。

"站住，国王。我是雅典娜，放那艘船走吧，这是我的命令。现在，波塞冬让风浪停息了。伊菲革涅亚等人是按照神祇的指示行动的。息怒吧！"

托阿斯恭恭敬敬地回答道："伟大的女神啊！只要是您说的，我都会照办。"于是，岸上的人看到海面上立刻风平浪静，那艘希腊船只驶出海港，扬起船帆，向远方疾驶而去。

第十八章
忒拜王族

忒拜王族和阿特柔斯家族一样有名，二者闻名于世的原因是相同的。公元前5世纪，埃斯库罗斯以阿特柔斯家族为题，创作了伟大的戏剧。与他同时代的索福克勒斯则以俄狄浦斯王和他的子女为题，创作了同样不朽的剧作。

卡德摩斯及其子女

卡德摩斯及其子女的故事只是一个宏大故事的前奏。这个故事在古典时期很受欢迎，有好几位作家都曾在作品中或多或少提及。我喜欢公元1世纪或2世纪时的作家阿波罗多洛斯的版本。他把这个故事讲得最简单明了。

欧罗巴被公牛拐走后，她的父亲派她的兄弟们去寻找她，还告诉他们，如果找不到就永远不要回去。他们当中有一位叫卡德摩斯的，他没有盲目乱找，而是明智地到德尔斐神殿去询问神谕。神祇告诉他，不要再追寻妹妹的行踪，也不必在乎父亲所说的话，现在他要做的是建立自己的城邦。神谕还说，当他走出德尔斐神殿时会看到一头小母牛，他要一直跟着它，到它躺下休息的地方建立城邦，此处就是忒拜。城邦周边被称为彼俄提亚，意为"小母牛之乡"。不过，在建造城邦之前，他不得不杀死一条可怕的巨龙，因为它守护着附近的一眼泉水，卡德摩斯的所有同伴都在前去汲水的时候被杀死了。他不可能一个人建造城邦。巨龙死后，雅典娜出现在他面前，叫他把龙牙撒在地里。卡德摩斯照办了，但他并不知道接下来会发生什么。他惊恐地看到，田地里长出了许多全副武装的龙牙战士。可是，他们根本没有注意到他，就只顾着自相残杀。厮杀到最后，只剩下五个人。卡德摩斯把他们收为助手，与他一同建城。

在这五个人的帮助下，忒拜发展成为显赫的城邦。在卡德摩斯英明睿智的统治下，忒拜越来越繁荣富裕。根据历史学家希罗多德的说法，是卡德摩斯将字母传入希腊的。他的妻子是战神阿瑞斯和爱神阿佛洛狄忒的女儿哈耳摩尼亚。众神亲临他们的婚礼，使其倍添荣光。阿佛洛狄忒还请火神赫菲斯托斯为女儿打造了一条精美绝伦的项链。但这条来自神界的项链却给这个家族带来了祸患。

卡德摩斯和妻子共有四女一子。他们的命运证实，众神的恩宠并不是永远不变的。这五个孩子的命运都极其坎坷：女儿塞墨勒是酒神狄俄尼索斯的母亲，她在宙斯露出神容的那一刻因承受不住神光被烧死。女儿伊诺是佛里克索斯（被金羊救走的男孩）的继母，她的丈夫发了疯，杀死了他们的儿子墨利刻耳忒斯。她抱着儿子的尸体跳进海中，被神救活后，母子二人都变成了海神。当年奥德修斯的木筏被拍散的时候，正是她救了他。在史诗《奥德赛》中，伊诺仍叫伊诺，后来被改为琉科忒亚，她的儿子被改名为帕莱蒙。她和姐姐塞墨勒一样，结局还算不错。可她的另外两位姐妹就没那么幸运，她们都因儿子而饱受折磨。阿高厄是天底下最悲惨的母亲。她被酒神狄俄尼索斯变得

1200年希腊罗马神话

▲《浴后的狄安娜》
[法国] 弗朗索瓦·布歇

布面油画，纵57厘米，横73厘米，创作于1742年，法国巴黎卢浮宫藏。画面描绘了狩猎女神狄安娜（希腊神话中的阿耳忒弥斯）狩猎归来、洗浴后坐在山坡上的场景。

第十八章 忒拜王族

疯癫，认为儿子彭透斯是一头狮子，亲手把儿子杀死了。奥托诺厄是伟大的猎人阿克泰翁的母亲，她虽没有亲手杀死儿子，却不得不眼睁睁地看着儿子惨死在自己面前。最令人难过的是，他还年轻，而且没犯过任何错。

一日，阿克泰翁外出狩猎，又热又渴的他走进一个洞穴中。小溪流进洞穴后汇成了一个池塘，他想到清澈的水里凉快一下。没想到，那是狩猎女神阿耳忒弥斯最爱的浴池。他走进去时，女神刚好脱下衣衫，正赤裸地站在水边。他不小心看到了女神美丽的胴体。受到冒犯的女神根本没考虑这个年轻人是故意为之，还是无心之举。她又羞又怒，把手上的水珠甩到了他的脸上。他一碰到水珠，就变成了一头鹿。不仅身体，连他的心都变成了鹿的心。当他身为人类时，这个勇敢的年轻人根本不知何谓恐惧，可此时他忽然感受到了惊恐，拔腿便向外跑去。他的猎犬马上盯上了这头"鹿"。他虽然十分惊恐，但这惊恐并不足以使他跑赢一群猎犬。最后，他那忠诚的猎犬们一齐扑上来，咬死了他。

卡德摩斯和哈耳摩尼亚的前半生享尽荣华富贵，后半生却因为子孙伤心欲绝。在外孙彭透斯死了之后，他们逃离了忒拜，似乎

1200年希腊罗马神话

▲《阿克泰翁之死》
[意大利]提香·韦切利奥

布面油画，纵178.8厘米，横197.8厘米，创作于1559年至1575年，英国国家美术馆藏。画面描绘了阿克泰翁被狩猎女神阿耳忒弥斯（罗马神话中的狄安娜）变成一头鹿，并被猎犬撕成碎片的场面。

是想借此逃离厄运。但厄运一直紧随其后，寸步不离。当他们到达遥远的伊利里亚后，众神竟把他们变成了两条大蛇，尽管他们什么错事都没做。他们的命运证明，苦难并不是罪人专属的惩罚，无辜者也和罪人一样，时逢痛苦和不幸。

在这个不幸的家族中，没人比卡德摩斯的玄孙俄狄浦斯更惨。他是最无辜，也是遭受了最多苦难的人。

俄狄浦斯

除了狮身人面的女怪斯芬克斯的谜语外，这则故事完全取材于索福克勒斯的《俄狄浦斯王》。索福克勒斯只略略提及谜语，很多作家都曾讲述过谜语的内容，形式大同小异。

忒拜国王拉伊俄斯是卡德摩斯的第三代后人。他娶了远方的表亲伊俄卡斯忒为妻。在他们统治期间，阿波罗的德尔斐神殿开始左右这一家族的命运。

阿波罗是真理之神。德尔斐神殿女祭司的预言，无论如何都会应验。想要改变预言，就像企图改变命运一样徒劳。即便如此，当神谕说拉伊俄斯会死于儿子手中时，他还是决心阻止这件事的发生。儿子一生下来，拉伊俄斯就命人捆住他的双脚，把他扔到荒山上等死。拉伊俄斯的危机"解除"了。他相信这件事做完之后，他比神更能准确地预测自己的未来。他始终没有意识到自己的愚蠢。他最后确实被人所杀，但他一直以为凶手是个异乡人。他不知道，他的死恰恰证实了阿波罗的预言。

他这么想并非没有理由。他没死在家里，而且那个婴儿被弃荒山已过去很多年。据说,他和随从们被一伙强盗所杀,只有一个人得以保住性命,把消息带回了家乡。没人细究这件命案。因为当时的忒拜正笼罩在一个可怕怪物的阴影之下。它长着狮的身子、鸟的双翼、女人的胸和面容,它叫斯芬克斯。它守在通往忒拜的路上,抓住每一个经过的人,叫他们猜一个谜语。如果能猜出来,它就放他们过去,但没人能猜得出来。于是,这个可怕的怪物把他们一个接一个吃掉。忒拜变成了一座围城。忒拜人引以为豪的七扇城门也紧紧关闭,城中人眼看就要忍饥挨饿。

就在这时,一个勇敢又有智慧的异乡人来到了忒拜,他的名字叫俄狄浦斯。他来自科林斯,在那里,他一直被视为国王波吕玻斯的儿子。他之所以自我放逐,是为了逃避阿波罗的另一道神谕。阿波罗说,他注定弑父娶母。他的想法和拉伊俄斯一样——通过自己的努力使神谕落空。他下定决心远走他乡,永远不再与波吕玻斯见面。他孤身一人流浪到了忒拜附近,听说这座城邦正在面临窘况。他无亲无故,无家可归,生命对他来说也无甚意义,便决定去见斯芬克斯,看看他能不能猜出那个谜语。斯芬克斯问他:"什么动物早上用四只脚走路,中午用两只脚,晚上用三只脚?""人。"俄狄浦斯回答,"人在幼年时用四肢爬行,成年后用双脚走路,老年时则拄着拐杖。"他答对了。斯芬克斯听后竟然自杀了。此事虽然令人费解,却是一件幸事——忒拜人得救了。俄狄浦斯得到的,远远多于他放弃的一切。满怀感激的忒拜人推举他为国王,他娶了国王的遗孀伊俄卡斯忒为妻。他们过着幸福的生活,阿波罗的预言似乎并未实现。

当他的两个儿子长大以后,一场可怕的瘟疫突降全城,万物都染上了疾病。不仅百姓病得奄奄一息,就连牲畜、田地和果园都难逃此劫。没有病死的人眼看就要饿死。没有人比俄狄浦斯更痛苦。他自视为忒拜之父,人民都是他的子女,人民的痛苦就是他的痛苦。于是,

第十八章 忒拜王族

▲《俄狄浦斯解开斯芬克斯的谜语》
［法国］让-奥古斯特-多米尼克·安格尔

布面油画，纵189厘米，横144厘米，创作于1808年，法国巴黎卢浮宫藏。画面描绘了斯芬克斯用利爪抓在俄狄浦斯身上，并向他出谜语的场景。

379

▲《俄狄浦斯与斯芬克斯》[法国]古斯塔夫·莫罗 布面油画，纵206.4厘米，横104.8厘米，创作于1864年，美国纽约大都会艺术博物馆藏。

他派妻子的兄弟克瑞翁到德尔斐神殿去询问神谕。克瑞翁带着好消息回来了。神谕宣称：只要惩罚杀死老国王的凶手，瘟疫就会解除。俄狄浦斯松了一口气。虽然这件事过去了很多年，但凶手一定还能找到，到时候他们就会知道该如何惩罚他。当民众们聚在一起聆听克瑞翁宣读神谕的时候，俄狄浦斯说道：

这片土地上的居民啊！
万万不能庇护凶手。
你们要把他们拒之门外，
以免玷污自己的家门。
我郑重地祷告：愿杀死先王的人，
在恶劣的环境中度过余生。

俄狄浦斯开始积极调查这件事。他派人请来了在忒拜最受人尊敬的先知忒瑞西阿斯，问先知有没有办法找出凶手。让他惊讶且愤怒的是，这位老人起初并不想回答他的问题。俄狄浦斯道："看在神的分上，如果您知道——""蠢货，你们这群蠢货，我是不会回答的。"俄狄浦斯愤怒地指责先知，说他之所以保持沉默，莫不是因为他本人参与了那次弑君行动？这回轮到先知生气了。他用沉重的口吻说出了原本永远不打算吐露的真相："你就是你要找的人。"俄狄浦斯以为老人神志不清，说的尽是疯话。他命人把先知赶出去，叫他再也不要出现在自己面前。

王后伊俄卡斯忒也对先知的话嗤之以鼻。她说："无论是先知还是神谕，都不可能说清真相。"她告诉丈夫，当年，德尔斐神殿的女祭司曾告诉拉伊俄斯，他会死在自己儿子的手里。于是，他们夫妇命人把婴儿扔掉，以防止这件事发生。"拉伊俄斯是被强盗杀死的，他就死在前往德尔斐神殿的一个三岔路口。"王后言之凿凿地说。俄狄浦斯的神色变得奇怪起来，他缓缓地问："那是什么时候的事？"

"就在你来忒拜之前。"她回答。

"当时有几个人和他在一起？"俄狄浦斯问。

"一共有五个人。"伊俄卡斯忒说，"只有一个人活了下来。其他人都被杀死了。"

俄狄浦斯说："我要见那个人，派人把他找来。"

伊俄卡斯忒答道："好，我这就办。可是你必须告诉我你想做什么，我有权利知道这件事。"

俄狄浦斯说："我要告诉你我所知道的一切。在我来这之前，我曾去过德尔斐神殿。有人当面嘲讽我，说我不是波吕玻斯的儿子。我去向神询问这件事，他没有回答我，却对我说了些可怕的事。他说，我会弑父娶母，生下人见人畏的孩子。从那以后，我就再也没回过科林斯。离开神殿之后，我在三岔路口遇见一个男人，他带着四名随从。他叫我让路，还用手杖打我。我一气之下就和他们动了手，并杀死了他们。那个首领会不会就是拉伊俄斯？"

伊俄卡斯忒说："拉伊俄斯是被强盗杀死的，不是被他的儿子杀死的。那个可怜的婴儿早就死在荒山上了。"

正在这时，一位信使走了进来，他的出现似乎证实了阿波罗也可能说假话。他是从科林斯来的，此行的目的是向俄狄浦斯报告国王波吕玻斯的死讯。伊俄卡斯忒大叫道："神谕啊，你哪里灵验了？波吕玻斯死了，并不是死在他儿子手里。"

信使听了这话，露出了奇怪的笑容。"您是因为害怕会杀害您的父亲才离开科林斯的吗?"他说,"国王,您错了,您根本不必害怕,因为您不是波吕玻斯的儿子!他把您养大,视您如亲生儿子,但他是从我手里把您抱走的!"

"你是从什么地方把我抱走的?我的亲生父母是谁?"俄狄浦斯问。

"我不知道他们是谁。我是从一个流浪的牧羊人手里把您抱走的。他是拉伊俄斯的仆人。"

伊俄卡斯忒脸色发白,眼中充满了恐惧。她嚷道:"何必听这样的家伙说什么呢?他的话一点儿都不重要!"她说得很急促,口气很凶。

俄狄浦斯对她的反应感到不解,反问道:"难道我的身世不重要吗?"

"看在神的分上,别再问了。"伊俄卡斯忒说,"我的命够苦的了!"她突然转身跑进了宫中。

这时,一位老人走了进来。他和信使好奇地彼此打量。"啊!就是他!"信使叫道,"他就是那个牧羊人!"

"你呢?"俄狄浦斯转过身去问老人,"你认识他吗?"

老人没有作答。信使接着说:"你一定记得,当年就是你把这个小娃娃交到我手上的,他就是现在的国王啊!"

"该死。"老人低声说,"闭嘴吧!"

俄狄浦斯生气地说:"什么?你知情不报,还想跟他合谋隐瞒我。我保证我有很多办法让你开口!"

老人哭了起来,说:"啊!求您不要伤害我。的确是我把孩子交给了他。可是主人啊,看在神的分上,别再问了。"

"你是在哪儿捡到那个孩子的?我不想再问第二遍。到那时你就死定了。"俄狄浦斯说。

"您还是去问您的夫人吧,她最清楚不过了。"老人回答道。

俄狄浦斯问:"是她把孩子交给你的?"

老人呻吟道:"是的,是的……我本来奉命要杀死那个孩子,因为有一个预言……"

"预言？"俄狄浦斯打断老人的话，"预言说他会杀死自己的父亲吗？"

"是的。"老人低声回答。

俄狄浦斯痛苦地大叫了一声。他瞬间都明白了："全都是真的！我的光明变成了黑暗，我遭到天谴了！"他杀了父亲，娶了父亲的妻子、自己的母亲。他、她，还有他们的孩子，全都没救了，他们都遭到了天谴。

俄狄浦斯疯狂地在宫里寻找他的妻子兼母亲。最后，他在卧室找到了她。她已经死了。得知真相的那一刻，她就自杀了。他站在她身旁，动手处置了自己。他没有取走自己的性命，而是夺走了光明——他抠出了自己的双眼，把光明变成了黑暗。对他来说，黑暗的世界是一个避难所，与其用羞愧的目光看待这个曾经无比光明的世界，还不如长久地陷入黑暗之中。

安提戈涅

这个故事取材于索福克勒斯的两部作品《安提戈涅》和《科罗诺斯的俄狄浦斯》。只有墨诺叩斯之死的情节取材于欧里庇得斯的《恳求者》。

俄狄浦斯并没有因为伊俄卡斯忒的死和种种麻烦而离开忒拜。他的儿子波吕尼刻斯和厄忒俄克勒斯，女儿安提戈涅和伊斯墨涅都渐渐长大了。虽然这几个年轻人生而不幸，但他们绝不像神谕所说的那样，是"人见人畏"的怪胎。两个小伙子在忒拜很得民心，两个姑娘也非

第十八章 忒拜王族

常孝顺。

俄狄浦斯当然退位了。他的长子波吕尼刻斯也放弃了王位。忒拜人认为这样做是明智的，因为他们家发生的事太可怕了。伊俄卡斯忒的弟弟克瑞翁负责国事。多年来，忒拜人对俄狄浦斯一直很好，但最终却决定把他逐出忒拜。我们不知道为什么会这样，但是克瑞翁一再催促俄狄浦斯出城，俄狄浦斯的儿子也同意了。只有两个女儿仍然站在父亲这边。尽管他遭逢不幸，但两个女儿一直对他不离不弃。安提戈涅陪他出了城，为他引路并照顾他；伊斯墨涅则留在城中为他们通风报信，以维护他们的利益。

俄狄浦斯走后，他的两个儿子都宣称自己有权继承王位，都想当国王。厄忒俄克勒斯虽然是次子，但他却成功夺得了王位，把哥哥逐出了忒拜。波吕尼刻斯逃到了阿戈斯。他想尽办法激起阿戈斯人对忒拜的敌意，目的是集结一支军队，攻打忒拜。

俄狄浦斯父女浪迹天涯，最后来到了科罗诺斯。它位于雅典附近，是个风景秀美的地方。曾经的"复仇女神"、如今的"仁慈女神"在这里有一处圣地，它是恳求者的避难所。盲眼老人和安提戈涅在这里很安全，他们住了下来，直到俄狄浦斯老死在这里。俄狄浦斯一生不幸，死时却很安详。曾经向他宣示厄运的神谕在他临终之际给了他安慰。这个无家可归、饱受苦难的流浪汉，他的坟墓所在的地方将受到众神的恩赏，造福于此地的人民。雅典国王忒修斯也对他礼遇有加。俄狄浦斯临死时非常庆幸自己不再招人憎恨。他给收留他的好心国度带去了福祉，受到了雅典人民的欢迎。

为俄狄浦斯带来这道赐福神谕的是女儿伊斯墨涅。老人离世的时候，两姐妹都陪在老人身边。后来，忒修斯命人把她们安全送回了家乡。她们回到忒拜之后，发现自己的一位兄弟正在率兵攻城，另一位则在誓死守城。攻城的波吕尼刻斯确实拥有统治忒拜的权利，但厄忒

385

俄克勒斯却在为保卫忒拜而战。姐妹俩无法偏袒其中任何一个。

波吕尼刻斯共有六位盟友。其中一位是阿戈斯的国王阿德拉斯托斯，还有一位是阿德拉斯托斯的姐夫安菲阿剌俄斯。后者是最后一个加入这场战争的，而且非常不情愿。他是一位先知。他知道这七人中除了阿德拉斯托斯没有人能活下来。然而，他曾经发过誓，如果自己和阿德拉斯托斯产生争执，就由妻子厄里费勒来裁决。这是因为有一次两人发生争吵，厄里费勒使他们彼此和好，所以他发下了这一誓言。这回，为了让他加入自己的阵营，波吕尼刻斯把祖先哈耳摩尼亚结婚时爱神送的那串绝美项链送给了厄里费勒，诱使她站在他这一方，劝说她丈夫参战。

七位勇士分别攻打忒拜的七座城门。忒拜城中也有七位勇士奋力防守。波吕尼刻斯攻打的那座城门，守卫者刚好是弟弟厄忒俄克勒斯。安提戈涅两姐妹在城中焦急等待着两个兄弟战斗的结果。在决战发生之前，忒拜的一个少年就牺牲了，他是克瑞翁的小儿子墨诺叩斯。他的死证明了他所具有的高贵品质。

先知忒瑞西阿斯曾给忒拜王族带来许多可怕的预言，这次也没例外。他对克瑞翁说，只有墨诺叩斯的死才能换得忒拜的安宁。做父亲的断然拒绝了这种做法。他说，他宁愿自己去死，"即便是为了我的城邦，我也不会杀死我的儿子。"说这些话的时候，墨诺叩斯也在场。克瑞翁吩咐他说："快走，孩子，趁百姓还不知道这件事，能逃多远就逃多远！"

墨诺叩斯问道："逃去哪里呢，父亲？去哪个城邦，找哪位朋友？"

"越远越好。"他的父亲说，"我现在就给你准备黄金，你等着我。"

"好的，您去吧。"墨诺叩斯说。克瑞翁离开后，墨诺叩斯说了这样一番话：

第十八章 ◯ 忒拜王族

> 我的父亲——他要剥夺城邦的希望,
> 把我变成懦夫。这不怪他。他年事已高,
> 这么做情有可原。但我还年轻,
> 倘若背弃城邦,就不可原谅。
> 他怎知我不愿拯救城邦,
> 不愿为了家国的命运而迎向死亡?
> 如果能解救我的国家,我却苟且逃生,
> 这样的人生又有何意义可言?

于是他前去参加了战斗。没有一点战斗经验的他马上就成了尸堆中的一员。

战争僵持着,不管是攻城者还是守卫者都无法取得决定性的优势。最后双方决定,让两兄弟通过决斗来定胜负。如果厄忒俄克勒斯赢了,阿戈斯的军队就撤退;如果厄忒俄克勒斯输了,他就要拱手让出王位。结果没人胜利,他们都死在了对方的手里。厄忒俄克勒斯临死时望着哥哥流下了眼泪,他已经没有力气说话;波吕尼刻斯则喃喃地说出几句话:"我的兄弟,你是我的敌人,但我爱你,永远爱你。把我埋在家乡吧,至少让我分享一点点故土。"

兄弟二人的决斗没能分出胜负,于是双方又开战了。墨诺叩斯没有白白牺牲,忒拜获得了最后的胜利。阿戈斯那七位攻城的勇士,只有阿德拉斯托斯一人没有死,他带着残兵逃回了雅典。克瑞翁又成了忒拜的国王,他宣布那些攻城的敌人都不得下葬。厄忒俄克勒斯得到厚葬,波吕尼刻斯则被弃尸荒野,任由鸟兽夺食。这是报复。这种行

为违背了神的训令和正义的法则。它是对死者的惩罚。未经安葬的人的亡魂无法渡过冥河，进入亡魂的国度，只能作为一缕孤魂，四处漂泊，永远找不到安息之地。安葬死者是神圣的责任。人们不仅应该安葬本族的人，也应该安葬死在这片国土上的异乡人。但克瑞翁却宣布，安葬波吕尼刻斯不是应尽的职责，而是违法的行为。谁要是安葬他，谁就得被处死。

听到克瑞翁的决定后，安提戈涅和伊斯墨涅感到非常惊骇。伊斯墨涅为哥哥那可怜的遗体和无家可归的亡魂而悲泣，但除了沉默之外，她也没有其他办法。在偌大的忒拜城中，姐妹俩孤立无援，人们都在为攻城的罪首遭到如此可怕的惩罚而欢庆。"我们毕竟是女人。"伊斯墨涅对姐姐说，"我们没有力量对抗整座城邦，我们只能服从。"安提戈涅回答道："你爱怎么做就怎么做吧！我要去安葬哥哥。"

"你没有那么大的力气。"伊斯墨涅说。

"等我没了力气，我就罢手。"说完，她就转身离开了。伊斯墨涅不敢跟上去。

几个小时后，一声叫喊惊动了宫中的克瑞翁："有人违背了您的命令，安葬了波吕尼刻斯！"克瑞翁冲出宫门，正好遇到守卫尸体的士兵和安提戈涅。

"就是她安葬了波吕尼刻斯。我们亲眼看见的。她趁着刚刚那场风沙掩埋了尸体。风沙过后，尸体已经被埋好了，她正在为死者祭祀。"士兵们大声说道。

"你知道我的命令吧？"克瑞翁问。

"知道。"安提戈涅回答。

"你竟敢明知故犯？"

安提戈涅回道："那只是您的命令，并不是正义之神的法令。上天不成文的法令是永恒不变的，并非只适用于一时。"

伊斯墨涅哭着从宫中跑了出来，站在姐姐身边，说："是我帮她一起安葬的。"

但安提戈涅否认说："她根本没参与这件事。"她转过头对妹妹说，"你选择了生存，我选择了死亡。"

在被押往刑场的途中，安提戈涅对围观的人说：

看看我，

一个奉行上天正义之道的人，

竟要遭受如此酷刑。

伊斯墨涅失踪了。没有一则故事、一首诗歌再提到过她。最后的忒拜王族——俄狄浦斯家族就这样湮灭了。

进攻忒拜的七勇士

两位伟大的诗人埃斯库罗斯和欧里庇得斯都以此为题写过剧作。我选择的是欧里庇得斯的版本，因为他的作品大都能鲜明地反映读者的观点。埃斯库罗斯的版本讲得比较精彩，但它读起来更像一首激动人心的战争诗。欧里庇得斯的《恳求者》比他的其他任何作品都更能体现现代意识。

波吕尼刻斯的妹妹以生命为代价安葬了他，使得他的亡魂可以渡过冥河，在冥界找到容身之地。但追随他一同进攻忒拜的其他五位勇士却没人为他们下葬。根据克瑞翁的命令，他们永远都不能被安葬。

阿德拉斯托斯是进攻忒拜的七勇士中唯一活下来的人。他找到雅典国王忒修斯，恳请他说服忒拜人让自己的同胞下葬。那五位勇士的母亲和儿子也都一起前来求情。"我们只求能安葬死者。"他们对忒修斯说，"我们向您寻求帮助，因为您是雅典城邦中最富有同情心的人。"

"我不会成为你们的盟友。率领民众攻打忒拜的是你。发动战争的是你，不是忒拜。"忒修斯回答。

那些失去了儿子的母亲们似乎早就猜到国王会这样说，她们事先就向忒修斯的母亲埃特拉求助了。此时，埃特拉打断了两位国王（阿德拉斯托斯是阿戈斯的国王）的对话："儿啊！我能不能为你的荣誉和雅典说句话？"

"好的，您说吧！"他回答。于是，她道出了自己的想法，他专注地听着。

"你应当保护所有受到伤害的人。"埃特拉说，"那些不准死者下葬的暴戾之徒，你有必要强迫他们遵守法令。让死者入土是全希腊共同遵守的神圣法令。我们这些城邦之所以能够联结在一起，不就是因为每个城邦都遵守伟大的正义之法吗？"

"母亲，"忒修斯回答，"您说得没错。但是我自己没法决定这件事。因为我已经宣布，雅典是自由的城邦，每个人都有平等的投票权。如果所有人都同意我去，那我就去。"

忒修斯出去召开会议，决定是否出兵忒拜；埃特拉陪着五位死者的母亲在内宫等待消息。她们祈祷着："雅典娜的城邦啊，求您帮帮我们吧，让正义之法不受玷污，让所有无助的人和受难的人都得到拯救。"忒修斯带着好消息回来了。大会投票的结果是：告诉忒拜人，雅典人愿意当他们的好邻居，但无法容忍邻邦做出这样有悖道德的事。"请答应我们的请求。"他们打算这样对忒拜人说，"我们只求公道。如果你们不肯，就意味着你们选择了战争。因为我们一定会为那些孤立无援的人提供帮助。"

他的话还没说完，一个信使就走了进来，说："谁是这里的主人，雅典的主宰？我给他带来了忒拜主人的口信。"

"这里没有主人。雅典是一个自由的城邦，由民众共同统治。"忒修斯说。

"还是忒拜好。"信使大声说，"我们的城邦可不是由是非不辨的乌合之众统治的，而是由一个人做主。那些无知的民众怎么能明智地领导一个国家呢？"

"在雅典，"忒修斯说，"我们自己制定法律，依法行事。我们认为，独揽法律的人是国家最大的敌人。这是我们巨大的优势：我们喜欢因智慧和正直而拥有强大力量的公民，可暴君讨厌他们。他会杀掉他们。因为他害怕他们会影响自己的统治。请你回去告诉忒拜的人民，我们渴望和平而不是战争。只有愚蠢的人会冲向战场，企图奴役弱国。我们不会危害你们的国家。我们只求把死者的身体还给土地。人不是身体的主人，只是身体的过客。尘土最终必须归于尘土。"

克瑞翁不听忒修斯的请求，雅典人便出兵攻打忒拜。雅典人胜利了。忒拜人惊恐不已，以为自己一定会被杀死或者变成奴隶，他们的城邦会化为灰烬。虽然获胜的雅典人完全可以这么做，但忒修斯阻止了他们："我们不是来毁灭这座城邦的。我们只是为了要回尸体。"

忒修斯派一位信使回到雅典，对那些正在焦急等待消息的人说："我们的国王亲手为那五具可怜的尸体做安葬的准备。他把他们清洗干净，穿戴好，并安置在火葬堆上。"

死者被人们带着敬意安放在火葬堆上，这让悲伤的母亲们终于得到一点安慰。阿德拉斯托斯向每一位死者致辞："躺在这里的是卡帕纽斯，他是最富有的人，却总是和穷人一样谦卑。他是大家真诚的朋友。他不懂诡计，说出的都是仁慈的话。在他旁边的是厄忒俄克勒斯，他除了荣誉，一无所有。但就荣誉来说，他是最富有的人。人们给他金子，他从不接受，因为他不愿成为金钱的奴隶。躺在他身边的是希波墨冬。他是快乐的猎人和战士，他从小就蔑视安逸的生活。下一位是阿塔兰忒的儿子帕耳忒诺派俄斯，他深受人们的爱戴。他从未做过任何对不起别人的事。他为国家的兴盛而快乐，为国家的贫弱而哀痛。最后一位是堤丢斯，他沉默寡言，他的宝剑和盾牌就是他的语言。他的灵魂是高尚的，这体现在他的行为而非言辞之中。"

火葬堆被点燃以后，高耸的岩石上突然出现一个女人。她是卡帕纽斯的妻子厄瓦德涅。她喊道：

我看到了燃烧你的火，你的坟墓。
我将在那里结束生命的悲哀和痛苦。
哦！和最爱的人一起死去，是多么甜蜜的死亡！

她纵身跳到熊熊燃烧的火葬堆上，与丈夫共赴冥界。

母亲们得知儿子的亡魂终于得到安息，心中慢慢恢复了平静。但这些勇士的孩子们看到熊熊燃烧的火葬堆时，心中却种下了复仇的种子。他们说："我们的父亲睡在坟墓里，但他们所受的屈辱绝不能就这样带进坟墓中。"十年之后，他们带领军队向忒拜发起攻击，并取得了胜利。忒拜被夷为平地，先知忒瑞西阿斯在逃亡中丧生。古老的忒拜城只剩下哈耳摩尼亚的项链。人们把它放进德尔斐神殿，向信徒们展示了几百年。七勇士的儿子们替父亲完成了他们当年未完成的大业，他们被称为"厄庇戈尼"，意为"晚生者"，仿佛他们来到世间时太晚了，所有伟业都已被完成。其实不然。忒拜陷落时，希腊的船队尚未起航前往特洛伊。堤丢斯的儿子狄俄墨得斯日后将会成为特洛伊战争中最著名的伟大勇士之一。

第十九章
雅典王族

普罗克涅和菲洛墨拉的故事取材于奥维德的作品。就这则故事而言，奥维德讲得比其他人好，但在某些地方，也留下了不可思议的败笔。例如，他花了15行的篇幅来写菲洛墨拉的舌头被割掉之后在地上"不停颤动"的情形。我省略了这个段落。希腊诗人不喜欢这样的细节描写，但是拉丁诗人很喜欢。普罗克里斯和俄瑞堤伊亚的故事也取材于奥维德的作品，只有些许细节是从阿波罗多洛斯的作品中摘取的。克瑞乌萨和伊翁的故事是欧里庇得斯一部剧作的主题。欧里庇得斯通过很多作品向雅典民众展示，如果用仁慈、荣誉、自我控制等普通的人性标准来衡量神话中的诸神，他们会呈现出什么样的面目。神话中充斥着诸如欧罗巴被强暴之类的故事，但从不允许读者提出质疑，质疑这些神所做的事是否欠缺神性。欧里庇得斯似乎在通过克瑞乌萨的故事告诉读者："看看你们的阿波罗，如太阳般明亮的竖琴之王，圣洁的真理之神，他竟然做出如此残忍之事——他野蛮强占了一位柔弱无助的少女，然后又遗弃了她。"这类剧作在雅典上演的时候场场爆满。这说明，希腊神话的末日已经不远了。

跟其他著名的神话家族相比，雅典王室成员的遭遇极为特别。那些发生在他们家族成员生命中的际遇，比其他任何王室都奇异、独特。

第十九章 雅典王族

刻克洛普斯

阿提卡的第一任国王叫刻克洛普斯。他的祖先不是凡人，他自己也是半人半兽的样貌：

> 王者与英雄刻克洛普斯，
> 他是龙的传人，
> 下半身长着龙尾。

人们一般认为，雅典娜之所以会成为雅典的守护神，此功劳应当归于刻克洛普斯。波塞冬也想得到这座城邦。为了证明他能为雅典带来恩惠，他用三叉戟刺穿了卫城的岩石，使含盐的水从石缝中喷涌出来，流入深井。但雅典娜更高明，她提供给雅典人民的是最受希腊人珍视的橄榄树。

> 雅典娜向众人展示，
> 闪闪发光的青色橄榄，
> 那是上天的恩赐，
> 是雅典的荣光。

为了报答这珍贵的礼物，担任仲裁者的刻克洛普斯判定，雅典是雅典娜的城邦。波塞冬十分恼火，便送来一场可怕的洪水以惩罚雅典人。

还有一个关于两神相争的故事说，雅典的女性在投票的过程中起到了决定性的作用。据说，在那个古老的时代，女人和男人拥有平等的投票权。女人支持女神，男人支持男神。由于女人比男人多了一个，所以雅典娜取得了最后的胜利。男人和波塞冬都对这件事感到恼火，他们认为这是女人的胜利。所以，大洪水发生后，男人就趁机剥夺了女人的投票权。尽管如此，雅典还是属于雅典娜的城邦。

大多数作家说这些事发生在洪水暴发之前，还说雅典望族出身的刻克洛普斯并不是古代那个半龙半人的怪物，只是一个平常人。他之所以显得这么重要，是因为他有一众显赫的亲戚。他的父亲是杰出的国王，两位姑姑和三个姐妹都是神话中的重要人物。更重要的是，他是大英雄忒修斯的曾祖父。

据说，在他的父亲厄瑞克透斯统治雅典时期，得墨忒耳来到了厄琉西斯，开启了雅典的农业时代。厄瑞克透斯还有两位姐姐，一位叫普罗克涅，一位叫菲洛墨拉，她们的命运让世人唏嘘不已。关于她们的故事也悲惨至极。

普罗克涅和菲洛墨拉

普罗克涅嫁给了色雷斯的国王忒柔斯。他是战神阿瑞斯的儿子，继承了其父种种令人厌恶的品性。国王夫妇育有一子，名为伊堤斯。普罗克涅远嫁色雷斯，与母国相隔两地。孩子五岁那年，她请求忒柔

第十九章 ○ 雅典王族

斯准许她邀请妹妹菲洛墨拉过来小住。他同意了，并且要亲自去雅典接她。一见到菲洛墨拉，他就爱上了她，因为她实在是太美了，就像森林或水泽中的仙女一样。忒柔斯很容易就劝服岳父，让妻妹跟自己同回色雷斯。菲洛墨拉为能见到姐姐而兴奋不已，欣然同意前往。一路上都很顺利，但当他们上岸前往王宫时，忒柔斯却骗菲洛墨拉说她的姐姐死了，并逼迫她和他结婚。然而，菲洛墨拉很快就知道了真相。她大声威胁说，一定要让全世界都知道他所做的龌龊之事，使他再也无颜立足。忒柔斯又气又怕，就抓住她，割下了她的舌头，把她囚禁在一个戒备森严的地方。回宫之后，他对普罗克涅说，菲洛墨拉在半路上死了。

菲洛墨拉看上去似乎毫无出路——她身陷囹圄，无法说话，那时也没人会写字。忒柔斯似乎再无威胁。不过，那时的人虽然不会写字，但他们不用文字也能讲故事，因为他们都是杰出的匠人。古人的手艺之精湛，后人很难望其项背。铁匠们可以打造出一面刻着《猎狮图》的盾牌：两只狮子正在咬食一头公牛，猎人们催促猎犬去攻击狮子。他们也可以在上面雕刻出《丰收图》：一片田地里，有人在割麦穗，有人在捆麦秆；硕果累累的葡萄园中，少男少女们挽着篮子摘葡萄，还有一个人在演奏牧笛，为大家助兴。女人们的活计同样出色。她们能在美丽的织物上织出栩栩如生的图案，让人们一看就知道它在讲什么。菲洛墨拉也寄希望于此。她比任何工匠都迫切想要把自己的故事讲清楚。她穷尽心力，用高超的技艺织就了一条美丽的挂毯，在上面编织了她遭受冤屈的全部经过。她把挂毯交给服侍她的老妇人，示意她将它送给王后。

老妇人为自己能把如此美丽的礼物送给王后而感到高兴，她立即进宫将它献给了普罗克涅。普罗克涅还在为妹妹服丧，心情十分沉重。她展开这条挂毯，惊异地在其中看到了熟悉的身影：那是妹妹的面孔和身材，这是丈夫忒柔斯的脸。没错。她惊恐地看着图案所描绘的一切，它就像印出来的图片一样清晰。她感到无比愤慨，但她尽量保持克制。她没有流泪，也没有说话，她满心想的都是该如何救出妹妹，惩罚丈夫。她先通过老妇人找到了妹妹，告诉妹妹自己已经知晓了一切。她把妹妹带回了宫里。菲洛墨拉不停地哭，普罗克涅却陷入了沉思。"我们以后再哭吧。"普罗克涅说，"我会不惜一切代价，让忒柔斯受到惩罚。"这时，她的孩子伊堤斯跑进了房间。她望着他，突然心生一股恨意。她缓缓地说："你真像你父亲。"一个复仇计划浮现在她的脑海中。她用匕首杀死了孩子，把他幼小的身体切成碎块，把他的四肢放进锅里煮熟，然后端给忒柔斯当晚餐。普罗克涅静静地在一旁看着。直到忒柔斯吃完这盘食物，她才告诉他那是什么。

一阵恐惧和恶心深深地攫住了他的心，竟令他一时无法动弹。姐妹俩趁机逃走。忒柔斯在陶里斯追上了她们。他正要杀了她们，她们突然被诸神变成了小鸟——普罗克涅变成了夜莺，菲洛墨拉变成了燕子。由于菲洛墨拉的舌头被割掉了，所以燕子只能叽叽喳喳地叫，永远不能唱歌。普罗克涅变成了：

> 长着棕色翅膀，
> 永远在歌唱的夜莺。
> 它哀泣道：哦！伊堤斯，我的孩子。
> 我永远失去了你，失去了你。

在所有鸟中，它的歌声最甜美，也最悲伤。因为她始终无法忘记亲手杀死儿子的悲哀。

卑鄙的忒柔斯也变成了鸟——一种丑陋的、长着巨大的喙的鸟。也有人说他变成了老鹰。

许多罗马作家讲起这则故事，不知为何竟会把两姐妹搞混，说没有舌头的菲洛墨拉变成了夜莺。这显然是很荒谬的。但在后世的英文诗歌中，菲洛墨拉也常常被称为"夜莺"。

普罗克里斯和刻法罗斯

这两个苦命的姐妹有一个侄女，名叫普罗克里斯。她的命运和两位姑姑一样悲惨。她嫁给了风王埃俄罗斯的孙子刻法罗斯，新婚生活十分幸福。但这种幸福只维持了几个星期，刻法罗斯就被黎明女神奥罗拉给带走了。刻法罗斯酷爱狩猎，总是一大早就起床去猎鹿。常常天一破晓，奥罗拉就能看见这位年轻的猎人，她爱上了他。但是刻法罗斯深爱着妻子，光芒四射的女神也无法让他变心。女神见他如此痴情，多次使用诡计都不能减弱他对妻子的爱，非常生气。女神放了他，叫他回去找他的妻子，看她是否跟他一样忠于彼此。

这个建议充满恶意，让刻法罗斯顿时心生嫉妒，几欲发狂。他离家日久，妻子又那么美……他决心先证明妻子只爱他一个人，没有屈从于其他男人。在彻底消除这个疑虑之前，他无法安心。于是，他乔装打扮了一番（有人说是黎明女神奥罗拉帮助他的），回到家中。他装扮得太成功了，以至于家中没有一个人能认出他。看到全家上下都盼着他回来，他颇感欣慰，但仍决心坚持到底。当他获准来到妻子面前，看到她那忧郁的脸上流露出的显而易见的悲伤时，他几乎要放弃。

但奥罗拉嘲讽的言辞时时在他心中徘徊，他到底还是没有放弃。他以一个异乡人的身份——所有人都以为他是个异乡人——向妻子发起了强烈的攻势。他热烈地求爱，还一直对普罗克里斯说她的丈夫已经抛弃了她。他追求了很久，普罗克里斯始终不为所动，无论他怎样恳求，她只回答同样的话："我是属于他的。无论他在哪里，我都只爱他一个人。"

一天，刻法罗斯又对普罗克里斯倾吐他的劝说、哀求和承诺。普罗克里斯犹豫了。她并没有屈服，只是没有坚定地反驳。但在刻法罗斯看来，这就够了。他嚷道："你这个不忠而无耻的女人，看清楚，我就是你丈夫！我亲眼看清了你的背叛！"普罗克里斯静静地望着他，不发一言，然后转身就离开了家，离开了他。她对他的爱似乎一下就变成了恨。她痛恨男人，独自一人在山中生活。刻法罗斯恢复理智后，意识到自己所扮演的角色实在是太糟糕了。他到处寻找她，终于找到了她，便卑微地恳求她的原谅。

普罗克里斯无法马上原谅他，因为他的所作所为实在是太令人气愤了。好在最后他还是挽回了她，他们在一起度过了一段幸福的时光。有一天，两人像往常一样一起去打猎。普罗克里斯曾送给刻法罗斯一支百发百中的长矛。夫妻二人在森林里分头寻找猎物。刻法罗斯机敏地四处观察，发现前方的灌木林中有东西在晃动，便把长矛掷了出去。长矛正中目标——普罗克里斯的心。她倒地而死。

俄瑞堤伊亚和玻瑞阿斯

普罗克里斯有个妹妹名叫俄瑞堤伊亚。北风之神玻瑞阿斯爱上了

第十九章 ○ 雅典王族

她，可是她的父亲厄瑞克透斯和所有的雅典人都反对这门亲事。当年普罗克涅和菲洛墨拉就是被北方人忒柔斯害死的，因此他们憎恨一切北方人，不肯把这位少女嫁给北风之神。然而，他们以为可以留住北风之神想要的人，未免有些不明智。一天，俄瑞堤伊亚和姐妹们在河岸上游玩，玻瑞阿斯突然乘着一阵强劲的北风掠过，把她掳走了。她为他生了两个儿子——仄忒斯和卡拉伊斯，后者曾跟随伊阿宋寻找过金羊毛。

这个故事流传了成百上千年后，有一天，雅典最伟大的老师苏格拉底出门散步，身边跟着他最欣赏的一个年轻人，名叫淮德罗斯。他们边走边聊。淮德罗斯问："据说，北风之神玻瑞阿斯在伊利索斯河边掳走了俄瑞堤伊亚，那不就在这附近吗？"

"故事里是这么说的。"苏格拉底回答道。

"您认为是不是这里？"淮德罗斯又问，"这条河河水清澈。我能想象，曾有一群少女在这里玩耍。"

苏格拉底说："我认为，你所说的那个地方在下游四分之一海里左右，而且我认为那里应该有一座玻瑞阿斯的祭坛。"

淮德罗斯问道："告诉我，您相信这个故事吗？"

"智者多疑嘛。如果我怀疑这个故事，也不算什么稀罕事吧。"

这段对话发生在公元前5世纪末。可见，从那时起，古老的故事在人们心中的权威地位已经动摇了。

克瑞乌萨和伊翁

　　克瑞乌萨是普罗克里斯和俄瑞堤伊亚的妹妹，她也是个苦命人。当她还是一个少女的时候，她到悬崖上一个深洞的洞口采摘番红花。她把面纱当作篮子，在里面装满了黄色的鲜花。正当她起身准备回家时，却撞进了一个男人的怀里。他就像一个突然现身的隐形人。他的容貌庄严俊美，但她满心恐惧，根本没心思注意。她尖叫着呼喊母亲，可是没人来救她。那个人是阿波罗。他把她掳进了黑暗的洞穴中。

　　他虽然是神，但克瑞乌萨恨他，尤其当孩子快出生时，他既没有现身，也没有给她提供任何帮助。克瑞乌萨不敢把此事告诉父母。许多故事都表明，即便她的情人是神，她无力抵抗，发生这种事也无法获得人们的谅解。如果她说出真相，很可能被处死。

　　克瑞乌萨的预产期快到了，她一个人来到那幽暗的洞穴，生下了一个男孩，然后把他扔在那里等死。可在那之后，她迫切地想知道婴儿的状况，就回到了洞中。洞里空空如也，四周没有血迹，显然，孩子没有被动物咬死。奇怪的是，她用来包裹孩子的面纱和她亲手缝制的斗篷也不见了。她惊恐地想，或许是一只老鹰或秃鹫飞进来，用利爪把婴儿和衣物一起抓走了。这似乎是唯一可能的解释。

　　过了一段时间，她结婚了。她的父亲为了感激一个曾在战争中帮助过他的异乡人，把克瑞乌萨嫁给了他。他的名字叫克苏托斯。他虽然是希腊人，但是不属于雅典或阿提卡，因此被视为异乡人或外邦人。人们轻视他。他和克瑞乌萨没有孩子，这在雅典人看来并非不幸。克苏托斯非常难过，他十分渴望拥有自己的孩子。于是，他们前往希腊人的避难所——德尔斐神殿去请教神谕，想知道自己是否还能生个一儿半女。

第十九章 ○ 雅典王族

克瑞乌萨让丈夫留在城里陪一位祭司，自己前往德尔斐神殿。她在外庭看见一个俊美的少年，他穿着祭司的衣服，正在用金质容器中的水清洗这个神圣的地方。他一面清洗，一面唱着颂歌。他亲切地看着眼前这位美丽的妇人，她也看着他。两人说起话来。他说，他一看就知道她出身高贵，很有福气。克瑞乌萨苦涩地说："哪里来的福气？都是些让人难以承受的悲哀罢了。"这句话道出了她所有的不幸：长久的恐惧和痛苦，失去孩子的悲伤，还有为了保守秘密而担负的种种委屈。少年用惊诧的目光看着她，她立刻克制情绪，问他是谁，为什么小小年纪就甘愿虔诚地为希腊神圣的事业献身。少年告诉她，他叫伊翁。他不知道自己是哪里人，只知道当他还是个婴儿时，阿波罗的女祭司兼女先知在神殿的楼梯上发现了他，把他抚养成人。他过得很幸福，虽然每天都要做很多工作，但他侍奉的是神祇，这令他感到自豪。

他大胆地向克瑞乌萨提出问题，问她为何如此忧伤。大部分来到德尔斐神殿的信徒都不像她这样。他们都为能走近真理之神的圣坛而满心欢喜。

"阿波罗！"克瑞乌萨说，"我才不会因为接近他而高兴！"当她看见伊翁惊诧而充满谴责的目光时，立刻解释道，她是带着一个秘密来到此地的。她的丈夫要她来询问他们是否能有子女，而她要问的是一个孩子的下落。那个孩子是……她停顿下来，支支吾吾，沉默了一会儿。然后她说："……他是我朋友的儿子。那个不幸的女人遭到你们德尔斐神殿那位神祇的欺辱，怀了孩子。孩子出生之后就被她抛弃了，我们都认为孩子已经死了。这件事过去很多年了，她还是想弄清楚孩子的命运，于是就托我来问一问。"

伊翁听到她这样谴责自己的主人，吓坏了，说："这是真的吗？这肯定是别的男人干的。你的朋友为了遮羞，竟然把这事怪到神头上。"

"不！"克瑞乌萨坚定地说，"就是阿波罗。"

伊翁沉默了一会儿，然后摇摇头说："就算是这样，那您这样做也很不明智。您不能到神的祭坛前指证他是个混蛋。"

陌生少年的话动摇了克瑞乌萨的决心，她说："那我就不去问了，我愿意按照你的话去做。"

克瑞乌萨的心头涌起了一种她自己都不能理解的情感。她望着那少年，少年也望着她。正在此时，克苏托斯走了进来，他的表情和仪态都显得得意扬扬。他朝伊翁伸出双臂，伊翁则冷冷地后退。但克苏托斯还是抱住了他，这令他很不自在。

"你就是我的儿子，这是阿波罗的旨意。"克苏托斯说。

克瑞乌萨十分反感，问："你的儿子，那他的母亲是谁？"

"我不知道啊，"克苏托斯困惑地说，"我想他是我的儿子。不过，也可能是神祇把他送给我的。反正他是我的儿子了。"

伊翁的态度十分冷淡，克苏托斯既高兴又困惑，克瑞乌萨却痛恨男人，痛恨阿波罗把不知是哪个女人生的儿子硬塞给她。这时，年迈的女祭司走了进来，手里拿着两样东西。原本心事重重的克瑞乌萨看到后大吃一惊，目不转睛地盯着它们——一个面纱和一件少女的斗篷。女祭司叫克苏托斯先进去，说有话要对他说。他走后，女祭司把手中的东西递给伊翁。

"亲爱的孩子，你跟新父亲去雅典时，一定要带上这两件东西。它们是我发现你时你身上的衣物。"

"啊！"伊翁喊道，"一定是我的母亲把它们包裹在我身上的。这是母亲留下来的线索，我一定要找到她，哪怕是走遍欧洲和亚洲。"

这时，克瑞乌萨悄悄地走到伊翁的身边，在他再度生气地后退之前，用双臂搂住了他的脖子。她满是泪水的脸贴着他的脸，说："我的儿子……我的儿子。"

伊翁忍受不了，"她一定是疯了。"他叫道。

"不，不，"克瑞乌萨说，"面纱和斗篷是我的，是当初我抛弃你的时候裹在你身上的。我刚才对你说过的那位朋友……不是别人，正是我自己。阿波罗是你的父亲……噢，别走，我可以证明给你看。打开这个包裹，我能说出上面绣着什么图案，那是我亲手绣的……你看看，斗篷上有两个金色蛇扣，那是我亲手缝在上面的。"

伊翁找到了那两个金色蛇扣。他看看包裹，又看看她。"你真是我的母亲吗？"他一脸惊诧，"这么说，难道是真理之神阿波罗错了吗？他说我是克苏托斯的儿子啊！……噢，母亲，我糊涂了！"

"阿波罗没说你是克苏托斯的亲生儿子，他把你当作礼物送给了他！"克瑞乌萨浑身颤抖地大声说。

这时，天空中突然闪过一道金光，照在他们身上。二人抬头一看，苦恼顿时变成了敬畏和惊奇。一个神圣的身影出现在他们头上，无比庄严和美丽。

"我是雅典娜，是阿波罗派我来的。他让我告诉你，伊翁是你和他的孩子。当年你把孩子遗弃在洞穴中，是阿波罗把他带到了这里。克瑞乌萨，把他带到雅典去吧，他有资格统治我的城邦。"女神说道。

女神消失了。母子二人四目相对，伊翁非常高兴。但是克瑞乌萨呢？阿波罗迟来的补偿能抵偿她所遭受的一切苦难吗？我们只能猜测，因为故事没说。

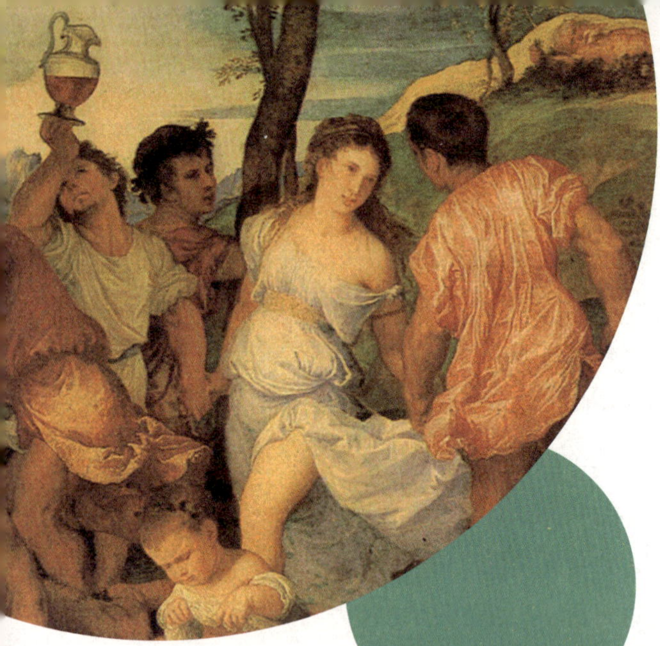

CHAPTER
第六篇

次 要 的 神 话

第二十章
弥达斯及其他

> 弥达斯的故事取材于奥维德的作品，他把这则故事讲得最好。品达完整地讲述了埃斯科拉庇俄斯的生平，本章中他的故事就以此为依据。埃斯库罗斯曾以达那伊得勒诺斯的故事为题材写了一部戏剧。本章中格劳科斯和斯库拉的故事、波摩娜和威耳廷努斯的故事，以及厄律西克同的故事，均取材于奥维德的作品。

弥达斯的名字如今已成为"富翁"的同义词，但他本人却不曾享受过财富带来的任何好处。因为财富到手还不到一天，他就差点儿死于非命。他是绝好的例子，证明愚蠢和罪行同样会令人送命。他并没有恶意，他只是没动脑子。不过，从他的故事来看，他也没多少脑子可动。

弥达斯是"玫瑰之乡"佛律癸亚的国王，他的宫殿附近有好几座玫瑰园。有一次，年老的森林之神西勒诺斯喝得酩酊大醉。他离开了酒神狄俄尼索斯的队伍，迷了路。宫殿中的仆人发现这个肥胖的老酒鬼在花丛中睡着了，就用玫瑰花的枝条把他绑了起来，还给他戴了一顶花冠。仆人们把他叫醒，让他以这副模样去见国王。弥达斯热情接待他，为他连续举办了十天的宴会，然后亲自送他到酒神那里。酒神见西勒诺斯回来后十分高兴，便许诺弥达斯，帮他实现一个愿望。弥达斯想都没想就说："我希望我所碰到的任何东西都变成黄金。"酒神在答应这个要求的时候就已预料到了结果，可弥达斯直到吃饭时才意识到这一点：他碰到的所有食物都变成了硬邦邦的金子。弥达斯惊慌失措，又饿又渴，只得去找酒神，祈求他收回神恩。酒神叫他到帕克托洛斯河的源头去洗一洗，这样就能洗掉致命的恩赐。他照做了。据说，这就是那条河中会出现金沙的原因。

后来，阿波罗把弥达斯的耳朵变成了驴耳朵。同样，这也不是因为恶，而是因为蠢。在阿波罗与潘的一场音乐比赛中，弥达斯被选为裁判之一。农牧之神潘能用芦笛吹奏出悦耳的曲调，但阿波罗的竖琴所弹奏出来的音乐是世间最美的音乐，除了缪斯女神的合唱，没有任何乐声能与之相媲美。山神特摩洛斯把象征着胜利的棕榈枝给了阿波罗。而弥达斯的鉴赏能力和他其他方面的能力一样低下，他把棕榈枝给了他喜欢的潘。如果他能稍微谨慎一点，就会意识到，站在权势较低的潘一边和阿波罗作对，是很危险的。就这样，他长出了一双驴耳朵。阿波罗说，此举只是为了给弥达斯那驽钝的耳朵找一个合适的外形。弥达斯用一顶特制的帽子盖住了驴耳朵，但是他的理发师自然会看见。理发师庄严地起誓说，永远不会把这件事说出去。但这么大一个秘密憋在心里，他是很难受的。于是，他跑到田野里挖了个洞，对着洞小声说："弥达斯国王长了一双驴耳朵。"说完，他感到好受多了，就把洞填平。到了春天，这里长出了芦苇。风一吹，芦苇就悄悄地说出那些埋起来的话。它不仅吐露出那又笨又可怜的国王的秘密，似乎还在告诉世人：众神比赛的时候，一定要支持强势的那一方。这是唯一的保命之道。

埃斯科拉庇俄斯

忒萨利有一位名叫科洛尼斯的少女,她拥有绝世的美貌,连阿波罗都拜倒在她的石榴裙下。但奇怪的是,科洛尼斯对这位神祇情人并不在乎,她更喜欢一个凡人,但她没有把这件事告诉阿波罗。然而,"真理之神"不骗人,也不能容忍别人欺骗他。

德尔斐神殿的皮提亚之神,
有一位可以信赖的伙伴,
它直截了当,从不迷途——
那就是神祇无所不知的心灵。
它从不触及虚假,
无论是凡人还是神祇,都无法欺骗它。
它对一切都了如指掌,
无论是已经完成的事,
还仅仅是构思出来的计划。

科洛尼斯太蠢了,她以为阿波罗永远不会知道她的背叛。据说,这个消息是阿波罗的圣鸟——乌鸦通报给他的。那时的乌鸦还是通体长着雪白羽毛的美丽的鸟。就像许多故事说的那样,神祇生气时完全不讲道理——阿波罗一怒之下,把他忠实的信使变成了黑色。后来,科洛尼斯被杀死。有人说是阿波罗亲自动的手,也有人说是他拜托狩猎女神阿耳忒弥斯,用她那百发百中的箭射死了科洛尼斯。

第二十章 ○ 弥达斯及其他

阿波罗虽然残酷,但当他看到少女的遗体被放在火葬堆上,周围燃起熊熊火焰的时候,他还是感到很悲伤。"我至少应该救出我的孩子。"他自忖道。就像宙斯在塞墨勒死时救出了她腹中的胎儿一样,阿波罗也救出了科洛尼斯腹中的胎儿。他把孩子交给善良睿智的人头马喀戎,让喀戎在珀利翁的山洞中把他养大,并给他取名为埃斯科拉庇俄斯。许多名人都把孩子交给喀戎抚养,在这群孩子中,喀戎最喜爱的就是埃斯科拉庇俄斯。这孩子不像其他孩子那样醉心于运动,每天只顾着疯跑,他最喜欢养父讲授给他的医术。喀戎的知识非常渊博,他擅长使用药草、温和的咒语和退烧药方。埃斯科拉庇俄斯却青出于蓝而胜于蓝,他学会了治疗所有疾病的医术。无论是肢体受伤,还是被病痛折磨得日渐憔悴,哪怕是奄奄一息,只要找到埃斯科拉庇俄斯,都能得到救治:

这位性情温柔的药师驱走了痛苦,
他是人类的救星,
为人们带来宝贵的健康。

他是人类的恩人,但他惹怒了神,犯了永远不能被原谅的错——他动了"凡人绝不该有的念头"。有一次,有人给了他一大笔钱,让他救活死者。他办到了。很多人说,那个死而复生的人就是忒修斯的儿子希波吕托斯。希波吕托斯虽然死得冤枉,但这次重生之后,他就再也没遇到死亡的威胁。他有了不死之身,长住在意大利。那里的人们尊称他为"威耳比俄斯",把他奉为神明。

然而，把他从冥界救回来的医师就没那么幸运了。众神之主宙斯不允许凡人拥有起死回生的力量，就用雷霆劈死了埃斯科拉庇俄斯。阿波罗看到儿子死了，非常生气，于是跑到独眼巨人库克罗普斯为宙斯打造霹雳的埃特纳火山，搭弓射箭，大开杀戒。有人说他射死的是独眼巨人，也有人说是巨人的孩子。这下轮到宙斯发火了。他罚阿波罗到国王阿德墨托斯家当奴隶，有人说服役期是一年，也有人说是九年。大英雄赫拉克勒斯从阴间救回来的阿尔刻斯提斯就是这位国王的妻子。

虽然埃斯科拉庇俄斯得罪了万神之主，但世人却给了他最高的尊崇。在他去世几百年后，病人、残疾人和盲人还会到他的神殿中来求医。病人在他的神殿中祈祷、祭祀，然后睡上一觉，那位善良的药师会在梦中告诉他们医治的方法。蛇在治疗的过程中扮演某种角色，但具体是什么我们不得而知。一般认为，它们是埃斯科拉庇俄斯神圣的仆人。

多少世纪中，成千上万的病人都相信，埃斯科拉庇俄斯减轻了他们的病痛，为他们带来健康。

达那伊得斯

这些少女的知名度远比读者所能想象的要高得多。诗人们经常提及她们，她们是地狱中最著名的受难者，注定要永远用漏水的罐子去盛水。这些少女中，除了许珀耳涅斯特拉，其余的都和"阿耳戈"号上的英雄在楞诺斯岛上见到的那些女子一样，犯下了杀夫之罪。但是，楞诺斯岛上的那些女人很少被提及，而达那伊得斯少女却连对神话一

第二十章 ○ 弥达斯及其他

知半解的人都知道。

她们一共有五十位，都是达那俄斯（伊俄的后代）的女儿，住在尼罗河边。她们的五十位堂兄弟（达那俄斯的哥哥埃古普托斯的儿子）想娶她们为妻，遭到了姑娘们的强烈反对，没有人解释过其中的缘由。她们和父亲乘船逃往阿戈斯寻求庇护。阿戈斯人全票通过，同意保护这些姑娘。当埃古普托斯的儿子们来到这里，打算用武力抢走姑娘们的时候，阿戈斯人把他们赶走了。阿戈斯人告诉来者：他们绝对不允许任何人逼迫少女成亲。无论威逼者有多么强大，他们都不会交出向他们寻求庇护的人。

就在这里，故事中断了，后面的内容已经是下一章。下一章的开头，少女们正准备和堂兄们结婚，她们的父亲正在主持婚礼。故事没解释为何会如此发展，但从后面的情节中可以看出，达那俄斯和少女们的想法并没有改变。因为在婚礼上，达那俄斯给了每个女儿一把匕首。这种情况表明，每个新娘都知道自己应该做什么，并且同意这么做。在寂静的新婚之夜，除了许珀耳涅斯特拉动了怜悯之心，其他新娘都动手杀死了自己的丈夫。她望着那个安安静静睡在她身边的强壮男子，实在不忍心用匕首把活人变成一具死尸。她把对父亲和姐妹们许下的诺言抛在了脑后。拉丁诗人贺拉斯说："她违背了信义，但她犯的是高贵的错误。"她叫醒了那个名叫林叩斯的年轻人，把实情告诉他，帮他逃走了。

许珀耳涅斯特拉被父亲关进了监牢。也有故事说，她后来和林叩斯团聚了。他们的生活很幸福，还生下了一个名叫阿巴斯的儿子。他是珀耳修斯的曾祖父。其他的故事写到许珀耳涅斯特拉被父亲关进监牢就结束了。

不过，所有的故事都说，那四十九位达那伊得斯因杀害丈夫而受到了惩罚——在冥界永无止境地做着徒劳的工作。她们在河边用有无数小洞的罐子盛水，罐子里的水很快就流光了，她们只得再次把罐子盛满水，然后再次眼睁睁地看着水流得一滴不剩。

格劳科斯和斯库拉

格劳科斯是一位渔夫。有一天，他正坐在面朝大海的青草地上钓鱼。当他把钓到的鱼摆在草地上清点数目时，鱼竟跳了起来，朝着大海移动，最后全部滑入海里游走了。他大吃一惊，不知道是哪位神祇的安排，还是这些草有魔力。于是，他抓了一把青草放进嘴里，心中立刻充满了对大海不可抗拒的热爱。他无法控制自己的情感，就跑向大海，跳进海里。海神们和善地接待了他。他们请大洋神俄刻阿诺斯和妻子忒堤斯为他涤去凡人的特性，让他成为海神族中的一员。接着，他们引来一百条河流，把河水倾注在他身上。他在奔涌的洪水中失去了知觉。醒来后，他变成了海神，头发像海水一样碧绿，下半身变成了鱼尾。对于水中的居民来说，这是美丽又普遍的长相。但对于陆地上的居民来说，这种长相古怪又令人讨厌。仙女斯库拉见到他时就涌起了这样的厌恶之情。当时她正在一个小海湾中沐浴，格劳科斯以这副尊容从海底冒了出来。她连忙跑开，躲到高高的海岬上，在那里安全地打量这个半人半鱼的怪物。格劳科斯对着她喊："姑娘，我不是怪物，我是掌管河流的水中神祇，我爱你！"但斯库拉并没有理会，她飞快地向内陆跑去，失去了踪影。

格劳科斯感到绝望，他疯狂地爱上了斯库拉。他决定去找女巫喀耳刻，向她讨一剂爱情灵药来融化斯库拉的心。但是，当他向喀耳刻道出自己的爱情故事并恳求她帮助时，女巫竟然爱上了他。她用甜言

第二十章　○　弥达斯及其他

蜜语和美貌来诱惑格劳科斯，但他不为所动。他说："就算海底长满树木，海藻遍布山巅，我对她的爱也不会止息。"女巫恼羞成怒。她不恨格劳科斯，却对斯库拉恨之入骨。她调配了一剂毒药，把它倒进斯库拉之前沐浴的小海湾。斯库拉再次下水沐浴的时候，顿时变成了一只可怕的怪物，身上长出了毒蛇和凶猛的狗头。这些恐怖的东西成了她身体的一部分，她无法把它们从身上弄走或者逃离它们。她的双脚被缠在一块岩石上。被苦痛折磨着的她对身边的一切都非常痛恨，一定要将其摧毁。她所在之处成了过路的水手们的丧命之地。伊阿宋、奥德修斯、埃涅阿斯都曾见识过她的毁灭力量。

厄律西克同

有一个女人和海神普罗透斯一样，拥有变换形体的能力。不过令人称奇的是，她竟然用这种力量来为饥饿的父亲换取食物。在所有故事中，谷物女神都是善良而仁慈的。只有在这个故事中，谷物女神刻瑞斯显得冷酷无情，睚眦必报。厄律西克同命仆人砍倒刻瑞斯圣林中最高的橡树，仆人们都怕亵渎神灵，不敢动手。厄律西克同便自己拿起斧子，砍向林中仙女经常围着跳舞的粗大树干。一斧砍下去，大树竟然流出了鲜血。一个声音从树干中传出来，警告他说，刻瑞斯一定会惩罚他的。然而，这些神迹并没有阻止厄律西克同的暴行，他一斧接一斧地砍，终于把大橡树砍倒在地。林中仙女德律阿得斯急忙去向谷物女神报告这件事。女神勃然大怒，决定用一种前所未有的方式惩罚罪犯。她命林中仙女乘着她的马车到"饥饿"居住的地方去，并让"饥饿"占据厄律西克同的身体。"让她注意，"女神说，"一定

415

要让他怎么吃都吃不饱。即使不停地把食物塞进肚子，他也一样饥饿难耐。"

"饥饿"服从了女神的命令。她来到厄律西克同的卧室，用她骨瘦如柴的双臂抱住了正在睡觉的他，把自己注入他的身体，埋下了饥饿的种子。厄律西克同醒来后，极度渴望吃东西，就叫人送食物进来。他越吃越饿，哪怕肉已经塞满了喉咙，他还是觉得饿。他把所有的钱都花在了买食物上，但即便这样他也没能得到满足。最后，他除了女儿已经一无所有。为了填饱肚子，他把女儿也卖了。当女孩的买主把船停靠在海边时，她祈求海神波塞冬帮她摆脱这悲惨的奴役生活。海神听到了她的祷告，把她变成了一位渔夫。女孩的买主就在她身后不远的地方，他看见一个"渔夫"正在摆弄鱼线，便问道："刚刚那个女孩去哪儿了？她的脚印到这里就消失了。"

"渔夫"回答道："我对着海洋之神发誓，除了我自己，没有任何人来过这片海滩。"对方感到十分困惑，只得乘船走了。女孩恢复了样貌，回到家中，把事情的经过告诉给了父亲。厄律西克同非常高兴，因为他看到了一个没有止境的赚钱良机。他一次又一次地把女儿卖掉，每次波塞冬都帮她改变形体——有时是一匹马，有时是一只鸟。她每次都能从买主那里逃出来，回到父亲的身边。但是，这样赚来的钱仍不能满足厄律西克同的需求，他开始吃自己的身体，最后把自己吃掉了。

波摩娜和威耳廷努斯

这两位不是希腊神祇，而是罗马神祇。波摩娜是唯一不喜欢森林和荒野的仙女，她只喜欢水果和果园。她爱修剪、嫁接树枝等园艺。她丝毫不关心男人，只想和心爱的树木在一起，不允许任何追求者靠近她。在这些追求者中，有一位名叫威耳廷努斯的最为积极，尽管他也没有任何进展。他常乔装打扮后来到她身边：有时装扮成一个粗鲁的收割者，递给她一筐麦穗；有时装扮成笨拙的牧人或葡萄枝修剪工。只有在这些时刻，他才能看见她美丽的笑容，但同时他感到十分悲哀，因为他知道波摩娜是绝不会看上他乔装的这些人物的。最后他想出了更好的办法。他装扮成一个老妇人，来到她的身边，夸赞她的水果有多么美丽，然后说："就算这些水果再美，也不及你的万分之一。"说完，他就亲吻了她。因为他是个"老妇人"，所以波摩娜并没有感到奇怪。但是，他在她的唇上吻个不停，这实在不像老妇人所为。波摩娜吓坏了，威耳廷努斯立刻放开了她，坐在一棵榆树对面——树上爬满了葡萄藤，藤上结着累累的紫色葡萄。他温柔地说："你看，树和藤在一起多么可爱啊！一旦它们分开，树就没了作用，趴在地上的藤也结不出葡萄来。你和这棵藤多像啊，你总是要独立，不让任何人接近你。可是我这个老太婆要给你一点忠告。你要知道，有一个人非常非常爱你，他就是威耳廷努斯。我希望你能接受他的爱，不要拒绝他。你是他的第一个恋人，也会是最后一个。他也很喜欢果园和花园，愿意和你一起工作。"紧接着，他又严肃地对她说，爱神讨厌硬心肠的女孩，已经有很多前车之鉴，比如阿那克萨瑞忒的悲剧。阿那克萨瑞忒鄙视追求她的伊菲斯，令他心灰意冷，少年绝望地在她家门口悬梁自尽。爱神维纳斯就把这个硬心肠的少女变成了一尊石像。"听从我的劝告吧！答应你真诚的追求者吧！"说完，他就卸掉了伪装，以真正的模样站在她面前。看着这个容光焕发的少年，波摩娜被他的外貌和出众的口才打动了。从此以后，她的果园中就有了两位园丁。

第二十一章
其他短篇神话故事

阿玛尔忒亚

有一个故事说,它是一只仙羊,宙斯在婴儿时期曾吃过它的奶。另一个故事说,她是一位林中仙女,就是那头仙羊的主人。据说她长着一只羊角,里面装满了人们想吃的食物或饮料,它被称为"丰饶之角"(拉丁语中叫作"科尔努刻皮亚")。不过,罗马人认为这个角属于河神阿克洛俄斯。河神化身为公牛与赫拉克勒斯搏斗,被折断了一只牛角,那个角里总是装满了水果和鲜花。

阿玛宗人

埃斯库罗斯称她们为"厌恶男人的阿玛宗女战士"。阿玛宗是一个由女人组成的民族，个个骁勇善战。据说，她们住在高加索山脉附近，主要城市是忒弥斯库拉。她们激发了很多艺术家的灵感，为她们创作雕塑和画像，但奇怪的是，诗人很少写关于她们的故事。尽管我们对她们很熟悉，但是关于她们的故事还是少得可怜。她们曾经入侵吕客亚，被柏勒洛丰击退；特洛伊国王普里阿摩斯还年轻的时候，她们曾入侵佛律癸亚；忒修斯担任雅典国王的时候，她们曾入侵阿提卡。忒修斯掳走了她们的女王，她们出兵营救，但被忒修斯打败。在特洛伊战争中，彭忒西勒亚女王曾率领她们与希腊人作战，但是这个故事并非出自荷马史诗《伊利亚特》，而是出自希腊历史学家帕萨尼亚斯的作品。故事中说，女王是被阿喀琉斯杀死的，阿喀琉斯曾在她的尸体旁向她哀悼：如此年轻，又如此美丽。

阿密莫涅

她是达那伊得斯姐妹之一。她的父亲派她去打水，一个半人半羊的森林之神看见了她并对她穷追不舍。海神波塞冬听到了她的呼救声，也爱上了她，并把她从羊人手中救了出来。波塞冬用三戟叉挖了一眼清泉，以她的名字命名，表示对她的纪念。

安提俄珀

忒拜公主安提俄珀给宙斯生了两个儿子——仄托斯和安菲翁。她怕父亲生气，就把两个婴儿扔在了荒山上。一位牧人发现了他们，把他们抚养长大。当时忒拜的统治者吕科斯和妻子狄耳刻对安提俄珀非常残忍，安提俄珀决定逃走。她逃到两兄弟居住的茅屋。不知为何，孩子们认出了母亲，或母亲认出了孩子们。兄弟俩召集了一群朋友打进王宫杀了吕科斯，又残忍地杀害了狄耳刻。他们把她的头发绑在一头公牛身上，让牛拖着她跑，直到把她拖死。她的尸体被丢进了一道泉水中，此后，那道泉水就以狄耳刻的名字命名。

阿拉克涅

只有拉丁诗人奥维德讲述过这个故事。因此，故事中的诸神用的都是拉丁名字。

这位少女的命运再次表明，无论在任何方面，人若试图与神相较，其结果都是危险的。密涅瓦是奥林匹斯诸神中技艺高超的织工，就像伏尔甘是无与伦比的铁匠一样。很自然地，她认为自己的织品精美绝伦、举世无双。当她听说一个名叫阿拉克涅的卑微农家女竟然宣称自己的织品更好时，密涅瓦气坏了。她来到阿拉克涅居住的小屋，要和后者一决高下。阿拉克涅接受了女神的挑战。二人架好织布机，拉好丝线，开始比赛。她们身边摆放着五彩缤纷的丝线以及珍贵的金线和银线。密涅瓦尽其所能，织出了一件美得令人惊叹的杰作。阿拉克涅与女神同时完工，她的作品毫不逊色于女神的作品。女神一气之下，把那幅织品从上到下劈成了两半，还拿梭子乱打少女的头。阿拉克涅觉得自己深受侮辱，就上吊自杀了。女神有些后悔，便把少女的尸体从绳套上解下来，洒上了几滴神奇的药水。阿拉克涅变成了蜘蛛。直到今天，蜘蛛仍然保留着超凡的纺织能力。

阿里翁

他似乎是一个真实存在的诗人，生活在公元前 700 年左右。他没有诗作流传下来，唯一确知的是他从死神魔掌中逃脱的故事。这个故事简直如神话一般。据说，阿里翁从科林斯去西西里岛参加一个音乐比赛，他善于演奏竖琴，因此获得了大奖。在返航的途中，水手们觊觎他的奖金，计划把他杀掉。阿波罗托梦给他，告诉他水手的计划和保命的办法。水手们攻击他的时候，他恳求他们给他最后一个恩惠——允许他在死前再弹一次琴，唱一首歌。他一唱完歌就纵身跳进了海里。他刚要下沉，一群被迷人的乐音吸引而来的海豚就把他托了起来，送回了岸上。

阿里斯泰俄斯

阿里斯泰俄斯是个养蜂人，他是阿波罗和水中仙女库瑞涅的儿子。有一次，他的蜜蜂莫名其妙全死了，他便向母亲求援。母亲告诉他，聪明的老海神普罗透斯知道如何解决此类事件，但老海神要在逼迫下才肯传授技能。因此，阿里斯泰俄斯必须抓到老海神，并把他捆起来。这是一项艰巨的任务。斯巴达国王墨涅拉奥斯从特洛伊返乡的途中曾做过这件事。普罗透斯可以任意改变自己的形体，唯有自始至终紧紧抓住他不放，他才肯屈服，回答对方的问题。阿里斯泰俄斯按照母亲所说的，来到普罗透斯经常出没的法洛斯岛，也有人说是卡尔帕索斯岛，抓住了这位老海神。不管普罗透斯变成什么样子，阿里斯泰俄斯都没有放手。终于，老海神放弃了挣扎，恢复了原形。他让阿里斯泰俄斯杀牲祭神，把动物的尸体留在举行祭典的地方，九天之后再回到这里。阿里斯泰俄斯照办了。九天之后他回到这里，神奇的事情发生了：动物的尸体上竟然长出了一群蜜蜂。自此之后，他再也没有因蜜蜂生病而苦恼过。

奥罗拉和提托诺斯

他们的故事在荷马史诗《伊利亚特》中出现过：

拥有玫瑰色手指的黎明女神，
从她与共眠的高贵神祇提托诺斯旁边起身，
把光明洒向诸神和众生。

提托诺斯是黎明女神奥罗拉的丈夫，他们育有一子，名叫门农。这位皮肤黝黑的埃塞俄比亚王子曾率军支援特洛伊人，最终不幸战死疆场。提托诺斯的命运很奇特。奥罗拉请求宙斯让他拥有不死之身，宙斯答应了。但她忘了请求宙斯让他永葆青春。结果，提托诺斯日渐衰老，却死不了。最后，他浑身衰弱，手脚都无力动弹。他祈求一死，但神不同意。他必须永远活着。最后，女神只好满心怜悯地把他关进屋子里，然后离开。他一个人在小屋子里说着含糊不清的话。随着身体的衰老，他的神智也渐渐消失，最后只剩下一具干枯的躯壳。

第二十一章 其他短篇神话故事

另有一个故事说，他的身体越缩越小。最后，奥罗拉根据他的形状和特征，把他变成了一只干瘦而喋喋不休的蚱蜢。

在埃及古都底比斯，人们为提托诺斯的儿子门农建了一尊巨大的雕像。据说每天清晨，当第一缕晨光洒在它身上的时候，它都会发出一种类似于拨动琴弦的乐声。

比同和克勒俄比斯

他们是赫拉的女祭司库狄珀的儿子。库狄珀很想到阿戈斯去看赫拉女神的美丽雕像。它出自大雕刻家老波利克里托斯之手。据说，他与同时期的年轻雕刻家菲狄亚斯一样伟大。但是阿戈斯太远了，她无法走到那里，又找不到马车或牛车。她的两个儿子——比同和克勒俄比斯决定完成她的心愿。他们给自己套上轭，请母亲坐上车，然后拉着车，顶着沙尘和烈日来到阿戈斯。他们抵达以后，人人都称赞这两个孝顺的孩子。既得意又快乐的母亲站在赫拉的神像面前，祈求女神赐予她儿子最好的礼物，作为孝行的回报。当她祷告完，两个少年便倒在了地上。他们满面笑容，仿佛安详地睡着了，其实他们已经死了。

卡利斯托

她是阿耳卡狄亚国王吕卡翁的女儿。这位国王心生恶念，被宙斯变成了一匹狼。宙斯在他家做客时，吕卡翁竟然端出人肉来招待宙斯。他是罪有应得，但他的女儿卡利斯托没犯错，也和他一样受到了可怕的惩罚。宙斯看到她跟随阿耳忒弥斯狩猎时英姿飒爽的身影，便爱上了她。赫拉勃然大怒，在卡利斯托诞下孩子之后，便把她变成了一头大熊。男孩长大后，一天，他外出打猎，赫拉便把卡利斯托引到他身边，想让他在不知情的情况下射死自己的母亲。还好，宙斯及时营救了她，她被安置在星辰之间，被称为"大熊星座"。后来，她的儿子阿耳卡斯也被安置在她身边，被称为"小熊星座"。赫拉看到情敌和她的儿子竟享有此等殊荣，十分生气。她让海神帮忙，禁止这两颗星辰像别的星辰一样沉入大海。因此，在所有星座中，只有大熊星座和小熊星座永远也不能沉到地平线以下。

喀戎

他是半人半马的肯陶耳家族中的一员。但他不同于那些凶猛而残暴的同族，他以善良和智慧闻名于世，因此英雄们纷纷把自己年幼的孩子交给他培养和教育。大英雄阿喀琉斯、伟大的药师埃斯科拉庇俄斯、猎人阿克泰翁都是他的学生。肯陶耳一族中只有他是不死之身，但他最终还是死了。他的死是赫拉克勒斯无意之间造成的。当赫拉克勒斯去看望他的人马朋友马福洛斯的时候，由于口渴难耐，便说服朋友打开一瓶葡萄酒。这瓶葡萄酒是全体人马共同所有的。葡萄酒芳香四溢，其他人马立刻冲下山来，想要惩罚这个侵犯他们共同财产的人。但他们全族不敌赫拉克勒斯一人。在混乱中，赫拉克勒斯将没有参战的喀戎打成了重伤。喀戎无法被医治，宙斯允许他死去，以结束这无尽的痛苦。

克吕提厄

她的故事很特别,不像我们常见的那样,某位神祇爱上了不情愿的少女。刚好相反,少女爱上了不情愿的神祇。克吕提厄爱上了阿波罗,但太阳神觉得她没有一点儿可爱之处。她整日坐在屋外的地上,仰着头,痴痴地看着他从东转到西。她就这样日渐憔悴,最后变成了一朵向日葵,永远面向太阳。

德律俄珀

她的故事和许多其他故事一样,说明古代的希腊人多么强烈地反对破坏或者伤害树木。

有一天,德律俄珀和妹妹伊俄勒来到一个水池旁,打算为仙女们编织花环。她把年幼的儿子带在身边。她看到水池边有几株开满鲜花的忘忧树,就摘下了几朵,打算逗一逗小孩。令她惊恐的是,树干竟然流出了鲜血。原来这棵树是仙女罗提斯为了躲避追求者而变的。德律俄珀看到这不祥的情景,想立刻逃开,可是她一动也动不了,双脚仿佛在地上生了根。伊俄勒无助地看着她,看到树皮覆盖了她的脚面,渐渐蔓延至全身。当德律俄珀的父亲和丈夫赶到时,树皮已经长到她的面部。伊俄勒大声说出了事情的经过。他们冲到大树旁边,抱住仍然温暖的树干,用眼泪来浇灌她。德律俄珀仅有一点儿时间解释自己无意间犯的错,并请求他们日后常带孩子到树下玩耍。等时机到了,就把她的故事告诉孩子。这样一来,"他一到这里,看到这棵树,就会想起母亲就在这棵树里面。"她又说,"告诉孩子,永远不要采摘鲜花，因为每棵树、每朵花都有可能是仙女的化身。"她只来得及说这么多。树皮盖住了她的脸。德律俄珀永远消失了。

厄庇墨尼得斯

他之所以成为神话人物，是因为他长眠的故事。他生活在公元前600年左右。据说，当他还是个小男孩的时候，去寻找一只丢了的绵羊，不知为什么他突然睡着了，这一睡就是五十七年。当他醒来后，完全不知道发生了什么，还要继续找羊，却发现早已物是人非。后来，德尔斐神殿的神谕命他为雅典驱散瘟疫。事后，雅典人十分感激他，要送他一大笔钱，但他坚决不肯收，只求雅典和他的故乡——克里特岛的克诺索斯永葆和平。

厄里克托尼俄斯

他和厄瑞克透斯是同一个人。荷马只写过一个叫这个名字的人，柏拉图则写了两个。他是火神赫菲斯托斯的儿子，由雅典娜抚养长大，是一个半人半蛇的生灵。在他还是婴儿的时候，雅典娜把他装在一个箱子里，交给雅典国王刻克洛普斯的三个女儿，叫她们不准打开。她们当然打开了箱子，看到了里面那个像蛇一样的生物。于是，雅典娜让她们发了疯，以示惩罚。她们从雅典的卫城上跳下去自杀了。厄里克托尼俄斯长大以后成了雅典的国王，他的孙子和他同名，是刻克洛普斯二世、普罗克里斯、克瑞乌萨和俄瑞堤伊亚的父亲。

第二十一章 ○ 其他短篇神话故事

赫洛和勒安得耳

勒安得耳是阿比多斯城中的一位青年，该城位于赫勒斯滂海峡边。海对岸是塞斯托斯城，城中阿佛洛狄忒神殿的女祭司名叫赫洛。每天夜里，勒安得耳都会游到对岸去找赫洛。指引他前行的光，有人说来自塞斯托斯城的灯塔，也有人说来自赫洛每天晚上在高塔顶端点燃的火炬。在一个暴风雨之夜，灯火被风吹灭。勒安得耳淹死在海中。他的尸体被冲到了岸边。赫洛发现后也自杀了。

许阿得斯

许阿得斯姐妹是擎天神阿特拉斯的女儿，共有六位。她们与普勒阿得斯姐妹同父异母。她们是雨星，据说她们一出现就会下雨。每年的 5 月初和 11 月的早晚，伴随着她们的起落都会下起小雨。她们曾受宙斯的委托，抚养尚在襁褓中的酒神狄俄尼索斯。为了报答她们，宙斯把她们安置在了星辰之间。

伊比库斯和白鹤

伊比库斯不是神话人物，而是生活在公元前 550 年左右的诗人。他的诗作不多，只有一些断章流传下来。关于他，我们所知道的故事就是他那离奇的死亡。他在科林斯附近遭到强盗袭击，身受重伤。一群白鹤从他的头顶飞过，他大声呼告，让白鹤为他报仇。不久，一部戏剧在科林斯的露天剧场上演,座无虚席。演出中,一群白鹤出现在剧场上方,久久盘旋,不肯离去。一个人惊慌失措地大喊:"给伊比库斯报仇的白鹤来了!"这时,观众们喊道:"凶手不打自招了!"那个人随即被捕。他的同伙也被查了出来,全部被处以死刑。

勒托(拉托那)

她是提坦福柏和科俄斯的女儿。宙斯爱上了她。在他们的孩子快要出生的时候,宙斯由于惧怕妻子赫拉而抛弃了她。出于同样的原因,所有的国家和岛屿都不肯收留她。她四处漂泊,寻找可以生孩子的栖身之所。最后,她来到了得罗斯岛。它漂浮在海上,没有地基,随着风浪四处飘摇。它危险、多岩且贫瘠。当勒托来到小岛上寻求庇身之所时,小岛对她表示热烈欢迎。四根高大的石柱从海底耸起,牢牢地撑住小岛。随后,她在这里生下了狩猎女神阿耳忒弥斯和太阳神阿波罗。其后的岁月中,宏伟的阿波罗神殿就矗立在这里,世界各地的人们纷纷来参观。这块布满岩石的荒岛成为"上天建造的岛屿",从最受鄙视之岛变成了最具声名之岛。

利诺斯

荷马史诗《伊利亚特》中写道:一群少男少女在葡萄园中边采摘葡萄,边唱着"甜美的利诺斯之歌"。这可能是一首挽歌,用于悼念阿波罗和帕萨玛忒之子利诺斯。利诺斯被母亲遗弃,由几位牧羊人抚养，还没成年就被一群狗撕成了碎片。他与阿多尼斯、雅辛托斯一样，代表着一切可爱但早逝、还未绽放就已凋落的生命。希腊文"ailinon"的意思就是"哀哉，利诺斯"。这个词的含义后来发生了变化，与英文中的"alas"意思大致相同，都可以用于挽歌之中。还有一个人也叫利诺斯，他是阿波罗和一位缪斯女神的儿子。他曾做过俄耳甫斯的老师，后来在教导赫拉克勒斯的时候不幸被打死了。

玛耳珀萨

她比其他受到神祇垂青的女子更幸运。她的丈夫是参加过"卡吕冬狩猎大会"和"阿耳戈"号远征的大英雄伊达斯，他们本可以过上幸福的生活，但太阳神阿波罗爱上了她。伊达斯不肯放弃妻子，勇敢地与阿波罗决斗，直到宙斯把他们拉开，让玛耳珀萨在二者之间做出选择。她因为害怕神祇对自己不忠而选择了凡人——从以往的故事来看，她这样做不无道理。

玛耳叙阿斯

长笛是智慧女神雅典娜发明的，后来她抛弃了这一乐器，因为吹长笛得鼓起腮帮子，长此以往会有损她的容貌。半人半羊的森林之神玛耳叙阿斯捡到了那支长笛，发现它能吹出非常动听的音乐。他大胆地向阿波罗发起了挑战。毫无疑问，阿波罗赢了。阿波罗剥掉了玛耳叙阿斯的兽皮，以示惩罚。

墨兰波斯

墨兰波斯的仆人杀了一公一母两条蛇，墨兰波斯把两条小蛇救了下来，将它们养大。它们为了报答他，趁他睡觉的时候，爬到他的耳边舔了他的耳朵。他惊醒之后，发现自己竟能听懂窗台上两只小鸟说的话。原来，小蛇给了他能听懂飞禽走兽语言的能力。就这样，他掌握了占卜的能力，成了著名的预言家。他甚至因为这种能力保住了自己的性命。

有一次，他被敌人抓住，关在一间小牢房中。他听到几条小虫说，房梁快被蛀空了，屋顶就要塌了，所有人都会被砸死。他立刻把这个消息告诉了囚禁他的人，要求他们换个地方。他们照办了。然后，屋顶马上就砸了下来。他们看出他果然是一位伟大的预言家，不仅放了他，还给了他一笔酬金。

墨洛珀

她的丈夫克瑞斯丰忒斯是赫拉克勒斯的儿子，墨塞尼亚的国王。在一次叛乱中，她的丈夫和两个儿子都被杀了。继位者波吕丰忒斯娶了墨洛珀为妻。其实墨洛珀和克瑞斯丰忒斯还有第三个儿子——埃皮托斯，她一直把他藏在阿耳卡狄亚。几年后，埃皮托斯回来了，他谎称自己杀了埃皮托斯，因此受到波吕丰忒斯的热情款待。墨洛珀不知道他就是自己的儿子，甚至一度把他当成了杀子的暴徒，打算杀死他。最后，她发现了这个年轻人的身份。母子二人合力杀了波吕丰忒斯，埃皮托斯登上了王位。

密耳弥多涅人

密耳弥多涅人是蚂蚁变的。阿喀琉斯的祖父埃阿科斯统治期间，他们出现在埃癸那岛上，后来追随阿喀琉斯参加了特洛伊战争。他们节俭、勤劳又勇敢，人们认为这些特质得益于他们的前身——蚂蚁。他们之所以由蚂蚁变成人，是因为赫拉的嫉妒。原来，宙斯爱上了一位名叫埃癸娜的少女，并用她的名字命名了这座小岛，他们的儿子埃阿科斯成了小岛的国王。这让赫拉非常生气。她让所有岛民都染上了可怕的瘟疫，岛上的活人寥寥无几。国王埃阿科斯爬到高高的宙斯神殿中，向万神之主祈祷，并提醒神说，自己是神与心爱的女子所生的儿子。他说这话的时候，看见一群忙碌的蚂蚁，便大声说："父亲啊，把这些蚂蚁变成我的子民吧！让它们填满我的空城吧！"一阵雷声似乎回应了他。那天晚上，埃阿科斯梦见蚂蚁变成了人。第二天一早，他的儿子忒拉蒙摇醒了他，说一大群人正朝着王宫走来。他走出宫门，看到多如蝼蚁的一大群人，正高呼着自己是他忠实的子民。于是，埃癸那岛上重新住满了人。这个由蚂蚁变成的种族被称为密耳弥多涅人，这个名字源于"蚂蚁"的希腊文"myrmex"。

尼索斯和斯库拉

墨伽拉国王尼索斯的头上长着一绺紫色的头发,有人曾告诫他,只要不剪掉这绺紫发,就能稳坐王位。有一次,克里特岛的弥诺斯国王率兵围攻墨伽拉。尼索斯并不担心,因为他知道,只要他保住紫发,国家就安全无虞。尼索斯的女儿斯库拉常站在城墙上看弥诺斯,久而久之竟爱上了他。她不知道除了把父亲的紫发送给弥诺斯,还有什么能讨得他的欢心。于是,她趁父亲熟睡时把紫发剪了下来,交给了弥诺斯。她告诉了弥诺斯她所做的一切,可弥诺斯却吃惊地向后退,并把她赶走了。后来,克里特人攻下了墨伽拉。在他们返航的时候,斯库拉冲到岸边跳进水中,抓住了弥诺斯乘坐的那艘船。这时,一只巨鹰从天上俯冲下来攻击她——它是她的父亲,众神把他变成鹰才得以保住他的性命。斯库拉吓得松开了船,眼看就要掉进水里,突然她变成了一只鸟。原来是某位神祇对她产生了怜悯之情,觉得她固然有错,但那是出于爱,因而将她变成了小鸟。

俄里翁

俄里翁是一个身材魁梧、长相俊美的年轻猎人。他爱上了喀俄斯岛的公主,每次打猎回来,他都会把猎物送给心爱的姑娘。为了讨她欢心,他几乎把岛上所有的野兽都猎杀了。有人说这位公主名叫埃罗,也有人说她叫墨洛珀。她的父亲俄诺庇翁虽然答应把女儿嫁给俄里翁,但一直拖延着婚期。有一天,俄里翁喝醉了,就侮辱了姑娘几句,俄诺庇翁便祈求酒神狄俄尼索斯惩罚他。在酒神的帮助下,俄里翁呼呼大睡，俄诺庇翁趁机弄瞎了他的双眼。神谕告诉俄里翁，只有到东方去，让初升的太阳光照耀他的眼睛，他才能重见光明。于是，他一路向东，直到楞诺斯岛，才恢复了视力。他回到喀俄斯岛上找国王报仇，可俄诺庇翁逃走了。后来，俄里翁搬到了克里特岛，替狩猎女神管理猎犬，但最后被女神杀死。有人说，是因为黎明女神奥罗拉爱上了他，令阿耳忒弥斯醋意大发，一箭射死了他；也有人说，他惹怒了阿波罗，阿波罗便设计让阿耳忒弥斯杀了他。他死后被安置在天上，成了系着腰带、佩带宝剑、手持棍棒、披着狮子皮的猎户星座。

普勒阿得斯

她们是擎天神阿特拉斯的女儿，共有七位，名字分别是厄勒克特拉、迈亚、塔宇革忒、阿尔库俄涅、墨洛珀、刻莱诺和斯忒洛珀。俄里翁追求她们，可她们立刻转身逃走，他一个也没抓到。俄里翁还是穷追不舍，宙斯出于怜悯，把她们变成了天上的星辰。据说，即便她们到了天上，俄里翁还是没放弃对她们的追逐。虽然追不到，但他仍坚持不懈。她们住在大地上的时候，迈亚生下了赫尔墨斯，厄勒克特拉生下了特洛伊人的始祖达耳达诺斯。虽然人们普遍认为她们共有七位，不过只有六颗星清晰可见。只有视力特别敏锐的人才能看见第七颗星。

洛厄科斯

洛厄科斯看到一棵橡树快要倒了，就用力撑住了它。那位与树同存的树木仙女许给他一个愿望，说出他想要的任何东西，她都可以给他。他说，他只想得到她的爱。仙女同意了。她说一会儿会有一只蜜蜂来传达她的心意，叫他格外留神。洛厄科斯遇到了几个伙伴，就把蜜蜂的事忘得一干二净。当他听到蜜蜂在他耳边嗡嗡叫的时候，竟把蜜蜂赶走了，还打伤了它。仙女觉得自己受到了轻视，又看见自己的信使受了伤，非常生气。洛厄科斯回到橡树边时，仙女弄瞎了他的眼睛。

萨尔摩纽斯

他的故事再次证明，模仿神祇是危险而致命的行为。萨尔摩纽斯所做的事极其愚蠢，后人都说只有疯子才干得出来——他竟然假扮宙斯。他叫人打造了一辆车子，车子在行进时会发出类似铜片撞击的叮当声。在宙斯的节日上，他驾着这辆车跑遍全城，一面扔火把，一面大叫他就是宙斯，要人们膜拜他。这时，空中响起了一阵真正的雷声，一道闪电从天上劈下，将萨尔摩纽斯击下车子，当场坠亡。

这则故事通常被解释为，在历史上有一段时期，祈雨的巫术非常盛行。根据这个观点来看，萨尔摩纽斯应该是一个巫师，他试图以模仿雷电的做法来召唤雷雨——这是当时常见的巫术。

西西弗斯

西西弗斯是科林斯的国王。有一天，他偶然看见一只巨鹰驮着一位少女飞往附近的一座小岛。那只巨鹰比凡间的任何一只鸟都庞大且雄健。后来，河神阿索波斯找到西西弗斯，说自己的女儿埃癸娜被人劫走了，他强烈怀疑是宙斯干的。西西弗斯便把自己的所见告诉给了河神。此举令宙斯非常恼火。他惩罚西西弗斯在冥界把一块石头滚到山上，可它每次将到山顶时便会滚回来，就这样循环往复，永不止歇。他的话也没能帮到河神——河神前往小岛寻找女儿，但被宙斯用霹雳赶走了。为了纪念这位少女，小岛就被命名为埃癸那岛。她的儿子埃阿科斯就是大英雄阿喀琉斯的祖父。阿喀琉斯有时又被称为"埃阿喀得斯"，意为埃阿科斯的后代。

堤洛

她是萨尔摩纽斯的女儿。她为海神波塞冬生下了一对双胞胎，但是怕父亲知道后会生气，就把孩子遗弃了。这对双胞胎被萨尔摩纽斯的马夫发现后，他和妻子共同把兄弟二人抚养成人，并给他们取名为珀利阿斯和涅琉斯。几年之后，堤洛的丈夫克瑞透斯知道了妻子和波塞冬的事，一气之下抛弃了她，娶了她的侍女西得罗为妻。西得罗总是折磨堤洛。克瑞透斯死后，那对双胞胎兄弟从养母的口中得知了自己的身世，于是去找堤洛表明了自己的身份。他们看到母亲受人欺辱，处境悲惨，便决定去找西得罗算账。西得罗事先听说了此事，便躲进了赫拉的神殿。然而，珀利阿斯无视女神，将西得罗杀死在神殿中。多年之后，赫拉报了此仇。珀利阿斯同母异父的弟弟是伊阿宋的父亲，他篡位后想弄死伊阿宋，便派伊阿宋去寻找金羊毛，可是没想到却间接死在了伊阿宋的手中——他的女儿们在美狄亚的唆使下杀了他。

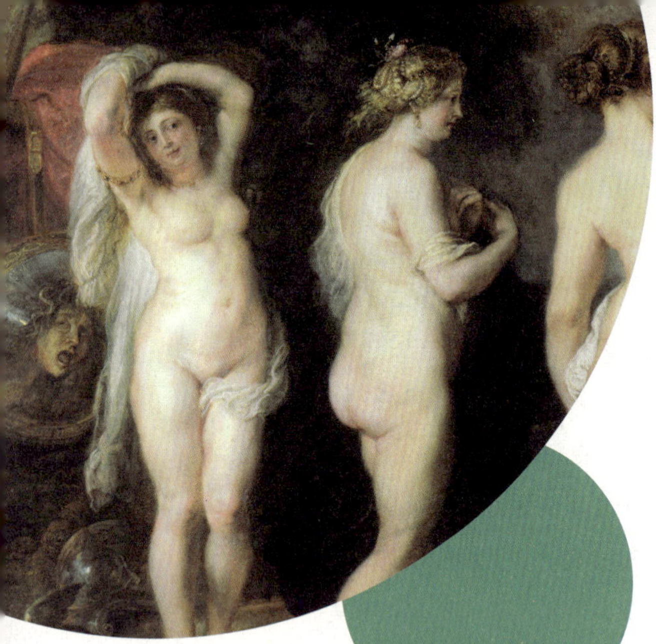

CHAPTER

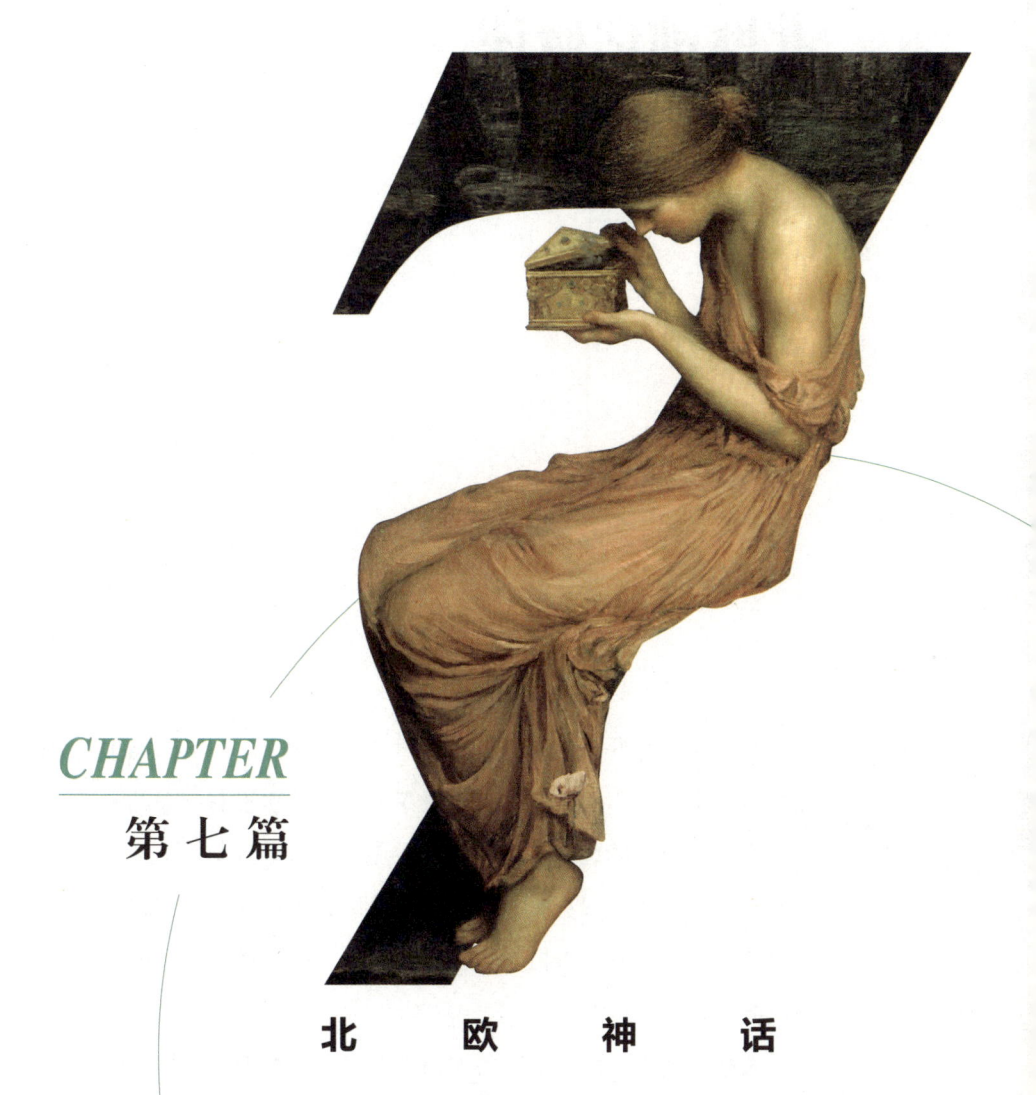

第七篇

北欧神话

北欧神话概述

　　北欧神话的世界是个奇特的世界。诸神的家园阿斯加德和人类想象中的天堂截然不同。那里没有欢乐的光芒，也没有幸福的远景。那是一个冰冷严肃的地方，一种不可避免的厄运隐现其中。诸神深知，他们终有一日将被毁灭。他们会遭遇劲敌，走向失败和灭亡，阿斯加德会沦为一片废墟。善良对抗邪恶的行动是无望的。即便如此，诸神还是会为此奋力而战。

　　人类的情况也是如此。假如诸神都无力对抗邪恶，那么普通男女更不必说了。早期故事中的男女主人公总会遇到灾难。他们知道，勇气、耐力、丰功伟绩都无法拯救他们，即便如此，他们也不会屈服，而是奋死抵抗。英勇地死亡能让他们（至少是他们当中的英雄）有资格在阿斯加德获得一席之地。不过，就算在那里，他们仍面临着最终的失败和灭亡。在善与恶的最后一战中，他们会与诸神并肩作战，一同赴死。

这种观念构成了北欧宗教的基底，它也是人类有史以来最严苛的一种思想。英雄精神是人类精神的唯一支柱，是一个清白纯粹的好人所能实现的唯一理想。而这种精神却要靠失败的功业才能实现。英雄唯有通过牺牲才能证明自己。善的力量不是通过征服恶体现出来的，而是通过在善注定失败的命运中奋力抵抗恶体现出来的。

乍看之下，这似乎是一种带有宿命色彩的人生态度。实则不然。这种无情的命运观在古北欧人的生存方略中所占的地位不那么重要，就像"预定论"在圣保罗或新教徒心中的地位一样。北欧英雄若不屈服就注定要死亡，但他可以在屈服和死亡之中做出选择。决定权在他手里。就像殉道者的牺牲一样，英雄的死亡不是失败，而是胜利。在北欧神话故事中，男主人公在敌人把他的心脏挖出来时还放声大笑，以此证明他比敌人更优秀。他以此表明："你们奈何不了我，因为我不在乎你们怎么对我。"他死了，但他未被击败。

这是人类生存最严苛的标准。它与基督的"登山宝训"虽然在形式上看起来不同，但严苛程度却非常相似。从长远来看，人们从未看重过安逸的生活。就像早期的基督徒一样，北欧人用严苛的标准来衡量人生。基督徒尚且期望一个永远快乐的天堂，而北欧人却无此望。在基督教传入北欧之前的漫长岁月中，北欧人有这种英雄精神就已足够了。

书写北欧神话的诗人们看到胜利可能隐藏在死亡之中，看到勇气永远不会被打败。他们是伟大的条顿民族（日耳曼民族）的信仰的唯一代言人。英国人属于条顿民族，而美国人也与条顿民族有关联，因为美国人是美洲最早的移民的后裔。在欧洲的西北部，早期的文字记录、传统、歌谣、故事都被基督教的传教士摧毁了。他们对异教深恶痛绝，清扫工作做得十分彻底，只有少数文献被保留下来：英国的《贝奥武夫》、德国的《尼伯龙人之歌》，还有一些散乱的故事碎片。如果没有《古埃达》和《新埃达》这两部冰岛诗集，我们可能对塑造了我们祖先的那些信仰一无所知。冰岛的传教士似乎要温和一些，影响力似乎小一些，这是因为冰岛是最后一个被基督教化的北方国家。拉丁语并没有压倒作为文学语言的斯堪的纳维亚语，人们仍用它来讲述古老的故事，其中有一部分被行诸文字，但它们的作者和创作时间都不可考。最古老的《古埃达》手稿大约写于公元1300年，即基督徒到来300年后。手稿中的诗歌纯属异教作品，学者们一致认为它们的创作年代非常古老。《新埃达》则出自12世纪末一位名叫斯诺里·斯图鲁松的诗人之手。该散文的主体是一篇讨论写诗的技术性论文，但也包含一些《古埃达》中没有的史前神话材料。

这两部作品中，《古埃达》更为重要。它由许多独立的诗篇构成，它们往往以同一个故事为题，但彼此之间却无关联。这部诗集中的材料足以写成一部和《伊利亚特》一样伟大的史诗，甚至可能比《伊利亚特》还要伟大。但没有人像荷马整理《伊利亚特》之前的故事那样，对这些零散的材料加以整合。在斯堪的纳维亚半岛，没有一位天才诗人将这些诗篇统合为一体，使其成为一部优美而壮阔的杰作。甚至都没有人把那些粗俗平庸、幼稚乏味、重复烦琐的部分删掉。例如，在《古埃达》中，我们会看到连续好几页的人名。尽管如此，故事还是颇具深沉壮丽的风采。也许，不懂古斯堪的纳维亚语的人没资格谈论"文体"的问题。不过，就其拙劣的各种译本来看，我们不禁怀疑原文即是如此——至少部分如此。创作《古埃达》的诗人们似乎都有伟大的想象力，但将之行诸文字的能力却不敌他们的想象力。这些故事都很壮丽。希腊神话中，除了伟大的悲剧诗人们改写过的作品外，其余的甚至没有一篇可与北欧神话相比。最好的北欧故事都是悲剧，讲的都是男人女人勇敢赴死的故事。他们往往刻意计划死亡，或等待经年，只为了死亡的那一刻。一片黑暗之中，唯一的光芒就是他们的英雄精神。

第二十二章
西格妮和西古尔德的故事

  我之所以选择这两个故事，是因为在我看来，它们比其他任何故事都更能体现北欧人的性格和观点。西古尔德是最著名的北欧英雄，他的故事和德国史诗《尼伯龙人之歌》的主人公齐格弗里德大致相同。《尼伯龙人之歌》之所以出名，是因为瓦格纳的歌剧。这个德国故事的北欧版本是《伏尔松萨迦》，西古尔德正是这个故事的主人公。但本章的故事并非取材于《伏尔松萨迦》，而是取材于《古埃达》，因为《古埃达》中有不少诗篇是以西古尔德、布琳希尔德和古德龙的爱情与死亡为题材。所有带"萨迦"字样的都是散文体，是晚些时候才出现的。本文中西格妮的故事取材于《伏尔松萨迦》。

  西格妮是伏尔松的女儿，西格蒙德的妹妹。她的丈夫谋反，杀害了岳父，掳走了妻子所有的兄弟。每到夜里，他就一个接一个地用铁链把他们绑在狼群出没的地方，让野狼把他们吃掉。最后就剩下西格蒙德。西格妮设法救出了他，兄妹二人发誓要为父亲和兄弟们报仇。西格妮为了让西格蒙德有血亲相助，乔装后到哥哥的住处陪他过夜。西格蒙德自始至终都不知道那个陪他度过三晚的女子是谁。等到他们的儿子辛菲奥特里出生，大到可以离开母亲的时候，西格妮叫他到西格蒙德那里去。此后，辛菲奥特里就一直和西格蒙德生活在一起。在

第二十二章　西格妮和西古尔德的故事

这段时间里，西格妮一直和丈夫住在一起，为他生儿育女，丝毫没有流露出复仇之意，直到真正的时刻来临。西格蒙德和辛菲奥特里出其不意地攻进家门，杀了西格妮和丈夫的全部子女，并把她的丈夫关在房内，放火烧了房子。西格妮冷眼旁观，一言不发。待一切结束后，她对哥哥和儿子说，大仇已报，她深感荣光。然后，她走进正在燃烧的房子中，和丈夫死在了一起。在等待复仇的这些年里，她早就计划好了杀死丈夫，然后陪他一起死。如果北欧也有一位埃斯库罗斯来写这个故事，想必会使克吕泰涅斯特拉的故事相形见绌。

齐格弗里德的故事大家早已耳熟能详，所以他在北欧神话中的原型西古尔德我就简单带过了。布琳希尔德是天神奥丁的侍女，她因违反奥丁的命令，被罚长眠不醒，直到一个男人前来把她唤醒。她要求前来找她的人必须勇敢无畏，所以奥丁在她的卧榻周围燃起了勇者才敢闯入的熊熊烈火。西格蒙德的儿子西古尔德纵马穿过烈焰，唤醒了布琳希尔德。她欣赏他的勇敢，献身于他。过了一段时间，西古尔德便离开了她，把她一个人留在了烈焰圈中。

西古尔德来到吉乌孔家族的居所，和国王贡纳结为兄弟。贡纳的母亲格莱姆希尔德想让西古尔德娶女儿古德龙为妻，就给西古尔德服下了魔药，让他忘记布琳希尔德，娶了古德龙。由于贡纳不够勇敢，西古尔德就喝下魔药，变成贡纳的样子，再入烈焰圈。西古尔德与布琳希尔德共度三夜，但每晚他都把宝剑隔在二人中间。之后，他带着布琳希尔德回到了吉乌孔家族，趁机变回了自己的模样。布琳希尔德认为西古尔德是个负心人，就嫁给了"英勇的"贡纳。后来，她和古德龙吵嘴的时候得知了真相，便计划要复仇。布琳希尔德对丈夫说，西古尔德背叛了与他之间的誓言，在那三个夜晚中，他声称将宝剑放在中间，其实已经占有了她。贡纳要是不杀死西古尔德，她就离开他。

贡纳立过誓，他不能亲手杀死自己的兄弟，只得说服弟弟在西古尔德熟睡时杀了他。古德龙一觉醒来，发现丈夫的鲜血已经浸染了她的身体。

布琳希尔德放声大笑，
这也是她唯一发自内心的笑，
因为她听见了古德龙的哭声。

她害死了西古尔德后，自己也不愿意继续苟活。她对贡纳说：

我此生只爱一个人，
从没改变过。

她还告诉丈夫，当西古尔德化身为丈夫的模样，闯入烈焰圈中赢取她的芳心时，他也从未做过违背誓言的事：

我们虽同床共枕，
却如兄妹一般。
男人和女人存于世间，

第二十二章　○　西格妮和西古尔德的故事

可叹生活悲哀又漫长。

她祈求上天能让她和西古尔德一起火葬，然后她自杀了。

古德龙默默地坐在丈夫的尸体旁，既不说话也不哭。女人们都觉得她因得不到安慰而心碎，于是一个接着一个地说出自己的悲哀：

每个人都曾遭受最大的痛苦。

一个人说：死神把我的丈夫、女儿、姐妹、兄弟都夺走，只剩我一人苟活于世间。

古德龙还是哭不出声。
她坐在英雄的尸体旁，
心如死灰。

另一个人说：我的七个儿子和我的丈夫都战死在南方的沙场上了。我亲手给他们收尸，为他们下葬。半年之内忍受这么深重的悲哀，却从来没人安慰我。

古德龙还是哭不出声。
她坐在英雄的尸体旁，
心如死灰。

这时，一位聪明的女子把裹着尸体的布扯开了——

……她把那珍贵的头摆在妻子的膝上。
"看看你爱的人，亲亲他吧！就像他还活着那样。"
古德龙只看了一眼，
她看见他头发上的血已经凝结成块，
他那双明亮的眼睛也失去了光芒。
然后她俯身低头，泪如雨下。

这就是早期的北欧故事。人生注定要承受痛苦，就像火花注定要向上飞舞。活着就是受苦，解决痛苦的唯一方式就是勇敢直面痛苦。在西古尔德第一次去找布琳希尔德的时候，他在途中遇到了一位智者。他请智者为他指点命运：

第二十二章 ○ 西格妮和西古尔德的故事

不管世事有多么艰难,都不要对我隐瞒。

智者回答:

你知道我不会说谎,
你永远不会被卑鄙所玷污。
但劫难终究会降临于你,
你将愤怒且痛苦。
但是,人类的主宰啊,请你记住:
英雄的一生都是幸运的。
太阳之下,没有人比他更高贵。

第二十三章
北欧诸神

没有一位希腊神祇是英勇的，因为他们既不会死，也不会输。他们永远无法感受勇气的光辉，也无须挑战危险。他们知道自己一出战就一定会赢，没有人能伤害他们。但北欧的阿斯加德诸神就不是如此。住在约顿海姆的巨人们是埃西尔神族永恒的敌人，他们凶恶又顽强。更糟的是，北欧诸神知道，他们与巨人族的最后一战，会以神的全面失败而告终。

这一认知令阿斯加德的居民心情沉重，但心情最沉重的还是他们的首领兼统治者奥丁。他就像宙斯，也是天父。他——

身披云灰色短外衣，头戴天蓝色帽子。

第二十三章 ○ 北欧诸神

这是两位神王唯一的相似之处。我们很难想象还有什么人物形象比奥丁和荷马笔下的宙斯差异更大。奥丁是一个古怪的人物,他总是严肃地板着脸,即便是和众神一同在格拉兹海姆金殿中聚餐,或是和英雄们在瓦尔哈拉英灵殿宴饮,他也从不吃任何东西,只是把桌上的食物分给蹲伏在他脚边的两头狼。他的两肩上各栖息着一只乌鸦,一只叫"思想"(胡金),一只叫"记忆"(穆宁)。它们每天在全世界飞来飞去,把人类所做的一切事情报告给奥丁。

在其他诸神享用盛宴的时候,奥丁总是在思考这两只乌鸦给他带回的消息。

"诸神的黄昏"一旦来临,天地都将被毁灭。比起其他诸神,奥丁负有更大的责任,推迟这一天的到来。他是万物之父,是神与人中地位最崇高者,但他从未停止寻找更高的智慧。他降临"智慧之井",要求饮一口井水。看守此井的是智者密米尔。密米尔说,想饮此水,必须以一只眼睛来交换。奥丁便同意牺牲一只眼睛。他为了学习"卢恩符文"中的知识吃了不少苦头。"卢恩符文"是一种神奇的铭文,一个人若是把它刻在木头、金属、石头之类的材料上,就能获得无穷的力量。奥丁饱尝神秘的痛苦,习得了这些符文。《古埃达》中,他说自己曾经被吊在——

> 一棵被风吹得飘摇的树上,
> 整整九天九夜,
> 身体被长矛刺伤。
> 我把自己献祭给奥丁,
> 在那棵无人知晓的树上。

他把来之不易的知识全都传授给人类，使他们也能用"卢恩符文"来保护自己。他还冒着生命危险，在巨人手中获得了"诗仙蜜酒"，凡是喝过这种酒的人都能变成诗人。他把这些来之不易的礼物给了诸神，也给了人类。从各个方面而言，他都是人类的恩人。

他的侍女们都是处女，人称"瓦尔基里"。她们在阿斯加德的餐桌旁服侍诸神，随时准备着把兽角酒杯斟满。但她们主要的任务是上战场。她们负责按照奥丁的命令决定谁赢谁输，并把勇敢的死者带到奥丁面前。"瓦尔"的意思是"被杀者"，"瓦尔基里"的意思就是"被杀者的选择者"。她们带领英雄前往的地方是瓦尔哈拉英灵神殿。在战斗中，那些注定要死去的英雄会看见——

美丽的少女，

身穿闪亮的盔甲，骑着骏马，

神色庄严，若有所思。

伸出洁白的手召唤着他们。

星期三来自奥丁的名字，是他的圣日。在南方，他的名字是"沃顿"。

在其他神祇中，有五位是比较重要的，分别是：光明之神巴德尔、雷神托尔、和平之神弗雷、神界的守护神海姆达尔和战神提尔。

无论在天堂还是人间，光明之神巴德尔都是最受欢迎的神祇。他的死是降临在诸神身上的第一个灾难。一天晚上，他做了个噩梦，梦预示他即将大祸临头。他的母亲——奥丁的妻子弗丽嘉得知此事，决心保护他免遭任何危险。她走遍全世界，要求万物（无论是否有生命）都绝不得伤害巴德尔。但是奥丁依旧很担心。他乘车来到冥界尼福尔海姆，看到死亡女神赫尔的住所被布置得焕然一新，充满喜气。一位女智者告诉奥丁这幢房子是为谁准备的：

> 蜂蜜酒是为巴德尔酿造的，
> 众神的希望已经破灭了。

奥丁由此知道巴德尔注定会死，而其他诸神却相信凭弗丽嘉的神力，相信巴德尔定会平安无事。于是，他们开始玩一种他们觉得很有趣的游戏。他们试图用各种东西去击打巴德尔，但无论是石头、标枪、弓箭还是宝剑，都无法碰到他。它们要么从他身边掠过，要么从他脚边滚过。任何东西都无法伤害到他。这种神奇的豁免权令他在神界备受尊崇，大家都特别礼敬他，除了火神洛基。洛基不是神祇，而是一位巨人的儿子。他到处惹是生非，给诸神带来烦恼和危险。但他可以自由出入阿斯加德，出于某些从未解释过的原因，奥丁和他发誓结为兄弟。他痛恨美好善良的事物，对巴德尔更是充满嫉妒。他装成一个妇人，去找弗丽嘉聊天。弗丽嘉向他谈起自己为了保护巴德尔而走遍世界的经历。她说万物都发誓不会伤害巴德尔，只有一种小灌木——槲寄生除外。因为它太微不足道，她不经意就把它略过了。

这对洛基来说已经足够。洛基折下一枝槲寄生，来到众神们玩乐的地方。他看见巴德尔的孪生兄弟——双目失明的黑暗之神霍德尔正坐在角落里。

"你怎么不去玩呢？"洛基问。

"我是个瞎子，怎么玩呢？再说了，我也没有什么可以扔的东西啊。"霍德尔回答。

"哦，一起玩嘛。"洛基说，"我这里有一小截树枝，我帮你瞄准，你来扔吧。"霍德尔接过槲寄生枝，用力丢向巴德尔。在洛基的引导下，那根槲寄生枝迅速飞向巴德尔，刺穿了他的心。巴德尔倒地身亡。

直到此时，巴德尔的母亲仍不愿放弃希望。她向众神呼救，希望能有一位神祇自愿前往冥界，想办法赎回巴德尔。她的另一个儿子赫尔莫德自愿前往。奥丁把自己的骏马斯莱布尼尔借给了他，他纵马前往冥界尼福尔海姆。

其他人则准备葬礼。他们在一艘大船上搭起了一座高高的火葬堆，把巴德尔的尸体放在上面。巴德尔的妻子南娜在看他最后一眼的时候，心碎而死，倒在了甲板上。众神把她的尸体放在巴德尔的旁边，然后点燃了火葬堆，把船推离岸边。当它驶向大海的时候，烈焰突然腾空而起，整艘船都被包裹在火焰之中。

当赫尔莫德带着诸神的请愿书来到冥界，死亡女神赫尔回答，如果世间万物都哀悼巴德尔，她就放他回去。但只要有一个活着的生灵不愿为巴德尔流泪，她就得把他留下。诸神于是派遣使者们到各地去请求万物流泪。他们没有遭到任何拒绝，天地万物都愿意为这位敬爱的神祇流泪。

使者们高兴地踏上归

程，准备将好消息告诉众神。就在此行快要结束的时候，他们遇见了一位女巨人。她拒绝为巴德尔流泪。女巨人说："你们从我这里只能得到干涸的眼泪。巴德尔无恩于我，我也无泪可流。"这意味着之前的心血全都白费。巴德尔被永远留在了死亡女神那里。

洛基被严重处罚。众神抓住他，把他关进深洞里，在他的头顶上放了一条毒蛇。蛇的毒液滴在他的脸上，令他痛苦不堪。他的妻子西格恩来到他身边，用杯子来接毒液。不过，每当她不得不去倒掉满杯毒液的时候，毒液就会滴到他的脸上。虽然只有一小会儿，但他还是痛得全身抽搐，连大地都为之震颤。

其他四位重要的神祇中，托尔是雷神，是埃西尔神族中最强大的一位，星期四就是以他的名字命名的；弗雷负责照料大地上的果实；海姆达尔负责守卫通往阿斯加德的比弗罗斯特彩虹桥；提尔是战神，星期二就是以他的名字命名的，这一天是他的圣日。

阿斯加德的女神不像奥林匹斯的女神那么有地位。北欧神话中的女神，没有一位能和雅典娜相比。但有两位值得一提。一位是奥丁的妻子弗丽嘉（有人说星期五就是以她的名字命名的），她以富有智慧著称，但她沉默寡言，连奥丁都不知道她所知的一切。她的形象很模糊，经常被描写为坐在纺车旁边。她纺的是金线。但她为何纺线却不得而知。

另一位是爱与美的女神弗蕾亚。和我们的认知相迥异的是，她管理战场上一半的死者。另一半死者由奥丁身边的瓦尔基里带往瓦尔哈拉英灵殿堂。弗蕾亚会亲自到战场上去认领归她管理的死者。在北欧诗人的心目中，这才是最适合爱神的工作。也有人认为星期五是以她的名字命名的。

还有一个领域也交由一位女神管理，那就是"死亡之国"，这里属于死亡女神赫尔，男神在这里没有任何权威，就连奥丁也不例外。

金色的阿斯加德属于众神，光荣的瓦尔哈拉英灵殿堂属于英雄，米德加尔德尘世是男人的战场，不关女人的事。在《古埃达》中，古德龙说：

凶猛的男人主宰着女人的命运。

在北欧神话中，阴冷苍白的死亡之国才是女人的世界。

创世

在《古埃达》中，一位女智者说：

远古时期，一片空无。
没有沙，没有海，没有凉爽的浪花，
没有大地，没有天穹，
只有巨大的鸿沟。
太阳不知她的居所，
月亮也不识他的王国，
星辰也没有容身之处。

第二十三章　北欧诸神

鸿沟虽然巨大，但不能无限延伸。鸿沟最北是尼福尔海姆，那里是冰冷的死亡国度。鸿沟最南是穆斯贝尔海姆，那里是火焰之乡。十二条河流从尼福尔海姆奔泻而出，流入鸿沟，在里面结冰，使鸿沟慢慢被冰块填满。火红的云朵从穆斯贝尔海姆飘来，把冰块变成了薄雾，水滴从薄雾中落下。"冰霜少女"和巨人之祖伊米尔从水滴中诞生。伊米尔之子是奥丁之父，他的母亲和妻子都是"冰霜少女"。

奥丁和他的两位兄弟合力杀了祖父伊米尔，用以创造天地。他们用伊米尔的血创造大海，用他的身体创造大地，用他的头骨创造天体。接着，他们从穆斯贝尔海姆取来一些火花撒在天上，于是就有了太阳、月亮和星星。大地是圆形的，四面环海。诸神用伊米尔的眉毛建造了一道宽大的围墙，来保护人类的居住地，这个地方叫米德加尔德，第一个男人和第一个女人就是在这里被创造出来的。他们是用树木做成的——男人是用梣木做的，女人是用榆木做的。此外还有矮人族和精灵族。矮人族虽相貌丑陋，但都是能工巧匠，通常住在地底；精灵族则是一群可爱的调皮鬼，负责照料花卉和溪流。

一棵名叫尤克特拉希尔的神奇大梣树支撑着整个宇宙，它的根部贯穿了全世界：

> 尤克特拉希尔有三条树根，
> 第一条下面住着死神赫尔，
> 第二条下面住着冰霜巨人，
> 第三条下面住着人类。

也有人说,"其中一条树根上通阿斯加德"。树根旁有一口水井,井水是白色的,这就是"乌尔达之井"。它是如此神圣,以至于没有人敢喝这井水。这口井由三位诺恩,即命运三女神守护,她们——

赐予人类子孙生命,
以及命运。

她们的名字分别是乌尔达、维尔丹迪和斯库尔德,分别代表过去、现在和未来。她们每天都要经过摇摇晃晃的彩虹桥,坐在井边对人类的行为做出判断。在另一条树根下面也有一口水井,被称为"知识之井",由智者密米尔看守。

在世界树和阿斯加德上空,毁灭的威胁若隐若现。诸神注定会死去,世界树也一样。一条大蛇和无数条小蛇正在啃咬赫尔居住的尼福尔海姆旁的树根。它们终将会咬死神树,那时,整个宇宙就会轰然崩塌。

冰霜巨人和高山巨人住在约顿海姆,他们是所有善良生灵的敌人。他们代表的是大地上的野蛮力量。在日后那场不可避免的神族、巨人族大战中,这种蛮力会使他们取得胜利:

诸神注定毁灭。

这样的想法显然与人类心中根深蒂固的信念相抵触——人类更相信邪不压正。这些绝望而坚强的北欧人常年面对冰天雪地和漫漫长夜,这对英雄事业是一种长久的挑战。即便如此,他们还是在黑暗中看到一缕遥远的光明。《古埃达》中有一条谚语与《启示录》非常相似,在诸神战败之后:

> 太阳变黑,大地沉入海底,
> 炽亮的星星从天上掉下来,
> 火焰在天堂飞舞。

之后,新天地便会产生:

> 它们再度拥有神奇的美丽。
> 屋顶由黄金打造,
> 不用播种,田野也能结出果实,
> 人们将永远过着幸福的生活。

然后,会出现一个地位比奥丁还高的神灵,由他来统治世界,这个世界永远不会再受邪恶势力的侵袭:

> 一位比所有神都伟大的神祇，
> 但是我不敢说出他的名字。
> 只有很少的人能看见，
> 奥丁失败的那一刻。

这种幸福的憧憬看起来十分遥远渺茫，并不足以帮助人们抵抗绝望。但它是《埃达》带给人们的唯一希望。

北欧智者说

在《古埃达》中，我们还可以看到北欧人性格的另一面。奇怪的是，这一面跟他们的英雄精神完全不同。有几部箴言集不仅完全没有反映出英雄精神，反而提供了完全不需要英雄精神的观点。北欧这种"智慧文学"远不如希伯来《圣经》中的《箴言》那么深刻，甚至连"智慧"二字都谈不上。不过，提出这些谚语的人至少坚定而达观，这与不肯妥协的英雄精神完全相反。像《箴言》的作者一样，北欧箴言的作者似乎都相当年长。他们人生经验丰富，对世间万象进行过思考。毫无疑问，他们都曾是英雄，但此时已经退下了战场，因此看待人生的观点也有所不同。有时，他们甚至用一种幽默的眼光来看待人生：

酒的好处，

远没有人们预期的那么多。

一个人如果不知道财富能令人愚蠢如猴子，

那他就是一无所知的蠢人。

懦夫以为只要他能逃离战争，

就能长生不死。

把你的想法告诉一个人无妨，

告诉两个人就要当心。

如果第三个人知道了，

就意味着全世界都知道了。

一个愚昧的人彻夜难眠，心事重重。

当晨光拂晓，他累得筋疲力尽。

那些烦恼却还和以前一样存在。

有些谚语则体现出对人性的深刻了解：

心智贫乏的小人物，最喜欢嘲讽一切。

勇者四海为家，

懦夫什么都怕。

有些谚语的语气十分轻松愉快：

年轻时，我曾独自踏上旅途。
每遇见一个人，我都会觉得自己十分富有。
一个人能给另一个人带来欢乐。

要友好对待你的朋友，
用欢笑来换取欢笑。

即使好友远在天涯，
通往他家的路永远是笔直的。

有些谚语显示出惊人的宽容精神：

人并非只有苦难，愿永远不要过于沮丧。
一人有子孙，承欢膝前，
一人有亲族，陪伴左右，
一人有钱财，腰缠万贯，
但另一人有快乐，源自善行。

> 男人切勿听信少女的话，
> 也不要轻信妇人之言。
> 男人女人，我都了解，
> 男人对女人的心思容易动摇。

> 没有人好得完美无瑕，
> 没有人坏得一无是处。

有些谚语则有深刻的洞见：

> 智者少有快乐，
> 适度聪明最佳。

> 牛羊会死，亲友会死，我们也会死。
> 但有一样东西永不消逝，
> 那就是对每位死者的判决。

在一部最重要的箴言集的末尾，有两句话展示了智慧的光芒：

> 头脑只知，

心之所向。

除了令人敬畏的英雄精神，北欧人也有这些令人愉快的常识。二者的结合看似不可能，但以上诗篇却印证了二者的共存。从种族上说，我们和北欧人有着密切的关系，而我们的文化则可追溯到希腊人的文化。北欧神话和希腊神话共同为我们呈现了一幅画卷，上面清晰描绘着古人的面貌——我们大部分的精神和知识遗产都是从他们那里继承下来的。

附录
APPENDIX

希腊神话人物关系图

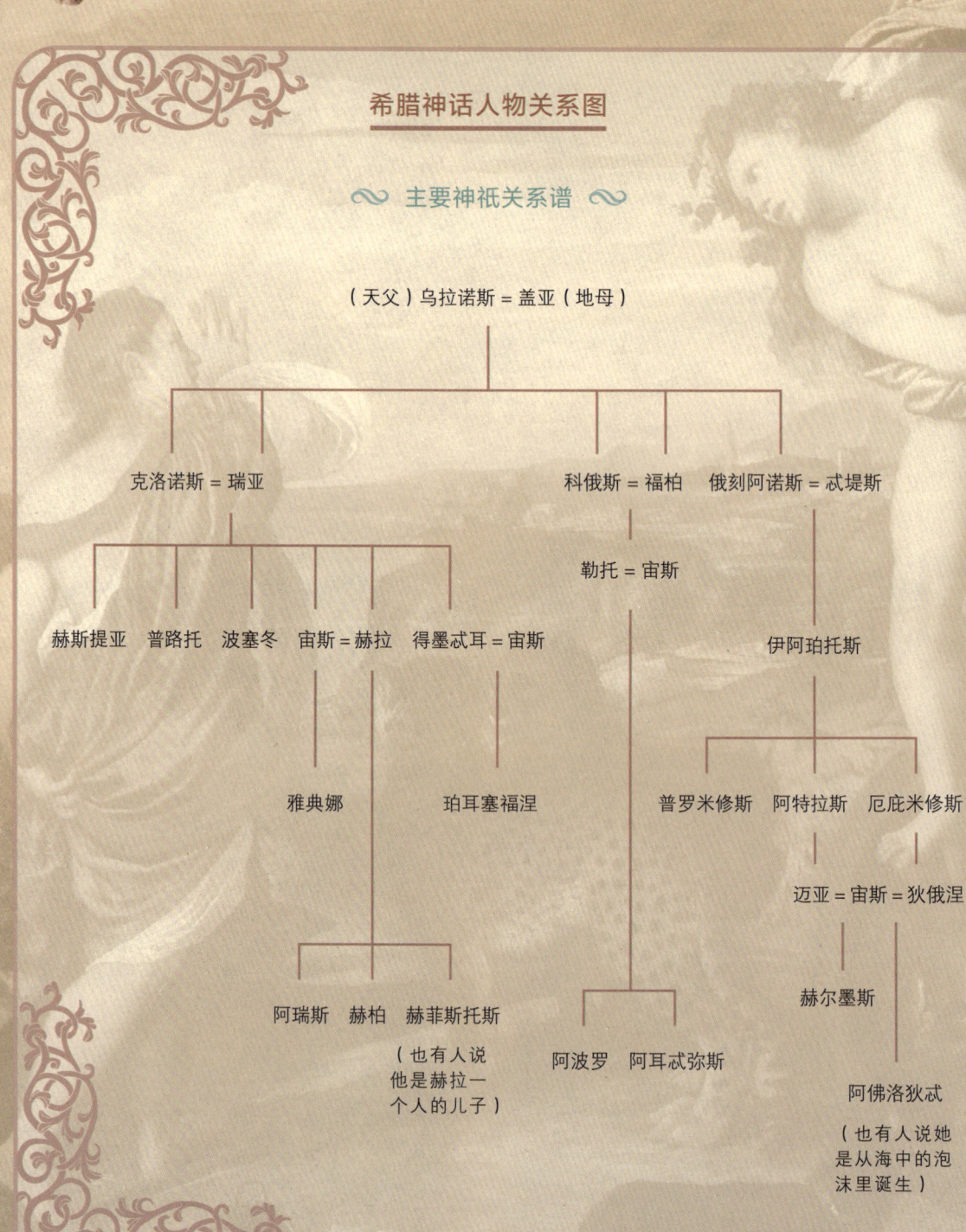

∽ 主要神祇关系谱 ∽

```
                      (天父)乌拉诺斯 = 盖亚(地母)
            ┌──────────────────┬──────────────┬──────────────┐
      克洛诺斯 = 瑞亚                    科俄斯 = 福柏    俄刻阿诺斯 = 忒堤斯
   ┌─────┬─────┬─────┬─────┬─────┐            │                │
                                              勒托 = 宙斯        │
 赫斯提亚 普路托 波塞冬 宙斯=赫拉 得墨忒耳=宙斯              伊阿珀托斯
              │         │                            ┌────────┼────────┐
              │         │                        普罗米修斯 阿特拉斯 厄庇米修斯
              │                                                 │
           雅典娜    珀耳塞福涅                              迈亚 = 宙斯 = 狄俄涅
                                                                │
     ┌─────┬─────┐                      ┌────┐               赫尔墨斯
  阿瑞斯 赫柏 赫菲斯托斯                 阿波罗 阿耳忒弥斯           │
        (也有人说                                              阿佛洛狄忒
         他是赫拉一                                          (也有人说她
         个人的儿子)                                         是从海中的泡
                                                             沫里诞生)
```

注："="表示二人为夫妻关系或者情人关系。

附录　○　希腊神话人物关系图

∽ 珀耳修斯和赫拉克勒斯的祖先 ∽

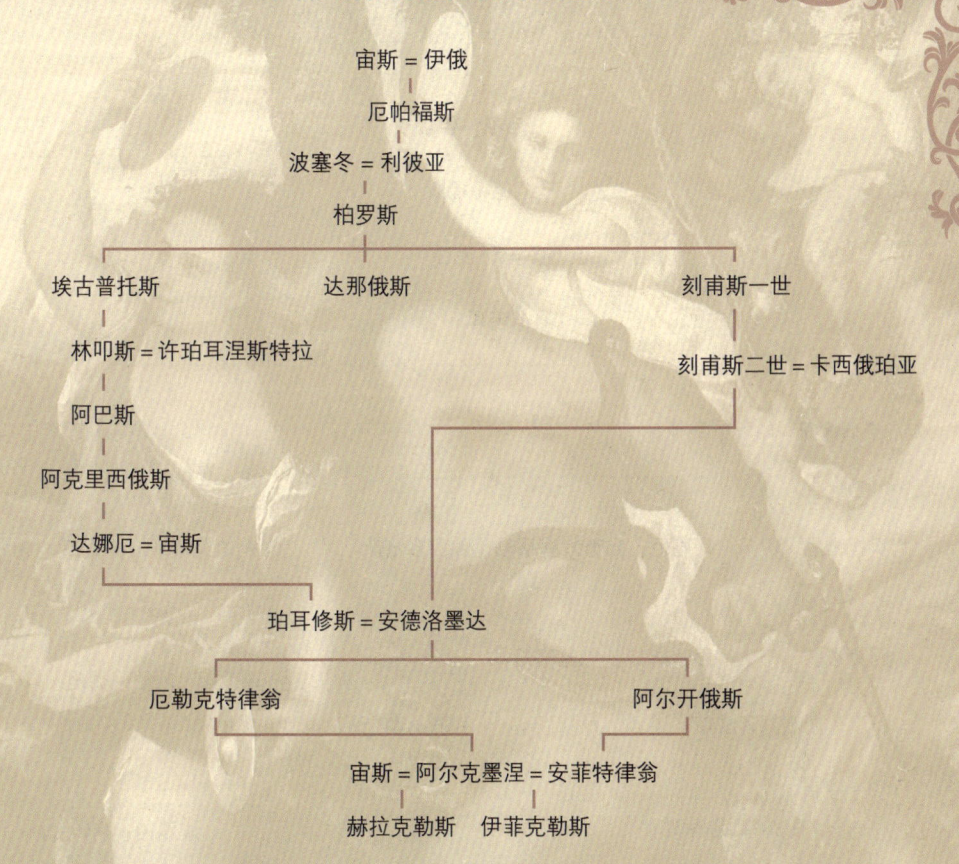

宙斯＝伊俄

厄帕福斯

波塞冬＝利彼亚

柏罗斯

埃古普托斯　　达那俄斯　　刻甫斯一世

林叩斯＝许珀耳涅斯特拉

阿巴斯

刻甫斯二世＝卡西俄珀亚

阿克里西俄斯

达娜厄＝宙斯

珀耳修斯＝安德洛墨达

厄勒克特律翁　　　　　阿尔开俄斯

宙斯＝阿尔克墨涅＝安菲特律翁

赫拉克勒斯　伊菲克勒斯

∽ 阿喀琉斯的祖先 ∽

俄刻阿诺斯＝忒堤斯

阿索波斯（一位河神）

埃癸娜＝宙斯

埃阿科斯

珀琉斯＝忒提斯

阿喀琉斯

∽ 忒拜王族和阿特柔斯的后代 ∽

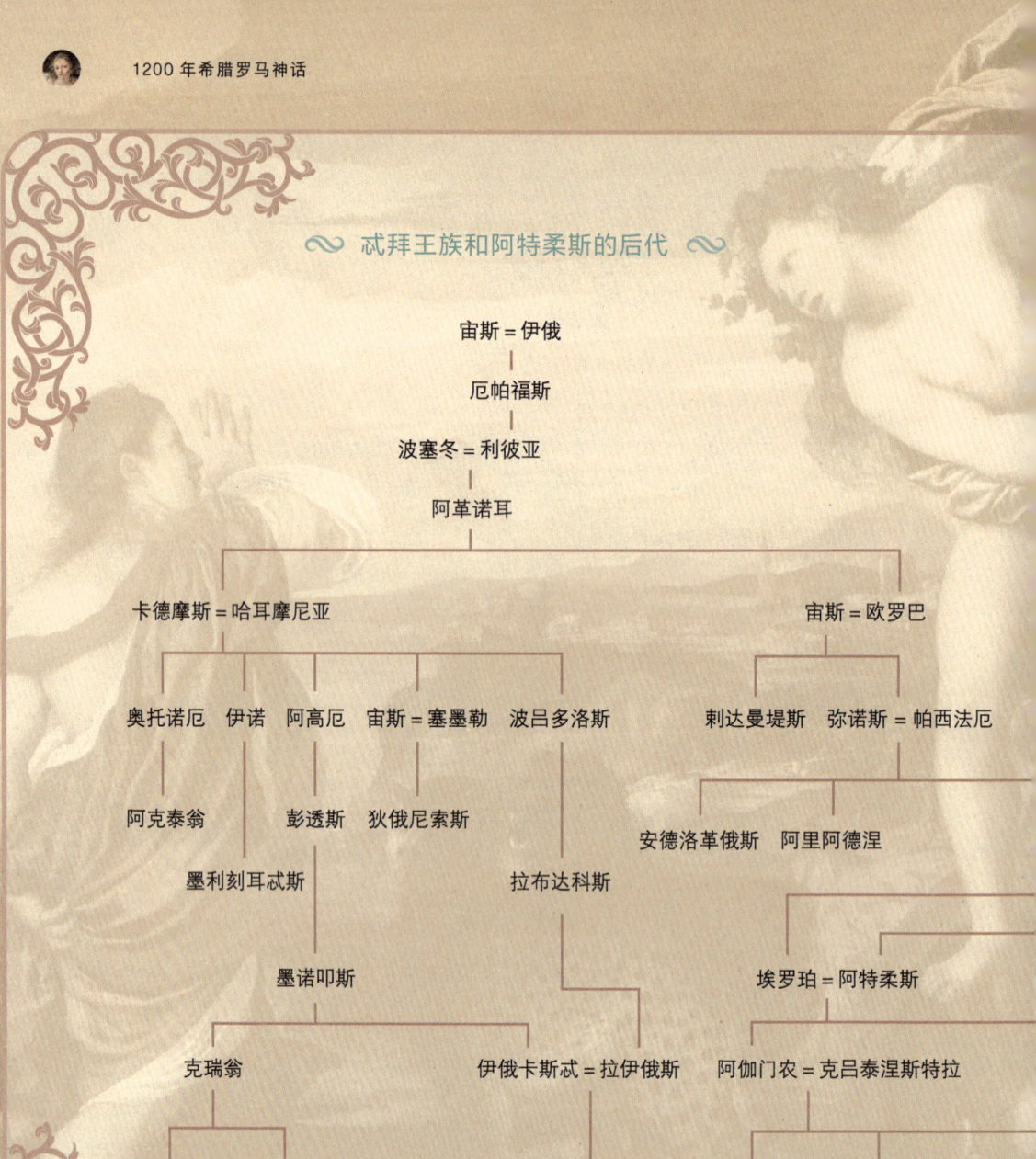

宙斯 = 伊俄
│
厄帕福斯
│
波塞冬 = 利彼亚
│
阿革诺耳
├──┐
卡德摩斯 = 哈耳摩尼亚   宙斯 = 欧罗巴
├──────┬──────┬──────────┬──────┐   ├──────────┐
奥托诺厄 伊诺 阿高厄 宙斯=塞墨勒 波吕多洛斯   剌达曼堤斯   弥诺斯 = 帕西法厄
│   │   │   │   │   ├──────────┐
阿克泰翁 彭透斯 狄俄尼索斯   │   安德洛革俄斯   阿里阿德涅
         │   拉布达科斯
     墨利刻耳忒斯   │
                                        │   埃罗珀 = 阿特柔斯
                                     墨诺叩斯   │
         ┌──────────────┐   │   ┌──────┴──────┐
         克瑞翁   伊俄卡斯忒 = 拉伊俄斯   阿伽门农 = 克吕泰涅斯特拉
         ├──────┐   │   ├──────┐
     墨诺叩斯二世 海蒙   伊俄卡斯忒 = 俄狄浦斯   俄瑞斯忒斯   伊菲革涅亚
                            ├──────┬──────┬──────┐
                        厄忒俄克勒斯 波吕尼刻斯 安提戈涅 伊斯墨涅

附录　○　希腊神话人物关系图

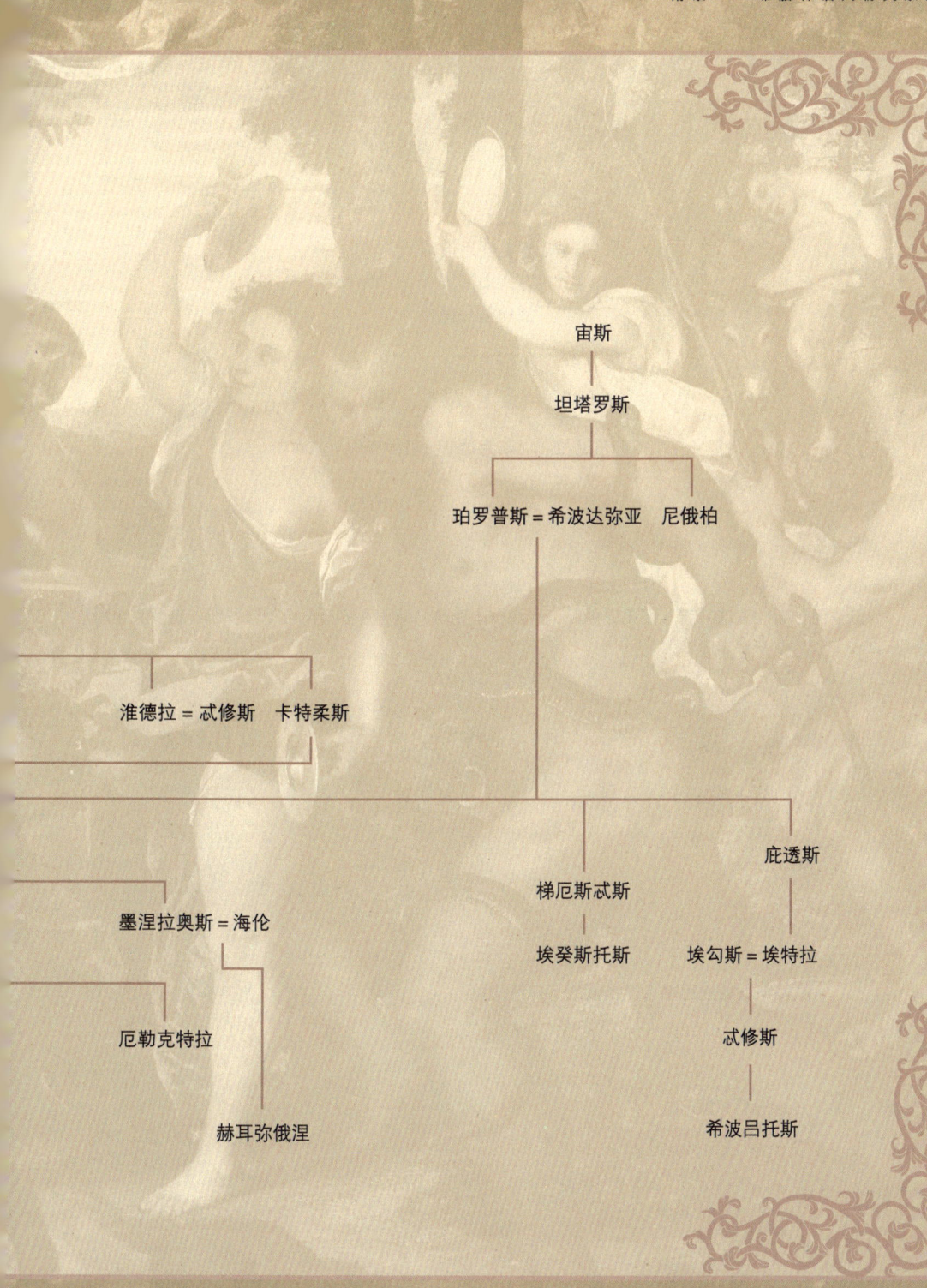

宙斯

坦塔罗斯

珀罗普斯＝希波达弥亚　尼俄柏

淮德拉＝忒修斯　卡特柔斯

庇透斯

梯厄斯忒斯

墨涅拉奥斯＝海伦

埃癸斯托斯

埃勾斯＝埃特拉

厄勒克特拉

忒修斯

赫耳弥俄涅

希波吕托斯

1200 年希腊罗马神话

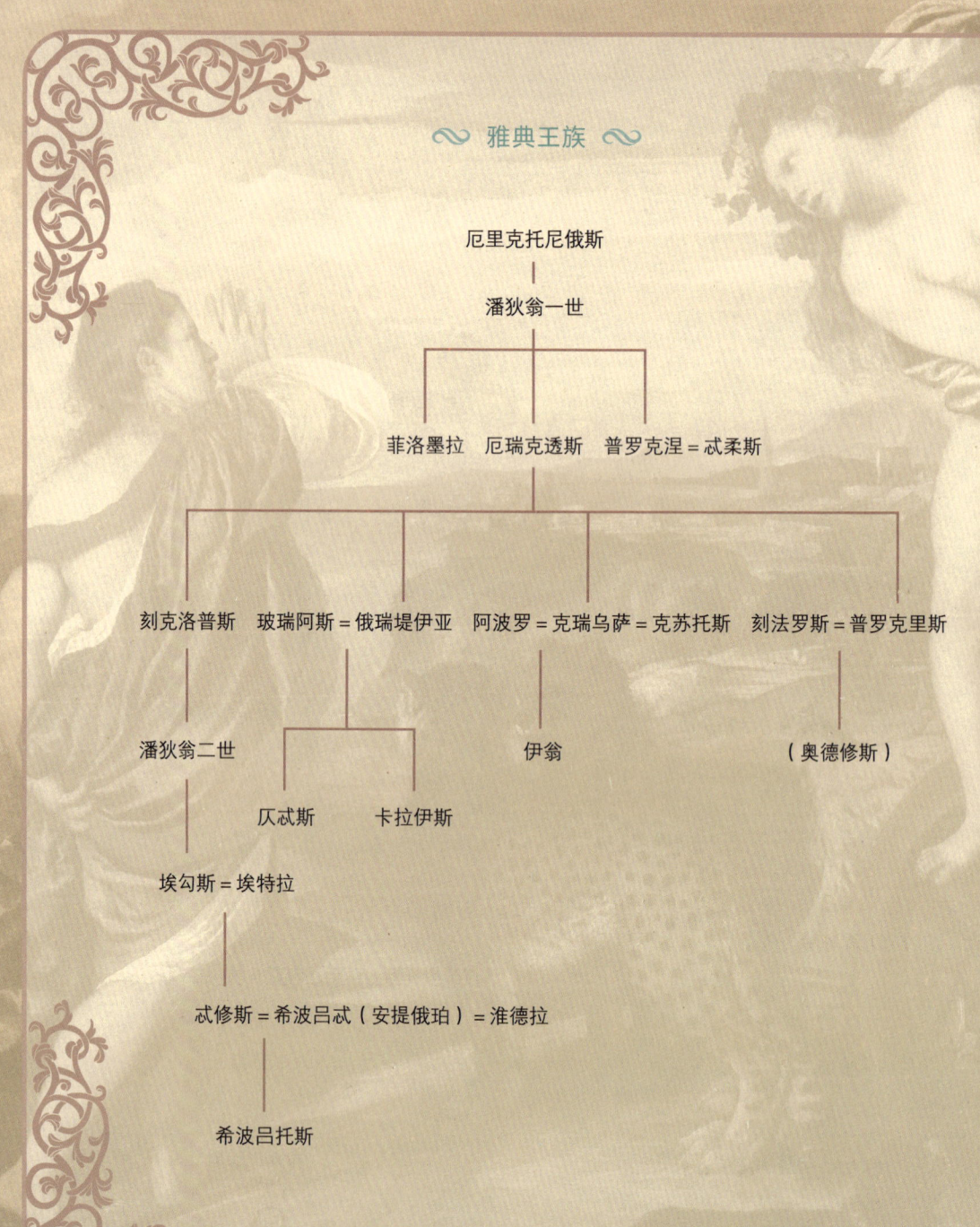

❧ 雅典王族 ❧

```
厄里克托尼俄斯
      │
   潘狄翁一世
      │
  ┌───┼────────┐
菲洛墨拉  厄瑞克透斯  普罗克涅 = 忒柔斯
         │
 ┌───┬───┴──────┬──────────┐
刻克洛普斯  玻瑞阿斯=俄瑞堤伊亚  阿波罗=克瑞乌萨=克苏托斯  刻法罗斯=普罗克里斯
  │        │                     │                      │
潘狄翁二世  ┌─┴─┐                 伊翁                 （奥德修斯）
         仄忒斯 卡拉伊斯
  │
埃勾斯 = 埃特拉
  │
忒修斯 = 希波吕忒（安提俄珀）= 淮德拉
  │
希波吕托斯
```

468

附录　希腊神话人物关系图

∽ 特洛伊王族 ∽

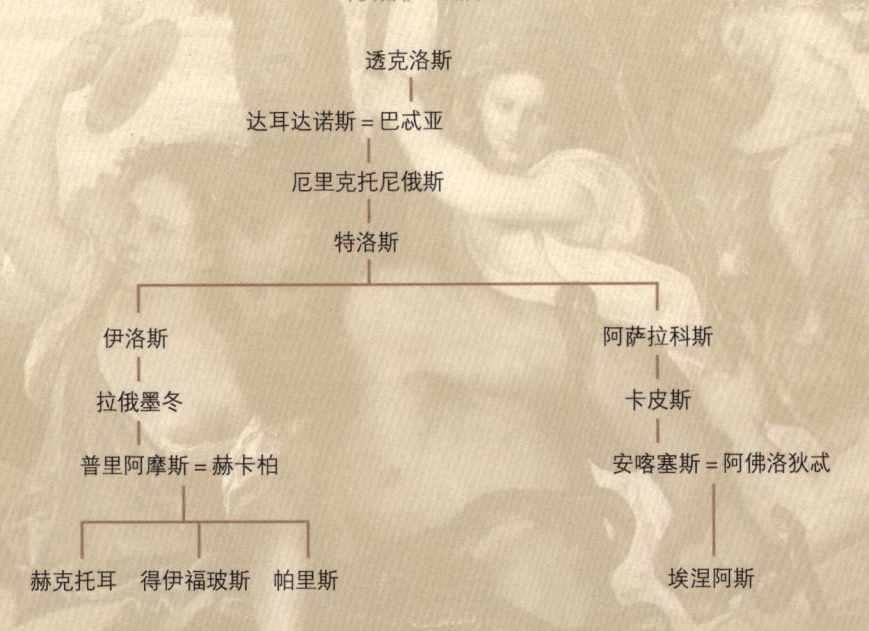

透克洛斯
│
达耳达诺斯 ＝ 巴忒亚
│
厄里克托尼俄斯
│
特洛斯
├───────────────────────────┐
伊洛斯　　　　　　　　　　　　阿萨拉科斯
│　　　　　　　　　　　　　　　│
拉俄墨冬　　　　　　　　　　　卡皮斯
│　　　　　　　　　　　　　　　│
普里阿摩斯 ＝ 赫卡柏　　　　　安喀塞斯 ＝ 阿佛洛狄忒
│　　　　　　　　　　　　　　　│
┌────┬────┐　　　　　　　　埃涅阿斯
赫克托耳　得伊福玻斯　帕里斯

∽ 特洛伊的海伦的家族 ∽

埃俄罗斯
├──────────────────────────────┐
珀里厄瑞斯　　　　　　　　　　　得伊翁
│　　　　　　　　　　　　　　　　│
廷达瑞俄斯 ＝ 勒达 ＝ 宙斯　伊卡里俄斯　刻法罗斯 ＝ 普罗克里斯
│　　　　　│　　│　　　　　　│　　　　　│
克吕泰涅斯特拉　卡斯托耳　波吕刻斯　　　　阿耳刻西俄斯
　　　　　海伦　　　　　　　　　　　　　　│
　　　　　　　　　　　　　　　　　　　　　莱耳忒斯
　　　　　　　　　　　　　　　　　　　　　│
　　　　　　　　　　　　　珀涅罗珀 ＝ 奥德修斯
　　　　　　　　　　　　　　　　　　　　　│
　　　　　　　　　　　　　　　　　　忒勒玛科斯

∽ 普罗米修斯的后代 ∽

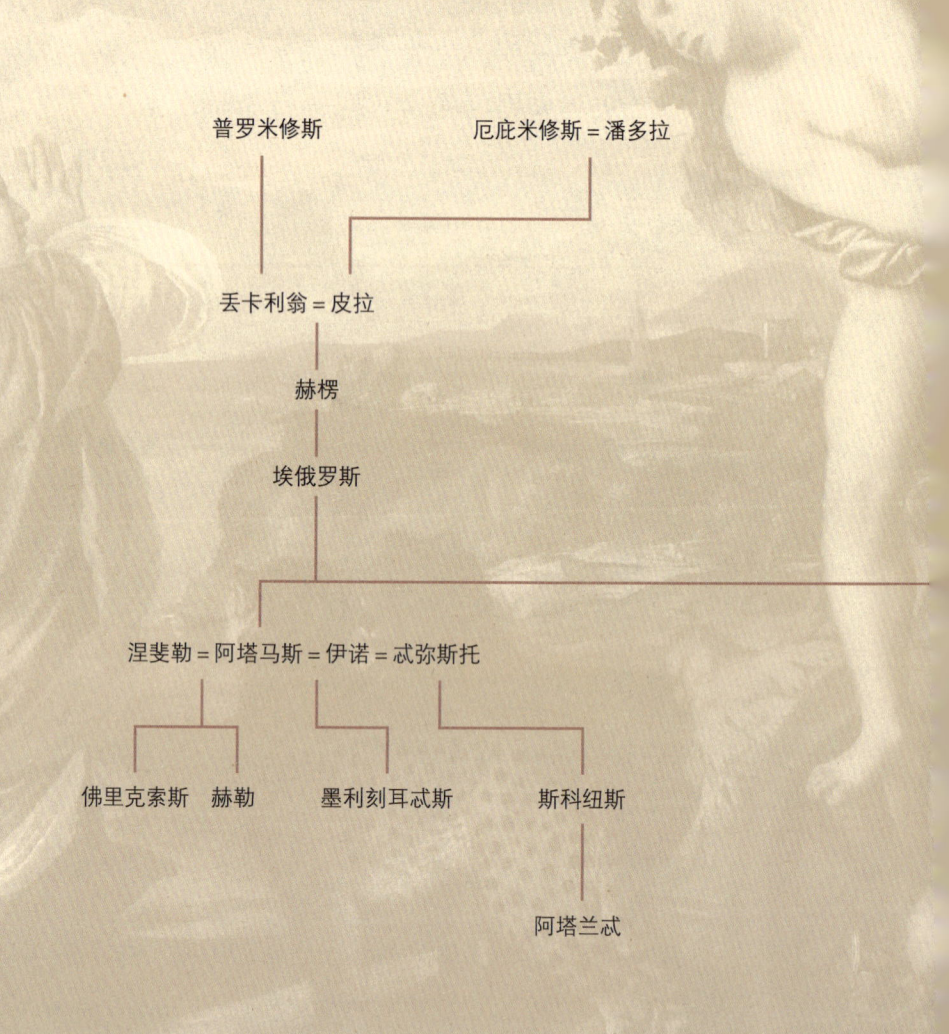

```
        普罗米修斯              厄庇米修斯 = 潘多拉
            │                       │
            └───────────┬───────────┘
                        │
                   丢卡利翁 = 皮拉
                        │
                       赫楞
                        │
                      埃俄罗斯
                        │
          ┌─────────────┼─────────────┐
     涅斐勒 = 阿塔马斯 = 伊诺 = 忒弥斯托
          │              │             │
     ┌────┴────┐         │             │
  佛里克索斯  赫勒   墨利刻耳忒斯    斯科纽斯
                                       │
                                    阿塔兰忒
```

附录　○　希腊神话人物关系图

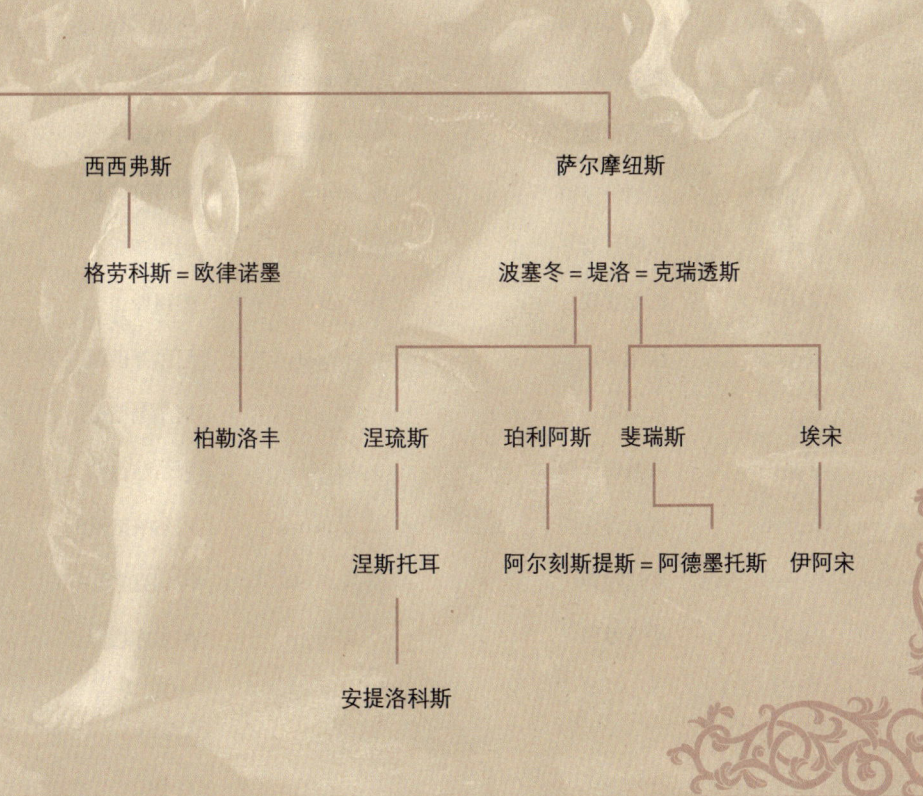

```
        西西弗斯                              萨尔摩纽斯
           │                                    │
    格劳科斯＝欧律诺墨                  波塞冬＝堤洛＝克瑞透斯
           │                            ┌──────┴──┬───────┬──────┐
        柏勒洛丰              涅琉斯   珀利阿斯   斐瑞斯    埃宋
                                │        │       ┌──┴────┐
                             涅斯托耳  阿尔刻斯提斯＝阿德墨托斯  伊阿宋
                                │
                             安提洛科斯
```

专有名词对照表

人名（包括神祇和各种生物的名称）

Abas	阿巴斯	Aepytus	埃皮托斯
Achelous	阿克洛俄斯	Aero	埃罗
Achilles	阿喀琉斯	Aerope	埃罗珀
Acis	阿喀斯	Aesculapius	埃斯科拉庇俄斯
Acrisius	阿克里西俄斯	Aesir	埃西尔
Actaeon	阿克泰翁	Aeson	埃宋
Achates	阿凯提斯	Aethra	埃特拉
Admetus	阿德墨托斯	Agamemnon	阿伽门农
Adonis	阿多尼斯	Agave	阿高厄
Adrastus	阿德拉斯托斯	Agenor	阿革诺耳
Aeacides	埃阿喀得斯	Aglaia	阿格拉伊亚
Aeacus	埃阿科斯	Aidos	阿伊多斯
Aeetes	埃厄忒斯	Ajax	埃阿斯
Aegaeon	埃伽翁	Alcaeus	阿尔开俄斯
Aegeus	埃勾斯	Alcestis	阿尔刻斯提斯
Aegisthus	埃癸斯托斯	Alcides	阿尔喀得斯
Aegyptus	埃古普托斯	Alcinous	阿尔喀诺俄斯
Aeneas	埃涅阿斯	Alcmena	阿尔克墨涅
Aeolus	埃俄罗斯	Alcyone	阿尔库俄涅

附录 ○ 专有名词对照表

Alecto	阿勒克托		Anteros	安忒罗斯
Aloeus	阿洛欧斯		Antigone	安提戈涅
Alpheus	阿尔甫斯		Antilochus	安提洛科斯
Althea	阿尔忒亚		Antiope	安提俄珀
Amata	阿玛塔		Aphrodite	阿佛洛狄忒
Amalthea	阿玛尔忒亚		Apollo	阿波罗
Amazon	阿玛宗人		Apsyrtus	阿珀绪耳图斯
Amphiaraus	安菲阿剌俄斯		Aquilo	阿库伊罗
Amphion	安菲翁		Arachne	阿拉克涅
Amphitrite	安菲特里忒		Arcas	阿耳卡斯
Amphitryon	安菲特律翁		Arcesius	阿耳刻西俄斯
Amymone	阿密莫涅		Ares	阿瑞斯
Anaxarete	阿那克萨瑞忒		Arete	阿瑞忒
Anchises	安喀塞斯		Arethusa	阿勒图萨
Androgeus	安德洛革俄斯		Argonaut	阿耳戈英雄
Andromache	安德洛玛刻		Argus	阿耳戈斯
Andromeda	安德洛墨达		Ariadne	阿里阿德涅
Antaeus	安泰俄斯		Arion	阿里翁
Anteia	安忒亚		Aristaeus	阿里斯泰俄斯

Artemis	阿耳忒弥斯		Baucis	鲍喀斯
Ascanius	阿斯卡尼俄斯		Bellerophon	柏勒洛丰
Asopus	阿索波斯		Bellona	贝罗娜
Assaracus	阿萨拉科斯		Belus	柏罗斯
Astyanax	阿斯堤阿那克斯		Biton	比同
Atalanta	阿塔兰忒		Boreas	玻瑞阿斯
Athamas	阿塔马斯		Briseis	布里塞伊斯
Athena	雅典娜		Brynhild	布琳希尔德
Atlas	阿特拉斯			
Atreus	阿特柔斯		Cadmus	卡德摩斯
Atropos	阿特罗波斯		Calais	卡拉伊斯
Aurora	奥罗拉		Calchas	卡尔卡斯
Autonoe	奥托诺厄		Calliope	卡利俄珀
Auster	奥斯忒耳		Callisto	卡利斯托
			Calypso	卡吕普索
Bacchantes	巴克坎忒斯		Camenae	卡墨奈
Bacchus	巴克斯		Camilla	卡米拉
Balder	巴德尔		Canace	卡那刻
Batea	巴忒亚		Capaneus	卡帕纽斯

附录　专有名词对照表

Capys	卡皮斯	Circe	喀耳刻
Cassandra	卡珊德拉	Cleobis	克勒俄比斯
Cassiopeia	卡西俄珀亚	Clio	克利俄
Castor	卡斯托耳	Clotho	克洛托
Catreus	卡特柔斯	Clymene	克吕墨涅
Cecrops	刻克洛普斯	Clytemnestra	克吕泰涅斯特拉
Celaeno	刻莱诺	Clytie	克吕提厄
Celeus	刻琉斯	Coeus	科俄斯
Centaur	肯陶耳	Coronis	科洛尼斯
Cephalus	刻法罗斯	Creon	克瑞翁
Cepheus	刻甫斯	Cresphontes	克瑞斯丰忒斯
Cerberus	刻耳柏洛斯	Cretheus	克瑞透斯
Ceres	刻瑞斯	Creüsa	克瑞乌萨
Ceyx	刻宇克斯	Cronus	克洛诺斯
Charon	卡戎	Cumae	库迈
Charybdis	卡律布狄斯	Cupid	丘比特
Chimaera	喀迈拉	Cyclops	库克罗普斯
Chiron	喀戎	Cydippe	库狄珀
Chryseis	克律塞伊斯	Cyrene	库瑞涅

Daedalus	代达罗斯		Dirce	狄耳刻
Danaïds	达那伊得斯		Doris	多里斯
Danaë	达娜厄		Dryads	德律阿得斯
Danaüs	达那俄斯		Dryope	德律俄珀
Daphne	达佛涅			
Dardanus	达耳达诺斯		Echo	厄科
Deianira	得伊阿尼拉		Electra	厄勒克特拉
Deion	得伊翁		Elektryon	厄勒克特律翁
Deiphobus	得伊福玻斯		Endymion	恩底弥翁
Demeter	得墨忒耳		Enyo	厄倪俄
Demophoön	德摩丰		Epaphos	厄帕福斯
Deucalion	丢卡利翁		Ephialtes	厄菲阿尔忒斯
Dictys	狄克堤斯		Epimenides	厄庇墨尼得斯
Dido	狄多		Epimetheus	厄庇米修斯
Dike	狄刻		Erato	厄剌托
Dione	狄俄涅		Erechtheus	厄瑞克透斯
Diomedes	狄俄墨得斯		Erichthonius	厄里克托尼俄斯
Dionysus	狄俄尼索斯		Erinyes	厄里倪厄斯
Dioscouri	狄俄斯库里		Eriphyle	厄里费勒

Eris	厄里斯		
Eros	厄罗斯	Faun	法翁
Erysichthon	厄律西克同	Faunus	法乌努斯
Eteokles	厄忒俄克勒斯	Favonius	法沃尼乌斯
Etruscan	伊特鲁里亚人	Freya	弗蕾亚
Eumaeus	欧迈俄斯	Freyr	弗雷
Eumenides	欧墨尼得斯	Frigga	弗丽嘉
Euphrosyne	欧佛洛叙涅		
Europa	欧罗巴	Gaea	盖亚
Eurus	欧罗斯	Galatea	伽拉忒亚
Euryalus	欧律阿鲁斯	Ganymede	伽倪墨得
Eurycleia	欧律克勒亚	Geryon	革律翁
Eurydice	欧律狄刻	Glaucus	格劳科斯
Eurynome	欧律诺墨	Gorgon	戈耳工
Eurystheus	欧律斯透斯	Graiae	格赖埃
Eurytus	欧律托斯	Griemhild	格莱姆希尔德
Euterpe	欧忒耳佩	Gudrun	古德龙
Evadne	厄瓦德涅	Gunnar	贡纳
Evander	伊凡德耳		

477

Hades	哈得斯	Heracles	赫拉克勒斯
Haimon	海蒙	Hermes	赫尔墨斯
Hamadryads	哈马德律阿得斯	Hermione	赫尔弥俄涅
Harmonia	哈耳摩尼亚	Hermod	赫尔莫德
Harpy	哈耳皮埃	Hero	赫洛
Hebe	赫柏	Hesperides	赫斯珀里得斯
Hecate	赫卡忒	Hestia	赫斯提亚
Hector	赫克托耳	Himeros	希墨罗斯
Hecuba	赫卡柏	Hippodamia	希波达弥亚
Heimdall	海姆达尔	Hippolyta	希波吕忒
Hel	赫尔	Hippolytus	希波吕托斯
Helen	海伦	Hippomedon	希波墨冬
Helenus	赫勒诺斯	Hippomenes	希波墨涅斯
Heliades	赫利阿得斯	Hoder	霍德尔
Helios	赫利俄斯	Hugin	胡金
Helle	赫勒	Hyacinthus	雅辛托斯
Hellen	赫楞	Hyades	许阿得斯
Hephaestus	赫菲斯托斯	Hydra	许德拉
Hera	赫拉	Hylas	许拉斯

Hymen	许门		Ion	伊翁
Hyperborean	许珀柏里安人		Iphicles	伊菲克勒斯
Hyperion	许珀里翁		Iphigenia	伊菲革涅亚
Hypermnestra	许珀耳涅斯特拉		Iphimedia	伊菲墨狄亚
Hypsipyle	许普西皮勒		Iphis	伊菲斯
			Iris	伊里斯
Iapetus	伊阿珀托斯		Ismene	伊斯墨涅
Iasus	伊阿索斯		Itys	伊堤斯
Ibycus	伊比库斯		Ixion	伊克西翁
Icarius	伊卡里俄斯			
Icarus	伊卡罗斯		Janus	雅努斯
Idas	伊达斯		Jason	伊阿宋
Ilithyia	厄勒梯亚		Jocasta	伊俄卡斯忒
Ilus	伊洛斯		Juno	朱诺
Inachus	伊那科斯		Jupiter	朱庇特
Ino	伊诺			
Io	伊俄		Labdacus	拉布达科斯
Iolaus	伊俄拉俄斯		Lachesis	拉刻西斯
Iole	伊俄勒		Lapthae	拉皮泰

Lares	拉莱斯	Linus	利诺斯
Laertes	莱耳忒斯	Loki	洛基
Laestrygons	莱斯特律戈涅斯人	Lotis	罗提斯
Laius	拉伊俄斯	Lucifer	路喀斐耳
Laocoön	拉奥孔	Lucina	卢奇娜
Laodamia	拉俄达弥亚	Luna	露娜
Laomedon	拉俄墨冬	Lybia	利彼亚
Larvae	拉耳瓦伊	Lycaon	吕卡翁
Latin	拉丁姆人	Lycomedes	吕科墨得斯
Latinus	拉丁努斯	Lycurgus	吕枯耳戈斯
Latona	拉托那	Lycus	吕科斯
Lavinia	拉维尼亚	Lynceus	林叩斯
Leander	勒安得耳		
Leda	勒达	Maenads	迈那得斯
Lemures	勒穆瑞斯	Maia	迈亚
Leto	勒托	Manes	马涅斯
Leucippus	琉喀波斯	Marpessa	玛耳珀萨
Leucothea	琉科忒亚	Mars	马尔斯
Liber	利柏耳	Marsyas	玛耳叙阿斯

Medea	美狄亚		Mimir	密米尔
Medusa	美杜莎		Minerva	密涅瓦
Megaera	墨盖拉		Minos	弥诺斯
Megara	墨伽拉		Minotaur	弥诺陶耳
Melampus	墨兰波斯		Mnemosyne	谟涅摩叙涅
Melanion	墨拉尼翁		Moirae	摩伊赖
Meleager	墨勒阿革耳		Morpheus	摩耳甫斯
Melicertes	墨利刻耳忒斯		Munin	穆宁
Melpomene	墨尔波墨涅		Muse	缪斯
Memnon	门农		Mulciber	穆西柏
Menelaus	墨涅拉奥斯		Myrmidons	密耳弥多涅人
Menoeceus	墨诺叩斯		Myrtilus	弥耳提洛斯
Mentor	门托耳			
Mercury	墨丘利		Naiads	那伊阿得斯
Merope	墨洛珀		Nanna	南娜
Metaneira	墨塔涅拉		Narcissus	那喀索斯
Mezentius	米赞提俄斯		Nausicaä	瑙西卡
Midas	弥达斯		Neleus	涅琉斯
Milanion	弥拉尼翁		Nemesis	涅墨西斯

Neoptolemus	涅俄普托勒墨斯	Oeneus	俄纽斯
Nephele	涅斐勒	Oenone	俄诺涅
Neptune	尼普顿	Oenopion	俄诺庇翁
Nereids	涅瑞伊得斯	Olympian	奥林匹斯诸神
Nereus	涅柔斯	Omphale	翁法勒
Nessus	涅索斯	Ops	欧普斯
Nestor	涅斯托耳	Orcus	奥耳库斯
Niobe	尼俄柏	Oreads	俄瑞阿得斯
Nisus	尼索斯	Orestes	俄瑞斯忒斯
Norn	诺恩	Orion	俄里翁
Notus	诺托斯	Orithyia	俄瑞堤伊亚
Numina	努米纳	Orpheus	俄耳甫斯
Nymph	宁芙	Otus	俄托斯
		Ouranos	乌拉诺斯
Oceanus	俄刻阿诺斯		
Oceanids	俄刻阿尼得斯	Palaemon	帕莱蒙
Odin	奥丁	Pales	帕勒斯
Odysseus	奥德修斯	Palinurus	帕里诺罗斯
Oedipus	俄狄浦斯	Pallas	帕拉斯

Pan	潘		Perieres	珀里厄瑞斯
Pandarus	潘达罗斯		Persephone	珀耳塞福涅
Pandion	潘狄翁		Perseus	珀耳修斯
Pandora	潘多拉		Phaeacian	淮阿喀亚人
Paphos	帕福斯		Phaedra	淮德拉
Parcae	帕耳凯		Phaëthon	法厄同
Paris	帕里斯		Pheres	斐瑞斯
Parthenopaeus	帕耳忒诺派俄斯		Philemon	菲勒蒙
Pasiphaë	帕西法厄		Philoctetes	菲罗克忒忒斯
Patroclus	帕特洛克罗斯		Philomela	菲洛墨拉
Pegasus	珀伽索斯		Phineus	菲纽斯
Peleus	珀琉斯		Phoebe	福柏
Pelias	珀利阿斯		Phoebus	福玻斯
Pelops	珀罗普斯		Pholus	福洛斯
Penates	珀那忒斯		Phorcys	福耳库斯
Penelope	珀涅罗珀		Phrixus	佛里克索斯
Peneus	佩纽斯		Pirithoüs	皮里俄托斯
Penthesilea	彭忒西勒亚		Pittheus	庇透斯
Pentheus	彭透斯		Pleiades	普勒阿得斯

Pluto	普路托		Procrustes	普罗克汝斯忒斯
Pollux	波吕刻斯		Proetus	普罗托斯
Polybus	波吕玻斯		Prometheus	普罗米修斯
Polydectes	波吕得克忒斯		Proserpine	普洛塞耳皮娜
Polydeuces	波吕丢刻斯		Protesilaus	普罗忒西拉俄斯
Polydorus	波吕多洛斯		Proteus	普罗透斯
Polyhymnia	波吕许谟尼亚		Psamathe	帕萨玛忒
Polyidus	波吕伊多斯		Psyche	普绪克
Polyneices	波吕尼刻斯		Pygmalion	皮格马利翁
Polyphemus	波吕斐摩斯		Pylades	皮拉得斯
Polyphontes	波吕丰忒斯		Pyramus	皮拉摩斯
Polyxena	波吕克塞娜		Pyrrha	皮拉
Pomona	波摩娜		Pyrrhus	皮洛斯
Pontos	蓬托斯		Python	皮同
Poseidon	波塞冬			
Priamos	普里阿摩斯		Quirinus	奎里努斯
Priapus	普里阿普斯			
Procne	普罗克涅		Rhea	瑞亚
Procris	普罗克里斯		Rhadamanthus	剌达曼堤斯

Rhoecus	洛厄科斯	Silenus	西勒诺斯
		Sinfiotli	辛菲奥特里
Salmoneus	萨尔摩纽斯	Sinis	西尼斯
Saturn	萨顿	Sinon	西农
Satyr	萨堤耳	Siren	塞壬
Skhoneus	斯科纽斯	Sisyphus	西西弗斯
Schoenius	斯库厄尼俄斯	Skuld	斯库尔德
Sciron	斯喀戎	Sleipnir	斯莱布尼尔
Scylla	斯库拉	Somnus	索姆努斯
Selene	塞勒涅	Sphinx	斯芬克斯
Semele	塞墨勒	Sterope	斯忒洛珀
Semiramis	塞米勒米斯	Sylvanus	希尔瓦努斯
Sidero	西得罗	Syrinx	绪任克斯
Siegfried	齐格弗里德		
Sigmund	西格蒙德	Talus	塔罗斯
Signy	西格妮	Tantalus	坦塔罗斯
Sigurd	西古尔德	Taurian	陶里安人
Sigyn	西格恩	Taygete	塔宇革忒
Sileni	西勒尼	Teiresias	忒瑞西阿斯

Telamon	忒拉蒙	Tithonus	提托诺斯
Telemachus	忒勒玛科斯	Tmolus	特摩洛斯
Terminus	忒耳弥努斯	Triptolemus	特里普托勒摩斯
Tereus	忒柔斯	Triton	特里同
Terpsichore	忒耳普西科瑞	Tros	特洛斯
Tethys	忒堤斯	Turnus	图耳努斯
Teukros	透克洛斯	Tydeus	堤丢斯
Thalia	塔利亚	Tyndareus	廷达瑞俄斯
Thanatos	塔那托斯	Typhon	堤丰
Themis	忒弥斯	Tyr	提尔
Themisto	忒弥斯托	Tyro	堤洛
Theseus	忒修斯		
Thetis	忒提斯	Ulysses	尤利西斯
Thisbe	提斯柏	Urania	乌剌尼亚
Thoas	托阿斯	Urda	乌尔达
Thor	托尔		
Thyestes	梯厄斯忒斯	Valkyrie	瓦尔基里
Tiber	梯伯	Venus	维纳斯
Tisiphone	提西福涅	Verdandi	维尔丹迪

Vertumnus	威耳廷努斯	Yggdrasil	尤克特拉希尔
Vesta	维斯塔	Ymir	伊米尔
Virbius	威耳比俄斯		
Volsung	伏尔松	Zephyrus	仄费罗斯
Vulcan	伏尔甘	Zetes	仄忒斯
		Zethus	仄托斯
Xuthus	克苏托斯	Zeus	宙斯

地名

Abydus	阿比多斯	Aetna	埃特纳
Acheron	阿刻戎	Arcadia	阿耳卡狄亚
Aeaea	埃埃亚	Arcady	阿耳卡狄
Aegean	爱琴	Argos	阿戈斯
Aegina	埃癸那	Asgard	阿斯加德
Aeolia	埃俄利亚	Athos	阿陀斯

487

Attica	阿提卡	Corinth	科林斯
Aulis	奥利斯	Crete	克里特
Avernus	阿维耳努斯	Cynthus	铿托斯
		Cyprus	塞浦路斯
Bactria	巴克特里亚	Cythera	库忒拉
Bifröst	比弗罗斯特		
Boeotia	彼俄提亚	Daulis	道里斯
		Delos	得罗斯
Calydon	卡吕冬	Delphi	德尔斐
Carpathos	卡耳帕托斯	Dodona	多多那
Castalia	卡斯塔利亚		
Caucasus	高加索	Eleusis	厄琉西斯
Cephissus	刻菲索斯	Elysian	厄律西安
Chios	喀俄斯	Enna	恩纳
Cithaeron	喀泰戎	Erebus	俄瑞波斯
Cnossue	克诺索斯	Eridanus	厄里达诺斯
Cocytus	科库托斯	Erymanthus	厄律曼托斯
Colchis	科尔喀斯	Erythia	厄律提亚
Colonus	科罗诺斯	Euxine	欧克西涅

附录　专有名词对照表

Gladsheim	格拉兹海姆	Lemnos	楞诺斯
		Lerna	勒耳那
Hebrus	海布罗斯	Lesbos	勒斯玻斯
Helicon	赫利孔	Lethe	勒忒
Hellespont	赫勒斯滂	Lycia	吕客亚
Hesperia	赫斯珀里亚	Lydia	吕底亚
Ida	伊达	Mede	米堤
Ilissus	伊利索斯	Megara	墨伽拉
Illyria	伊利里亚	Messenia	墨塞尼亚
Ionian	伊俄尼亚	Midgard	米德加尔德
Ithace	伊塔刻	Muspelheim	穆斯贝尔海姆
		Mycenae	迈锡尼
Jötunheim	约顿海姆		
		Naxos	那克索斯
Lapithae	拉皮泰	Niflheim	尼福尔海姆
Larissa	拉里萨	Nysa	倪萨
Latmus	拉特摩斯		
Latium	拉丁姆	Ocean	俄刻安

Oeta	俄塔	Sestus	塞斯托斯
Ortygia	俄耳堤癸亚	Sidon	西顿
Ossa	俄萨	Simois	西摩伊斯
		Sparta	斯巴达
Pactolus	帕克托洛斯	Stymphalus	斯廷法利斯
Parnassus	帕耳那索斯	Styx	斯堤克斯
Parthenon	帕特农	Syracuse	锡拉库扎
Pelion	珀利翁		
Pergamos	珀耳伽摩斯	Tartarus	塔尔塔罗斯
Pharos	法洛斯	Thebes	忒拜（希腊古城）
Phlegethon	佛勒革同	Thebes	底比斯（埃及古城）
Phrygia	佛律癸亚	Themiscyra	忒弥斯库拉
Pieria	皮厄里亚	Thessaly	忒萨利
Pirene	皮瑞涅	Thrace	色雷斯
Pylos	皮罗斯	Tiryns	梯林斯
		Troy	特洛伊
Salamis	萨拉米斯		
Scaean	斯卡伊安	Valhalla	瓦尔哈拉
Scamander	斯卡曼得耳		
		Xanthus	克珊托斯

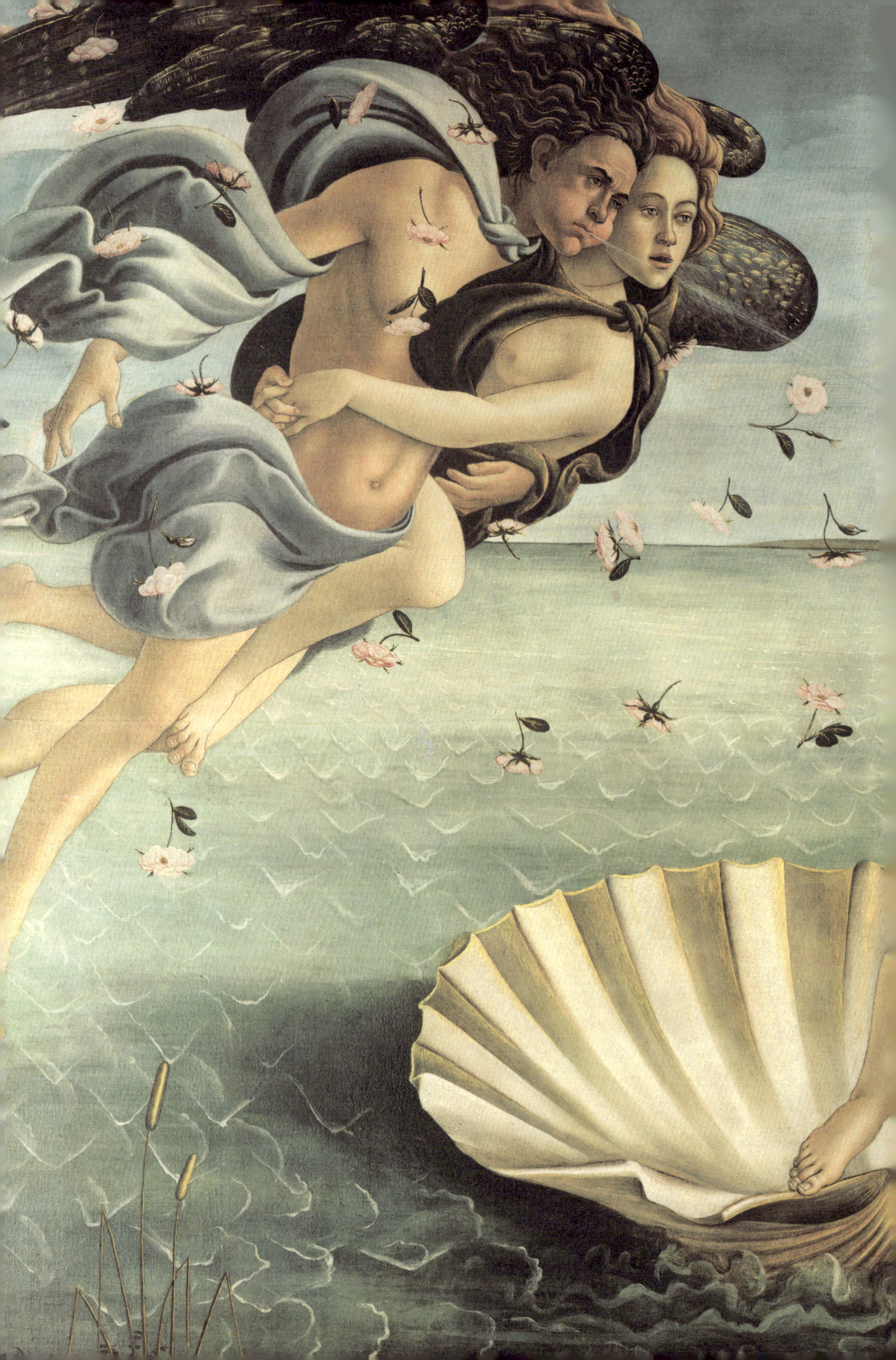

Copyright ©2024 GOLD WALL PRESS CO.,LTD.,CHINA
本作品一切中文权利归金城出版社有限公司所有，未经合法许可，严禁任何方式使用。

图书在版编目（CIP）数据

1200年希腊罗马神话/（美）伊迪丝·汉密尔顿(Edith Hamilton)著；吴婷婷译. —北京：金城出版社有限公司，2024.3
书名原文：MYTHOLOGY: Timeless Tales of Gods and Heroes
ISBN 978-7-5155-2127-5

I.①1… II.①伊… ②吴… III.①神话—作品集—古希腊 ②神话—作品集—古罗马 IV.①I17

中国版本图书馆CIP数据核字(2020)第261005号

1200年希腊罗马神话
1200 NIAN XILA LUOMA SHENHUA

作　　者	［美］伊迪丝·汉密尔顿
译　　者	吴婷婷
责任编辑	丁洪涛
责任校对	许　姗
责任印制	李仕杰
开　　本	710毫米×1000毫米　1/16
印　　张	32.25
字　　数	300千字
版　　次	2024年3月第1版
印　　次	2024年3月第1次印刷
印　　刷	天津睿和印艺科技有限公司
书　　号	ISBN 978-7-5155-2127-5
定　　价	168.00元

出版发行	金城出版社有限公司　西苑出版社有限公司
	北京市朝阳区利泽东二路3号　邮编：100102
发 行 部	（010）84254364
编 辑 部	（010）84250838
交流邮箱	dinghongtaobooks@126.com
总编室	（010）64228516
网　　址	http://www.jccb.com.cn
电子邮箱	jinchengchuban@163.com
法律顾问	北京植德律师事务所（电话）18911105819